Un patron modèle

Du même auteur,
chez le même éditeur

Mister Bones, 2007
(et «Piccolo» n°58)

Un patron modèle, 2008

Un bouddhiste en colère, 2011

Seth Greenland

Un patron modèle

Traduit de l'anglais (États-Unis)
par Jean Esch

LIANA LEVI piccolo

ISBN : 978-2-86746-582-6

Titre original : *Shining City*

www.lianalevi.fr

Prologue

Julian Ripps était bien trop gros pour se prélasser dans un jacuzzi entre deux femmes nues, à moins qu'il soit riche ou que les deux femmes soient des prostituées. Ce qu'il n'était pas, mais ce qu'elles étaient, elles. Et elles travaillaient pour lui ; il s'agissait donc en quelque sorte d'une fête de bureau, version partouze. Les trois fêtards venaient de se livrer à un Kama Sutra aquatique dans le jardin de Julian, au sommet de la colline, et ils se reposaient sous la voûte étoilée. En cette douce nuit de septembre, la San Fernando Valley s'étalait au loin, tel un cadavre décoré de guirlandes lumineuses.

Si Julian approchait de la quarantaine à toute vitesse, ses camarades de jeu étaient jeunes et sveltes. L'une des deux, Brésilienne, était un pur produit de l'économie mondiale et des échanges charnels Nord-Sud, une marchandise corporelle. Ses longs cheveux bruns étaient collés dans son dos, ses implants mammaires ballottaient dans l'eau bouillonnante – deux bateaux rebondis avec des tétons en guise de proue. L'autre fille venait d'un État quelconque du Midwest dont il n'essayait même pas de se souvenir. L'Illinois ? Le Kansas, peut-être, mais quelle importance ? Tout ça se ressemblait sous les blés ondulants. Une blonde décolorée aux cheveux hérissés, avec beaucoup trop de piercings au goût de Julian : oreilles, nez, lèvres vaginales.

Le jacuzzi était de plain-pied avec la terrasse dallée, et le trop-plein se déversait dans la piscine adjacente qui luisait d'un éclat bleu irréel dans la lumière des projecteurs immergés. Julian se laissa aller en arrière et prit les deux femmes par les épaules pour afficher une solidarité post-coïtale peu convaincante. Il était préoccupé, nerveux. Il tendit la main vers son briquet et alluma un Montecristo ; la fumée l'obligea à plisser ses yeux sombres. Malgré sa nudité grassouillette, il n'y avait rien de doux dans son expression et les deux femmes le regardaient avec méfiance.

Julian contempla sa maison, une boîte de verre et de métal construite dans l'extase de son premier succès, et se demanda s'il allait devoir la vendre. Certes, il avait blanchi son argent, mais celui-ci n'était pas encore assez propre. Voilà que le fisc lui cherchait des poux dans la tête, et son avocat l'avait averti qu'une inculpation pouvait arriver d'un jour à l'autre avec son café du matin.

« Faut que j'y aille », déclara la fille aux piercings. Puis elle demanda : « Est-ce qu'il te reste de la coke ? » Julian aimait sa façon de s'exprimer : *Est-ce qu'il*, et non pas *T'as encore* ou *T'aurais pas.* Il appréciait les gens qui faisaient un effort pour paraître civilisés, l'existence était tellement dévaluée de nos jours.

« Sur le comptoir de la cuisine, répondit-il. Laisse-m'en un peu. »

Quand la blonde sortit du jacuzzi et commença à s'essuyer, la Latina (nom de scène : Tabitha) se dit qu'il était temps de partir et elle sortit à son tour.

« Vous êtes obligées de vous en aller toutes les deux ? » demanda Julian.

La solitude avait surgi de nulle part.

« Tu m'as épuisée », mentit la Latina en s'enveloppant dans le peignoir en éponge fourni par Julian. Sa collègue se dirigeait vers la maison, une serviette à la main, toujours nue. La Latina envoya un baiser à Julian, et en se retournant pour la regarder s'éloigner, il remarqua la lumière bleutée du téléviseur à écran plasma dans l'obscurité du living-room. Le journal télévisé local diffusait une poursuite à grande vitesse sur l'autoroute. Julian aimait ces images qui constituaient l'aliment de base des flashs d'information dans le Southland. Il les regardait pour se détendre, de la même manière que certaines personnes observent un aquarium. Il était en train de compter les voitures de police lorsqu'il sentit un léger pincement dans la poitrine.

Julian s'enfonça à nouveau dans l'eau, en remuant les épaules pour essayer de relâcher les muscles dans le haut de son dos. Sa poitrine se contracta encore, puis plus rien. Il baissa les yeux vers son engin, mais il ne le vit pas, son ventre ayant atteint le point de non-retour ; un niveau d'obésité annonciateur de régimes draconiens ou d'opération chirurgicale. C'était une atteinte à la virilité en toutes circonstances, mais plus particulièrement dans sa profession. Julian savait qu'il allait devoir s'occuper sérieusement de sa condition physique. Il sentait rebondir contre les parois de son abdomen les deux cheeseburgers qu'il avait mangés au dîner ; ils faisaient la roue et des sauts périlleux arrière : un duo d'acrobates. Et quelle quantité de coke s'était-il enfilée avant de s'immerger dans le jacuzzi ? Des gouttelettes de sueur brillaient sur son front lisse. Il avait l'impression de transpirer plus que d'habitude. Peu importe, il allait sortir d'une minute à l'autre, de toute façon.

À travers les murs en verre de la maison, il voyait les filles qui allaient et venaient dans le living-room ; l'une des deux parlait dans son portable, l'autre buvait un soda light. Soudain, il se surprit à espérer qu'elles foutent le camp. Il avait besoin d'être seul pour décider de quelle façon il allait gérer ce problème financier.

Il pouvait fourguer de la came, assurément. C'était une denrée pour laquelle il existait un marché inépuisable, et il l'avait déjà fait. Il possédait des contacts dans ce domaine, des clients à lui, et peut-être accepteraient-ils de le brancher sur une combine. Mais dans ce business, on n'avait pas droit à l'erreur, et quand un truc clochait, ça prenait généralement des proportions spectaculaires ; on pouvait s'attendre à finir criblé de balles ou dans une cellule.

Julian constata qu'il se sentait légèrement nauséeux. Il se dit que s'il buvait une bière, ça calmerait peut-être son estomac. Les filles s'habillaient, elles s'apprêtaient à partir. Il aurait voulu les appeler, mais il avait oublié leurs noms. Celle avec les cheveux hérissés enfilait une veste en jean délavé par-dessus un minuscule débardeur blanc, lorsque le cerveau récalcitrant de Julian s'enclencha subitement. « Manna ! » cria-t-il, mais elle ne l'entendit pas. Elle bavardait avec Tabitha, qui avait posé son téléphone. Il essaya de nouveau. « Manna ! » Sa voix était un peu plus faible ; il manquait de souffle. On aurait dit que l'eau était plus chaude. Au loin, un coyote hurlait ; son cri plaintif venait mourir contre le flanc de la colline éclairée par la lune.

En temps normal, Julian se serait levé pour se rendre dans la cuisine sans s'habiller, mais l'étalement de son ventre mettait à mal son assurance habituellement infaillible. Il n'avait pas envie de s'exhiber en se demandant si ces deux sauterelles le considéraient comme un gros lard, un tas de saindoux proche de l'âge mûr. *Proche ?* Qui essayait-il de berner? Il était en plein dans l'âge mûr.

«Manna!» Cette fois, Julian entendit à peine sa voix, tandis qu'il regardait la maison de verre qui semblait s'éloigner. Il essaya d'inspirer à fond, mais put tout juste avaler un peu d'air; les pompes jumelles dans sa cage thoracique avaient fini leur journée, apparemment. La douleur qui irradiait dans son bras gauche ne fut d'abord qu'une distraction qui lui fit oublier qu'il n'arrivait plus à remplir ses poumons fatigués et tachés de nicotine. Puis elle le frappa comme une balle à tête creuse et il sentit sa poitrine exploser. Trente-neuf ans, c'était beaucoup trop tôt pour un infarctus du myocarde, aussi ne comprenait-il pas ce qui lui arrivait. Il aurait pu en avoir une petite idée s'il avait consulté un médecin récemment: l'athérosclérose était facile à diagnostiquer et celle de Julian était visible d'avion. Il savait que s'il voulait sauver sa vie, oui, sa vie, car il comprenait enfin qu'il se passait un truc grave, il fallait qu'il sorte de l'eau bouillonnante et qu'il titube à poil jusqu'à la maison, au diable les poignées d'amour et la bite rétractable, pour demander à une des filles d'appeler une ambulance en expliquant que Julian Ripps était en train de mourir. De mourir, parfaitement! Auraient-ils l'obligeance d'envoyer quelqu'un à son domicile, à la sortie de Mulholland, du côté Vallée, avec de la nitro et un défibrillateur pour faire repartir son cœur, avant qu'il tire sa révérence?

Julian posa les mains de chaque côté du chaudron en ébullition et il poussa de toutes ses forces sur ses bras dont les muscles ne se dessinaient absolument pas. C'est alors qu'il pénétra dans un royaume de douleur, plus intense que tout ce qu'il avait jamais connu.

Conscient de l'enjeu, il rassembla un degré de volonté jusqu'alors insoupçonné et, grognant et haletant, il hissa sa masse sur la terrasse. Couché sur le flanc telle une créature marine échouée, il regarda sa maison. Il vit Tabitha sortir avec légèreté de la cuisine en chrome et en marbre. Manna était déjà partie.

Julian parvint à glisser une jambe sous lui et, trouvant un soupçon de force dans les régions supérieures de sa cuisse, il appuya son pied sur les dalles mouillées. Ruisselant et perclus de douleur, mais mu par un enviable instinct de survie, il était bien décidé à atteindre la maison, le téléphone et la vie licencieuse qui, croyait-il, l'attendait.

Le vent chaud continuait à souffler du désert. Il entendit le coyote hurler de nouveau, plus près. Le ciel paraissait plus bas, les étoiles de plus en plus proches, à mesure que sa conscience se débinait sur la pointe des pieds vers l'obscurité. La bouche ouverte, il essaya encore une fois d'appeler au secours, mais rien ne vint, à l'exception d'un coup de massue en pleine poitrine qui le fit pivoter, puis reculer en titubant, avant de retomber avec un grand plouf dans le jacuzzi, où il fut découvert le lendemain matin par un piscinier salvadorien, spectacle qui traumatisa le pauvre clandestin à tel point qu'il prit sa journée pour aller prier à Notre-Dame des Autoroutes.

1

Au mois d'avril précédent, le frère cadet de Julian assistait à une *bar mitsvah* dans un salon du Beverly Hills Hotel. De taille modeste, Marcus Ripps possédait un physique agréable et svelte, d'une telle banalité que vous auriez pu le regarder commettre un crime sans pouvoir l'identifier par la suite. Il avait des cheveux châtains, légèrement ondulés, toujours courts, et des yeux presque noirs, surmontés d'un front songeur, creusé de rides depuis peu, sous le poids des complications d'une vie ordinaire. Un sourire sardonique retroussait souvent ses lèvres, entourées de joues lisses qui ne demandaient qu'à laisser pousser une barbe épaisse comme une fourrure. Pas véritablement beau, Marcus dégageait une impression de bonté ineffable, et son air franc, sa décontraction, en faisaient un homme apprécié.

En balayant du regard la vaste salle, il remarqua un grand escalier qui descendait à partir d'une splendide fausse porte dorée à double battant, et il s'émerveilla que l'on puisse accorder tant d'attention à une chose dénuée de toute fonction apparente. Cet escalier conférait au salon un aspect de décor de théâtre, ce que Marcus trouvait logique étant donné qu'il jouait lui-même le rôle de quelqu'un qui s'amuse. Plusieurs centaines de fêtards richement vêtus évoluaient au milieu des tables qui croulaient sous le homard, les côtelettes d'agneau, les miettes de crabe, le caviar, le champagne, et une maquette du complexe multisports Staples Center entièrement réalisée avec des sushis. Deux fontaines de chocolat jaillissaient vers le plafond peint. Des compositions florales sophistiquées, venues par avion du Japon, parfumaient l'air purifié. Dans un coin, un célèbre catcheur professionnel signait des autographes aux jeunes invités. Dans un autre, un photographe de *Vanity Fair* tirait le portrait des personnes présentes, et une équipe vidéo enregistrait l'événement pour la postérité.

Marcus n'appréciait guère ce genre de *bar mitsvah.* Il estimait que la fonction originale avait été dévoyée par une société qui dépouillait de leur signification la plupart des pratiques spirituelles, combinée avec le goût insatiable des jeunes garçons pour le lucre et la fête. À ses yeux, c'était un exercice inutile, l'occasion pour les hôtes d'organiser une réception digne d'un mariage pour deux cent cinquante de leurs plus proches amis. Les invités enfilaient leurs plus beaux atours, se délectaient de plats fins et se comportaient comme s'ils participaient à une collecte de fonds pour une maladie à la mode, à cette différence près que l'on jouait de la musique klezmer au moment de l'apéritif. Le fait que Marcus soit en train de grignoter une succulente côtelette d'agneau, servie sur un plateau d'argent par une actrice porno débutante aux yeux cernés de khôl, ne parvenait pas à adoucir son jugement.

Son aversion pour ce genre de festivités était récente. Ayant grandi dans un foyer qui ne pratiquait aucune religion de manière formelle, Marcus avait envié aux juifs leurs *bar mitsvah,* aux catholiques leurs communions et aux Mayas leurs sacrifices humains. Que l'on choisisse de sonder les mystères de l'univers par le biais des rites, ça ne le gênait pas. Marcus était un déontologiste, il croyait dans les règles inflexibles. La religion possédait des règles, *ergo*, c'était une bonne chose. Hélas, l'obligation de croire en Dieu était pour lui source de complications.

Mais à cet instant, Marcus ne pensait pas à l'eschatologie. Ce qu'il se disait, en regardant un dresseur d'animaux vêtu d'un pantalon bouffant en lamé doré et coiffé d'un turban orné de pierres précieuses promener des enfants sur un bébé éléphant, c'était: avec tout l'argent dépensé aujourd'hui, on pourrait détourner le Mississippi.

Il observa les gens et caressa timidement le revers de son costume bleu vieux de six ans. Un accroc visible était apparu sur la manche gauche.

«Je vais leur demander le nom de leur traiteur, même si on n'a pas les moyens de se le payer.» C'était sa femme, qui rongeait un os de côtelette sur lequel il ne restait plus aucune trace de chair animale. Elle portait une veste en tricot constituée d'innombrables variations de la couleur rouge, par-dessus un chemisier blanc moulant. Une jupe plissée en laine noire, mi-longue, dévoilait des mollets bien galbés qui plongeaient dans des escarpins noirs. Jan, copropriétaire d'une petite boutique, était une publicité ambulante pour les vêtements qu'elle vendait: à la mode, mais sans agressivité, le style branché à bas prix. Elle avait de grands yeux noisette, ce soir-là délicatement ornés d'ombre à paupières, une peau laiteuse légèrement hâlée comme tous les habitants de Californie du Sud qui n'évitent pas systématiquement le soleil, un nez de taille moyenne qu'elle n'avait jamais envisagé de faire refaire (et qui n'en avait pas besoin), et des lèvres un peu trop fines à son goût, mais qui œuvraient de concert avec le reste de sa physionomie pour offrir l'image d'une séduction franche, à défaut d'être irrésistible. Elle entretenait la fermeté de son corps dans un club de gym appartenant à une chaîne aux tarifs abordables, et Marcus se disait souvent que s'il la croisait dans la rue, il se retournerait pour lui jeter un deuxième coup d'œil. Malgré cela, ils n'avaient pas fait l'amour depuis plus d'un mois, ce qui constituait pour lui une cause de consternation grandissante.

Comme les centaines d'autres invités, Marcus et Jan attendaient patiemment l'entrée du roi de la fête : Takeshi Primus. Bien que Marcus ait grandi avec le père de Takeshi, Roon, il était ici aujourd'hui car il travaillait pour celui-ci, et non pas parce que Roon avait invité un tas d'anciens amis. Roon Primus avait décroché le gros lot en innovant dans le secteur de la fabrication de jouets ; une réussite qu'il avait reproduite dans d'autres activités qui n'avaient aucun rapport avec les jouets, et il avait poursuivi son ascension jusqu'à obtenir des portraits flatteurs dans les revues d'économie et une demeure grandiose à Bel Air, bien loin de leurs piteuses origines. Contrairement à Marcus, directeur de production dans la seule usine de Roon qui se trouvait encore sur le sol américain.

Donc tous les sentiments que pouvait engendrer le fait de travailler pour un vieil ami se mélangeaient. Marcus éprouvait alternativement de la reconnaissance, car il bénéficiait de la loyauté de Roon, mais aussi, quand il écoutait ses penchants plus sombres, de l'amertume. Au fond de lui, même si jamais il ne l'avouerait, il avait honte de ne pas avoir tenté sa chance tout seul et de n'avoir pas fait de sa vie une réussite commerciale, comme l'avait souhaité son père, qui possédait un magasin de chaussures à Seal Beach.

Marcus avait été un meilleur élève que Roon, pour qui l'école n'était rien d'autre qu'une étape sur son parcours doré. Après le lycée, Roon était entré à la fac de Cal State, à Fullerton, d'où il était sorti avec un diplôme de gestion, sans mention. Marcus, lui, avait obtenu une maîtrise de philosophie à Berkeley. Il travaillait pour la radio du campus et pendant un temps, il avait envisagé de poursuivre une carrière de disc-jockey, un de ces habitants du bout de la nuit et de l'univers des basses fréquences, qui passent des groupes dont personne n'a jamais entendu parler, en déplorant que la « commercialocratie » se soit emparée du monde. Ce projet avait vécu jusqu'à ce qu'il s'aperçoive que ces emplois n'étaient généralement pas accompagnés de salaires.

Quand Marcus était sorti de l'université avec mention, il s'aperçut qu'il possédait un certain talent pour décrocher des boulots, mais jamais très bons, c'est-à-dire propres à assurer un avenir. Et donc, tout en travaillant comme aide-soignant à l'hôpital, il avait envoyé cinquante lettres et s'était retrouvé finalement dans la sphère glamour de l'industrie de la communication, à vendre des abonnements au câble en faisant du porte-à-porte à East Los Angeles. Chaque jour, il lisait consciencieusement les petites annonces dans la presse, et après quatre mois passés à battre le pavé dans le *barrio* pour fourguer des packs premium à des Mexicains grognons (dont beaucoup, croyant qu'il travaillait pour les services d'immigration, refusaient de lui ouvrir leur porte), il parvint à décrocher un boulot au service commercial d'une des dernières petites radios AM qui s'obstinaient à diffuser des tubes du Top 40.

Après la fac, Marcus était retourné s'installer chez ses parents et le trajet entre San Pedro et les locaux de Glendale lui prenait une heure et demie dans chaque sens. Ce métier ne lui plaisait pas, mais il ne savait pas quoi faire d'autre. Contrairement à Roon, il n'avait pas de plan de carrière, pas de vision à long terme. Tout ce qu'il entreprenait était un pis-aller en attendant on ne sait quoi. Tout en guettant l'occasion suivante, il effectua une visite de démarchage dans une boutique de vêtements baptisée Change, sur Colorado Boulevard à Pasadena, et il demanda à parler à la gérante, Jan Griesbach. Bien que sa boutique n'ait pas les moyens de faire passer une publicité à la radio, Jan fut séduite par le ton d'autodénigrement dans le boniment de Marcus et quand celui-ci l'invita à sortir avec lui, elle accepta aussitôt.

L'arrivée de Jan régla la question de sa vie privée, mais il n'était toujours pas satisfait de son métier. Alors qu'il cherchait péniblement une solution, entre deux baratins téléphoniques, il reçut un appel de Roon, qui souhaitait remplacer un directeur de production dans une usine située aux confins nord de la San Fernando Valley. Roon voulait quelqu'un en qui il puisse avoir confiance.

Marcus travaillait pour son ami depuis presque quinze ans maintenant, et même s'il aurait aimé faire quelque chose de plus excitant que de fabriquer des jouets, il savait qu'il aurait été indécent de se plaindre.

Marcus devinait que son parcours banal était bien moins impressionnant que ceux des invités huppés qui tournoyaient autour de Jan et lui dans cette *bar mitsvah.*

Tous ces gens étaient prospères et leurs vêtements chic, leur hâle et leurs dents reflétaient leur absence de soucis financiers. Il s'en serait voulu de le reconnaître, mais il se sentait mal à l'aise et un peu intimidé.

« Papa, regarde ! » Marcus baissa les yeux et vit son fils, Nathan, en train d'exhiber sur son avant-bras un tatouage au henné représentant une jeune femme souriante en bikini. SALUT, MATELOT pouvait-on lire au-dessus de sa tête. Nathan était un gamin de onze ans, petit pour son âge, dont la particularité physique la plus marquante était son immense bouche, garnie d'un appareil dentaire bleu dont le métal aurait pu suffire à bâtir un pont suspendu de taille réduite.

Jan tendit le cou pour voir le tatouage de son fils et se mit à rire.

« On pourra faire venir le type des tatouages pour ma *bar mitsvah* ? » demanda Nathan. Si Marcus n'était pas juif, son épouse l'était. Comme son mari, Jan n'était pas pratiquante, mais Nathan avait réclamé une *bar mitsvah* et ses parents, après de longues discussions (principalement pour déterminer s'ils avaient les moyens de payer une telle fête), avaient décidé d'accéder à sa requête.

Nathan montrait quelque chose du doigt et Marcus tourna la tête vers un coin de la salle. Une sorte de *biker* de cent cinquante kilos, barbu, était en train de tatouer un serpent enroulé autour d'une pomme sur l'épaule nue d'une fillette de dix ans, à côté de la fine bretelle de la robe.

« On pourra engager ce type, dis ? » demanda Nathan. Marcus sourit et secoua la tête de façon à exprimer son amusement devant cette question, sans laisser deviner une véritable réponse. Nathan, dont les récepteurs s'emballaient dans l'attente de sa propre bacchanale, repartit en courant avant que son père ait eu le temps de donner son avis.

Marcus avait entendu un tas d'histoires sur les *bar mitsvah* locales : l'équipe de pom-pom girls des Lakers qui dansait sur *Hava Nagila*; un garçon qui faisait son entrée sous un chapiteau de cirque, porté sur un fauteuil à franges par quatre Nubiens gonflés aux stéroïdes, en string argenté, dont les muscles luisaient sous l'éclairage à dix mille dollars; un père très fier, qui détenait le brevet d'un tissu semblable au Velcro, avait transformé en patinoire un salon du Four Seasons Hotel et distribué des patins à tous les invités. Ce n'était pas le milieu dans lequel évoluait la famille Ripps : le monde du grandiose, où l'on dépense sans compter. Ils avaient supposé que Roon Primus organiserait quelque chose de tout aussi opulent et frivole.

Marcus et Jan furent étonnés, peut-être même un peu déçus, de voir que Roon était finalement un hôte de goût, exception faite de la fille à moitié nue tatouée sur le bras maigrelet de leur fils, et du bébé éléphant.

Roon avait posé sa grosse main sur l'épaule de Marcus et il embrassait Jan sur la joue, en les remerciant d'être venus.

« J'ai bien aimé ton discours », lui dit Marcus. Ce matin, lors de la cérémonie religieuse, Roon avait eu des mots très tendres au sujet de son fils; il avait presque semblé au bord des larmes.

« Je l'ai fait écrire par un des gars de mon service communication. Il a vraiment compris ce que je ressentais. » Roon avait une voix grave, retentissante. Même quand il parlait à voix basse, elle résonnait. Il murmura à l'oreille de Marcus : « Ne va pas croire que je ne sais pas que tout ça c'est de la connerie. Mais il faut donner aux gens ce qu'ils attendent, et essayer d'en tirer quelque chose. Toi aussi tu vas organiser une *bar mitsvah*, hein ?

– Tu es sur la liste des invités. »

Roon ignora avec magnanimité l'égalité sociale contenue dans la réponse de Marcus.

« Kyoko est splendide », commenta Jan. Kyoko était la grande et svelte épouse américano-japonaise de Roon, en train de poser pour le photographe de *Vanity Fair* sous une sculpture en glace représentant son fils, grandeur nature.

Roon remercia Jan d'un hochement de tête indifférent. C'était un grand type, plus d'un mètre quatre-vingts, et il pesait presque cent kilos. Son véritable prénom était Ronald, mais il le trouvait pompeux et démodé. Le premier à l'avoir appelé Roon était un copain de lycée, tellement défoncé que son cerveau avait des ratés à l'allumage, et au lieu de Ron, c'est *Roon* qui était sorti de sa bouche pâteuse. Marcus n'avait pas été surpris de la facilité avec laquelle Ron Primus avait renoncé à son prénom, en encourageant tout le monde, y compris ses professeurs, à l'appeler Roon. Il savait lâcher du lest, et passer à autre chose, comme sa précédente épouse se serait fait un plaisir de le confirmer.

Sa main pesait lourdement sur l'épaule de Marcus, et un peu trop longtemps au goût de celui-ci. Soudain, elle se retira. Roon était parti saluer un homme grand et élégant, dont le sourire ressemblait à une caisse enregistreuse. Marcus mit un certain temps à s'apercevoir qu'il s'agissait du gouverneur de Californie. Il écouta leur conversation pendant un instant (ils évoquaient une conférence à Davos), puis, quand il devint évident qu'il était désormais transparent, il reporta son attention sur Jan. Celle-ci secoua la tête devant l'inélégance du politicien, mais avant qu'elle puisse livrer sa façon de penser, les lumières du plafond (obéissant à un régisseur invisible) s'atténuèrent, et un projecteur se braqua sur un DJ, debout au milieu de la piste de danse. C'était un Blanc assez jeune, grimaçant, avec d'épais cheveux bouclés et un sourire Ultra Brite, vêtu d'un costume blanc par-dessus un T-shirt en soie noire, et chaussé de richelieus bicolores, noir et blanc. Débordant d'énergie nerveuse, il agita la main à la manière d'une baguette pour écarter le flot des invités.

Quand il lança « On va se la jouer *old school*! », une musique à peine audible céda place au martèlement trop familier de la basse et de la batterie de la nation hip hop, qui s'était propagé au point d'englober, apparemment, tous les enfants blancs d'Amérique ; et la voix enregistrée d'un rappeur, dont le plus grand coup médiatique avait été de se faire flinguer, se mit à discourir longuement sur son scrotum, accompagné d'effets sonores appropriés.

Le DJ plein de dents incita les invités à taper dans leurs mains au rythme de la chanson, et soudain, un autre projecteur éclaira le sommet de l'escalier et la fausse porte, qui en fait n'était pas fausse. Alors que des lumières vives se reflétaient sur le placage doré, les deux battants s'ouvrirent à la volée pour laisser apparaître un garçon de treize ans qui mesurait dans les un mètre cinquante. Takeshi Primus affichait un sourire de dément. Il avait une danseuse à chaque bras, des professionnelles de l'ambiance, dont la tâche consistait à traîner des invités qui n'avaient aucun sens du rythme sur la piste de danse, où elles s'efforçaient, par un mélange de mouvements saccadés et, surtout, d'encouragements, de faire monter l'énergie de la fête vers le niveau d'hystérie souhaité. Moulées dans des combinaisons en spandex, les deux femmes prirent le jeune garçon amérasien par le bras et, sous les acclamations d'adoration de l'assemblée, lui firent descendre le grand escalier, jusque dans la gueule bouillonnante de sa consécration.

Marcus assistait à ce spectacle avec incrédulité et stupéfaction. Il regarda sa femme, qui ne lui rendit pas son regard, abasourdie qu'elle était par la vision de ce garçon prépubère qui se pavanait entre ces deux femmes. Alors que la foule continuait à applaudir, le volume de la musique augmenta. Takeshi et ses cavalières atteignirent la piste et le trio dansa pendant un instant, le garçon enchaînant de manière assez médiocre des pas qu'il avait vus dans des clips. Les deux femmes l'imitèrent avec enthousiasme, puis elles encouragèrent la foule des invités à les rejoindre sur la piste.

Entretemps, le rappeur avait atteint le refrain de sa chanson, si bien que les joyeux fêtards se lancèrent en chœur dans un pogo de célébration, alors que les paroles incantatoires jaillissaient des enceintes :

C'est une pute, c'est une pute, une sale pute, une puuute…

2

Nul n'aspirait à vivre à Van Nuys. Situé dans un coin faisandé de la San Fernando Valley, c'était un quartier misérable fait de mini-centres commerciaux, de restaurants fast-food et de motels miteux qui louaient des chambres à l'heure. Les détritus qui flottaient dans l'air épaississaient l'atmosphère et, l'été, le mercure grimpait jusqu'à 48 degrés. Les gens qui vivaient là étaient principalement de rudes travailleurs hispaniques qui rêvaient d'une vie meilleure pour leurs familles, de préférence dans un endroit où on entendait moins de coups de feu. Mais dans les confins de l'ouest, il existait une enclave de plusieurs rues où les pelouses étaient plus larges, les maisons plus grandes et les habitants un peu plus fortunés. Certes, aucun n'appartenait à un country club, mais personne ne craignait que l'organisme de crédit vienne saisir son pick-up. C'était là que vivait la famille Ripps, dans une maison de quatre pièces, à un étage, au 112 Magdalene Lane.

Il était onze heures passées ce soir-là, un vent frais soufflait du désert. Ils étaient rentrés de la fête une heure plus tôt et Marcus se trouvait dans la salle de bains; il se préparait pour aller se coucher, de manière plus soignée qu'à l'accoutumée. En temps ordinaire, il effectuait sérieusement ses ablutions le matin, mais ce soir, il avait l'intention de séduire sa femme, et il ne voulait pas qu'elle trouve une excuse dans le fait qu'il n'avait pas pris de douche ou qu'il piquait. Après la naissance de Nathan, ils avaient traversé une période durant laquelle, comme chez de nombreux couples avec de jeunes enfants, leur sexualité ressemblait à un grizzly au mois de janvier, c'est-à-dire qu'elle était entrée en hibernation. Cette situation déplorable était aggravée par les visites nocturnes et régulières de Nathan dans leur lit. Mais une fois que leur fils fut plus grand, et capable de passer une nuit complète sans venir bavarder avec ses parents, ils avaient recommencé à faire l'amour plus souvent, et consommé régulièrement une fois par semaine, voire deux s'ils se sentaient particulièrement détendus.

Désormais, Marcus se serait contenté d'un rapport occasionnel, mais Jan semblait avoir perdu tout intérêt pour la chose ; les problèmes financiers, les difficultés de Nathan à l'école, l'avenir incertain de la boutique dont elle était copropriétaire, tout cela était suffisant pour qu'elle se comporte comme si l'intimité physique n'était pas seulement rayée de l'ordre du jour, mais totalement chassée de son esprit. Elle avait expliqué à son mari que c'était temporaire, que le feu se raviverait et qu'ils retrouveraient le rythme d'autrefois. Mais Marcus nourrissait de sérieux doutes. Ce soir, il avait l'intention de précipiter les choses. En restant raisonnable, bien entendu, car il n'était pas le genre d'homme capable d'imposer quoi que ce soit par la force.

Il venait de sortir de sa douche chaude et une fine pellicule de transpiration recouvrait son corps pendant qu'il finissait de se raser. Il essuya quelques traces de mousse sur son visage et observa son reflet dans le miroir. Il était plutôt pas mal. Ses joues étaient lisses et la peau de son visage encore ferme. Il avait presque tous ses cheveux, et contrairement à la plupart des hommes de son âge, il n'était pas obligé de rentrer son ventre quand il se trouvait nu devant sa femme. Il remarqua un poil solitaire qui dépassait de sa narine droite. À l'aide d'une pince à épiler, il l'arracha rapidement. Puis il attrapa le flacon de Listerine dans l'armoire à pharmacie, prit une gorgée de bain de bouche au goût atroce, se gargarisa et cracha dans le lavabo.

Sur ce, Marcus se mit en condition, à la manière d'un paon qui déploie ses plumes. Ayant atteint le degré de discrète tumescence espérée, celle qui disait: *je n'ai pas une véritable érection sous cette serviette nouée autour de la taille, mais dans un contexte propice elle pourrait surgir rapidement*, il entra dans la chambre, où il fut accueilli par le spectacle de sa belle-mère assise sur le lit. Vêtue d'un survêtement turquoise, Lenore Griesbach était une femme aux traits délicats, avec des cheveux gris et courts. Elle portait de grosses lunettes à monture épaisse qui donnaient l'impression que ses yeux opaques allaient sortir de leurs orbites. Jan était assise à côté d'elle.

« Maman a été renvoyée aujourd'hui », dit-elle. Lenore avait emménagé chez eux deux mois plus tôt, après être devenue veuve un an auparavant. Désireuse de contribuer au budget du ménage, elle avait trouvé un emploi chez JackMart, une grande surface située à proximité, et chaque matin elle emportait son déjeuner dans un sac et prenait le car pour se rendre au travail. Elle paraissait abattue.

« Si j'avais travaillé deux semaines de plus, j'aurais eu droit à la couverture santé », dit-elle à Marcus. Celui-ci se sentait ridicule avec sa serviette autour de la taille, la vision de sa belle-mère ayant considérablement réduit son ardeur. « Vous avez été si gentils avec moi, tous les deux. Pour vous exprimer ma reconnaissance, je voulais vous faire des cookies au beurre de cacahuète. Bref, je suis venue voir si quelqu'un ne pouvait pas descendre pour m'aider à lire l'étiquette sur le pot. Je veux être sûre qu'il n'y a pas d'acides gras *trans.* » Bien qu'elle ait grandi à Brooklyn, Lenore n'en avait gardé aucun accent.

« Tu veux bien descendre avec elle, Marcus ? » Un éclat de tendresse perçait derrière la fatigue de fin de journée de Jan. Marcus enfila un peignoir par-dessus sa serviette et accompagna gentiment sa belle-mère au rez-de-chaussée.

La maison avait été construite au cours du boom de l'après-guerre, dans les années 1950 ; la cuisine initiale avait été détruite, puis reconstruite il y avait plus de trente ans, dans un style que l'on pouvait qualifier uniquement de regrettable. Entièrement vert olive, les plans de travail, le four, la cuisinière et le réfrigérateur s'étaient plus ou moins décolorés. Résultat, on avait l'impression de pénétrer à l'intérieur d'un immense avocat. Le linoléum craquelé, d'un joyeux jaune éclatant jadis, avait pris la couleur des dents cariées. L'intérieur des placards en contreplaqué dans lesquels s'empilait de la vaisselle ébréchée était tapissé de papier peint déchiré. Mais comme tout était rangé et propre, l'aspect vieilli et usé passait inaperçu.

De toute façon, ils n'avaient pas les moyens de remédier au problème.

Bertrand Russell, leur terrier de dix ans, était couché sur son coussin en tartan ; il grignotait un bâton en plastique quand Marcus et Lenore entrèrent. Le chien, baptisé du nom de l'auteur de *Une histoire de la philosophie occidentale*, n'avait pas cette manie de japper et de mordre qui rend parfois les petites races si agaçantes. Il lâcha son jouet et avança d'un pas tranquille vers son maître, qui se pencha pour lui gratter la tête.

Marcus jeta un coup d'œil à l'étiquette du pot de beurre de cacahuète, et d'une voix neutre il informa Lenore que ce produit ne contenait aucun ingrédient dangereux. Habituellement, il ne souffrait pas de la présence de sa belle-mère. Il l'aimait comme il aimait les plantes vertes ou les cumulonimbus, des choses qui n'exigeaient pas beaucoup d'attention, que l'on pouvait apprécier quand on avait le temps. Mais comme elle avait l'intention de s'installer indéfiniment, il était important qu'il l'encourage à être indépendante au maximum.

Alors qu'il s'apprêtait à retourner dans sa chambre, elle posa délicatement sa main sur son bras, l'observa à travers ses lunettes et dit: «Je veux payer mon écot, Marcus. Alors si vous avez un travail à me confier dans la maison…»

Il lui répondit qu'elle pouvait promener le chien si elle le souhaitait. «Et peut-être que vous devriez faire changer vos lunettes.» Sur ce, il remonta sa serviette et s'en alla.

Les rideaux jaunes diaphanes s'agitaient légèrement dans la chambre où Jan, allongée sur le lit, le dos calé contre les oreillers, lisait de la littérature médicale qu'elle avait téléchargée sur Internet.

«Je ne suis pas d'humeur», déclara-t-elle.

Marcus était couché à côté de sa femme, totalement nu, ayant laissé tomber sa serviette par terre avant de grimper sur le lit, et il lui caressait les seins avec la paume.

Il adorait les seins de sa femme et il commençait généralement les préliminaires par là. Ils n'étaient ni trop gros ni trop petits et leur agréable symétrie n'avait pas souffert de l'infinitésimale migration vers le sud qui avait débuté un ou deux ans plus tôt. Qu'ils soient enveloppés dans la burqa d'une chemise de nuit en flanelle élimée ne parvenait pas à apaiser sa passion. Sa semi-érection reposait contre la cuisse de sa femme, mais à la manière dont elle réagissait, on aurait pu croire qu'il se frottait contre le montant du lit.

« Tu ne peux pas te forcer un peu ? » demanda-t-il gentiment. Sachant que la partie serait difficile, il s'était juré de garder un ton charmeur, sans trahir la moindre frustration, même si Jan se montrait récalcitrante. Voyant qu'elle ne réagissait toujours pas, en dépit des mouvements circulaires de sa paume sur ses tétons (qui refusaient, eux aussi, d'afficher la moindre réaction), il comprit que la stratégie mammaire ne fonctionnait pas ; alors, éternel optimiste, il glissa sa main entre les cuisses de sa femme pour tenter de les écarter. Autant essayer de forcer un coffre-fort dépourvu de combinaison.

« Arrête, Marcus », dit-elle en repoussant sa main.

Il enfouit son visage dans son cou et y déposa de petits baisers.

« Allez, ma chérie… »

Marcus plongea une fois de plus dans la brèche en faisant glisser sa main vers la chaleur des zones génitales de son épouse. Malgré son manque d'intérêt, Jan ne pouvait s'empêcher de produire une chaleur naturelle de mammifère, et Marcus commit l'erreur de prendre cette manifestation pour du désir. Quand il recommença à la caresser, elle repoussa sa main avec beaucoup plus de force.

« J'ai dit non ! Arrête ! »

Cet ordre était impossible à ignorer, comme si un rocher lui tombait sur la tête. Marcus roula sur le dos et réprima une envie de quitter la chambre sur-le-champ en ponctuant son départ d'un claquement de porte théâtral, pour bien faire comprendre ce qu'il éprouvait. Au lieu de cela, il fixa le plafond et attendit un moment, avant de regarder son épouse et de dire : « Jan, laisse-moi te poser une question. Je ne veux pas que tu le prennes mal, surtout...

– Quoi ?

– Est-ce qu'un jour, on refera l'amour ?

– Évidemment.

– Tu ne peux pas me dire quand ?

– Je m'inquiète pour les yeux de ma mère, Marcus. Elle croit qu'elle est en train de devenir aveugle. »

Il croisa les bras, soupira et reprit son examen du plafond. Une fissure s'y était formée. La maison avait besoin d'un bon coup de peinture, mais ça devrait attendre. Comment un mari normal était-il censé réagir à ce genre de choses ? se demandait-il. Quelle doit être la stratégie d'un homme marié quand sa vie sexuelle a été kidnappée par l'état de santé de sa belle-mère ? Aujourd'hui, c'était un problème de vue ; la semaine prochaine, ce serait peut-être une fracture de la hanche. Une fois que le corps commençait à lâcher, c'était un méli-mélo de délabrement ; les problèmes se succédaient en un défilé de décomposition morbide qui pouvait durer des années.

« Elle est vraiment bouleversée par son renvoi de chez JackMart. »

C'était comme si Jan essayait consciemment d'éradiquer toute possibilité d'une relation sexuelle entre eux. Elle aurait pu tout aussi bien parler de purification ethnique.

Marcus contempla son avenir et poussa un soupir sonore. Si son épouse avait l'intention d'établir un lien entre l'état physique de sa mère et leur vie sexuelle, il se trouvait face à une terrifiante possibilité, celle de ne plus jamais faire l'amour. Il jeta un regard en biais à Jan qui, libérée du poids désagréable des avances de son mari, avait repris la lecture attentive de sa littérature médicale. Ellc n'était pas particulièrement attirante. Sa chemise de nuit l'engloutissait, et Marcus comprit que l'effet obtenu n'était pas innocent. Jan dormait mal depuis quelque temps et, une fois le maquillage enlevé, ses cernes ressortaient de manière plus nette.

Marcus n'était pas le genre d'homme à tromper son épouse. Non pas parce qu'il n'éprouvait aucun désir pour d'autres femmes quand il était engagé dans une relation. Pas du tout. Mais la culpabilité, les mensonges, la comédie de la drague, tout cela pesait trop lourdement sur une âme foncièrement noble. Le simple fait d'y penser le rendait nerveux.

Il avait couché avec moins de dix femmes avant de rencontrer Jan, dont six étudiantes (quatre d'entre elles étaient ivres, et il se demandait si ça comptait vraiment). Il n'était pas non plus du genre à tenir une liste. Il faisait plutôt partie de ces mâles affligés du besoin d'éprouver une affection sincère pour leur partenaire sexuelle, ou du moins d'en être convaincu, ce qui avait limité ses rencontres quand il était célibataire. Quant au divorce, il ne figurait pas dans ses plans. Premièrement, il y avait Nathan, pour qui il éprouvait un amour indescriptible. Il n'imaginait pas voir son fils seulement le mercredi et un week-end sur deux. Non. Marcus s'accrochait. Pas question de laisser sa libido dicter son existence. Ses pensées dérivèrent vers la Guatémaltèque qui travaillait au stand de tacos où il déjeunait parfois. Elle était mince, elle portait des jeans délavés sur des bottes usées, et des chemisiers blancs moulants qui illuminaient sa peau brune. Un jour, pendant qu'il faisait la queue, elle avait été obligée de passer devant lui et s'était légèrement appuyée sur son bras. Il avait tâché de gonfler son biceps avant qu'elle ôte l'extrémité de ses doigts. Alors qu'il était couché à côté de son épouse maussade et silencieuse, sa main s'était égarée vers son bas-ventre, distraitement, et sans qu'il s'en aperçoive, il s'était mis à se caresser.

« Qu'est-ce que tu fais ? »

Jan avait détaché son attention d'un paragraphe concernant la ponction des sécrétions de l'œil, attirée par les petits mouvements qu'elle sentait près d'elle.

Marcus s'empressa de retirer la main coupable et bredouilla, d'une manière peut-être un peu trop défensive : « Euh… Rien !

– Si tu veux te masturber, va dans la salle de bains ou je ne sais où. Bon sang, Marcus… Et enfile quelque chose ! Imagine que Nathan entre, ou ma mère. Est-ce que la porte est fermée, au moins ? »

Marcus se leva et marcha d'un pas traînant jusqu'à la commode. Il ouvrit un des tiroirs et sortit un pantalon de pyjama en coton. Il n'avait jamais aimé enfiler un pyjama devant sa femme ; il trouvait que cela lui donnait l'air ridicule. Mais maintenant que sa vie sexuelle était somnolente, voire morte, il s'en fichait.

« Marcus… ? »

Le ton étonnamment suave de Jan explosa en lui comme une bulle de musique douce. Avait-elle changé d'avis ? Avait-elle perçu le désespoir naissant dans la voix de son mari? Le spectacle de la vulnérabilité de cet homme nu qui passait son pyjama, sa légère perte d'équilibre au moment où il glissait une jambe dans le pantalon, dressé sur l'autre tel un flamant rose, cela avait-il ravivé l'amour de Jan, d'une manière propice à se manifester physiquement?

«Je peux te poser une question?» dit-elle.

Ayant remonté son pantalon, Marcus se retourna vers elle, avec un sourire cette fois. «Bien sûr. Qu'y a-t-il?

– Tu crois que tu pourrais mettre ma mère sur ta mutuelle?»

Cette question sonna le glas de la soirée. Il promit à sa femme d'essayer. Puis il s'obligea à s'endormir et finit par s'apercevoir que, pour ce faire, il devait d'abord desserrer les poings.

3

Le matin, Marcus avait ses habitudes. Il se levait vers six heures trente, en général une demi-heure avant tout le monde, et il faisait le café. Après cela, il allait chercher le *Los Angeles Times* sur la pelouse marbrée devant la maison, il se servait un bol de céréales riches en fibres, dans lequel il ajoutait des rondelles de banane, et ensuite, assis à la table de la cuisine, il lisait son journal d'un bout à l'autre.

En ce lundi matin, Marcus, assis dans la cuisine, attentait que le café passe. Il lisait un article sur l'entretien de la prostate quand Lenore entra. Elle portait un survêtement turquoise et des baskets.

« Je vais trouver un autre travail, déclara-t-elle sans préambule.

– Lenore, vous n'êtes pas obligée de travailler. »

Elle commença à faire des assouplissements, en se penchant vers l'avant pour toucher ses orteils. Marcus savait qu'elle avait aspiré à une carrière de danseuse dans sa jeunesse et qu'elle était encore relativement en forme, mais craignait qu'elle ne se brise un tendon.

« Vous voulez que je vous fasse une omelette ? » proposa-t-elle, alors que son nez frôlait presque ses genoux. Marcus refusa poliment. Il appréciait le fait que sa belle-mère veuille mettre la main à la poche. Comme elle insistait pour participer aux courses, la perte de son emploi chez

JackMart était particulièrement lourde. «Je vais peut-être demander à Jan de m'engager à la boutique», dit-elle en tendant les mains vers le plafond, l'une après l'autre.

«Je ne crois pas qu'elle gagne assez d'argent pour engager quelqu'un.»

La boutique de sa femme était devenue un sujet sensible. Après deux ans d'activité, elle était toujours dans le rouge. Lenore dit au revoir et sortit faire sa marche rapide du matin en compagnie de Bertrand Russell. Marcus s'inquiétait pour les yeux de sa belle-mère, mais il ne voulait pas en parler. Il priait pour qu'elle ne tombe pas dans une bouche d'égout.

Jan aimant faire la grasse matinée, c'était généralement Marcus qui réveillait Nathan, lui donnait son petit déjeuner, lui préparait son déjeuner et le conduisait à l'école en voiture. Ils étaient dans la Honda Civic bordeaux, vieille de onze ans, depuis moins d'une minute quand Nathan dit:

«Papa, au sujet de ma *bar mitsvah*, je sais bien qu'on n'a pas beaucoup d'argent...» La remarque était formulée presque à la manière d'une question, comme s'il espérait que son père le contredise en disant quelque chose du genre: «Non, non, on est riches!» Mais celui-ci ne répondit pas, se contentant de hausser un sourcil interrogateur, aussi Nathan poursuivit: «Alors, euh... Je voulais te dire... Quoi que tu fasses, ce sera bien. C'est vrai, je voudrais faire une super fête et tout, mais bon... si on n'a pas les moyens...

– Ne t'en fais pas, Nato. On peut se payer une fête.»

Nathan était un gentil garçon qui travaillait dur à l'école et essayait de faire plaisir à ses parents. Quand il avait huit ans, on avait diagnostiqué chez lui des troubles de l'attention et un médecin lui avait prescrit un médicament.

Obligé d'avaler une pilule chaque matin, il ne mangeait plus rien au cours des douze heures suivantes. Lorsque, au bout de six mois, ses parents constatèrent qu'il n'avait pas grossi d'un gramme, ils décidèrent qu'il essaierait de réussir sans médicament. Il y était parvenu grâce à des efforts intenses, en s'obligeant à être attentif. Mais une fois arrivé au cours moyen, il avait rechuté. Il regardait par la fenêtre durant les cours, il échouait à des examens auxquels il aurait dû avoir de bonnes notes. L'école avait conseillé une visite chez un psychologue spécialisé, dont le métier consistait à enseigner aux enfants comment apprendre ; désormais, il avait un professeur particulier pour chaque matière. Finalement, il avait demandé à reprendre son médicament, un signe de maturité qui impressionna fortement ses parents. Nathan en avait bavé ; malgré cela, il continuait à faire de son mieux pour briller, et son père l'en admirait d'autant plus.

Mais pour le moment, Marcus se disait : *Ô toi, mon bon Seigneur qui n'existe pas ! Pourquoi mon fils s'est-il mis en tête qu'on ne pouvait pas lui offrir une fête ?* Il se demanda s'il ne laissait pas transparaître un peu trop ses soucis financiers. Si tel était le cas, quels autres aspects cachés de sa vie intérieure son fils commençait-il à deviner ?

« Nous ne sommes pas pauvres, compris ? Je ne veux pas que tu penses que nous sommes pauvres.

– Je sais bien qu'on n'est pas pauvres. Lenore est pauvre. »

La grand-mère de Nathan insistait pour que celui-ci l'appelle par son prénom, estimant que tous les dérivés de grand-mère donnaient l'impression qu'elle était à la retraite, ce que contredisait son excellente forme physique – si l'on voulait bien ignorer son imminente cécité.

« Lenore t'a dit qu'elle était pauvre ?

– Elle veut se faire engager comme hôtesse chez Applebee[1].

– On va arranger ça, Nate. Elle ne sera pas obligée de travailler chez Applebee. »

Marcus franchit l'imposant portail de pierre de Winthrop Hall et gravit la route qui serpentait à travers le campus bordé d'arbres. Oxfordienne d'après les critères locaux, l'école avait été fondée dans les années 1930. Des bâtiments de faux style Tudor évoquaient le passage des millénaires. Si on fermait les yeux, il était facile d'imaginer Rupert Brooke, un recueil de poésie coincé sous le bras, déambulant langoureusement sous les branches, non loin d'un élève de sixième en train de vendre sa Ritaline à un quatrième.

Le campus était un ancien country club (accès réservé, évidemment) d'où émanait une odeur de vieil argent que la classe dominante pouvait respirer moyennant les vingt-cinq mille dollars annuels de frais de scolarité. Cette somme dépassait largement les moyens de la famille Ripps, il n'était donc pas surprenant que Nathan bénéficie d'une bourse. Ce n'était pas un problème pour lui, les garçons de son âge étant habituellement indifférents à ce genre de choses ; en revanche, c'était difficile pour ses parents quand ils devaient côtoyer les parents de ses camarades de classe lors des manifestations scolaires. Le corps parental de Winthrop Hall était une pépinière d'ambition, de réussite exemplaire et d'épais portefeuilles boursiers ; une classe démographique dans laquelle Marcus et Jan Ripps avaient du mal à s'insérer.

---

1. Chaîne de restaurants.

Mais Roon Primus faisait partie du conseil d'administration et quand il avait suggéré que Marcus pourrait sans doute obtenir une bourse d'études pour Nathan, la famille Ripps avait sauté sur cette occasion d'arracher leur fils aux miasmes de l'école publique en Californie et de lui offrir une éducation en or.

Alors que Nathan descendait de voiture, Marcus dit: « Nato, ne t'en fais pas pour ta fête, d'accord? »

L'amour dans le sourire du garçon quand il répondit « OK » donna à Marcus le sentiment furtif qu'il ne se battait pas en vain. Nathan se pencha pour récupérer son sac à dos et son étui à clarinette dans la voiture. À cet instant, Marcus vit passer une femme portant des bottes à talons aiguilles, des collants résille déchirés, une minijupe qui s'arrêtait à un centimètre de la vulve et un T-shirt à côtes qui moulait comme du polymère liquide ses seins haut perchés. Quand un sourire fendit son visage fraîchement maquillé avec des produits achetés au Bloomingdale's de Century City, il aperçut son appareil dentaire. Elle avait douze ans.

Marcus repartit en se demandant comment se débrouillait Nathan, à son âge tendre, pour naviguer sur cet océan d'hormones.

L'usine Wazoo Toys était située dans une zone industrielle de North Hollywood. Flanquée d'une casse automobile et d'une société distributrice de bière, l'usine occupait un vieux bâtiment de brique entouré d'une clôture grillagée.

Wazoo avait produit une grande variété de jouets depuis des années, mais l'article qui continuait à avoir le plus de succès était une série de figurines articulées à l'image des présidents des États-Unis. Elles s'appelaient initialement *Play Presidents*, mais Roon, toujours visionnaire, les avait redessinées et rebaptisées *Praying Presidents*, «Présidents en prière». Les poupées étaient maintenant représentées dans des postures de dévotion, et munies d'un bouton sur l'épaule qui leur faisait réciter des passages de la Bible. Le modèle Franklin Delano Roosevelt (accompagné de son fauteuil roulant, sans supplément) disait, avec un accent raffiné qui serait aujourd'hui qualifié d'élitiste: «Car je connais les projets que j'ai formés sur vous, dit l'Éternel, projets de paix et non de malheur, afin de vous donner un avenir et de l'espérance.» La poupée Abraham Lincoln proclamait: «Puisqu'ils ont semé le vent, ils moissonneront la tempête», d'une voix qui ressemblait étrangement à celle d'un Noir. Avec ses intonations rurales, Jimmy Carter (la poupée la moins vendue) disait: «Tout est possible à celui qui croit.» John F. Kennedy de son inimitable accent nasillard de Nouvelle-Angleterre conseillait: «Ne sois pas vertueux à l'excès.» Mais le modèle qui se vendait plus que tous les autres anciens présidents réunis, c'était la poupée Ronald Reagan, qui, d'une voix débordante d'optimisme, déclarait: «Le soir arrivent les pleurs, et le matin l'allégresse.»

Marcus pénétra dans le parking de l'usine et se gara à son emplacement réservé, près de l'entrée principale. C'était un de ses rares avantages annexes et il le savourait car, dans les environs de l'usine, on n'en trouvait pas de plus impressionnant. Son bureau, situé au premier étage du bâtiment qui n'en comportait qu'un seul, donnait sur l'atelier où la force de travail de quarante-deux Sud-Américains fabriquait les poupées présidentielles. Après s'être assis derrière sa table métallique, Marcus alluma son ordinateur. Tandis que l'écran revenait à la vie en bourdonnant, il observa à travers la vitre intérieure les ouvriers qui effectuaient assidûment leurs tâches.

Chaque président en prière était réalisé avec la même attention que déployaient les ancêtres de ces artisans, dans un passé flou, d'avant la syphilis et le christianisme, quand, loin de se douter que leur mode de vie traditionnel allait se trouver aspiré par le maelström du progrès, ils passaient de longues journées à créer des objets religieux à partir de matériaux locaux. Marcus était impressionné par le soin apporté à la réalisation de chaque président en polyuréthane ; et l'ironie contenue dans le fait que ces artistes utilisaient leur savoir-faire séculaire pour fabriquer les idoles de leurs oppresseurs ne lui avait pas échappé. Mais Roon versait à ses employés un salaire qui leur permettait de nourrir leurs familles (à condition qu'ils aient une épouse qui ait elle aussi un travail), aussi, sauf quand il était déprimé par la marche du monde, Marcus avait cessé de se soucier des implications historico-politiques de la manière dont Roon gérait Wazoo Toys.

Il sirotait son café dans une grande tasse en céramique verte, sur laquelle les lettres P-A-P-A avaient été peintes d'une main enfantine, et il contempla les deux photos posées sur son bureau dans des cadres. L'une d'elles représentait Nathan à l'âge de cinq ans environ. Vêtu de sa première tenue de base-ball, il souriait à l'objectif. Marcus faisait partie du groupe des entraîneurs cette année-là. Les joueurs avaient décidé de baptiser l'équipe « Les Dragons de Feu ». Plusieurs d'entre eux, dont Nathan, partaient dans le mauvais sens après avoir frappé la balle, mais Marcus s'était beaucoup amusé, et il se demandait où étaient passées les six années suivantes. Son fils quitterait bientôt la maison. Marcus n'aimait pas songer à quelle vitesse passait la vie car cette constatation avait pour fâcheuse conséquence de lui rappeler le peu de choses qu'il avait accomplies dans la sienne.

Le deuxième cliché encadré était une photo de Jan, prise lors d'un voyage dans les montagnes de la Sierra Nevada. Ils revenaient d'une longue randonnée en altitude, dans la fraîcheur de l'automne, et elle avait le visage tout rouge. Une mèche de cheveux châtains barrait sa joue, son sourire trahissait l'épuisement, mais aussi la joie. Ces photos étaient devenues familières, comme des meubles, et habituellement il ne les remarquait même plus. Mais ce matin, quelque chose le poussa à les regarder, et ce faisant, il fit deux constatations: à quel point Nathan avait vieilli, ce n'était plus le petit garçon de la photo; et il y avait bien longtemps qu'il n'avait pas revu cette expression sur le visage de sa femme, une expression qui suggérait un état proche du contentement.

Tout en vérifiant des commandes, en s'assurant que les livraisons se passaient bien, que les bonnes quantités de matière première avaient été achetées et en sondant l'avancée des négociations avec un fabricant de boîtes en carton ondulé à qui il espérait arracher des conditions plus favorables, il songeait à la meilleure façon d'aborder Roon pour le convaincre de faire bénéficier Lenore de sa mutuelle.

Marcus conservait plusieurs livres dans son bureau, qu'il feuilletait de temps à autre; c'était un moyen à la fois d'entretenir l'agilité de son esprit et de se rappeler qu'il en avait un. Il y avait l'*Éthique à Nicomaque* d'Aristote, les *Pensées* de Marc Aurèle, *Le Prince* de Machiavel, et pour les moments particulièrement difficiles, un vieil exemplaire, lu et relu, de *Ainsi parlait Zarathoustra* de Nietzsche, un ouvrage qu'il conservait précieusement depuis sa seconde année de fac, bien qu'il n'ait jamais eu le courage de vivre selon ses préceptes audacieux. Parfois, quand il était confronté à un dilemme professionnel, il plongeait dans un de ces textes, non pas pour y trouver des réponses, mais pour se concentrer.

Ce jour-là, il prit le texte d'Aristote et feuilleta les pages cornées. Il s'aperçut qu'il avait souligné ce passage: « L'homme magnanime, puisqu'il est digne des plus grandes choses, ne saurait qu'être un homme parfait: en effet, meilleur est l'homme et toujours plus grands sont les biens dont il est digne, et celui-là est digne des plus grands biens qui est parfait. Par conséquent, l'homme véritablement magnanime doit être un homme de bien. » Marcus se demandait si Roon était un homme *de bien* ou *magnanime* lorsqu'il remarqua Clara Ortiz plantée sur le seuil de son bureau. Femme d'une cinquantaine d'années, costaude, elle occupait le poste de contremaître.

« Désolée de vous déranger, M. Ripps. Mon petit-fils est malade et ma fille ne peut pas aller le chercher à l'école, vu qu'elle travaille à Riverside. Ça ne vous ennuie pas si j'y vais ? »

Elle choisissait mal son jour pour s'absenter car ils avaient deux nouveaux employés en formation et Marcus tenait à ce que Clara soit présente au cas où des problèmes surviendraient. Malgré cela, il lui répondit qu'elle pouvait partir. C'était ce genre de comportement qui en faisait un patron apprécié. Après avoir vérifié que tout se passait bien, il sortit déjeuner au stand de tacos près de Ventura, où il mangea deux enchiladas en fantasmant sur la Guatémaltèque à la peau brune qui travaillait derrière le comptoir.

La boutique dont Jan était copropriétaire se nommait Ripcord. Elle était située du côté ouest de Van Nuys Boulevard, une large artère qui traversait la San Fernando Valley. À mesure qu'elle s'éloignait vers le nord, en direction des montagnes, elle devenait de plus en plus hispanique, et c'était dans cette partie que se trouvait Ripcord. Compte tenu de la nature fantasque du marché de l'immobilier à Los Angeles, les personnes dotées d'un tempérament optimiste espéraient que cet endroit deviendrait un nouveau Silver Lake, un quartier où florissaient et prospéraient les cafétérias indépendantes, les petites salles de concert et autres indicateurs d'une effervescence bohème. Pour l'instant, la boutique était coincée entre une *papuseria* et un établissement qui payait les chèques en liquide. Le phénomène d'embourgeoisement sur lequel Jan et son associée, Plum Le Fevre, avaient misé agonisait lentement.

Les deux femmes s'étaient rencontrées au début des années 1990 à la Los Angeles School of Visual Studies, où Plum étudiait les beaux-arts, pendant que Jan perfectionnait ses talents de styliste. La carrière de peintre de Plum s'était arrêtée après quelques expositions de groupe dans des galeries de l'East Side ; quant aux rêves de Jan, ils avaient été écrasés comme un morceau de tulle sous le talon d'une botte en cuir. Ripcord était un canot de sauvetage, un lieu censé leur permettre de cultiver leurs talents esthétiques d'une manière commercialement viable. La boutique se voulait un mélange galerie d'art-espace de vente, et dans cette optique, plusieurs toiles de Plum (des taches abstraites qui devaient beaucoup à Mark Rothko) étaient exposées sur les murs. La boutique était ouverte depuis deux ans maintenant et Plum était toujours la seule artiste qui y avait exposé. Quand il devint évident que personne n'achèterait ses œuvres, il fut tacitement décidé que ces tableaux feraient partie de la décoration permanente.

Les deux amies se félicitaient d'être installées du côté ouest de la rue. Le soleil entrait par les vitres presque toute la journée, emplissant la boutique d'une lumière chaude qui les aidait à envisager l'avenir avec optimisme. En cette journée de lundi endormi, Jan refaisait la vitrine pendant que Plum, assise derrière le comptoir pour consulter le site Internet de Art Forum sur son ordinateur portable, grignotait une barre de céréales aux fruits et aux noisettes qui aurait été bénéfique pour sa santé si ça n'avait pas été la quatrième de la journée. Plum avait posé comme modèle nu pour des cours de dessin à l'école des beaux-arts et elle avait été fière, à juste titre, de son corps qui, s'il n'avait jamais été svelte, possédait une souplesse très agréable. Mais depuis, son amour des choses sucrées, auquel s'ajoutait une dépression latente, l'avaient transformée en une poire à la Cézanne. Ni les régimes passagers ni les séances sporadiques d'entraînement physique dans lesquels elle se lançait régulièrement ne parvenaient à convaincre son corps de retrouver sa silhouette d'autrefois. Elle se répétait (et à Jan également) qu'elle pourrait maigrir s'il le fallait. « J'ai la volonté nécessaire, disait-elle, mais je n'aime pas m'en servir. »

Quand Jan arrangeait la vitrine, elle pouvait ignorer Plum, tout en faisant une chose qui lui plaisait. Habiller les mannequins et les disposer de manière esthétiquement agréable restait le seul exutoire à son colossal besoin de créer. Aujourd'hui, Jan avait entrepris d'agencer deux mannequins féminins, vêtus de pulls et de pantalons d'aspect vaguement militaire, en leur faisant prendre des positions guerrières appropriées. L'une des deux femmes braquait un gros pistolet à eau sur une cible invisible à l'intérieur du salon de manucure vietnamien situé en face. La deuxième, accroupie, observait à la jumelle un camp ennemi installé dans un atelier de pose de pneus.

« Comment cette connasse peut-elle exposer dans une grande galerie new-yorkaise ? » Plum avait devant les yeux l'image d'un tyrannosaure grandeur nature qu'une jeune artiste écossaise avait réalisé avec des boîtes de harengs marinés. Quiconque exposait dans une galerie devenait la bête noire de Plum. Les artistes plus renommés se moquaient de son incapacité à attirer l'attention du monde de l'art. « Des fois, je me dis que je ferais mieux de tout plaquer. Cette fille construit des dinosaures en piochant dans sa poubelle et… » C'était trop horrible, elle ne put achever sa phrase.

« Le monde de l'art, c'est comme le reste. Ce qui compte, c'est le prix que les gens sont prêts à payer, dit Jan en ajustant le pistolet dans la main du mannequin. Des requins morts et des ballons de basket qui flottent dans des aquariums, des Michael Jackson dorés… tout ça, c'est kitsch. C'est une question de fric, comme partout.

– Tu es cynique.

– Non, je ne suis pas cynique. Je dis ce qui est.

– Je pensais me lancer dans un projet vidéo », dit Plum en cliquant avec la souris, plus brutalement que nécessaire, pour quitter le site.

« Ah oui ? »

Jan continuait à régler l'angle du pistolet. Elle choisissait habituellement le moment où Plum se lançait dans le récit de son processus interne pour lui retirer son attention. C'était comme écouter quelqu'un décrire ses rêves en détail. À moins d'être payé trois cents dollars de l'heure pour rester assis et rédiger une ordonnance, quel intérêt ?

« Mais pour ça, dit Plum, il me faut un enfant.

– Hein ?

– Je crois que j'ai envie d'avoir un enfant. »

Jan se demandait bien pourquoi Plum voulait un enfant. Elle n'avait pas l'instinct maternel et elle n'aimait pas particulièrement les enfants des autres. Depuis son divorce, elle était sortie avec une ribambelle d'hommes, dont aucun ne correspondait aux critères d'un père potentiel, hormis au sens biologique du terme. Le dernier en date était un dentiste spécialisé dans les opérations esthétiques qui avait proposé de lui poser gratuitement des couronnes en porcelaine si elle acceptait de faire une partie à trois. Il travaillait très bien, et Plum avait failli accepter, mais elle savait que cette relation ne mènerait nulle part et elle ne voulait pas penser au docteur Pradip Singh chaque fois qu'elle se voyait sourire. Bref, un enfant ne trouvait pas naturellement sa place dans sa vie actuelle.

« Qui serait le père ?

– Pourquoi faut-il qu'il y ait forcément un père ?

– OK, techniquement parlant, tu n'as pas besoin d'un type dans ta chambre, mais quand même. Tu veux avoir un enfant pour réaliser une œuvre d'art vidéo ?

– Ce serait un sujet génial, non ? Je pourrais filmer chaque instant de l'expérience pour en faire un truc dément.

– Plum, je crois qu'on appelle ça des "vidéos amateur".

– Tout est une question de contexte », répondit Plum en tapant *donneur de sperme* sur un moteur de recherche.

Reportant son attention sur l'agencement de la vitrine, Jan s'interrogea sur le fonctionnement mental de son amie. Il y avait chez elle une énergie créative ininterrompue qu'elle admirait. Malgré le rejet du monde artistique, son envie de faire de l'art, bien que mal aiguillée, demeurait intacte. Jan n'éprouvait plus le même désir. Elle s'était sentie attirée par la mode à l'époque où elle avait quitté le lycée, mais ce sentiment s'était émoussé quand elle avait eu vingt ans. Trouver le moyen d'affirmer son exubérance était devenu moins important à ses yeux que d'aider sa famille à payer les factures. Récemment, elle avait acheté un minivan. Une nouvelle carrière, plus prosaïque, constituerait une suite logique. Elle jeta un regard à Plum, qui bouillonnait pendant qu'elle passait en revue les listes de pères potentiels pour son enfant imaginaire. Les voitures passaient sur Van Nuys Boulevard. Des grains de poussière flottaient dans la lumière pâle du matin. Personne n'entrait dans la boutique.

Roon avait été retardé par le conseil d'administration d'une société textile achetée récemment au Mexique et son jet Gulfstream avait atterri seulement trois quarts d'heure auparavant. Marcus et lui se trouvaient maintenant dans un petit bureau à l'usine, qu'il gardait pour ses brèves visites, selon une sorte de droit de cuissage. Cela avait été son premier véritable bureau, et les murs nus et la simplicité fonctionnelle des meubles symbolisaient le filtre exclusivement utilitaire à travers lequel le magnat de plus en plus itinérant voyait le germe de son empire. Pendant qu'ils bavardaient de choses et d'autres, Marcus réfléchissait à l'évolution de leur relation.

Les deux hommes étaient devenus amis en jouant au basket au lycée de San Pedro, une ville de South Bay dont le littoral, incurvé et primitif, formait la frontière ouest du port de Los Angeles, couvert d'asphalte et cracheur de fumée. Le père de Roon, un grossiste en alcools qui ne touchait jamais à une goutte de sa marchandise, avait envoyé son fils dans une convention destinée aux jeunes, où les conférenciers, avatars de la nouvelle économie, avaient qualifié les affaires de noble vocation. Roon avait entendu la bonne parole. Marcus écoutait les divagations de son ami les soirs de week-end : quand ils n'avaient rien de mieux à faire, ils achetaient un pack de bière et prenaient la direction des falaises qui dominaient l'océan Pacifique.

Un soir, Roon avait ouvert une bière et annoncé à Marcus qu'un des conférenciers de la convention lui avait donné le conseil suivant : si tu te retrouves en enfer, tu dois continuer à avancer. Roon déclara que ce serait sa devise désormais. Marcus était impressionné d'avoir un ami du genre à suivre une devise. Lui-même n'en serait jamais capable, pensait-il, car il était dépourvu de ce type de certitudes. Malgré les vapeurs de bière, Marcus comprit que Roon allait réussir quelque chose d'important, et il imaginait un avenir où tous les deux prospéreraient dans les affaires. Que Roon puisse désormais incarner le grand manitou face à ses supplications, voilà qui lui apparaissait comme un coup du sort pervers.

« Sacrée fête samedi », dit Marcus, faisant allusion à la *bar mitsvah* caligulesque. Il détestait être aussi ouvertement flagorneur. Roon se contenta de hocher la tête, il le laissait continuer.

« Il faut que je te parle d'un truc », reprit Marcus, sans trop d'assurance. La présence de Roon l'avait privé d'une partie de la confiance qu'il ressentait cinq minutes plus tôt. « J'ai un petit souci avec la mère de Jan, qui vit chez nous maintenant. » Là, Roon ricana d'un air compatissant, mais il resta muet. Son regard discrètement condescendant semblait dire : pauvre crétin. « Bref, elle a un problème de santé, un truc aux yeux, et je me demandais si je ne pourrais pas la faire bénéficier de ma mutuelle. » Marcus avait débité tout cela d'un trait ; la vélocité de sa langue reflétait son envie d'être débarrassé de cette tâche.

Roon sourit et hocha la tête de nouveau ; il était passé de la condescendance à une sorte d'indulgence amusée. Marcus sentit son cœur s'emballer. Peut-être que la chance allait lui sourire.

« Elle parle le mandarin ?

– Le mandarin ? » Roon était-il en train de se foutre de lui ? « Pourquoi tu me demandes ça ?

– Parce qu'on va fermer cette usine, ici à North Hollywood, pour s'installer en Chine. » Roon prononça ces paroles avec l'air contrit qu'il estimait devoir à son vieil ami terrassé.

Marcus réagit à cette nouvelle en retenant son souffle, comme si Roon lui avait filé un coup dans le sternum avec un sac rempli de fournitures de bureau. Wazoo Toys s'installait en Chine ? Comment était-ce possible ? Pendant presque quinze ans, Marcus avait franchi ces grilles, il s'était garé à sa place réservée et avait marché jusqu'à son modeste bureau. Naïvement, il avait cru que cela continuerait aussi longtemps que ça lui convenait. Il éprouvait tout à coup l'envie d'enfouir son visage dans ses mains et il songea immédiatement à son père, le malheureux Joe Ripps.

Roon continuait à parler, mais Marcus avait cessé de l'écouter. Contrairement au vieux Primus, qui avait si habilement aiguillé son fils, la chance n'avait pas souri au géniteur de Marcus. Malgré les réductions de personnel, les soldes fréquentes et l'abandon de l'enseigne Joe's Shoes au profit d'un nom plus plaisant, Du bon pied !, sa boutique de Seal Beach s'était peu à peu vidée de son sang, victime de l'essor des Léviathans de la promo. Joe n'avait rien vu venir ; il s'était accroché à l'idée que les gens étaient sensibles à la tradition. Quand sa boutique s'était finalement retrouvée le ventre en l'air, les Ripps avaient dû vendre leur modeste maison et s'installer dans un appartement en location. La mère de Marcus, professeur d'anglais au lycée, en voulait à son mari de ne pas avoir empêché ce drame, ce qui provoquait en permanence des tensions sous-jacentes dans leur couple. Aujourd'hui, Marcus se lamentait en songeant qu'il allait devenir à son tour une victime de cette même myopie industrielle qui avait transformé son père en animal écrasé sur l'autoroute de la Nouvelle Économie.

En revenant de cette brève absence, il remarqua la manière dont Roon était habillé : un pull à col en V, qui semblait tissé avec une laine coûteuse, moulait son large torse. Son pantalon, froissé et élimé, était lui aussi d'une matière luxueuse. Et pour finir, il y avait les chaussures : des mocassins rouge sang, dont les pompons se balançaient gaiement. Ses chaussettes coûtaient probablement cinquante dollars.

Alors que l'image de Roon lui apparaissait de plus en plus nettement, Marcus commença à discerner certains mots : «… une des raisons pour lesquelles le socle industriel américain disparaît. Tu peux comparer ça à la forêt équatoriale, si tu veux, ou à la calotte glaciaire. Les choses changent. Que fais-tu quand il n'y a plus de couche d'ozone ? Tu t'adaptes. Tu mets de la protection solaire !

– C'est un peu différent, dit Marcus tout doucement.

– Non ! La Chine, c'est l'avenir, Marcus. As-tu seulement idée de ce qui se passe là-bas ? Ils ont des villes entières – des villes entières ! – où ils ne fabriquent que des baskets ! Et des villes uniquement pour les pantalons ! Les polos ! Les sous-vêtements ! Oui, il y a en Chine une ville entière consacrée à la fabrication de sous-vêtements, avec un seul objectif en tête, tu sais lequel ? La domination du monde ! Tu veux que je te dise, mon vieux ? Ces types vont devenir nos maîtres, sans avoir besoin de chars ou de fusils. Il leur faut juste des chaussettes. Des milliards et des milliards de chaussettes. » Roon était inexorable, comme le temps, et Marcus n'y pouvait rien. Il regarda par la fenêtre le parking, la grille, le ciel incertain, un gris malsain en cette journée cruciale.

« Alors, qu'est-ce que tu en dis ? demanda Roon. Tu veux aller t'installer là-bas ? Tu pourrais prendre des cours chez Berlitz, pour gagner du temps. Sincèrement, je ne sais même pas s'ils parlent le mandarin dans cette partie de la Chine. Ils possèdent un tas de dialectes. »

Marcus pensait à la réflexion éternelle de Sun Tzu : si vous restez assis assez longtemps sur une colline, au-dessus de la rivière, vous finirez par voir passer le corps de votre ennemi. Il imaginait la carcasse boursouflée de Roon dérivant paresseusement sur l'eau, pendant que les poissons grignotaient la chair en décomposition. Puis il s'imagina en train d'annoncer à Jan qu'ils partaient s'installer à dix mille kilomètres d'ici, dans un pays dont ils ne parlaient pas la langue, pour qu'il puisse conserver son travail, un travail qui ne lui avait jamais apporté ni bonheur ni satisfaction, et qu'il n'aimait plus particulièrement. Alors que la *bar mitsvah* de Nathan approchait. Sans oublier l'état de santé de Lenore, qui ne pouvait que s'aggraver. Car c'était bien ainsi que ça se passait généralement avec ces choses-là, non ? Ça s'aggravait. D'ailleurs, comment traitait-on les personnes atteintes de glaucome en Chine ? Sans doute qu'on les abattait pour récupérer leurs organes. Il savait que la situation s'était améliorée là-bas, sur le plan économique, mais la Chine demeurait imbattable dès qu'il s'agissait de réprimer la population. Il avait lu des articles sur la place Tien'anmen. Les soldats chinois n'avaient pas hésité à arroser leurs camarades de volées de plomb, produit par une industrie minière de plus en plus agressive. Certes, ça s'était passé vers la fin du siècle précédent, mais ce n'était quand même pas le signe d'une culture bienveillante. Et il avait entendu dire, par des amis qui s'étaient rendus là-bas, que la nourriture était immangeable, sans aucun rapport avec les plats chinois qu'on mangeait chez Tung Sing Hunan sur Ventura Boulevard. Marcus avait particulièrement apprécié leurs rouleaux de printemps et leur crabe *meu gai*, sans imaginer qu'un jour il devrait se demander s'il était prêt à manger uniquement chinois.

Les enchiladas du déjeuner commençaient à mal se comporter. Il ravala un haut-le-cœur et dut plaquer sa main sur sa bouche lorsque le goût douceâtre de la viande de médiocre qualité remonta de son intestin. Il sentait qu'il allait vomir, mais il ne voulait pas que Roon puisse penser que cette nouvelle avait sur lui un effet négatif. Il déglutit et inspira à fond.

« Et toi, demanda-t-il, tu vas apprendre le chinois ?
– Pas la peine, j'engagerai des interprètes. Mais toi… si tu veux être mon agent à Guodong…
– C'est quoi, Guodong ?
– L'endroit où se trouvera l'usine. Il faudra que tu parles la langue. Tu as besoin d'un peu de temps pour y réfléchir ? » Voyant que Marcus continuait à ressasser la question, il entreprit de décrire ses efforts pour adoucir le coup porté aux ouvriers. « J'ai fait imprimer des T-shirts et je les distribuerai à tous les gars de la chaîne avec deux mois de salaire. » Il plongea la main dans le sac posé à ses pieds et Marcus vit soudain un bout de tissu voler dans sa direction. Il l'attrapa par réflexe, le leva devant lui et découvrit un T-shirt avec de grosses lettres noires imprimées sur fond blanc.

WAZOO VOUS REMERCIE

Marcus savait bien que ce geste désinvolte n'apaiserait pas les ouvriers, mais il ne voulait pas se lancer dans une discussion sur les tentatives pathétiques de Roon pour établir des relations avec ses employés. Il demanda simplement :
« Quand vas-tu fermer l'usine ?
– Aujourd'hui.
– Aujourd'hui ? » L'angoisse de Marcus était palpable.
« Oui, je sais que c'est un choc. Alors, prends donc un jour ou deux, et dis-moi ce que tu as décidé. Car si tu refuses, il faudra que je trouve quelqu'un qui accepte. J'ai besoin d'un Américain pour tout diriger. Promets-moi d'y réfléchir. »

Marcus sentait qu'il s'enfonçait dans le sol, sous le béton, puis dans la terre, où il se vit en train de se dématérialiser confortablement ; il cessait d'exister sous sa forme actuelle, celle d'un homme accablé de problèmes impossibles à résoudre.

« J'y réfléchirai, dit-il.

– Ce sera une aventure ! Là-bas, je suis entré dans un bar, dans une ville dont je ne peux même pas prononcer le nom, et j'ai commandé un Coca Light, et tu sais quoi ? Ils en avaient ! Crois-moi, la Chine c'est génial. En attendant, tu devrais débarrasser ton bureau. Un grossiste vient mercredi pour tout embarquer. »

En indiquant le jour précis où l'usine cesserait d'exister pour de bon, Roon avait placé un point d'exclamation à la fin de ce chapitre de la vie de Marcus. Il s'écrasa sur la page avec un bruit sourd, dont les vibrations se répercutèrent à travers son être de plus en plus dénué de substance.

Quand il parvint à parler, la seule chose qui sortit de sa bouche fut : « *Mercredi ?*

– Après-demain, précisa Roon, gentiment.

– Je n'ai même pas droit à une montre en or ? »

C'était une plaisanterie, remarquable dans ces circonstances.

« Une montre en or ? Marcus, je t'offre une nouvelle vie !

– En Chine.

– Il y a déjà une école américaine où tu pourras envoyer ton gamin. On est la dernière usine américaine qui ne soit pas encore installée là-bas ! J'essaye de faire tourner une entreprise.

– Tout fout le camp, hein ? »

Marcus regretta d'avoir prononcé une telle banalité, mais il ne pouvait pas faire mieux pour l'instant.

« La banque qui détient ton hypothèque ne fera pas de sentiments quand tu commenceras à louper des mensualités. N'aie pas peur de prendre des risques. Ton frère, Julian… Tu te souviens de la fois où il nous a emmenés voir le match des Dodgers, en roulant à presque deux cents sur l'autoroute ? » Marcus hocha la tête. Ce n'était pas le genre de moment qu'il avait envie de revivre. « Il a fait une queue de poisson à un type dans une Corvette, et le type nous a poursuivis jusqu'à la sortie ; on se disait qu'on allait mourir. » Roon souriait, il chérissait ce souvenir de sa jeunesse dissolue. « Ton frère est sorti de la bagnole en brandissant un faux flingue. J'ai cru que le type de la Corvette allait pisser dans son froc ! Julian aimait prendre des risques. Au fait, comment il va ?

– On n'a pas beaucoup de contacts. » Marcus ne voulait pas parler de son frère.

« Dommage. C'est un gars super. » Roon se leva, signe que l'entrevue était terminée. « Je veux que tu comprennes une chose, Marcus. Le monde se compose de maîtres et d'esclaves. Je ne dis pas que c'est mal d'être un esclave, oh non, la plupart des gens sont des esclaves. Je ne dis pas que ça ne peut pas être agréable d'avoir quelqu'un au-dessus de toi, avec un fouet, qui te donne des ordres. Mais aujourd'hui, tu as le choix. Tu peux être un maître ou bien un larbin. »

Bien que pris au dépourvu par Roon, et légèrement désorienté, Marcus avait encore assez de ressources mentales pour penser à conserver toutes ses options. « Et au sujet de la couverture santé ?

– Si tu vas en Chine, je mettrai ta belle-mère sur ta mutuelle. »

4

Marcus se retira, l'esprit chancelant. Un mélange délétère de rage et de stupéfaction venait s'ajouter au sentiment de trahison, dont il savait déjà qu'il était injustifié. Car où était-il écrit que le statu quo devait être maintenu ? Pour chaque chose, il existait une saison : il y avait un temps pour se développer, un temps pour réduire ses effectifs et un temps pour délocaliser toute l'entreprise en Extrême-Orient.

Alors qu'il luttait pour reprendre un semblant de contrôle sur ses émotions, Marcus ouvrit la porte de son bureau et, le niveau 4 d'alerte étant atteint, il prit l'ouvrage de Nietzsche. Ce livre avait presque vingt ans et il avait souligné de si nombreux passages qu'il peinait à retrouver ceux qu'il cherchait. Après plusieurs minutes de lecture angoissée, il tomba sur l'extrait suivant :

Une chose vivante désire plus que tout épancher sa force. La vie elle-même est volonté de puissance.

Dans ces instants de réflexion, de plus en plus rares, pendant lesquels il se retournait sur sa vie, Marcus savait que la seule chose qu'il avait exprimée, c'était une volonté de médiocrité. Certes, il avait fait vivre sa famille. Certes, il avait payé ses impôts. Et il se retrouvait enterré dans les classes moyennes, sans aucun espoir d'évolution. Pour Marcus, la philosophie avait toujours été une matière universitaire : on la lisait, on en débattait, on la méditait, mais on ne la *vivait* pas. Si on lui avait demandé de qualifier ses propres convictions, il aurait répondu qu'il était devenu un stoïcien sans le vouloir, un adepte de l'Évangile de l'Endurance, quelqu'un qui était content de simplement se débrouiller. C'était parfait en théorie, quand il recevait un chèque tous les quinze jours et vivait dans la *terra cognita* de Van Nuys. Mais il avait le sentiment déconcertant que les *Lettres à Lucilius* de Sénèque (ou n'importe quel texte stoïcien canonique) ne lui serait d'aucun réconfort lorsqu'il se retrouverait en train d'essayer de baragouiner en mandarin.

À la fin de la journée de travail, il se rendit dans l'atelier et annonça la nouvelle aux employés abasourdis. Il les informa qu'ils avaient droit aux allocations chômage et leur suggéra de s'inscrire immédiatement. Après quoi, il les remercia pour ces années passées au service de l'entreprise et leur souhaita bonne chance. Chez les ouvriers, la consternation était grande et Marcus dut répondre à de nombreuses questions. Il comprenait leur accablement devant l'avenir incertain auquel ils devaient faire face. Il se montra extrêmement compatissant. Et totalement impuissant.

Il rentra chez lui dans le crépuscule de ce début de printemps, en s'efforçant de ne pas céder à la panique. Pour essayer de placer les choses dans leur contexte, de rendre la situation plus concrète, il s'arrêta chez Tung Sing et acheta des plats à emporter pour le dîner. Jan, Nathan, Lenore et Marcus étaient maintenant assis dans la cuisine, où ils mangeaient des pâtés impériaux, du porc *lo mein*, du poulet à l'orange et du *moo goo gai pan*. Alors que Marcus piochait un morceau de poulet avec ses baguettes, il se tourna vers son fils.

« Qu'est-ce que tu préfères comme genre de nourriture ? »

Nathan, la bouche pleine de porc *lo mein*, s'arrêta un instant de mastiquer et répondit : « La focaccia », indiquant qu'il n'avait pas entièrement compris la question.

« La focaccia ? Vraiment ? » répéta Marcus, interloqué. Il n'avait jamais entendu le mot « focaccia » avant d'avoir trente ans, et voilà qu'il sortait de la bouche de son fils, aussi facilement que « sucette ». « Je croyais que tu aimais la cuisine chinoise », ajouta-t-il, en s'accrochant à l'espoir que le penchant de Nathan pour les pâtés impériaux lui permettrait d'aborder le sujet d'une installation future dans leur prétendu pays d'origine.

« Moi, j'aime bien manger chinois », déclara Lenore.

Elle avait senti qu'il avait besoin d'être tiré d'un mauvais pas.

« C'est un peu trop gras, dit Jan. J'ai été étonnée quand tu m'as dit que tu allais acheter des plats chinois.

– Il s'est passé un truc au boulot et j'ai eu une envie subite.

– Je m'en réjouis », dit Lenore en adressant un clin d'œil à Marcus, accompagné d'un petit signe de tête.

Il lui était reconnaissant de toujours essayer de lui remonter le moral, d'apaiser ainsi le sentiment de culpabilité qu'elle éprouvait en profitant de son hospitalité. Marcus espérait que Jan lui demande ce qui s'était passé, mais elle choisit de s'abstenir et un silence de plusieurs secondes s'ensuivit.

« Je peux sortir de table ? demanda Nathan. Il faut que je travaille ma clarinette. »

Nathan fut dûment excusé et après avoir refusé l'aide que leur proposait Lenore, Marcus et Jan entreprirent de débarrasser. Quand Lenore eut regagné sa chambre, Jan dit: « Son glaucome s'aggrave. Le médecin pense qu'il faudra peut-être l'opérer. »

Occupé à vider une assiette dans la poubelle, Marcus n'avait pas envie d'aborder, dans l'immédiat, l'état de santé de sa belle-mère. « À ton avis, la boutique marche bien ? demanda-t-il.

– Super. »

Il sentait qu'elle n'avait pas réfléchi une seconde avant de répondre. C'était un pur réflexe. « *Super ?* » dit-il. Son ton monta légèrement. Quand pourrait-on enfin cesser de faire semblant de croire que ce gouffre financier allait marcher un jour ?

« Pas *super* dans le genre "génial, on va pouvoir ouvrir une annexe", non. Mais pas mal. »

Marcus avait fini de vider les assiettes et de les laver. Il prit un torchon accroché au-dessus de l'évier et commença à les essuyer. Sans remarquer qu'il frottait assez fort pour ôter le vernis.

« Est-ce que par hasard tu pourrais faire vivre notre famille avec ce que tu gagnes ? »

Il devait faire un effort colossal pour ne pas donner l'impression qu'il lui tendait un piège.

« Ce n'était pas le but, répondit-elle. On n'a jamais… »

Il se raidit en l'entendant prononcer le mot *on* à propos de la boutique. C'était toujours *on*, jamais *je.* Il savait que Jan était persuadée qu'en employant ce pronom, elle lui donnait le sentiment d'être complice et qu'il serait donc moins enclin à douter de la réussite de Ripcord.

« On n'a jamais dit que la boutique devait faire vivre la famille. L'idée, c'était qu'elle y contribue, pas vrai ?

– Oui, exact. » Marcus comprit qu'il avait approuvé un peu vite l'idée de Jan d'ouvrir une boutique de vêtements. S'il l'avait encouragée dans une voie plus réaliste, ils n'auraient pas cette discussion aujourd'hui. « Mais il y a un léger… » N'ayant toujours pas trouvé la façon d'annoncer la nouvelle, il hésita.

« Un léger quoi ?

– Que dirais-tu d'aller vivre en Chine ?

– Pardon ? »

Vu la manière dont elle le regardait, il aurait pu tout aussi bien lui demander si elle voulait organiser une séance de spiritisme ou effectuer un voyage en montgolfière. Puis il s'aperçut qu'avec pour seule entrée en matière des plats chinois à emporter, cette question assurément épineuse tombait comme un cheveu sur la soupe. « Roon délocalise la production de Wazoo Toys là-bas, et il m'a demandé si je voulais diriger l'usine.

– En Chine ? » dit Jan.

Les traits de son visage se fondirent en un modèle de stupéfaction.

« Je lui ai répondu que je devais d'abord t'en parler. »

Il l'observa et attendit une réaction quelconque, mais Jan demeura muette pendant un long moment. Il se réjouissait qu'elle ne soit pas du genre à devenir hystérique. Il se souvint du jour où Nathan, alors âgé de deux ans, était tombé dans l'escalier : son incisive lui avait troué la joue. Ils s'étaient précipités à l'hôpital, où on l'avait emmailloté dans une sorte de camisole de force, puis sanglé sur une civière, avant qu'il soit opéré par une interne prévenante, originaire de Poona en Inde. Jan était restée auprès de leur fils du début à la fin, elle ne l'avait pas quitté des yeux un seul instant et l'avait réconforté, alors que Marcus avait failli s'évanouir. Il s'était senti soulagé quand une infirmière lui avait donné un sédatif et l'avait fait s'allonger sur un lit qui se trouvait à côté.

Jan sortit un pichet de thé glacé du réfrigérateur vieillissant, s'en servit un verre, but une gorgée et regarda son mari, calmement.

« Tu veux aller vivre là-bas, *toi ?*»

Il inspira à fond et répondit : « Je ne sais pas. »

Là encore, elle ne réagit pas immédiatement. Elle hocha la tête, lentement, comme si elle essayait d'assimiler cette information. « Tu ne sais pas ? Vraiment ? Tu pourrais avoir envie d'aller vivre en Chine ?

– Oui. Je pourrais. Je ne dis pas que j'en ai envie. Mais j'aimerais me dire que je suis le genre de personne qui pourrait le faire. Disons que je suis en train de tester cette idée, comme on teste une voiture. »

Il fit mine de tourner un volant.

C'est alors que Jan explosa. « Tu es dingue, Marcus ! En Chine ? Qu'est-ce que je ferai en Chine ? Et Nathan ? Et ma mère ? Et le chien ? Qu'est-ce que notre famille fera en Chine ?

– Roon a proposé de nous installer. Il y a une école américaine sur place et il a promis de mettre ta mère sur ma mutuelle. »

Il présenta ce dernier argument d'un air triomphant, comme pour dire : *Tu vois ? Je ne suis pas totalement idiot.*

« Et si tu refuses d'y aller ?

– Je perds mon boulot.

– Roon possède un tas de sociétés. Il ne t'a rien proposé d'autre ?

– Non.

– Après quinze ans, c'est comme ça qu'il te traite ? Ce connard ! Comment peut-il nous faire un coup pareil ? Tu es censé être son ami ! » Marcus essaya de la calmer, mais tout ce qu'elle trouva à répondre, ce fut : « Qu'il aille se faire foutre ! »

S'ensuivit une minute de silence absolu, pendant laquelle Jan vida son verre de thé glacé, d'une traite. « J'aimerais bien qu'on monte un truc ensemble.

– Toi et moi ?

– Ce serait super, non ? Je commence à en avoir assez d'être associée à Plum. D'ailleurs, elle parle de faire un enfant.

– Avec qui ?

– Un donneur de sperme. Ça fait partie d'un projet artistique. C'est tellement dément que je ne peux même pas en parler. »

Pour Marcus, l'idée que Plum puisse avoir un enfant était presque aussi absurde que la perspective de leur installation en Chine. Il se réjouissait de ne pas être confronté à *ce* problème. Un air de clarinette descendit de l'étage. Nathan essayait de jouer une chanson qu'ils avaient entendue à la radio ce matin-là sur le chemin de l'école. Une note sur trois était fausse et le résultat était épouvantable. Marcus l'écouta un instant. Il savait combien ce son lui manquerait un jour.

« Marcus, reprit Jan, cette histoire de Chine… ça ne se fera pas. Tu peux trouver un autre boulot. »

Sur ce, elle l'embrassa sur la joue et le laissa seul dans la cuisine.

Plum et son ex-mari, Atlas Boot, avaient habité ensemble le quartier de Reseda, dans l'ouest de la San Fernando

Valley, jusqu'au jour où en lisant un des e-mails personnels de son époux, elle avait découvert qu'il couchait avec un mannequin de pied rencontrée sur Internet. Maintenant, elle y vivait seule. Reseda était un endroit paisible où des pelouses bien vertes et bien entretenues entouraient des maisons modestes, et où les enfants faisaient du vélo dans des rues inondées de soleil. Plum détestait cet endroit. Elle aurait voulu vivre dans un coin plus bohème, plus inflammable, mais ils avaient obtenu un bon prix pour cette maison et elle en avait hérité lors du divorce.

Plum avait transformé la moitié du garage en atelier, et elle y passait la plupart de ses soirées. Le lundi, un peu avant vingt et une heures, elle fit glisser ses mains sur son ample pantalon noir et balaya la pièce du regard. Bien qu'elle ait suivi une formation de peintre, elle voyait bien qu'aujourd'hui, dans le monde de l'art, tout ce qui était excitant se déroulait hors du chevalet. Et elle se fichait de savoir que cette école de pensée avait déjà une barbe blanche il y a cinquante ans. Ce qui comptait, c'était la perception des choses; et les dignitaires prétentieux qui prononçaient les oukases esthétiques (Magritte, nul! Schwitters, génial!) avaient décrété que la peinture, c'était fini.

Plum avait donc choisi sa voie: l'art conceptuel ou la mort. Hélas, si elle n'était pas dépourvue de talent en tant que peintre, le don pour créer des « installations » provocantes lui faisait défaut. Fabriquer un machin à partir d'un mélange de vieux enjoliveurs et de téléphones portables, c'était une chose; lui donner un sens ensuite, c'était très différent. Elle était désormais entourée d'une accumulation d'objets jetés au rebut et glanés au cours de ses expéditions en ville : plusieurs radios-réveils et grille-pain cassés, une porte de congélateur, une roue de vélo, une grande maison de poupée en plastique, cinq poupées, trois mannequins, une cage à oiseaux, des bouteilles de différentes tailles et formes, deux vieux plateaux de jeu en bois, une veste en lambeaux, une tête d'élan avec un seul bois, achetée dans une brocante, et deux sacs de ciment.

Au cours des derniers mois, elle avait essayé, par intermittence, de faire naître quelque chose de saisissant à partir du bric-à-brac qu'elle avait accumulé, mais quoi ? Caressant la métaphore de la maison de poupée, elle avait passé plusieurs jours à recouvrir la sienne de petites pièces d'appareils électriques, en projetant de la peupler ensuite de vieilles Barbie. Mais finalement, elle avait trouvé ça stéréotypé, et toute cette esthétique à la « Ibsen revu par un bricoleur du dimanche » lui semblait rebattue.

Elle avait envisagé de coller des plumes sur les mannequins homme et femme, puis de les placer sur des perchoirs dans une cage à oiseaux fabriquée sur mesure. Cette œuvre était allée jusqu'au stade du collage des plumes, mais malgré tous ses efforts, Plum n'arrivait pas à faire tenir les mannequins sur les perchoirs. Avant que ce problème technique soit résolu, elle avait renoncé en s'apercevant que la cage à oiseaux n'était pas plus originale que la maison de poupée. Malheureusement, elle n'arrivait pas à saisir une métaphore parlante.

Nullement découragée, Plum passait son temps libre à bricoler dans son atelier, en buvant du thé *english breakfast* et en songeant à ses aînés dans l'art. Edvard Munch était malheureux et pourtant, il avait réussi à puiser une œuvre immortelle dans les profondeurs les plus noires de la déprime scandinave. Elle estimait être au moins aussi malheureuse que Munch, même si elle avait un peu moins de talent, et elle aurait voulu pouvoir rejeter la faute de cette impasse sur son environnement géographique. Plum aimait croire que, livrée à elle-même au pays des fjords, elle aussi aurait pu donner naissance à quelque chose de mystérieux et de déchirant. Mais au fond d'elle-même, elle savait bien que le problème n'était pas du tout là. Plum était terrifiée à l'idée d'avoir perdu toute inspiration.

Tournant le dos à cet amas de détritus, récemment si riches encore de promesses esthétiques, mais désormais abandonnés et apparemment inutiles, Plum aperçut le recueil, tout corné, des poèmes de Paul Verlaine, posé sur une étagère où il prenait la poussière parmi des piles de vieux magazines d'art. Elle le prit, l'ouvrit au hasard et lut :

Les sanglots longs
Des violons
De l'automne
Blessent mon cœur
D'une langueur
Monotone.

Elle referma immédiatement le livre. Dans sa jeunesse, Plum avait été attirée par les artistes qui se livraient au trafic de douleur émotionnelle. Leur fréquentation lui avait permis de maintenir à distance romantique les souffrances qu'ils élucidaient. Quand elle les rencontra quelques années plus tard, elles devinrent trop réelles à ses yeux. Les sanglots longs des violons de l'automne, c'était une chose quand vous étiez allongée sur votre lit dans votre dortoir à la fac, en train d'écouter Patti Smith sous champignons. Vingt ans plus tard, à Reseda, ça n'avait plus rien à voir. Plum se demandait si le fait d'avoir un enfant l'aiderait réellement à se sentir mieux. Il fallait absolument qu'elle essaye quelque chose de nouveau. Le concept de «réinvention» était très séduisant, et elle savait qu'un bébé ferait bouger les choses. Mais pour l'instant, ce n'était qu'une idée de plus, qui luttait pour se faire une place parmi d'autres idées, dont aucune ne débouchait jamais sur quoi que ce soit. Plum était consciente que, dans son état d'esprit actuel, toute tentative de travailler ne ferait qu'accentuer son malaise, alors elle retourna dans la maison.

Elle s'appuya contre l'encadrement de la porte qui séparait la cuisine du salon, écouta le bourdonnement du lave-vaisselle et fit courir son doigt sur sa ceinture en cuir souple. Quand elle prit conscience de son geste, elle repensa aussitôt au docteur Pradip Singh car celui-ci l'avait suppliée de le fouetter avec cette ceinture. Il aimait qu'on le flagelle les fesses à l'air et Plum se sentait étrangement émoustillée lorsqu'elle infligeait un châtiment corporel léger. Un jour, alors qu'elle le frappait un peu trop fort, elle s'était laissée emporter, à tel point qu'un hématome était apparu avant qu'elle s'aperçoive qu'il hurlait *Costco,* le code dont ils étaient convenus. Exception faite de leur penchant pour les jeux sexuels, ils ne partageaient pas grand-chose. Ce soir, le dentiste lascif ne lui manquait pas; elle avait juste envie de filer une raclée à quelqu'un.

Assis à son bureau dans son garage aménagé, Marcus affrontait la tâche de plus en plus difficile qui consistait à payer les factures du mois. Son salaire annuel de soixante mille dollars ne suffisait plus à couvrir tous les frais. Les mensualités pour la maison s'élevaient à mille huit cents dollars, il avait deux autres crédits pour les voitures, et en plus de tout le reste, il fallait payer la phalange de professeurs de Nathan, son psychologue et son professeur de clarinette (tous les enfants qui jouaient dans l'orchestre de Winthrop Hall devaient prendre des cours particuliers). Ils avaient souscrit un prêt de cinquante mille dollars deux ans auparavant. Le remboursement leur coûtait cinq cents dollars par mois et le capital était presque déjà dilapidé. Marcus avait parfaitement conscience du gouffre dans lequel ils se trouvaient. Il leva les yeux d'une facture de quatre mille dollars pour le nouveau toit en entendant sa femme lui demander s'il venait bientôt se coucher. Jan se tenait sur le seuil du garage-bureau, en jogging large molletonné, une lueur de compassion dans ses doux yeux marron. Elle vint vers lui et commença à lui malaxer les épaules. « Tu es tout tendu. Tu devrais te faire masser. » Venant de Jan, c'était une surprise. Dans leur monde, l'idée que l'on puisse payer quelqu'un pour qu'il promène ses mains expertes sur un corps endolori était une incongruité. Ce petit plaisir exigeait des revenus qu'ils n'avaient pas.

Marcus jeta un coup d'œil à la pile de factures, qui semblait avoir grandi comme par magie depuis la dernière fois qu'il l'avait regardée, et il s'aperçut qu'il n'avait rien fait pendant presque une heure. Il avait la nuque raide. Il adorerait se faire masser. Il se retourna vers sa femme. « Pourquoi tu ne me masses pas, toi ?

– Demain soir, promis. »

Marcus essaya de cacher sa déception. Il ne croyait pas vraiment que Jan le masserait (qu'avait-il fait pour le mériter ?), mais il espérait quand même.

« Il faut que je te parle d'un truc », dit-elle en détournant la tête. Marcus craignait le pire, cette phrase annonçant rarement une bonne nouvelle. « Je suis désolée pour la boutique », dit-elle.

C'était un choc. « Comment ça ?

– Je me dis que c'était peut-être une mauvaise idée. Il ne se passe rien sur Van Nuys Boulevard. En fait, l'embourgeoisement du quartier, c'est *nous*, Plum et moi... » Elle hésita de nouveau. « Qu'est-ce que tu en penses ? Ça fait deux ans maintenant...

– Tu crois que tu pourrais la convaincre de racheter tes parts ?

– Ça m'étonnerait. »

Marcus était étonné par l'aveu de Jan. Apparemment, l'hypothèse chinoise l'avait incitée à réfléchir sérieusement. Bien qu'il ait toujours eu le sentiment que sa femme s'était forcée à se lancer dans le commerce, jamais encore, avant ce soir, elle ne lui avait fait part de ses doutes à ce sujet. La famille avait investi vingt mille dollars du prêt immobilier dans Ripcord, et de toute évidence, cet argent avait connu le sort des bisons.

« Que veux-tu faire ?

– Je ne peux pas tout plaquer comme ça.

– Non, tu ne peux pas. » Il se leva et l'embrassa sur la joue, en l'attirant contre lui. « On n'est pas obligés de régler ça dans la seconde.

– Je ne veux vraiment pas aller en Chine. »

Marcus dormit mal cette nuit-là; il ne cessait de ressasser sa décision imminente, il la mettait en pleine lumière et l'examinait sous tous les angles possibles. S'il voulait vraiment poursuivre son métier à l'étranger, il pensait être en mesure de convaincre Jan. Au pire, il pourrait toujours partir seul, comme les chasseurs de baleines du XIXe siècle en Nouvelle-Angleterre, qui abandonnaient leurs familles pendant plusieurs années, bravaient les typhons, le scorbut et les cajoleries des Polynésiennes nues, pour subvenir aux besoins des leurs.

L'aube perçait au-dessus du golf public de Woodley Lakes lorsque Marcus posa sa balle sur le tee au départ du premier trou. On était mercredi, deux jours après sa discussion avec Roon, et il se trouvait en compagnie d'Atlas Boot. Ce prénom lui avait été infligé par ses parents, nommés plus prosaïquement John et Mary Boot, originaires d'Eau Claire dans le Wisconsin. Ils avaient espéré que leur fils unique serait inspiré par cette appellation mythique, mais sa présence physique, lymphatique et essentiellement molle, la ridiculisait.

Marcus avait fait la connaissance d'Atlas à l'époque où celui-ci était marié à Plum, et ils étaient restés amis après le divorce. Les deux hommes jouaient au golf ensemble une fois par mois, ils faisaient toujours neuf trous au petit matin, ce qui leur laissait assez de temps pour se plaindre de tout ce qui n'allait pas dans leurs vies et arriver à l'heure au travail. Marcus recula de deux mètres derrière la balle, s'accroupit et scruta le fairway pour préparer son coup. Il n'était pas bon golfeur, mais il appréciait ce jeu qui lui permettait de ne pas penser aux choses auxquelles, croyait-il, il *aurait dû* penser les jours où il jouait. Ce matin, il s'agissait de Roon, de la Chine et de l'avenir de sa famille. Fort heureusement, aucun de ces sujets ne parvint à s'imposer dans son esprit, alors qu'il se représentait la trajectoire rectiligne de sa balle sur deux cent cinquante mètres.

Tout en s'efforçant d'atteindre un état de calme absolu, il se redressa et vint se placer face à la balle, de profil. Il la regarda fixement et inspira à fond. Sur la gauche, il y avait un obstacle d'eau où quelques oies vaquaient à leurs occupations matinales, dans l'ignorance du massacre qui se préparait. De l'autre côté du parcours se dressait un bosquet. Marcus enregistra toutes ces données, puis il tourna la tête et regarda de nouveau la balle. Encore une profonde inspiration. Il leva lentement son club, en pensant à tendre les bras et à contrôler l'angle de son poignet, puis il attaqua la descente. Il balança les hanches et son club traversa la balle, qui fila à toute allure en direction des oies, pas assez intimidées pour bouger ni même pour regarder dans sa direction, avant de tomber dans la mare. Marcus jeta un coup d'œil à Atlas, qui assistait à cette débâcle à distance respectable.

« Alors, qu'est-ce que tu dis de ça ? demanda Marcus en essayant de rire.

– Impressionnant. » Atlas n'était pas meilleur golfeur que Marcus et ils avaient conclu un pacte tacite selon lequel chaque fois que l'un d'eux loupait un coup, ce qui arrivait souvent, le coupable devait être le premier à en rire. Cela permettait d'éviter l'humiliation. « Tu es sûr que tu ne veux pas jouer à cinq dollars le trou ? Je te laisse dix coups d'avance.

– Non merci. »

Au cours de ces parties amicales, aucune somme d'argent ne changeait jamais de main, même si Atlas le proposait à chaque fois. Il suggéra à Marcus de rejouer une balle.

Le deuxième coup de Marcus, s'il n'avait rien de particulièrement impressionnant avec son lent *fade* vers la droite, avait au moins le mérite d'être jouable. Soulagé, il alla se placer sur le côté pour regarder Atlas exécuter son premier swing de la journée. Comme beaucoup d'hommes qui ne prenaient pas soin de leur ligne, Atlas portait des vêtements légèrement trop larges. La casquette bleue délavée à l'arrière de son crâne et le polo de golf vert qui sortait de son pantalon concouraient à créer un effet de décontraction débonnaire.

Atlas frappa la balle de plein fouet. Elle partit telle une fusée, au centre du fairway, rebondit dans l'herbe rase puis roula, pour finalement s'arrêter à deux cent vingt mètres du tee. Marcus le complimenta et alla repêcher sa première balle dans l'eau peu profonde de la mare. Atlas l'attendit poliment, et une fois que Marcus eut réussi à la récupérer, ils remontèrent côte à côte le fairway, alors que le soleil pointait son nez derrière les montagnes et que l'horizon passait du rose au bleu.

Quand ils eurent terminé le premier trou, Marcus parla à son ami de l'éventuel départ en Chine. Atlas accusa le choc provoqué par cette nouvelle et loupa le putt qui lui aurait permis de faire un *bogey*.

« En tant que ton avocat, je te conseillerais d'y aller », dit Atlas, bien qu'il ne soit pas l'avocat de Marcus. Il avait entendu cette phrase dans un film. « Je partirais en Chine dès demain, ajouta-t-il en griffonnant un 6 sur sa carte de score avec un bout de crayon.

– Ah bon ? »

Marcus était surpris de la rapidité avec laquelle Atlas avait formulé une opinion. À l'instar d'un grand nombre d'avocats, il était généralement circonspect et Marcus avait cru qu'il prendrait plus de temps pour examiner la complexité de la situation.

« Je ficherais le camp d'ici si vite que tu en aurais le tournis. »

Ils marchaient vers le départ du trou numéro 2, un *par* 4. Alors qu'Atlas examinait deux balles en essayant de savoir laquelle il allait prendre, Marcus lui demanda pourquoi il serait aussi pressé de partir vivre en Chine.

« Les Chinois adorent jouer aux cartes, tu ne savais pas ça ? Je serais au paradis. Je vais à Gardena plusieurs soirs par semaine jouer au poker dans les clubs. Tu devrais venir avec moi, une fois.

– Je ne suis pas joueur.

– Sans blague ?

– Qu'est-ce que ça veut dire ?

– Regarde-toi, Marcus ! Marié à la même femme depuis… combien de temps ? Quinze ans ? Le même boulot depuis que tu as fini tes études, ou presque. Attention, je ne dis pas que c'est mal… Mais tu devrais penser sérieusement à la Chine.

– J'y pense.

– Tu n'as pas envie d'y aller. Ça se sent. »

Comment pouvait-il le sentir ? C'était donc si affreusement évident ?

« Tu partirais avec ta famille ? demanda Atlas.

– Évidemment, répondit Marcus.

– J'aimerais bien aller dans un endroit où Plum ne pourrait pas me réclamer du fric. »

Atlas arma son backswing. Arrivé à l'apogée de sa course, le club redescendit et… CRAC!… la balle décolla du tee et s'éloigna, très haut, très vite, de l'endroit où se trouvaient les deux hommes. Marcus détacha son attention de la trajectoire de la balle pour la reporter sur Atlas, qui souriait d'un air énigmatique. Marcus n'aurait su dire si son ami songeait à son drive ou s'il savourait la perspective de vivre à huit mille kilomètres de son ex-épouse.

Atlas ne reparla pas de Plum jusqu'à la fin du parcours de neuf trous, mais il évoqua plusieurs fois la Chine, pour encourager Marcus à s'y rendre, au moins un an. Certes, les libertés individuelles étaient inexistantes, leur attitude envers les bébés de sexe féminin répréhensible, et leur comportement au Tibet déraisonnable, mais ils possédaient l'économie la plus dynamique au monde, et puis qu'est-ce qu'il y avait de si génial à Van Nuys? Marcus promit d'y réfléchir sérieusement. C'était généralement ce qu'il répondait quand Atlas commençait un laïus par: « En tant que ton avocat… »

Après avoir réalisé un *tee shot* inhabituellement bon au trou numéro 6, Marcus aborda la question de Ripcord, en demandant à Atlas combien de temps, à son avis, la boutique survivrait. Atlas balança son sac sur son épaule pour parcourir le fairway et poussa un soupir sonore. Il n'en avait aucune idée, dit-il, mais il espérait une fin proche.

« La semaine dernière, Plum a voulu savoir si j'étais prêt à mettre encore un peu d'argent. Pas question, je lui ai répondu. Je suis ton *ex*-mari, nom de Dieu, et les affaires marchent mal. » Atlas remonta son pantalon. « Tu sais quelle est ma plus grosse affaire en ce moment? Je défends un petit connard d'étudiant d'USC qui a tué un poisson rouge dans une mare de la fac pendant un bizutage. Il a planté cette saloperie sur une brochette. »

Atlas secoua la tête d'un air consterné, non pas à cause du triste sort subi par le poisson, mais de sa propre situation. Il avait percé en tant qu'avocat au milieu des années 1990 en défendant avec succès une ancienne hôtesse de l'air nommée Cricket Bulger, qui avait épousé un homme beaucoup plus âgé qui pesait presque quarante millions de dollars. Quand le mari était mort, le fils de celui-ci, un type d'un certain âge, avait rendu visite à Cricket pour tenter de la dissuader de réclamer l'héritage. Elle l'avait abattu avec le pistolet à crosse en or que feu son mari avait eu la bonne idée de lui offrir avant de mourir. Elle avait engagé Atlas, qui avait convaincu le jury que le beau-fils avait tenté de la violer. La nature sordide du crime, ajoutée à l'énorme somme d'argent qui était en jeu, avaient déclenché une folie médiatique, et quand l'hôtesse à la gâchette facile avait fait appel à Atlas, la réputation de celui-ci avait atteint des sommets. Que la victime n'ait jamais commis le moindre acte de violence, sexuelle ou autre, rendait sa victoire encore plus remarquable, et pendant une brève période, Atlas avait compté parmi les membres du barreau de Los Angeles les plus en vue. Âgé d'environ trente-cinq ans à l'époque, il pensait que le procès de Cricket Bulger serait le départ d'une brillante carrière, mais ses espoirs ne s'étaient jamais concrétisés. Dans le cas contraire, songeait parfois Marcus, son ami serait en train de se distraire avec des capitaines d'industrie au Bel Air Country Club, et non avec un directeur d'usine sur un terrain de golf public de la Vallée.

Marcus observait Atlas qui se préparait à taper un long putt sur le green du trou numéro 9. Il avait envie de continuer à parler de cet éventuel voyage en Chine et de l'angoisse, qu'il essayait de surmonter, à l'idée de saisir cette occasion. Il avait peur de la réaction de Jan, au cas où il déciderait de lui imposer cette décision, et il avait peur d'installer sa famille dans un environnement inconnu, à l'étranger qui plus est. Mais sa peur était dominée par la honte qu'il éprouvait à reconnaître sa nervosité. Alors, il regarda Atlas manquer son putt et la balle dépasser le trou d'au moins trente centimètres. Atlas la poussa dans le trou tout doucement, il avait terminé. Marcus devait tenter un putt de cinq mètres. Il exécuta deux petits coups à vide avec son putter, en songeant à bien relâcher les épaules et à plier les genoux. Puis il tapa dans la balle. Celle-ci fila vers le trou, mais elle perdit de l'élan et s'arrêta à une soixantaine de centimètres du but.

« Il faut *frapper* dans la balle », dit Atlas.

Ils eurent fini de jouer à neuf heures. Comme ça ne servait à rien d'aller à l'usine, Marcus prit la direction de chez lui et songea à son avenir dans les embouteillages du matin.

Avec Bertrand Russell couché en boule à ses pieds dans la cuisine, il composa le numéro du siège et demanda à parler à M. Primus. Roon décrocha.

« *Ni hao.*

– Hein ?

– Ça veut dire "Salut" en mandarin. Ça carbure sec ici, mon pote. Alors ? Vite, je suis en réunion.

– Je n'irai pas. »

Après un silence pesant, Roon dit : « Bon sang, Marcus. Je ne suis pas certain que ce soit le meilleur choix pour ta famille. » Marcus savait que l'inquiétude qu'il percevait dans la voix de Roon masquait des préoccupations moins altruistes. Ce titan du commerce allait devoir trouver quelqu'un d'autre pour gérer l'usine de Guodong. « Tu es sûr ? C'est une sacrée occasion.

– Je sais, je sais. C'est juste que…

– La Chine, Marcus ! C'est l'avenir !

– Tu n'aurais pas un autre poste, ici à Los Angeles ?… demanda-t-il timidement.

– Hein ? Un autre boulot, tu veux dire ? »

Roon éclata de rire, comme si la question de Marcus était ridicule.

« Tu possèdes un tas de sociétés, des boîtes dont je ne connais même pas l'existence, je parie…

– J'ai besoin de toi en Chine. Ta place est là-bas, dans le schéma d'ensemble.

– Mais je ne peux pas partir. Tu es sûr que…

– Avant de proposer le poste à quelqu'un d'autre, je te pose la question une dernière fois car je ne veux pas qu'un autre type te pique ta place. J'essaye de te faire une fleur.

– Je ne peux pas.

– Marcus, une fois que j'aurai raccroché, ce sera trop tard. J'essaye d'introduire la société en Bourse, et pour ça, je fais le ménage partout. Alors, cette proposition ? C'est ça ou rien. Si tu dis "non"… Oh, allez ! Tu es sûr ? »

Introduire la société en Bourse ? C'était la première fois que Marcus entendait parler de ce projet. Roon serait encore plus riche. De combien ? Jusqu'où pouvait-il continuer à accumuler ? Marcus pensait à sa propre situation financière. Il avait besoin de travailler, assurément, mais pas en Chine. Essayant de ramener son ressentiment à un niveau moins hallucinogène, il demanda : « Et en ce qui concerne les indemnités de licenciement ?

– Je suis prêt à te filer mille dollars par année d'ancienneté, parce que je suis sympa, et on arrondira. Ça fait combien, ça?

– Quatorze mille dollars.

– C'est beaucoup plus que ce que touchent tous les autres.

– Tu te fous de moi? On se connaît depuis toujours!

– Tu devrais réfléchir et aller en Chine.

– Tu devrais me donner au moins un an de salaire.

– Ça me coûte cher de délocaliser la boîte. Les types qui s'occupent de ces deals examinent de près tous les coûts. Je ne veux pas être obligé de leur rendre des comptes. Mais si tu veux un prêt personnel, on peut éventuellement s'arranger… »

Quand Marcus raccrocha, le silence l'engloutit.

5

Cet été-là, la chaleur détachait l'écorce des arbres. Le soleil écrasait impitoyablement les collines et les canyons; le sol de la Vallée était un four. Dans la maison, les vieux climatiseurs ahanaient comme s'ils étaient à l'agonie, aussi Marcus déambulait-t-il vêtu simplement d'un short, n'enfilant un T-shirt que s'il avait une course à faire. Jan allait chez Ripcord presque chaque jour. Nathan fréquentait un centre aéré tout proche, où les enfants avalaient des pastilles de sel en cherchant l'ombre. Lenore était partie pour Boston puis le New Jersey, afin de rendre visite aux sœurs de Jan. Marcus ne pouvait tondre la pelouse qu'une fois par semaine, et après avoir vidé et nettoyé le garage, il ne lui restait plus grand-chose à faire, à part attendre le courrier pour savoir si quelqu'un avait répondu aux cent cinquante CV qu'il avait envoyés.

Ce qui n'arrivait pas.

Pour échapper à la canicule, il emmenait Bertrand Russell à la plage, à Malibu, et assis sous un parasol, il contemplait la mer et se demandait comment il en était arrivé là. Les chiens étaient interdits sur la plage et Marcus vivait dans la crainte d'avoir une amende. Il continuait à jouer au golf avec Atlas, qui ne cessait de lui raconter qu'il gagnait des fortunes en pariant sur des matchs. Alors qu'ils arpentaient péniblement les fairways brûlants,

Marcus devait écouter Atlas décrire le système grâce auquel il pouvait deviner de quelle manière les tennismen professionnels allaient jouer tel ou tel match, en fonction d'un algorithme incompréhensible découvert par lui seul. Marcus se demandait si son ami avait sombré dans le délire, jusqu'au jour où Atlas arriva sur le parking de Woodley Lakes au volant d'une nouvelle Porsche.

Tandis que l'été continuait à faire rage, le prêt consenti aux Ripps se trouva réduit à presque rien. Le découvert des cartes de crédit commença à enfler. Juin s'écoula, puis juillet. Des journées passées à surfer sur des sites commerciaux, à lire les journaux et de vieilles brochures philosophiques dans des *coffee shops*, et à s'entraîner dans une salle de sport pour laquelle son abonnement arriverait bientôt à expiration.

Par un après-midi torride, Marcus s'échinait sur un vélo fixe, sous une rangée de téléviseurs, le cœur battant à toute allure, le visage ruisselant de sueur, hébété par le manque de sommeil. L'un des écrans montrait une guerre dans le désert sur CNN, et les autres, une sitcom et un magazine économique présenté par un type d'un certain âge, chauve, qui semblait dans un état de démence avancée. Pourtant, Marcus sentait que cet homme, malgré son regard de fou, était comme Roon, un dirigeant, un conquistador, quelqu'un à qui les dieux du Profit débridé avaient révélé des vérités dans un langage que lui, Marcus, réduit à l'indigence, ne comprendrait jamais.

Bien que le son soit coupé, il ne pouvait détacher les yeux de cette incarnation de la richesse et de la prise de bénéfices. Pourquoi cet homme réussissait-il de manière si obscène ? Comment avait-il fait pour éviter le statut d'esclave ? Son programme cynique, voire amoral, se limitait à faire de l'argent. Armes, pornographie, tabac ; la provenance n'avait aucune importance, seul l'argent comptait. Et pourquoi pas ? Sa devise était : *Quelqu'un va s'enrichir, autant que ce soit vous !*

Marcus rentra chez lui, hanté par le visage en sueur de l'animateur. Il buvait un verre d'eau du robinet dans la cuisine (il avait annulé les livraisons d'eau minérale le mois précédent) quand il reçut un appel de Dal-Tech, une entreprise de Sun Valley qui travaillait pour la Défense. Un poste de responsable des achats se présentait, Marcus était-il disposé à venir en discuter ? Il voulut connaître la rémunération, et quand on lui répondit que le salaire oscillait entre cinquante et cent mille dollars, en fonction de l'expérience, il convint d'un rendez-vous.

Cinq mois après avoir grignoté des côtelettes d'agneau dans la salle de réception du Beverly Hills Hotel, Marcus se retrouvait dans le secteur beaucoup moins enchanteur de Sun Valley, par une brûlante journée d'août polluée. Jan lui avait conseillé de faire des exercices de stimulation mentale pour se mettre dans un état d'esprit positif, et même s'il avait ri quand elle lui avait expliqué comment ça marchait, il était prêt à tout pour apparaître plus séduisant et moins désespéré. Il passa donc tout le trajet à répéter : *Je suis un excellent cadre et un bon manager, tous ceux qui travaillent pour moi m'apprécient*, en essayant de ne pas avoir l'air d'un idiot. De fait, cela sembla le mettre d'humeur plus joyeuse, et quand il se gara sur l'immense parking de Dal-Tech, un vaste complexe situé à l'ombre brûlante des Verdugo Hills pelées, il se sentait envahi d'une bouffée de confiance.

« Qu'est-ce que ça vous ferait de travailler sur une technologie qui tue des gens ? » lui demanda Les

Claymore. Les était le directeur des ressources humaines chez Dal-Tech. Il portait une chemisette blanche et serrait dans son poing une poignée de musculation en parlant, ce qui faisait saillir les muscles de son avant-bras de manière troublante. On lui donnait la quarantaine. Marcus soupçonnait sa cravate à rayures de se fixer avec un élastique. Il y avait sur son bureau plusieurs photos de famille, qui semblaient être vendues avec les cadres.

Marcus lui expliqua qu'il avait travaillé chez Wazoo, sur la gamme des Présidents en prière. Les lui dit qu'il aimait bien l'idée de ce produit, et Marcus lui répondit qu'il avait le sentiment, ainsi, d'avoir déjà travaillé pour le gouvernement. Ce qui ne fit pas rire Les.

« Une usine, c'est une usine, ajouta Marcus avec un sourire forcé.

– Quand vous travaillez véritablement pour le gouvernement, c'est différent, dit Les. Je suis chrétien, j'appartiens à l'Église du Rédempteur, à San Dimas, et en tant que chrétien, je dois faire un effort personnel pour assumer ce que nous faisons ici chez Dal-Tech. Je ne me mens pas. Nous construisons des systèmes qui répandent la terreur et la stupeur sur nos ennemis, mais parfois, des innocents meurent. Et je suis obligé de me demander : Jésus voudrait-il cela ?

Il s'interrompit. Apparemment, il attendait une réponse. Marcus réfléchit avant de se lancer. Ce boulot présentait des avantages.

« Je ne sais pas. » Il ne voulait pas tomber dans le piège car il sentait venir la suite, un plan secret conçu par Les Claymore pour éliminer ceux qui échouaient à ce test décisif.

«Jésus comprendrait, Marcus. Ça ne lui plairait pas, mais il comprendrait. Nous avons médité là-dessus lors de notre atelier de prières du midi, et telle est notre conviction.» Comme Marcus ne disait rien, Les se leva et lui tendit la main. «OK, mon vieux. Merci d'être venu.» Comprenant que l'entretien était terminé, Marcus se leva à son tour et eut droit à la poigne d'acier de son intervieweur.

«Vous allez recevoir beaucoup de monde?» Marcus n'avait pas envie de partir. Il n'aimait pas Les, mais il avait besoin de travailler et c'était le seul entretien qu'il avait réussi à décrocher.

«Je ne suis pas obligé de vous répondre», dit Les pour tenter d'égayer l'atmosphère, sans succès. Voyant que l'expression de Marcus demeurait figée, il ajouta: «Nous recevons plusieurs candidats.

– Ce poste comporte-t-il une mutuelle?»

Marcus connaissait la réponse, mais il n'était pas du genre à abandonner facilement.

«Oui. OK, Marcus, merci d'être venu.»

Après cette entrevue, Marcus écrivit un mot de remerciement à Les, auquel il joignit un article sur les exercices musculaires isométriques, selon une tactique piochée dans *Comment se réinventer? Guide pour retrouver du travail après quarante ans*. Il n'entendit plus jamais parler de Les.

Au cours du mois suivant, il passa des entretiens dans une fabrique d'adhésifs sensibles à la pression, une usine d'alarmes anti-effraction et une entreprise qui produisait des protections grillagées pour tubes de néon vendues aux prisons. Tous ces emplois étaient mal payés et aucun entretien ne s'avéra plus concluant que le premier.

Marcus et Jan nettoyaient la cuisine après le dîner. L'école avait repris quelques semaines plus tôt et Nathan faisait ses devoirs, en haut. Lenore était dans sa chambre elle aussi, avec une migraine provoquée par son problème oculaire. Ce jour-là, Marcus avait assisté à une réunion de vendeurs potentiels chez Pep-Togs, un fabricant d'uniformes de pom-pom girls. Quand il annonça à Jan qu'il était parti avant la fin, elle lui demanda pourquoi.

« Je ne peux pas travailler à la commission, appeler des gens que je ne connais pas... Je ne gagnerai pas assez d'argent pour justifier le temps passé.

– Tu as un plan ?

– Est-ce que j'ai un plan ? Oui, j'en ai un. Mon plan, c'est de trouver un boulot.

– Tu sais combien on doit ? Avec le remboursement du prêt, les relevés de cartes de crédit et tout ça ? »

Marcus savait que leur dette s'était accrue et il ne voyait pas quel intérêt il y avait à surveiller de manière obsessionnelle son pic de plus en plus vertigineux.

« Combien ? demanda-t-il.

– Presque quatre-vingt mille dollars. »

La peur engendrée par ce chiffre lui noua l'estomac. Pas dix ou vingt mille, des sommes encore gérables, ni même quarante mille, un chiffre angoissant, mais toujours dans les limites de ce que Marcus pouvait imaginer. Ce montant de quatre-vingt mille dollars le frappait au ventre, le giflait, lui cassait le nez. Il se situait au sommet de ses pires craintes, mais il ne voulait pas le montrer, alors il lâcha simplement : « OK.

– C'est tout ce que tu trouves à dire ?

– Pourquoi tu ne trouves pas un travail, toi ? »

Jan le regarda, abasourdie, et Marcus regretta immédiatement ses paroles. Il venait de violer le traité tacite selon lequel il ne ferait jamais rien qui puisse ébranler Ripcord. Jan avait mis beaucoup d'elle-même dans ce projet et elle était très attachée à sa réussite. Son expression indiquait que Marcus avait franchi les bornes. Malgré cela, il sentait enfler en lui un désespoir qui libérait sa langue.

« J'ai déjà un travail, répondit-elle.

– Ça ne marche pas. » C'était le tir de semonce. Maintenant, la salve. « Il faut regarder le problème en face. Tu n'aurais jamais dû te lancer dans les affaires avec Plum, elle ne sait pas ce qu'elle fait. Cette femme est une artiste ratée, pas une professionnelle de la vente au détail. Nous devons réduire les pertes. »

Ayant réussi à maîtriser la montée du vitriol, Jan foudroya Marcus du regard. Ils étaient sur le point d'engager une de ces conversations macro-maritales qui finissaient toujours mal, ces conversations où des pressions extérieures s'accumulent, jusqu'au stade où l'un des époux ou bien les deux envisagent d'appeler un avocat. Mais Marcus refusait de faire marche arrière. Lui aussi regarda sa femme, avec la même noirceur, sans baisser les yeux. Une conflagration de grande ampleur menaçait, laissant clairement présager, pour la fin de soirée, l'usage de la chambre à part. Marcus s'aperçut soudain qu'il avait oublié de faire entrer de l'air dans ses poumons. Quand il inspira, il sentit une odeur familière et incongrue flotter dans la cuisine, une odeur qu'il n'avait pas sentie depuis longtemps : la marijuana.

« Ça sent l'herbe ? demanda-t-il.

– C'est le médecin qui l'a prescrite à ma mère.

– Il lui a prescrit de l'herbe ?

– Pour son glaucome. »

Elle avait dit cela d'un ton détaché, laissant entendre que ce traitement avait fait la couverture de *Newsweek*, et que si Marcus choisissait d'être aussi mal informé, elle ne pouvait rien pour lui.

« Tu n'as pas jugé bon d'en discuter avec moi ? dit-il.

– Discuter de quoi ? Ma mère est malade. Elle fume de l'herbe pour se soulager.

– Il y a un enfant dans cette maison », dit-il, comme si cela devait clore le sujet définitivement.

Marcus respectait suffisamment Jan pour ne pas passer outre son avis en arguant de ses prérogatives de mâle. Alors, il croisa les bras et soupira de nouveau, ce qui lui permit de remarquer que l'odeur douceâtre du cannabis s'était accentuée. « As-tu pensé à ce que tu allais dire à Nate quand il te demandera si mamie est une camée ? »

Jan réfléchit à la question, mais de toute évidence, elle n'avait pas de réponse.

La sonnette retentit à ce moment-là. À cette heure-ci ?

Marcus écarquilla encore plus les yeux en découvrant un policier sur le pas de sa porte, droit comme un I, sanglé dans un uniforme bleu. Il avait un large visage mat que fendait une fine moustache et l'insigne noir épinglé sur sa poitrine indiquait « Vasquez » en lettres blanches.

Marcus essaya aussitôt de se souvenir dans quelle mesure l'herbe avait été dépénalisée, et il se demanda s'il allait se retrouver en prison. Puis il songea que Lenore avait une ordonnance. « Monsieur l'agent, je peux vous... »

Le policier était si désireux de débiter son propre laïus que Marcus n'eut pas le temps de continuer.

« Êtes-vous Marcus Ripps ?

– Oui, monsieur. »

Marcus estimait que toute personne en position d'autorité devait recevoir du *monsieur* le plus souvent possible ; cela permettait d'enrayer (de manière infinitésimale) leurs caprices imprévisibles.

« Vous êtes le frère de Julian Ripps ? »

La question l'assomma. Il avait rayé Julian de sa vie depuis longtemps et, convaincu que ce dernier en avait fait autant de son côté, il s'efforçait de penser aussi rarement que possible à ce frère devenu un étranger. La présence d'un policier chez lui n'augurait rien de bon, et sentant de nouveau l'odeur douceâtre de l'herbe envahir la maison, Marcus se hâta de répondre par l'affirmative, espérant ainsi clore la conversation. Il crut voir frémir les narines du policier.

« Je suis navré de devoir vous annoncer cela, M. Ripps, mais… votre frère…

– Oui ?

– … est décédé. »

Julian était mort ? À quarante ans ? Cela faisait plusieurs années que Marcus ne l'avait pas revu, et il n'envisageait plus leur réconciliation, mais mort ? Ça filait un sacré choc. Il entendit quelqu'un retenir son souffle dans son dos ; c'était Jan. Marcus prit le temps de se ressaisir.

« Pourquoi est-ce qu'on envoie la police pour me prévenir ? Il avait des ennuis ?

– C'est mon sergent qui m'envoie, M. Ripps.

– Comment est-il mort ?

– Je ne sais pas. »

L'agent Vasquez marmonna des paroles de condoléances et regagna sa voiture de patrouille. Marcus ferma la porte et se retourna vers Jan. Elle l'enlaça en murmurant : « Je suis désolée. » Instinctivement, il la serra contre lui, parce qu'il devinait que c'était ce qu'elle attendait plus que par besoin d'être réconforté. Il se sentait étrangement léger, comme si on avait soulagé ses épaules d'un fardeau. Alors que sa femme le tenait contre elle, il s'aperçut que c'était le premier contact physique qu'il avait avec elle depuis plusieurs mois.

Lenore apparut dans l'entrée, les yeux rouges comme des cerises à l'eau-de-vie, et dit : « Faut que quelqu'un m'emmène au marché pour acheter de l'houmous et un paquet de crackers. » Puis elle fut saisie d'un rire incontrôlable, d'énormes gloussements libérateurs qui se déversaient de sa frêle silhouette. Après quelques secondes, le rire reflua et Marcus et Jan attendirent patiemment que la conversation reprenne. Quand Lenore s'aperçut qu'ils l'observaient attentivement, son fou rire repartit de plus belle et il lui fallut une bonne minute pour réussir à le contrôler.

« Maman, je suis navrée de gâcher ta bonne humeur, dit Jan, mais le frère de Marcus vient de mourir. »

Lenore regarda tour à tour Jan et Marcus ; elle attendait la chute de l'histoire.

6

« Lenore va être arrêtée ? »

Nathan se tourna vers Marcus, la bouche pleine de dentifrice aromatisé, d'où dépassaient les extrémités de son appareil dentaire bleu. Il était penché au-dessus du lavabo dans la salle de bains du haut. Marcus se tenait sur le seuil.

« Non… ils ne vont pas l'arrêter. » Là, Marcus ne put retenir un ricanement, encore déstabilisé par l'odeur inattendue de l'herbe, l'arrivée de la police et la nouvelle de la mort de Julian.

« Alors, qu'est-ce qu'il voulait, ce type ?

– Ce policier est venu nous annoncer que mon frère est mort.

– Il est mort ? » Marcus hocha la tête. « Je l'aimais bien. Il n'avait pas essayé de m'offrir une mini-moto ? »

Marcus savait que Nathan n'avait qu'un vague souvenir de son oncle. Se souvenait-il que Julian avait débarqué le jour de ses cinq ans, sans être invité ? Une fête avait été organisée dans le jardin derrière la maison et tous les camarades d'école de Nathan étaient là. Julian était arrivé avec une femme débraillée et une mini-moto rouge étincelante, un de ces engins à moteur qui, dans des conditions propices, peuvent s'enflammer et estropier l'enfant qui les conduit. Marcus s'était demandé comment Julian avait su que c'était l'anniversaire de Nathan, mais miraculeusement, il le savait. Nathan avait déjà du mal à tenir sur un vélo ; lui offrir une mini-moto était ridicule. Julian et Marcus s'étaient donc disputés et Julian était reparti en laissant son cadeau, telle une grenade dégoupillée. Marcus avait dit à son fils qu'il en ferait don à une œuvre de charité car il ne voulait aucun objet appartenant à son frère dans leur maison. Nathan n'avait pas compris sur le coup, et Marcus craignait qu'il n'ait toujours pas compris.

Marcus fut reconnaissant à Jan de mettre de côté ses griefs. En temps normal, un échange comme celui qu'ils venaient d'avoir aurait exigé au moins vingt-quatre heures de tension avant que la paix soit déclarée. Mais la mort modifiait l'équation.

Marcus assura son épouse que tout allait bien, qu'il était capable de gérer les émotions qui le submergeaient. Quand elle fut partie se coucher, il remplit un verre de glaçons et y versa trois doigts de Dewar's. Puis il se laissa tomber dans un des fauteuils du salon. Ils avaient acheté ces meubles – une causeuse, deux fauteuils club, un canapé et une table basse rectangulaire en chêne – à l'époque de leur mariage. Maintenant, leur longévité n'était plus synonyme de confort, mais de décrépitude et leur aspect fatigué amplifiait sa tristesse imprévue.

Marcus avait gardé de Julian l'image d'un bon sauvage qui n'avait rien de bon. En sixième, il faisait exploser les boîtes aux lettres avec des pétards géants ; au lycée, il dealait des amphétamines. Plus tard : une voiture volée, une virée en compagnie de deux pom-pom girls et un mois en maison de redressement. C'était le spectacle permanent ;

l'affrontement continuel avec les parents qui, régulièrement, interrompaient leurs propres engueulades pour tenter de remettre dans le droit chemin leur fils de plus en plus ingérable.

Refusant les contraintes d'un petit boulot après l'école dans la boutique de son père, Julian, toujours malin, avait commencé à revendre au marché noir des billets de concert, et chaque week-end on pouvait le voir traîner devant diverses salles de Los Angeles en train d'écouler sa marchandise sous le regard attentif des flics en civil. Julian avait enrôlé Marcus et Roon dans son équipe de vente, et il les conduisait dans des endroits comme le Forum, le Santa Monica Civic Auditorium et le Hollywood Palladium où avaient lieu des concerts de vieux dinosaures du rock, de groupes de glam metal et de groupes punks (quand Julian avait renvoyé son frère, qu'il accusait d'être un vendeur pas assez agressif, Roon avait démissionné en signe de protestation ; Marcus songea par la suite que c'était la dernière fois que Roon avait écouté ses principes).

Il se souvenait de la réaction de leurs parents quand Julian avait quitté la maison à seize ans. Si d'un côté ils souffraient, de l'autre, leur soulagement était palpable. Sa seule présence était devenue annonciatrice de mauvaises nouvelles. Julian dormait chez des copains, il déménageait toutes les deux semaines environ. À l'époque, Marcus le croisait parfois dans le quartier ; ils échangeaient quelques plaisanteries gênées, comme deux personnes qui se sont connues autrefois.

C'est un après-midi de printemps et Marcus a quinze ans. Il voit Julian sortir de chez Flaco, un snack-bar de

San Pedro, en compagnie de Patty DeWitt, teint pâle et yeux verts, une rivière de cheveux roux ondulés en cascade dans le dos. Elle porte aux oreilles de gros anneaux dorés qui chatouillent la peau douce de son cou. Avec son jean délavé et son T-shirt noir moulant, sur lequel THE MISFITS se détache en lettres rouges sur sa volumineuse poitrine, c'est Vénus dans le coquillage du lycée. Marcus désire Patty, mais Julian la tient par la taille, les doigts de sa main droite glissés dans la poche arrière du jean. Marcus est stupéfié par la décontraction avec laquelle son frère glisse ses doigts dans le pantalon de quelqu'un d'autre. Patty rit de ce que vient de dire Julian, et sur un coup de tête, Marcus décide de les prendre en filature.

Ils marchent jusqu'à Averill Park, une oasis urbaine faite de cours d'eau serpentant au milieu de bosquets touffus qui évoque les mariages, les pique-niques en famille et les flirts adolescents. Curieusement, il n'y a personne aujourd'hui. Marcus reste à bonne distance. Julian a quitté la maison depuis plusieurs mois et Marcus n'a aucune idée de ce que son frère fait maintenant, mais il ne doute pas que c'est illégal. Il veut avoir un aperçu de la vie de Julian car, bizarrement, celui-ci lui manque. Avec Patty, ils contournent un étang et disparaissent dans un bosquet de pins. Marcus n'a jamais fait ça, suivre quelqu'un comme un espion, et il a un nœud dans l'estomac. Quelque chose le fait hésiter.

La lumière de la fin de journée filtre à travers les arbres et vient frapper la surface de l'étang, où elle se brise en un million de diamants qui scintillent sur l'eau. Il sait qu'il ne devrait pas faire ça, pourtant il est étrangement excité. Il envahit l'intimité de Julian, il le trahit. Mais son frère ne l'a-t-il pas viré de son entreprise de revente de billets ? Marcus ne lui doit rien. De plus, il est curieux. Au moment où il les découvre dans une clairière ombragée, Patty est agenouillée devant Julian et il est dans sa bouche. Marcus ne s'est encore jamais fait sucer, et en plus de la surprise, il éprouve un sentiment de jalousie, doublement même puisque son frère se fait tailler une pipe par Patty DeWitt, dont les cheveux roux brillent contre le jean noir de Julian. Que ne donnerait-il pas pour une pipe. Comment se fait-il que ce soit Julian, lui qui ne connaît aucune limite, qui entre et sorte de la bouche de Patty DeWitt ? Être un gars bien, ça ne compte donc pas ? Qu'est-ce qui cloche dans ce monde ?

Marcus a envie de rebrousser chemin, de quitter le parc, de soulager la honte qu'il ressent à espionner son frère et cette fille, à violer leur intimité. Mais il est retenu par une force mystérieuse et il continue à regarder jusqu'à ce que Julian cambre les reins.

Marcus ne comprend pas ce qui se passe ensuite. Est-ce que Patty a fait ou dit quelque chose ? Ou peut-être rien du tout. Toujours est-il que Julian lui balance une grande gifle, si fort qu'elle bascule à la renverse. Marcus ne sait pas alors que certaines personnes aiment se faire gifler, et il est ébranlé par ce soudain accès de violence. Sans réfléchir, il sort de sa cachette et marche vers eux. Ce n'est pas un héros, il ne veut pas jouer les Superman, il ne sait pas ce qu'il fait, il se dit juste que c'est peut-être l'occasion rêvée de flanquer une raclée à son frère. Julian tourne la tête. Il est en train de remonter sa braguette, pendant que Patty, qui saigne de la lèvre, se relève péniblement.

« Julian ! » s'écrie Marcus. Julian le regarde avec un sourire en coin, trop cool. Patty regarde Marcus, stupéfaite.

« Fous le camp ! » braille-t-elle d'une voix semblable à du verre brisé. Marcus est désorienté. Est-ce qu'elle hurle après son frère ? Marcus lui demande si tout va bien. « Tire-toi d'ici ! » répond-elle. C'est à lui qu'elle s'adresse. Julian ne dit rien. Il a l'air vaguement amusé, comme s'ils jouaient à un jeu, mais très vite il se lasse. Marcus sent le courage l'abandonner.

Patty ne dit rien, une lueur farouche brille dans ses yeux. Marcus ne sait plus quoi faire, alors il se retourne et court entre les arbres, il contourne l'étang, en direction de la route, puis il quitte le parc, sans s'arrêter de courir, jusqu'à ce qu'il atteigne les falaises qui surplombent l'océan Pacifique et là, à bout de souffle, il s'assoit. Le soleil a disparu à l'horizon, dans un ciel mauve comme un hématome. Marcus sait que Julian vit dans les ténèbres. Il ne pensait pas que son frère pouvait frapper une fille, mais ça ne le surprend pas. Ce qui le fout en rogne, plus que tout, c'est la réaction de Patty. Comme si elle était furieuse après *lui* parce qu'il est intervenu, et à quinze ans, c'est une chose trop compliquée à comprendre. Patty est sensible au charme de Julian, et elle n'est pas la seule. Marcus voit bien, quand son frère négocie avec des inconnus avant les concerts, la façon dont il les manipule, dont il les embobine. Julian obtient tout ce qu'il veut.

Marcus vida son verre et s'en servit un autre. La maison était emmitouflée dans le sommeil. Les images de Julian se succédaient. En prenant de l'âge, Marcus avait essayé de voir son frère comme un enfant sauvage, qui refusait de se soumettre aux ordres de la société bourgeoise, un individu qui ne voulait qu'une chose : aller et venir en toute liberté. Mais au fond de lui, Marcus savait que c'était un prétexte. Julian était un criminel, et Marcus avait beau essayer d'enjoliver la chose, impossible de nier la réalité. Il finit d'un trait son verre de whisky, remplit la gamelle de Bertrand Russell d'eau fraîche et monta se coucher.

Lorsqu'il jeta un coup d'œil au réveil à affichage digital, sur la table de chevet, Marcus constata qu'il était allongé dans son lit, éveillé, depuis presque une heure. Il prit appui sur son coude, regarda sa femme qui dormait profondément et se surprit à éprouver alors, en plus d'une grande fatigue, un sentiment d'intense réconfort. Il continua à observer Jan pendant un moment, sa poitrine qui se soulevait et retombait en rythme, les mèches de cheveux qui barraient son visage. Il eut l'irrépressible envie de lui caresser la joue, mais il ne voulait pas la réveiller.

Le lendemain, Marcus erra en voiture sur une portion mal famée de Beverly Boulevard, à la recherche d'une adresse. Une demi-heure après le départ de l'agent Vasquez, un avocat avait appelé pour demander à Marcus de venir à son cabinet, afin d'évoquer le testament de Julian. Qu'avait bien pu lui léguer son frère, nom d'un chien ? Quand leurs parents étaient morts – sa mère sept ans plus tôt, d'un problème cardiaque, et son père quatre ans après elle, d'un cancer –, Julian n'était pas venu aux enterrements, il n'avait même pas envoyé de fleurs. Pour lui, la famille ne comptait pas. Alors, que présageait ce rendez-vous ? Marcus aurait préféré ne pas y penser, mais sa déplorable situation financière combinée à sa curiosité naturelle lui faisaient envisager cet entretien avec un sentiment proche de l'impatience.

« Eh bien, Dominic, comment est mort mon frère ? »

Dominic Festa, membre du barreau, détestait annoncer de tristes nouvelles aux gens, surtout quand il était question de décès, et c'était cette faiblesse qui avait conduit l'agent Vasquez au domicile de la famille Ripps le soir précédent. Dominic avait détourné une partie de l'héritage d'un autre client et en avait fait don aux œuvres sociales de la police. En échange, il profitait de leurs bons offices en tant que livreurs de mauvaises nouvelles. Aussi marqua-t-il un temps d'arrêt avant de répondre : « Le palpitant a lâché. »

En sa qualité d'avocat et d'exécuteur testamentaire de Julian, Dominic devait mettre Marcus au courant de la situation. En temps normal, l'avocat envoie simplement une lettre pour expliquer ce qui doit être fait au nom du défunt, mais les affaires de Julian étant quelque peu inhabituelles, Dominic avait été d'avis qu'un face-à-face serait salutaire. Voilà pourquoi Julian se retrouva assis dans le bureau que Dominic partageait avec un usurier, au-dessus d'un Lavomatic de Beverly Boulevard, à l'est de La Brea (sur leur vitre, un grand panneau proclamait : « DES SOUCIS DE CRÉDIT ? PAS DE PROBLÈME ! ON VOUS PRÊTE !! »).

Obèse et presque chauve, Dominic Festa portait un polo vert sous une veste marron, un pantalon couleur crème et des chaussures marron, dont une reposait nonchalamment sur un genou, tandis qu'il était renversé dans son fauteuil en faux cuir. Sa tenue vestimentaire lui donnait l'apparence d'une imposante et bienveillante créature des bois, et il gloussait en évoquant ses échanges avec Julian, qu'il appelait affectueusement « votre putain de frère ». Marcus n'était pas certain d'avoir bien entendu quand Dominic avait qualifié Julian de « sacré bon mec », mais il voulait paraître détendu, projeter autre chose qu'un sentiment de désespoir, alors il dit : « Oui, sans aucun doute. » Il faillit tressaillir en prononçant ces mots. Un sacré bon mec ? Julian était un vantard et un tyran. Franchement, c'était un sociopathe. Mais Marcus n'avait pas besoin de rentrer dans les détails avec maître Dominic Festa.

« Lui et moi, on est allés à Bangkok, une fois. En Thaïlande, ajouta Dominic comme si Marcus ignorait où ça se trouvait. Julian connaissait par cœur cette putain de ville ! Les bars, les boîtes... On a passé tout notre temps à Patpong tous les deux, on a vu des filles faire des trucs avec leurs chattes, que même chez Barnum ils n'y avaient pas pensé. » Cette évocation fit naître sur son visage un large sourire. « Vous pouvez me croire, c'était toujours la fête quand il était là... »

Il se tut à cet instant, attendri par le souvenir de son client décédé et du Jardin des plaisirs terrestres dans lequel Julian accueillait quiconque possédait une carte de crédit. Puis, retrouvant un soupçon de cette probité qu'il estimait indispensable à l'exercice de sa profession, Dominic ajouta : « Mais vous êtes son frère, alors vous savez tout ça, pas vrai ?

– Oui, je sais, répondit Marcus, par automatisme.

– En gros, voilà où on en est, dit Dominic pour passer aux choses sérieuses. Julian vivait au-dessus de ses moyens, ce qui ne surprendra pas tous ceux qui ont vu sa baraque... sacrée propriété, hein ? »

Marcus hocha la tête, bien qu'il n'ait jamais vu la maison en question.

« Bref, le fisc va la saisir. Donc, ce que je veux vous dire, c'est: tirez un trait sur la baraque. Il avait des bijoux, que je suis en train de faire évaluer, mais croyez-moi, ça n'ira pas chercher très loin… »

Marcus savait que lorsqu'un personnage comme Dominic Festa disait « croyez-moi », c'était la dernière chose à faire. Mais il comprit également très vite qu'il serait vain de s'accrocher à une vision mirifique de l'héritage de Julian.

« … et quelques vêtements. À ce sujet, permettez-moi de vous dire qu'à moins de faire du cinquante-deux de tour de taille, ce qui n'est pas votre cas comme je peux le constater, vous pouvez tirer un trait là-dessus aussi. »

Marcus s'agita nerveusement dans son fauteuil; il revoyait à la baisse ses espérances pourtant modestes.

« Je vous le dis d'emblée, reprit Dominic, le fisc va aussi rafler la réserve d'argent liquide dans la baraque. Mais vous en faites pas pour ça, y a pratiquement que dalle de toute façon. Il louait aussi un studio tout près de Beverly Hills, vous pouvez aller y jeter un œil si vous êtes intéressé par une garçonnière. »

Dominic adressa un clin d'œil à Marcus, trop déprimé pour le remarquer. N'y avait-il donc rien de positif à attendre du décès prématuré de Julian ?

« *Toutefois…* » L'avocat prononça ce mot avec une telle emphase que Marcus dressa l'oreille. « … il possédait une société, une blanchisserie située sur Melrose à West Hollywood. »

Le visage de Marcus cracha des étincelles, comme si le courant électrique qui parcourait son corps avait brusquement changé de direction. Cette réaction incita Dominic à ajuster aussitôt son message. « Attention, ne vous faites pas d'illusions. Les murs ne lui appartiennent pas, mais il gérait ce business depuis plus de cinq ans et d'après son testament, mon vieux, c'est maintenant à vous.

– Une blanchisserie ? » demanda Marcus avec une dose d'espoir que l'on associe rarement à ce mot. Pour lui, cela ne représentait rien de moins qu'un moyen de sortir de son pétrin. « Combien de personnes il employait ?

– Aucune idée. Je suis son avocat, pas son comptable.

– À qui puis-je m'adresser ? »

Festa sortit du tiroir de son bureau une petite enveloppe légèrement tachée et la remit à Marcus. « Voilà la clé. Et peut-être que vous aurez besoin de ça aussi. »

Il lui donna le téléphone portable de Julian. Marcus s'en étonna, mais l'avocat pensait sans doute qu'il voudrait un souvenir de son frère. Alors, il le remercia et empocha l'appareil, un truc argenté extra-plat avec appareil photo intégré. Sur ce, Dominic Festa donna sa carte à Marcus en lui expliquant qu'il pouvait l'appeler s'il avait des questions, et il lui souhaita bonne chance.

Marcus quitta le cabinet suprêmement heureux de voir que la poisse l'avait abandonné. Certains hommes étaient faits pour guérir les maladies, d'autres pour explorer de nouvelles planètes. Le monde avait besoin de blanchisseurs, et si tel était son destin, Marcus ne voyait, à ce stade, d'autre possibilité que de le suivre. Libéré du spectacle horrible de l'implosion financière de sa famille, il avait la tête qui tournait un peu. La complexité de la gestion d'une entreprise importait peu, les risques pour la santé provoqués par une industrie gourmande en substances cancérigènes étaient accessoires, et les longues journées de travail qui l'attendaient en tant qu'unique gérant, car il savait qu'un quelconque associé était susceptible de détourner les bénéfices, ne lui paraissaient pas trop lourdes. Marcus s'imaginait déjà posant en couverture de *Blanchisserie Magazine*, avec un sourire canaille, vêtu d'un coûteux costume sur mesure tout juste sorti du pressing.

7

Assise derrière la caisse de Ripcord, Jan disait au revoir à Marcus, qui était passé pour l'informer du tour radieux que prenaient les événements. Bien que ravie d'entendre l'excitation qui perçait dans la voix de son mari, elle s'interrogeait sur l'étrangeté de cette nouvelle et sur les conséquences concrètes pour sa famille. Cette entreprise se révélerait être une source de revenus fiable ? Passés les premiers mois, le plaisir de tenir une boutique était retombé et le combat permanent pour la garder à flot générait une tension de tous les instants. Jan observait une jeune femme avec des cheveux en brosse rayés comme un zèbre, et un anneau dans la lèvre, passer en revue les bustiers en Lycra suspendus à un portant, et elle se disait qu'il était peu probable que cette personne achète quoi que ce soit. Certes, la perspective de tenir une blanchisserie ne la transportait pas d'enthousiasme, mais au moins, c'était un commerce qui marchait. Les portes s'ouvraient, les clients entraient. On pouvait s'y habituer, à force.

Plum, debout à l'entrée de la boutique, contemplait la vitrine en grignotant une énième barre de céréales aux fruits. Finalement, elle pénétra dans la vitrine pour déplacer légèrement la tête d'un mannequin. Satisfaite, elle engloutit la fin de son snack et revint vers la caisse tranquillement. Jan lui annonça la nouvelle.

« Il va devenir *blanchisseur ?* » s'exclama-t-elle. Son ton était légèrement condescendant.

« C'est quoi, le problème ?

– Aucun, aucun. C'est juste que… c'est terriblement ennuyeux, non ? »

Jan laissa cette remarque flotter dans l'air. Plum lâcha un petit rire.

« Qui aurait pu prédire que j'épouserais un avocat et que tu vivrais avec un blanchisseur ? Tu n'espérais pas quelque chose de plus excitant ?

– Si je dois choisir entre un mari au chômage et un mari qui tient une blanchisserie… »

Jan ne se donna pas la peine d'achever son raisonnement. Agacée par la réaction de Plum, elle s'apprêtait à lui annoncer que si cela se concrétisait, elle avait l'intention de laisser tomber Ripcord. Mais avant que ces paroles sortent de sa bouche, Plum dit : « J'ai envoyé un e-mail à Crystal hier soir et elle m'a répondu ce matin.

– Crystal ?

– Ma donneuse d'ovule, tu te souviens ? » Jan, comme elle en avait pris l'habitude, n'avait écouté que d'une oreille ce monologue. « J'ai été obligée d'attendre mon tour pour rencontrer cette fille ; elle doit faire ça souvent. Bref, avant de me lancer… » Là, elle esquissa un petit sourire censé exprimer une insouciance espiègle. « … il faut que je te demande un truc. La procédure coûte presque neuf mille dollars, et ça, juste pour un seul cycle. Pour trois, c'est plus proche de seize mille. »

Elle s'interrompit et reprit son souffle, comme si livrer l'information précédente l'avait épuisée. Jan profita de cette pause dans le laïus de Plum pour s'engouffrer dans la brèche :

« J'aimerais bien pouvoir te prêter de l'argent, mais on est fauchés.

– Je n'avais pas l'intention de te demander de l'argent, répondit Plum. Par contre, je voudrais bien tes ovules.

– *Mes* ovules ? » Face à cette demande d'une alarmante intimité, Jan plaqua instinctivement la main sur son ventre. « Sérieusement ? Plum ! Oooh, c'est super bizarre…

– Je sais, je sais… mais les miens sont foutus, et comme on est très proches… enfin, tu vois… C'est pour la bonne cause. Ce projet va être *dément !*

– Tu vas utiliser le sperme de qui ? Je croyais que tu disais…

– J'en ai trouvé sur eBay. »

Jan fit courir ses doigts sur le dessus du comptoir ; le contact avec un objet solide lui prouvait qu'elle se trouvait toujours dans le monde réel. Elle secoua la tête.

« Du sperme sur Internet ? Vraiment ? Qu'est-ce que tu sais du donneur ?

– Il a un diplôme universitaire. »

Jan fit remarquer qu'il pouvait très bien s'agir d'un ancien taulard affligé de parents malades mentaux et atteint de toute une symphonie de MST.

La réponse de Plum fut la suivante : « Si tu préfères, je ne filmerai pas la scène où je me fais implanter les embryons. Je filmerai tout le reste pour mon œuvre. Je t'ai expliqué. Non ? Mais si. Tu m'as même fait remarquer qu'on appelait ça des "vidéos amateur". Penses-y, au moins. »

Jan n'était pas du genre à rechercher les conflits et elle savait que pour changer rapidement de sujet, la meilleure tactique était d'accepter d'y réfléchir.

Plum, quant à elle, était trop exaltée pour analyser le ton de la réponse de Jan. Si elle l'avait fait, elle aurait compris que ce que voulait dire son amie, c'était: «Je t'en prie, arrête de me demander des trucs bizarres.» Mais après avoir entendu ce qu'elle voulait entendre, Plum dit au revoir à Jan et partit pour sa pause déjeuner. Jan se demandait comment annoncer à Plum que jamais, en aucun cas, elle n'arracherait sciemment un seul ovule de son précieux ovaire, compte tenu du but avoué de cette requête.

La blanchisserie Shining City était située au coin de Melrose et de Gehenna, à proximité de plusieurs détaillants, excessivement chers, de mode vestimentaire branchée et d'articles de soins et de beauté, fréquentés par une jeunesse insouciante. Marcus gara sa Honda Civic dans une rue perpendiculaire et, en débouchant sur Melrose, il passa devant un petit théâtre qui présentait un spectacle intitulé *Les Garçons de Northanger Abbey*, une adaptation musicale du roman de Jane Austen.

Sur ce trottoir de West Hollywood, tout le monde était svelte, jeune et séduisant. Visiblement, les femmes étaient très attentives à leur apparence, et les hommes étaient homos ou bien homos refoulés. Pas une seule poussette à l'horizon, que du pouvoir d'achat, aussi loin que portait le regard. La population locale arborait des jeans déchirés à deux cents dollars, du genre de ceux qu'il faut apporter au pressing. Marcus en salivait par avance lorsqu'il poussa la porte vitrée pour entrer dans une nouvelle vie.

À cause des rideaux en velours qui masquaient les vitres, il faisait plus sombre à l'intérieur que dans les autres établissements de Melrose. Sur les murs étaient accrochés plusieurs tableaux médiocres, aux couleurs criardes, ayant tous la religion pour thème. Il y avait un saint Augustin en soutane côte à côte avec Moïse brandissant un bâton au-dessus de sa tête, tout près d'un Vishnou à multiples bras qui observait un Bouddha allongé, sur le mur d'en face. Qu'est-ce que cette iconographie religieuse faisait là ? Marcus supposa qu'elle appartenait à celui qui possédait la blanchisserie avant Julian.

Derrière le comptoir en formica était suspendu un rail électrique où pendaient une profusion de vêtements enveloppés de plastique, semblables à des fruits bien mûrs qui attendaient d'être cueillis. Les œuvres religieuses côtoyaient des photos, encadrées et dédicacées, de personnalités du show-business dont Marcus n'avait jamais entendu parler et qui, supposait-il, faisaient nettoyer leurs vêtements ici. Julian leur accordait peut-être des rabais dans l'espoir que leurs portraits signés impressionneraient les masses et doperaient le commerce. Marcus se promit d'apprendre les techniques de marketing dans le secteur de la blanchisserie. Mais pourquoi la boutique n'était-elle pas ouverte ? Où étaient les clients ? Il scruta les profondeurs du magasin et aperçut une porte.

Marcus se retrouva dans une pièce meublée de deux fauteuils et d'un bureau, sur lequel étaient posés un téléphone et un ordinateur portable. Tout semblait absolument ordinaire, et cela le laissait perplexe. Quel but avait poursuivi Julian en léguant Shining City à Marcus ? S'agissait-il d'un geste de générosité surgi des profondeurs d'une vie qui en avait été totalement dépourvue ? D'une façon de s'excuser pour son manque d'égard vis-à-vis de sa famille ? D'une demande de pardon plaintive venue d'outre-tombe ? Marcus échouait à deviner les intentions de Julian, mais il lui était tout de même reconnaissant. En définitive, la raison importait peu, et il avait renoncé depuis des années à essayer de comprendre son frère.

Alors, Marcus se mit à faire des projets. Une cafetière lui permettrait de rester bien caféiné toute la journée et de présenter un visage souriant à ses nouveaux clients, fidélisés grâce au service impeccable qu'il avait l'intention de leur fournir. Peut-être même offrirait-il un café à quelques privilégiés. Il ferait fabriquer des gobelets avec SHINING CITY marqué sur le côté pour qu'ils voient le nom de son entreprise en roulant dans leur voiture et se souviennent de sa gentillesse et de sa générosité. Il achèterait une chaîne hi-fi et il passerait de la musique, des trucs pas trop bruyants, mais rien non plus qui évoque les niaiseries New Age. Chet Baker, peut-être.

Marcus était en train de passer en revue les fichiers contenus dans l'ordinateur (du porno et des jeux principalement) quand quelqu'un entra et demanda: «Vous êtes qui?» avec un accent européen dont il ne pouvait définir précisément les origines géographiques, mais dans lequel il devinait des châteaux excentriques, de la mauvaise nourriture et des relations douloureuses avec la Russie. Levant les yeux d'un logiciel d'étude des probabilités au black-jack, il découvrit une grande femme mince avec des cheveux blond platine qui lui tombaient sur les épaules et commençaient tout juste à noircir au niveau des racines. Elle portait un jean noir, un pull à côtes vert foncé et des bottes de cow-boy bleues. Un sac à main rouge pendait à son épaule et elle tenait un gros gobelet de café avec une trace de rouge à lèvres sur le bord. Elle avait le teint pâle et quand elle ôta ses lunettes, Marcus lui donna la trentaine. Elle n'avait pas dû beaucoup dormir la nuit précédente.

Il se leva de son fauteuil et se présenta.

Puis il lui tendit la main, qu'elle serra mécaniquement. Sa peau était fraîche et il se demanda si elle faisait partie de ces gens qui possèdent une température corporelle inférieure à la normale.

« Où est Juice[1] ? »

Juice ? Était-ce le surnom de Julian ?

« Vous n'êtes pas au courant ? » dit-il.

Marcus redouta soudain la suite de cet échange. Cette femme était peut-être proche de Julian : une petite amie, ou pire, une ex-femme.

« Il est mort… Crise cardiaque. »

Elle détourna le regard, le temps d'absorber cette information, puis elle hocha la tête, comme pour signifier que ce n'était pas très surprenant. Grandement soulagé de voir que cette nouvelle ne provoquait pas de réaction hystérique, Marcus demanda à cette femme comment elle s'appelait.

« Amstel. » Elle lui adressa ses condoléances, puis ajouta : « C'est vous qui reprenez le business ?

– Ouais.

– Alors, tenez. »

Elle sortit de son sac une enveloppe et la lui tendit. L'enveloppe n'était pas cachetée et en jetant un coup d'œil à l'intérieur, Marcus découvrit une liasse de billets de banque. Il demeura interloqué pendant un instant. Il sortit l'argent et compta rapidement mille huit cents dollars, en coupures de vingt, de cinquante et de cent. Cette

1. Terme argotique possédant plusieurs sens : l'argent d'origine douteuse, le « jus » c'est-à-dire l'énergie, mais aussi le sperme, et, par extension, les relations sexuelles.

femme travaillait-elle comme livreuse pour Shining City? Il songea que le paiement à la livraison n'était pas la manière la plus rationnelle de diriger une blanchisserie.

« Combien de personnes travaillaient pour Julian ?

– Une vingtaine, je dirais », répondit Amstel.

Cette fois, Marcus était réellement désorienté. Il ne voyait pas comment cette entreprise d'apparence relativement modeste pouvait employer une main-d'œuvre aussi importante.

Il se surprit à hocher la tête, malgré lui, comme pour dire : « Une vingtaine ? Évidemment ! » Mais au lieu de cela, il dit : « Vraiment ? » ce qui ne parvint pas à masquer sa surprise.

« Ça varie. Les filles prennent un congé… elles partent… elles reviennent. Je peux fumer ?

– Bien sûr. »

Marcus détestait la fumée de cigarette, il ne la supportait pas. Mais, trop intrigué pour se soucier du reste, il désigna le fauteuil Naugahyde en face du bureau. Venait-elle de laisser entendre que la main-d'œuvre était entièrement féminine ? *Les filles* prennent un congé ? Les personnes qui assuraient les livraisons, celles qui tenaient la caisse, celles qui lavaient le linge… uniquement des femmes ? Peut-être était-ce une astuce publicitaire inventée par Julian, mais Marcus ne trouvait pas cela tellement vendeur dans le domaine de la blanchisserie. Il se souvenait vaguement avoir entendu parler d'une station-service topless dans le désert, quelques années plus tôt, mais Shining City ne paraissait pas être ce genre de commerce.

Amstel semblait heureuse de soulager ses pieds quand elle s'assit dans le fauteuil. Elle fouilla dans son sac, en sortit un paquet de cigarettes parfumées aux clous de girofle et un briquet; elle en coinça une entre ses lèvres, puis l'alluma. Elle tira dessus longuement, recracha la fumée et dit: «Vous avez plutôt l'air normal pour un gars qui est parent avec un type comme Juice.

– Comment ça?

– C'était un vrai tordu»

Marcus aimait cet accent, qui lui rappelait un film d'espionnage minable des années 1960. Il imaginait sa voix sensuelle sortir de la bouche d'une communiste vêtue d'un trench-coat, qui rêvait secrètement de s'envoyer en l'air avec le héros américain. Elle croisa ses jambes fines.

«Alors, Marcus… reprit Amstel avec son accent. Vous aurez autre chose pour moi?»

Voilà le moment qu'il redoutait, lorsqu'il serait obligé de révéler l'étendue de son ignorance. Il s'y connaissait suffisamment bien en management pour savoir que la motivation du personnel dépendait de la capacité de la direction à faire croire qu'elle maîtrisait le fonctionnement de l'entreprise. Cela impliquait une certaine connaissance du poste de chaque employé et une vision globale de son rôle au sein de l'organisation générale. Quelle était donc, se demandait-il, la fonction d'Amstel?

«Une autre…?» dit-il en laissant sa phrase en suspens. Il espérait ainsi la pousser à lui fournir plus d'informations. Mais soit Amstel ne perçut pas son total manque d'expérience, soit elle décida de l'ignorer car elle choisit cet instant pour examiner les ongles de sa main droite, qui étaient couverts d'un vernis bleu métallisé. Les mains de Marcus, posées sur ses genoux jusqu'à maintenant, s'écartèrent de son corps. Ses coudes demeurèrent légèrement pliés et ses paumes s'ouvrirent vers le plafond, comme pour dire: «Aidez-moi, je vous en prie.»

Amstel remarqua ce geste et, détachant son attention de sa manucure, elle dit : « Des rancards, Marcus. Faut que je rembourse mon 4x4. Un type qui veut faire ça à la grecque, ce serait bien. Juice vous a expliqué que c'était payé double, hein ? Triple, si c'est un Arabe. »

À cet instant, Marcus comprit qu'il avait mal entendu quand Dominic Festa avait dit de Julian qu'il était un « sacré bon *mac* ».

8

C'était une sensation déroutante, comme si, en explorant un atoll du Pacifique, il était tombé sur une représentation de *Porgy and Bess*, donnée par une troupe de chats. Plusieurs secondes s'écoulèrent avant qu'il s'aperçoive qu'il avait la bouche grande ouverte. Amstel soufflait des ronds de fumée. Il espérait qu'elle n'avait rien remarqué. Il aurait pu lui demander de partir, puis s'en aller à son tour et fermer la porte à clé derrière lui, définitivement. Il aurait pu rentrer chez lui à Van Nuys et reprendre ses recherches pour trouver un moyen plus conventionnel de sauver sa vie professionnelle. Il aurait pu essayer d'aider Jan à transformer Ripcord en entreprise viable. Il aurait pu prendre sa famille sous le bras et s'installer dans un nouvel endroit, moins dispendieux, suivre une formation dans un nouveau domaine et rester dans la société conventionnelle. Mais il ne fit rien de tout cela. Il resta assis dans son fauteuil et regarda Amstel. Elle avait un visage ovale, un petit nez pointu et de grands yeux bleus, dans lesquels il avait envie de se prélasser. Sa bouche aux lèvres ourlées, délicatement couvertes de gloss, dessinait un rictus de perplexité.

Marcus n'était pas sûr d'avoir jamais été aussi près d'une prostituée. Évidemment, il en avait déjà vu dans la rue, à la limite est de Sunset Boulevard et dans des quartiers plus miteux de Hollywood, avec leurs jupes incroyablement courtes, des blousons moulants et des chaussures à hauts talons. Mais ces filles étaient des tapineuses, très différentes de la fille assise devant lui. De temps à autre, il jetait un coup d'œil aux annonces publiées en dernière page de l'hebdomadaire alternatif du coin. On y trouvait un mélange constamment renouvelé d'hommes et de femmes qui, moyennant finance, accomplissaient des choses que Marcus peinait à imaginer. Les rares fois où il s'intéressait à ces annonces, c'était pour s'étonner du grand nombre de gens qui évoluaient dans ce monde souterrain, et se demander de quelle manière ils étaient censés gagner leur vie aux yeux de leurs proches.

Il remarqua qu'un livre de poche dépassait du sac d'Amstel.

« Qu'est-ce que vous lisez ? » demanda-t-il, incapable de trouver autre chose à dire.

« Des nouvelles. » Elle cita une femme écrivain avec un nom à consonance étrangère dont Marcus n'avait jamais entendu parler. « Pour l'instant, ça ne me plaît pas. C'est trop minimaliste. »

Marcus haussa les sourcils. *Trop minimaliste ?* De toute évidence, Amstel ne ressemblait pas à l'idée qu'il se faisait des femmes qui exerçaient cette profession.

« Alors, Marcus... » Un jet de fumée jaillit de sa bouche. « Pour la suite ? »

Toujours cet accent étrangement attirant.

Il réfléchit un instant ; ou plutôt, il fit mine de réfléchir (le fait de songer qu'elle était sexuellement disponible ramenait momentanément les performances de son cerveau à celles d'une centrale électrique du tiers-monde).

« Je ne sais pas trop », répondit-il finalement. Il fallait qu'il dise quelque chose. Il ne pouvait pas se contenter de rester assis en face d'elle, l'air énigmatique. La pièce, mal aérée, commençait à se remplir d'effluves cancérigènes. Ne voulant pas se la mettre à dos en lui demandant d'éteindre sa cigarette, il fut grandement soulagé de la voir tirer une dernière bouffée, puis soulever le couvercle de son gobelet et condamner son mégot à une noyade colombienne. Habituellement, Marcus aurait trouvé cela écœurant, mais aujourd'hui, il avait la tête ailleurs.

Alors, il dit: « Comme vous pouvez l'imaginer, Amstel, je suis encore bouleversé par ce qui est arrivé à Julian.

– Moi aussi. »

C'était encourageant. Il enchaîna. « Il était mon seul frère, voyez-vous, et je n'ai pas encore bien assimilé sa... euh... comment dire ? sa mort. Et donc... » Là, il fouilla dans son cerveau à la recherche d'un plan. Le seul qui se présentait à lui était de trouver, d'une manière ou d'une autre, une source de revenus fiable pour subvenir aux besoins de sa famille. « Est-ce que ça pourrait attendre demain ? »

Au moment où il prononçait ces mots, une deuxième jeune femme entra dans le bureau. Après avoir salué Amstel et appris qui était Marcus, elle dit s'appeler Cortina et lui remit une enveloppe bourrée de billets de banque. Les deux femmes lui donnèrent ensuite leurs numéros de bipper, puis s'en allèrent.

Marcus sortit la carte de visite de Dominic Festa de son portefeuille et composa immédiatement son numéro de portable. L'avocat répondit à la troisième sonnerie.

« Est-ce que la blanchisserie fait réellement blanchisserie ? demanda Marcus sans prendre la peine de dire bonjour.

– C'est une blanchisserie.

– Donc, elle fait blanchisserie.

– Ce n'est pas ce que j'ai dit, mon vieux. J'ai dit : “C'est une blanchisserie.”

– Je sais ce que vous avez dit, mais ce n'est pas ce que je vous demande.

– Est-ce que c'est une blanchisserie, en soi ? Ça dépend.

– De quoi ?

– De ce que le propriétaire veut en faire.

– Mon frère l'exploitait comme une blanchisserie ?

– Je vous dirai juste une chose : à ma connaissance, sa déclaration d'impôts affirmait qu'il travaillait bien dans le secteur de la blanchisserie. Quant à savoir si, oui ou non, des gens faisaient réellement nettoyer leurs vêtements dans sa boutique, je ne pourrais pas vous dire. »

Marcus avait la sensation de tomber d'un promontoire, du haut duquel il avait contemplé joyeusement le paysage luxuriant tout en bas. Maintenant, il dégringolait dans le noir, de plus en plus vite.

Quand il raccrocha, après avoir remercié l'avocat pour avoir clarifié la situation, il se souvint qu'il avait le portable de Julian dans sa poche. Ce téléphone lui apparaissait sous un jour nouveau, à mesure que la vie de son frère se dessinait de manière plus nette. Marcus avait lu suffisamment d'articles sur des faits divers pour savoir que les portables des criminels contenaient des informations extrêmement utiles pour ceux qui œuvraient du côté de la loi. Ils gardaient en mémoire non seulement les appels passés, mais aussi les appels reçus. Marcus comprit qu'il pourrait mettre à jour les aspects les plus édifiants de l'univers de Julian s'il parvenait à déverrouiller les secrets labyrinthiques qui y étaient enfouis.

S'il le souhaitait.

Ce qui n'était pas le cas.

En état de choc, il se retrouva dans sa voiture sans savoir comment il était arrivé là. Il pensait à son grand-père.

Quand Marcus avait dix ans, sa grand-mère paternelle était morte et son grand-père Mickey était venu vivre avec eux. Il avait été docker dans le port de Dublin et s'était rendu en Amérique à bord d'un cargo, sur lequel il avait fait la moitié du tour du monde avant de débarquer à Long Beach. De là, il s'était retrouvé à San Pedro, qui, avec son relief vallonné et son port voisin, n'était pas sans rappeler le comté de Cork, en plus ensoleillé; une caractéristique qui attirait de nombreux Irlandais. Le côté bon vivant de Mickey et sa carrure en tonneau de bière lui avaient permis de trouver du travail sur les docks et, comme il était disposé à enfreindre quelques règles, il put gagner l'argent du ménage d'une manière qu'il n'aurait jamais imaginée en Irlande.

Le port de San Pedro était un Eldorado pour la main-d'œuvre immigrée; une caverne d'Ali Baba de marchandises qui arrivaient en telles quantités qu'il était facile de les piller; et Mickey, qui se brisait les reins au cours de longues journées de travail, n'était pas du genre à laisser filer une bonne occasion. Résultat, il y avait dans son pavillon une pièce remplie en permanence d'appareils électroménagers, de radios, de caisses de boîtes de conserve: tout ce qui transitait par le port de Los Angeles et pouvait être transporté sans chariot.

Ces articles, vendus à bas prix à des consommateurs locaux, permirent finalement à Mickey Ripps de s'acheter une Cadillac à ailerons avec laquelle il sillonnait les routes vallonnées tel un roi du bord de mer, un bras à la portière, face au soleil du Nouveau Monde.

Marcus, qui n'était que vaguement au courant des activités de Mickey, fut abasourdi quand son grand-père fut arrêté à la suite d'une enquête du FBI sur le syndicat des dockers et écopa de deux ans de prison pour recel. Les visites à l'institution correctionnelle de Terminal Island vous dissuadaient de mener une vie de criminel.

Une fois libéré, Mickey vint s'installer avec Marcus et les siens. Le séjour en taule l'avait diminué, il avait éteint ses yeux pétillants d'immigré, et s'il n'avait qu'une soixantaine d'années, il en paraissait dix de plus. Souvent, il jouait aux dames avec Marcus et Julian et il les régalait des histoires de sa jeunesse à Dublin. Très jeune il avait compris que le monde était truqué, expliquait-il. Avec sa voix qui ressemblait à des cailloux brisés dans un sac, il disait à ses petits-fils : « Le gars qui entube pas les autres, il se fait entuber. »

Garçon timide, Marcus écoutait ces histoires avec une certaine méfiance ; attiré par le feu, il reculait vite devant la chaleur pour regagner une sécurité imaginaire. En revanche, aux yeux de l'intrépide Julian, Mickey était un Shéhérazade celte et canaille, un tisseur d'histoires si séduisantes qu'elles pouvaient servir de guide à une existence. Mickey monta au ciel dans la cale d'un cargo, écrabouillé par une caisse de deux cent cinquante kilos de mayonnaise qu'il essayait de voler. Son âme malfaisante sauta une génération, jeta un coup d'œil à Marcus, dit non merci, et bondit à pieds joints dans la poitrine de Julian.

Malgré cette projection mentale de diapositives, Marcus parvint à traverser West Hollywood jusqu'à Cahuenga Pass, où il prit la 101. Il se faufila dans le flot fluide de la circulation de l'après-midi et roula vers l'ouest, en essayant une fois de plus de deviner la véritable nature du legs de Julian. Le fait qu'ils ne se parlaient plus quand son frère était mort compliquait l'analyse de la situation. Mais ils ne s'étaient jamais parlé de toute façon, ils n'avaient jamais exprimé quoi que ce soit qui ressemble aux sentiments qu'ils éprouvaient l'un pour l'autre, en dehors de ce mépris discret qui est la *lingua franca* de tant de relations entre frères. Alors, qu'avait donc voulu dire Julian avec ce testament ridicule ?

Berkeley. Deuxième année de fac. Marcus est dans sa chambre, un soir, en train de rédiger une dissertation sur la théorie du savoir de John Locke, lorsque Julian surgit telle une apparition. Ses vêtements sont sales et il sent la marijuana. Il explique à Marcus qu'il est dans le pétrin : il est en affaires avec des Mexicains, à qui il doit cinq mille dollars. Quel genre d'affaires ? Peu importe. Ils ne plaisantent pas, dit Julian. Si je ne leur donne pas cet argent, ils vont me découper en morceaux. Marcus écoute cette histoire, la peau douce de sa paume maintient ouvert l'*Essai sur l'entendement humain* de Locke, dont il a surligné des passages au marqueur jaune, et son rythme cardiaque s'accélère à chaque détail. Il n'a pas cinq mille dollars. Que veux-tu que je fasse ? dit-il. Viens au Mexique avec moi, dit Julian. Là-bas, je peux acheter assez de came pour me faire dix mille dollars de bénef. Mais je croyais que tu n'avais pas d'argent, fait remarquer Marcus. Comment tu vas l'acheter ? À crédit ! Marcus n'en croit pas ses oreilles. Tu vas acheter de l'herbe à crédit ? J'ai besoin de toi pour ramener ma voiture, dit Julian. Je ne veux pas faire ça tout seul et j'ai besoin que tu m'aides. Tu ne peux pas demander à quelqu'un d'autre ? dit Marcus. Julian a les pupilles dilatées, son pied s'agite frénétiquement. Tu es mon frère. C'est à toi que je demande. Marcus veut que Julian s'en aille. Son camarade de chambre va bientôt revenir de la bibliothèque et Marcus ne veut pas qu'il débarque au milieu de cette discussion. Je passerai te chercher demain matin à dix heures, dit Julian, on sera à Tijuana pour l'heure du dîner. OK, dit Marcus. À demain. Le soir même, Marcus quitte la résidence universitaire pour s'installer chez un ami à Oakland. Il y reste trois jours, en se disant que Julian ne l'attendra pas tout ce temps. Il ne parle de cette rencontre à personne. Un an plus tard, les parents de Marcus lui disent qu'ils ont eu des nouvelles de Julian. C'est seulement à ce moment-là qu'il apprend que les Mexicains n'ont pas tué son frère.

L'odeur de la marijuana l'assaillit à l'instant même où il ouvrit la porte de chez lui. C'est un peu comme si Julian respirait dans mon cou, depuis l'au-delà, pensa Marcus. Il avait déjà discuté de cette consommation intempestive de drogue avec Lenore, il lui avait demandé de restreindre ce nouveau hobby au périmètre de sa chambre, et seulement après avoir coincé une serviette contre le bas de la porte. Mais avant que Marcus ait le temps de localiser sa belle-mère pour déverser l'opprobre qui s'imposait, il entendit des voix, puis des rires, dans la cuisine. Les gloussements aigus de Lenore étaient faciles à identifier, mais il ne reconnut pas l'autre voix, plus grave, masculine, ni l'accent, un mélange inconnu de lieux étrangers.

En entrant dans la cuisine, voici ce qu'il vit : un jeune type costaud, les deux pieds solidement campés sur le sol, les genoux fléchis et le bras levé, prêt à frapper. On aurait dit qu'il allait décapiter Lenore, qui fumait tranquillement un joint de la taille d'une banane plantain.

« Un grand coup avec le coude, comme ça, dit le type. Trachée broyée. »

Il se tourna vers Marcus et, en penchant la tête sur le côté, il se livra à un examen instantané, du style : « Combien de temps me faudra-t-il pour te détruire ? » Réponse : deux secondes.

« Voici Kostya, dit Lenore en soufflant un nuage de fumée. Il travaillait pour votre frère. »

Elle se mit à tousser et s'empressa de tirer sur son joint.

Le dénommé Kostya devait avoir une vingtaine d'années, estima Marcus. Un amas de dreadlocks brunes aux pointes dorées fleurissait sur sa tête. Il portait un survêtement bordeaux avec des bandes noires parallèles sur le pantalon et les manches de la veste. Ses pieds immenses étaient chaussés de baskets Nike. Et il était grand, peut-être un mètre quatre-vingt-quinze, avec un torse puissant. D'un coup de pied latéral, cet individu pouvait faire exploser une tête comme une pastèque.

« Vous lui ressemblez, sauf lui peser cinquante kilos de plus que vous, peut-être, dit Kostya en s'adossant au plan de travail.

– Lenore… dit Marcus en montrant le joint. Je vous ai déjà demandé de…

– Relax, papa », dit Kostya, laissant entendre que si Marcus ne voulait pas se détendre, il l'y obligerait. Lenore lui expliqua qu'elle était en train de fumer – pour des raisons médicales ! – quand Kostya s'était présenté. En apprenant son penchant pour l'herbe, il lui en avait offert un peu de la sienne. « Un gentleman », précisa-t-elle.

Marcus revint immédiatement sur sa décision de rappeler le règlement intérieur à Lenore.

« Vous travaillez à la blanchisserie ? »

Il avait posé cette question d'une voix calme. Il se réjouissait d'avoir repris le contrôle de son système nerveux, grandement aidé en cela par le fait que Kostya ne semblait pas décidé, pour l'instant du moins, à se rendre coupable de coups et blessures.

« Juice, c'était mon négro, » répondit-il.

Pendant que Kostya marquait une pause, Marcus s'étonna de l'utilisation du mot négro pour décrire leur relation, étant donné que Kostya semblait être blanc.

« Vous savez donc qu'il est mort ?

– J'ai dit à cet enfoiré de gros lard de freiner sur les cheese. »

C'était l'accent d'un petit gars de Moscou, un étrange hybride linguistique, porté par la vague mondialisée du hip hop.

« Pour son bien, évidemment… Par affection.

– Je vais faire des pancakes, déclara Lenore en sortant une boîte du placard. Quelqu'un en veut ?

– C'est de la préparation pour brownies », lui dit Marcus. Il reporta son attention sur Kostya et déclara : « Je reprends le business. » *Je reprends le business* ? Pourquoi avait-il dit cela ? C'était différent quand il pensait avoir affaire à une simple blanchisserie. Ses plans avaient besoin d'être réaffirmés, repensés. Réaménagés. Actualisés. Il se tourna vers Lenore, qui regardait fixement la boîte en essayant de faire la mise au point.

« Juice, il me doit cinq cents dollars quand il meurt. J'ai gros projet, *Gangstaboy.* »

Marcus n'avait pas envie d'avoir ce type dans sa cuisine. Il voulait monter se coucher pour cogiter sur la gigantesque bouteille d'eau de Seltz que Julian vidait dans sa direction. Il aurait pu donner à Kostya l'argent que lui avaient versé Amstel et Cortina, mais pourquoi le ferait-il ? *Suis-je le comptable de mon frère ?* « Je vais vous faire un chèque », dit-il. Il savait qu'il pourrait faire opposition ensuite.

« Les chèques, c'est pas ma came, man.

– Je n'ai pas de liquide sur moi.

– On va distributeur.

– Hé, hé… Je ne suis pas responsable de ses dettes…

– Tu reprends bizness !

– Oui, mais…

– Pas *mais !* On va distributeur. Je conduis. »

Marcus avait du liquide sur lui ; il aurait pu s'éviter ce trajet, mais il ne savait pas comment réagirait Kostya en apprenant qu'on lui avait menti. Il avait l'impression d'être kidnappé. Sa belle-mère fouillait dans le placard à la recherche du sirop d'érable quand les deux hommes s'en allèrent.

La camionnette de Shining City était garée dans la rue, en face de chez lui, quand Marcus était rentré, trop déboussolé pour s'en apercevoir. À l'intérieur, il y avait trois rangées de sièges et absolument rien pour accrocher des vêtements. Un reste d'encens flottait dans l'air ; les particules microscopiques dansaient sur le tempo qui jaillissait de la stéréo que Kostya avait installée afin de « créer environnement agréable pour les dames ». Marcus s'affala dans le siège du passager et Kostya conduisit, sans cesser de jacasser, racontant comment c'était de travailler pour Julian (pas bien), et combien il était content de quitter ce métier.

« Combien de temps vous avez bossé pour mon frère ? » demanda Marcus en adoptant un langage décontracté, dans une tentative inconsciente pour imiter le patois urbain international de Kostya.

– Presque trois ans. Trois longues années.

– Et vous faisiez quoi ?

– Un peu de tout.

– Un peu de tout... Quoi, au juste ? Ses déclarations d'impôts ? »

Marcus était ravi de voir qu'il était maintenant assez détendu pour plaisanter.

« Ses impôts ? pouffa Kostya. T'es marrant, *Gangstaboy.* » Le jeune gars semblait sincère. « Ce bâtard était un mac ! Y payait pas d'impôts ! »

Marcus parvint à apprendre que Kostya faisait office de chauffeur, d'assistant et de factotum auprès de Julian ; il semblait savoir pas mal de choses sur le fonctionnement de l'entreprise. En découvrant que Kostya détenait des informations qui pourraient lui être utiles, Marcus décida qu'il valait mieux régler ses dettes.

Les deux hommes se trouvaient maintenant sur le parking du supermarché Ralphs de Saticoy Street. Marcus regardait fixement le distributeur de billets qui, après avoir rapidement consulté l'état de son compte bancaire, avait avalé sa carte et refusait de la lui rendre. Il sentait peser sur lui le regard de Kostya. Il savait que s'il lui donnait l'argent qui se trouvait dans sa poche, il avait une chance de ne jamais le revoir. Dix minutes plus tôt, il aurait accueilli cette nouvelle avec joie, mais il n'en était plus aussi sûr. Qui sait quelles connaissances cachées détenait ce type ? Marcus avait besoin de temps pour réfléchir au choix qui s'offrait à lui. S'il avait des questions à poser, Kostya était sa pierre de Rosette.

« Je sais pas ce qui se passe avec cette carte, mais j'irai chercher votre fric demain. » Kostya le regarda d'un œil soupçonneux. « Allons, vous savez où je vis. »

Marcus fut soulagé quand Kostya griffonna son numéro de téléphone sur un bout de papier au lieu de le tabasser à mort sur le parking.

9

Il pleuvait rarement en Californie du Sud au début du mois d'octobre, mais un petit crachin avait fait son apparition et l'eau ruisselait sur le pare-brise de la voiture tandis que Marcus quittait le campus verdoyant de Winthrop Hall. Nathan était assis à l'avant ; ses camarades de classe, Josh Flicker et Lyric Melchior, étaient affalés sur la banquette arrière. Marcus pensait que son fils avait le béguin pour Lyric, une jolie fille avec un appareil dentaire et un visage constellé de taches de rousseur. Et il savait que l'étiquette de la cinquième exigeait que Nathan prenne le siège avant, qui aux yeux d'un enfant de douze ans annonçait d'une voix suave les plaisirs de l'âge adulte – à condition qu'il réussisse à naviguer au milieu des récifs boutonneux de l'adolescence.

Marcus écoutait d'une oreille distraite les gamins qui discutaient bruyamment d'un événement récent. Une fille de quatrième s'était photographiée nue et elle avait envoyé les photos à son petit ami par Internet. Celui-ci les avait envoyées à ses copains, qui les avaient envoyées à leurs copains, et aujourd'hui, les parents de la fille avaient été convoqués par le proviseur. En temps ordinaire, cette histoire aurait intéressé Marcus, mais là, les paroles des enfants formaient un nuage qui flottait autour de sa tête sans réussir à pénétrer sa conscience.

Marcus serrait le volant un peu plus fort qu'habituellement, en songeant à la situation dans laquelle il se trouvait, tandis qu'ils descendaient Laurel Canyon Boulevard, sous la pluie sale, en direction du temple B'nai Jesherun. S'il reprenait les affaires de Julian, quel effet ça lui ferait ? De gagner de l'argent de cette façon ? De mener ce genre de vie ? Il avait du mal à réfléchir sérieusement à ces questions, mais il se les posait malgré tout.

Marcus savait une chose : même s'il jouait les fiers-à-bras dans ses rêves, même s'il avait escaladé bien des montagnes, traversé bien des mers et des déserts, même s'il avait vécu des aventures extraordinaires, exaltantes et risquées dans sa tête, chaque fois que dans la vie réelle il avait eu l'occasion de faire quelque chose qui sortait de l'ordinaire, il s'était défilé. Même quand Roon et lui avaient voyagé en Europe en 1989, après la chute du mur de Berlin et qu'il était jeune et libre, encore sous le joug de ses seules préoccupations estudiantines. C'était le moment idéal pour effectuer un pèlerinage sur les lieux de naissance de Kant, Hegel, Nietzsche et Schopenhauer, pour voyager vers l'est et voir de près les ravages du communisme, pour rencontrer des jeunes femmes blondes libérées depuis peu de leurs dirigeants maléfiques, et qui voulaient exprimer toute leur gratitude aux Américains, ce dont Roon avait profité avec plaisir.

À Hambourg, celui-ci les avait entraînés dans un club SM. Marcus avait tenu bon jusqu'à ce qu'une dominatrice roumaine, toute de cuir vêtue, lui demande, avec un accent de film de vampires : *Tu veux t'amuser avec moi ?* Roon était resté, et en rentrant à leur hôtel le lendemain, il avait décrit à Marcus cette Bavaroise incroyablement souple qui aimait se déguiser en Bismarck et acceptait qu'il la baise seulement s'il portait une minijupe, un pull en angora et des mules à talons. Marcus était consterné, mais Roon, lui, s'était envoyé en l'air et il riait en racontant cette histoire.

Marcus savait qu'il en irait de même cette fois. Toute sa vie, Julian avait été un mécréant, et ce comportement l'avait conduit, tout naturellement, à devenir un fournisseur de chair humaine. À l'inverse, Marcus fabriquait des jouets, il produisait de la joie et de l'émerveillement. Un gouffre séparait leurs deux mondes.

Il trouverait le moyen de joindre les filles qui travaillaient pour Julian et il leur annoncerait que la « blanchisserie » Shining City mettait la clé sous la porte. Maintenant que sa décision était prise, il avait hâte de raconter toute cette histoire à Jan.

Chaque fois que Marcus déposait les enfants à l'école juive, il leur disait au revoir, puis les regardait entrer dans l'immeuble, un modeste bâtiment d'un étage en stuc blanc, dont le manque total de prétention avait séduit la famille Ripps. Ce jour-là, il oublia de leur dire au revoir et repartit dès qu'ils furent descendus de voiture.

Il roula vers le Paradise Room, un restaurant italien à l'ancienne, situé sur Ventura Boulevard, avec un bar sombre, décoré dans le style tueur à gages première époque : banquettes en cuir rouge, représentations grossières de « l'Italie ensoleillée » sur les murs et, sur chaque table, une bougie blanche plantée dans une bouteille de chianti vide. Hormis un vieux poivrot à chemise à carreaux, assis à l'extrémité du long comptoir en chêne, en train de lire un journal hippique à travers un pince-nez maculé de gras, Marcus était l'unique client. Il regarda la barmaid, une femme d'une soixantaine d'années avec des cheveux teints couleur aile de corbeau et des traces de rouge à lèvres autour de la bouche, et il commanda un Johnny Walker.

Il contempla sa vie en sirotant son whisky. Il voyait une scène scintillante sur laquelle trois rideaux brillants masquaient chacun un trophée différent. Il ouvrit le premier rideau et découvrit une famille. Le deuxième s'écarta pour laisser apparaître un homme assis à un bureau, en train de parcourir d'innombrables classeurs sous une pendule immobile et une grande pancarte qui disait simplement : WAZOO TOYS VOUS REMERCIE ! Derrière le troisième rideau, pas encore ouvert, Marcus savait qu'il y avait le mystère, l'espoir, le bonheur présumé des rêves exaucés. Il avait hâte de l'écarter, pour voir ce qu'il cachait ; il espérait une image qui lui fournirait la clé d'une métamorphose dont il ne pouvait pas encore concevoir la nature. Que changerait-il ? Certainement pas sa famille car il l'aimait et, exception faite de l'absence récente d'intimité physique avec sa femme, il n'avait pas trop de raisons de se plaindre. Son mode de vie ? Il était en train de changer, de toute façon, qu'il le veuille ou non, mais compte tenu de son passé, se disait-il, il continuerait à travailler dans un secteur traditionnel.

Alors, quoi ?

Ceci : la manière dont il considérait le monde et lui-même, dont il voyait sa vie et le film qui passait à l'intérieur de sa tête, d'où il tirait ses répliques. Celui qui disait : *Stop, ne fais pas ça, tu ne devrais pas.*

Il ne sentait même plus le goût du whisky lorsqu'il écarta le troisième rideau et découvrit une scène nue, illuminée par une lumière blanche crue qui n'éclairait que le vide. Il n'y avait rien. Un dépôt de NÉANT.

« Je vous remets ça ? »

Marcus leva les yeux de sa sombre mélancolie et vit le visage barbouillé de rouge à lèvres de la barmaid. Ses faux cils lui rappelaient les petits poils qu'on voit sur les mouches quand on les observe au microscope. Il tapota sur le bord de son verre avec son index.

Le deuxième whisky libéra les chiens enragés et il se retrouva en train de lutter contre cette inertie, de se cogner dedans, pour voir si, à force de la secouer, il ne pouvait pas décrocher quelque chose.

Qu'est-ce qui s'offrait à quelqu'un de son âge, avec un diplôme de philosophie et une liste de contacts singulièrement peu impressionnante ? Ces mois de chômage avaient apporté une réponse claire. Il observa la barmaid qui sirotait du gin en regardant un psychologue pompeux à la télé. Que lui dirait ce professionnel de la santé mentale, bien éclairé, s'il était assis sur scène dans ce studio ? Ceci : avec tous les livres qu'il avait lus, tout le temps et l'énergie qu'il avait dépensés à examiner d'obscurs systèmes de valeurs, il aurait dû être capable d'en choisir un.

Pouvait-il appliquer à sa propre existence sa rigueur philosophique et universitaire ? Marcus savait qu'il ne voulait pas devenir blanchisseur ; il savait qu'il avait sauté sur cette idée car, dans le vide de la dépression, elle représentait au moins quelque chose de concret. Mais pouvait-il être Julian ?

Il faisait durer son verre, il sentait la brûlure de l'alcool sur sa langue, et il se demandait : Pourquoi je ne pourrais pas devenir un mac ? Ça rapporte, ça ne semble pas demander beaucoup de travail et c'est exonéré d'impôts.

Je vais te dire *pourquoi*, répondit son surmoi : parce que c'est illégal. Hautement illégal. Si tu te fais arrêter, c'est la prison qui t'attend, avec tout ce que ça implique pour un gentil petit Blanc comme toi. Tu seras incarcéré le matin, puis éviscéré, désossé et dévoré à l'heure du dîner ; des gros durs cureront leurs dents pourries de morceaux de ta chair. L'infamie de cette activité t'obligera à cacher la vérité à tous les gens que tu connais, sans parler du fisc, qui adore loger aux frais de l'État les gens qui ne payent pas leur dû à la société. Quand quelqu'un te demandera, en toute innocence : « Qu'est-ce que vous faites dans la vie ? » tu seras obligé de mentir, et toute ta vie ne sera plus que ça : un immense mensonge fétide.

Alors, pourquoi pas la blanchisserie ? La blanchisserie était une bouée de sauvetage.

Cette réflexion fut rapidement engloutie sous de nouvelles cogitations. Il y avait un problème d'éthique. Mais celle-ci était flexible et largement ouverte aux interprétations. Marcus se mit à penser à Emmanuel Kant et à l'impératif catégorique. Face à une telle situation, il fallait choisir de…

Soudain, son esprit fit une embardée : *Oh, oublie Kant et son impératif catégorique. Merde à Hegel et à Nietzsche, pendant qu'on y est, et merde aux Stoïciens ! Comment peut-on résumer cette situation ? Quelle en est l'essence ? Non, la* quintessence *! ? Ai-je un code moral ? Devrais-je en avoir un ? Cette question est-elle seulement pertinente ? Est-ce que ça m'importe de violer la loi ? Quel exemple donnerai-je à Nathan ? Et si je me fais prendre ? Y a-t-il quelque chose de plus moral que de veiller sur sa famille ? Est-ce que je risque d'être blessé, tabassé, ensanglanté, abattu ? Abattu ! Il est vrai qu'on peut mourir en traversant Wilshire Boulevard, mais c'est sûrement plus dangereux que ça. Et si je meurs, qu'est-ce qui se passera ensuite ? Mon assurance-vie est-elle arrivée à expiration ? Merde ! Oui ? Ai-je assez de cran* *pour faire ça ? Suis-je capable de réunir une bande de prostituées et de me faire obéir ? Qu'est-ce que je leur dirais ? Comment est-ce qu'on parle à ce genre de groupe ? Est-ce qu'elles me perceront à jour ? Et si elles rient ? Des prostituées qui se moquent de moi ! Y a-t-il quelque chose de plus humiliant ? Je pourrais trouver deux ou trois exemples, mais pas plus. Pourrais-je m'en remettre, d'avoir été la risée générale dans une pièce remplie de prostituées ? La prostitution est-elle une mauvaise chose ? Serais-je capable de coucher avec ces filles ? Le sexe n'intéresse plus ma femme, alors pourquoi pas ? J'aimerais bien faire plus souvent l'amour. Oui, plus de sexe, ce serait une bonne chose, assurément. Amstel est sexy. J'aimerais bien coucher avec elle. Je me demande si elle est gay. J'ai entendu dire qu'un tas de prostituées sont lesbiennes et détestent les hommes. Amstel n'avait pas l'air de me détester, mais peut-être jouait-elle la comédie. Je ne suis pas un saint, même si j'essaye de faire croire le contraire. Je ne penserais pas à coucher avec Amstel si Jan cessait de donner l'impression que faire l'amour figure sur sa liste de corvées. La prostitution a toujours existé, non ? Pour des raisons évidentes. Pourquoi ne pas donner aux gens ce qu'ils veulent ? L'économie de marché sert à ça. L'Amérique n'a-t-elle pas été bâtie sur ce principe ? N'est-ce pas pour ça qu'on fait des guerres ? Pour préserver l'économie de marché ? Pour McDonald's ? Pour Coca ? Quelle est la différence entre Coca et le cul, d'ailleurs ? Au moins, le cul, ça ne vous pourrit pas les dents. Pourquoi certaines personnes sont-elles choquées par le mot « cul » ? « Con », ça c'est un vilain mot. Jamais je ne dirais « con ». C'est irrespectueux. Je suis un féministe. Je suis pour un salaire égal à travail égal et pour le droit à l'avortement, mais je continue à tenir les portes aux femmes. Est-ce que j'exploiterais ces filles ? Les prostituées de Los Angeles ne font-elles pas ça de leur plein gré ? Je sais que c'est une autre paire de manches dans le tiers-monde, j'ai vu des documentaires, ces vies horribles, cinquante cents la passe, le sida, la mort précoce... Mais je parle des filles qui se font cent dollars de l'heure dans des hôtels chic, avec des clients qui les font certainement passer sur leurs notes de frais. Ce qu'elles font, est-ce fondamentalement mal ? Qui dit que c'est mal ? Ce sont les conneries judéo-chrétiennes qui font d'Éros un péché; ces puritains se gourent depuis deux mille ans, c'est pour ça que des gens restent mariés et se masturbent jusqu'au troisième âge. Au lieu que tout le monde saute tout le monde, ce que feraient les gens s'ils obéissaient à leur véritable nature, ils demeurent prisonniers de relations artificielles, alors que leurs penchants, leur ADN même, leur ordonnent de baiser qui ils veulent, quand ils veulent. Mais ils n'ont pas le droit de le faire car les livres saints disent que c'est mal, Dieu dit que c'est mal, c'est écrit, vérifiez. Il y a toujours eu des prostituées pour soulager cette tension, il s'agit d'une sorte d'œuvre sociale, mais tout le monde est trop hypocrite pour le voir de cette façon. Il faut que je me calme. Respire à fond. Détends-toi. Est-ce que j'aurais dû aller en Chine ?*

Marcus sortit le portable de Julian de sa poche et le posa sur le bar. Il ne l'avait pas allumé depuis que Dominic Festa le lui avait remis. Il le regardait, posé là, à côté d'une serviette en papier, inoffensif; les lumières tamisées du bar se reflétaient sur sa surface en acier brossé. Il l'ouvrit et posa l'extrémité de son index sur le bouton ON. Mais il n'appuya pas dessus. Il était épuisé tout à coup.

Je ne suis pas Julian.

Ce soir-là, Marcus parla de sa journée, qui, telle qu'il la raconta, se limitait à sa banale rencontre avec l'avocat de Julian et à sa visite des installations de Shining City. Judicieusement, il laissa de côté son entrevue avec Amstel.

Durant tout le dîner, il brûla d'envie de sortir de sa poche le portable de Julian pour explorer son contenu. Non pas qu'il ait l'intention d'utiliser d'une manière ou d'une autre ces informations. Il était curieux, voilà tout. Marcus n'était jamais allé avec une prostituée, et il n'était pas le genre d'homme à être fasciné par ces femmes et le monde crépusculaire dans lequel elles évoluaient. Elles ne jouaient aucun rôle dans ses fantasmes et il ne pensait pas que ça changerait. Mais leur spectacle grandiose et mystérieux lui avait été imposé et avait éveillé son intérêt. Quand Lenore se retira dans sa chambre pour fumer son troisième joint de la journée, pendant que Nathan était dans la sienne en train de se débattre avec le concept des particules en suspension et que Jan passait des coups de téléphone au sujet d'une collecte alimentaire organisée à Winthrop Hall, Marcus s'éclipsa dans son bureau.

La pluie avait redoublé d'intensité depuis une heure ou deux ; elle martelait maintenant le toit du garage, et ce bruit rassurant créait une sorte de barrière sonore qui protégeait Marcus du vacarme qui régnait dans sa tête. Assis devant sa table, qui donnait sur le jardin de derrière, plongé dans le noir, cela faisait une demi-heure qu'il appuyait au hasard sur les touches du téléphone. Bien qu'il ait réussi, sans le vouloir, à photographier tous les objets qui se trouvaient sur son bureau, il était incapable d'écouter un seul des dix-sept messages enregistrés ni d'accéder aux numéros des personnes qui avaient appelé Julian. Impossible donc de connaître les noms des clients ou des employés de son frère. Mais à supposer qu'il les connaisse, il ne savait toujours pas ce qu'il en ferait. Peut-être qu'il appellerait tous ces gens pour leur annoncer que Julian était décédé, et plutôt que d'envoyer des fleurs, pourquoi n'envisageraient-ils pas de participer financièrement à la *bar mitsvah* de son neveu ?

«Tu sais comment ça fonctionne, ces machins-là ?»

Nathan, occupé à lire *Prométhée enchaîné*, leva les yeux de son bureau pour découvrir son père sur le seuil de sa chambre, en train de brandir un téléphone portable. Bien que fatigué par sa journée d'école, puis son après-midi à la synagogue, il était toujours ravi de rendre service à son père, les rares fois où celui-ci sollicitait son aide.

«J'ai besoin de savoir qui a appelé ce téléphone et quels numéros il a servi à appeler.

– C'est pas le tien ?

– Non, c'est celui de ton oncle.

– Qu'est-ce que tu fais avec ?

– Il me l'a laissé. Tu veux bien jeter un coup d'œil, s'il te plaît ?»

Marcus tendit l'appareil à son fils et balaya la chambre du regard. Les murs étaient ornés d'affiches de films de science-fiction et d'heroic fantasy. Elles s'accompagnaient de divers certificats attestant qu'il avait participé à plusieurs championnats sportifs. Une étagère était remplie de livres pour jeunes lecteurs, que ses parents lui avaient offerts dans l'espoir, déçu jusqu'à présent, qu'il se mettrait à lire de son plein gré. Son singe en peluche fétiche occupait le pied du lit, à côté de Bertrand Russell qui dormait paisiblement, roulé en boule. Nathan examina le téléphone pendant un instant, appuya deux fois sur la même touche, puis le montra à son père.

«Suffit de faire défiler. Ça, c'est les gens qui ont appelé. Ce truc doit stocker genre cinquante numéros», expliqua-t-il avec l'insouciance de quelqu'un qui a grandi dans un univers hautement technologique. Il montra une touche et dit: « Tu vois cette sorte de flèche? Appuie dessus et tu auras la liste des numéros appelés, OK?

– Nato, tu es un génie. »

Le visage du garçon rayonna de joie quand son père l'embrassa sur le crâne: une bénédiction express. Le chien se réveilla et sauta du lit. Il renifla la jambe de Marcus, avant de quitter la chambre d'un pas traînant. Marcus était pressé de regagner son bureau, mais il se retint.

« Qu'est-ce que tu lis?

– L'histoire d'un type attaché à un rocher. Les oiseaux viennent picorer son foie tous les jours.

– Tous les jours?

– Ouais, c'est Zeus qui le retient prisonnier. J'y comprends rien à cette histoire.

– Zeus voulait punir Prométhée d'avoir donné le feu aux humains, tu comprends? Mais si Prométhée ne l'avait pas fait, l'humanité aurait disparu. Conclusion, ce pauvre gars devait aller contre la volonté des dieux ou contre l'intérêt de l'homme. Choix délicat. »

Nathan semblait comprendre. Marcus se réjouissait de pouvoir faire un cours sur la mythologie grecque. Il était important, estimait-il, que Nathan voie en lui un modèle. Peut-être que l'étendue de ses connaissances philosophiques inspirerait son fils. Mais il avait suffisamment servi de modèle pour ce soir. Cette brève incursion dans le monde normal le rapprochait un peu trop du 112 Magdalene Lane.

De retour dans son bureau, Marcus recopia rapidement sur une feuille de son bloc les numéros de téléphone enregistrés dans le portable de Julian, tout en répétant ce qu'il dirait à Jan si elle le surprenait. (« Ce sont les clients et les fournisseurs de Julian à la blanchisserie ; étant donné que son entreprise reposait sur le service personnalisé, il faut que je les avertisse. »)

Quand il eut terminé, il contempla le bloc-notes – il y avait près d'une centaine de numéros – avec le sentiment qu'il avait commencé à établir un minimum de contrôle. Jusqu'à ce qu'il se souvienne que ces chiffres désincarnés dans le portable représentaient des tapineuses et leurs clients ; il se demanda alors ce qu'il espérait contrôler au juste. Certainement pas sa libido, car au cours de ces heures intenses qui s'étaient écoulées depuis qu'il avait découvert la véritable nature de la profession de son frère, pas un instant il n'avait éprouvé de désir sexuel spécifique vis-à-vis des employées de Julian, si on pouvait les appeler ainsi. Employées ? Associées ? Sous-traitantes ? Quels étaient, exactement, les rapports salariés-direction ? Il était curieux de le savoir. Hélas, il n'existait pas de publication professionnelle, pas d'*Officiel du proxénète*, dans lequel il pourrait se plonger pour y glaner le pourquoi et le comment. Même s'il s'était autorisé une pensée d'ordre sexuel au sujet d'Amstel, il ne voyait pas ces filles comme une corne d'abondance charnelle. Plutôt comme des rouages au sein d'une entreprise engagée dans une activité fort lucrative à Los Angeles et aux environs. On ne pouvait pas en dire autant de Wazoo Toys, en partance pour la Chine.

La pluie avait cessé et la lune flottait dans le ciel au-dessus du jardin : un œil qui voyait tout, ourlé de nuages gris. Marcus éteignit sa lampe de bureau et regarda les ombres pâles. La question de savoir pourquoi Julian l'avait couché sur son testament demeurait sans réponse. Son commerce n'avait aucune valeur propre, à l'exception des vêtements suspendus aux cintres, et qui servaient de décor. Ils représentaient au mieux une déduction fiscale s'il en faisait don à une œuvre de charité. Les murs étaient loués et il n'y avait aucun équipement, à part le porte-vêtements électrique ; quant aux ressources humaines, elles paraissaient hautement imprévisibles. Marcus en conclut que tout cet épisode était dû au sens de l'humour pervers de son frère, un ultime pied de nez en provenance de l'au-delà, un pet cosmique.

Les notes graves d'une guitare basse martelant un rythme de hip hop envahirent le bureau, arrachant en sursaut Marcus à ses rêveries. Il regarda autour de lui. Ses yeux dérivèrent jusqu'au poste de radio posé sur une étagère, mais il n'avait pas été allumé depuis des mois. Il reporta son attention sur son ordinateur portable, dont les haut-parleurs n'étaient pas activés. Le tempo menaçant de cette mélodie lugubre se répétait pour la troisième fois lorsque Marcus s'aperçut qu'il s'agissait de la sonnerie du téléphone de Julian. Il le regarda, sans savoir quoi faire.

« Juice ? » C'était une voix d'homme. Avec quelque chose de mélodieux, comme si elle aimait s'écouter.

« C'est son frère.

– Vous bossez avec lui ?

– Qui est à l'appareil ?

– Gary, de Studio City. Est-ce que Mariah est disponible demain soir à huit heures ?

– Je vais me renseigner. » *Je vais me renseigner ?*

« Rappelez-moi pour me tenir au courant, OK? »

Affligé d'un tremblement auquel il ne s'attendait pas après une simple conversation avec Gary de Studio City,

Marcus dut se calmer avant d'appeler l'un après l'autre les numéros qu'il avait notés, pour dire aux gens qu'il s'appelait Roon (il ne put résister à ce coup en traître) et qu'il travaillait pour Julian. Il omit de préciser que Julian était mort, ne voulant pas être obligé d'affronter leurs réactions. Il finit par tomber sur « Mariah » (qui avait un léger accent espagnol) et il lui parla de Gary, puis il lui expliqua qu'il remplaçait Julian et qu'elle devrait lui apporter sa part à Shining City. En raccrochant, il se rassura en se disant que c'était juste pour une fois, il faisait cela uniquement pour l'excitation perverse, personne n'en saurait jamais rien.

Il s'aperçut soudain avec affolement que des yeux l'observaient. Le coyote se tenait à moins de trois mètres de sa fenêtre ; sa truffe coulait légèrement et il avait les yeux levés vers Marcus, sauvage et nonchalant. Bien que ce dernier se soit aperçu rapidement que ces yeux n'étaient pas humains, la tension persista un long moment après qu'il eut frappé au carreau pour chasser l'animal. Puis la panique s'empara de lui. Où était Bertrand Russell ? Marcus l'avait vu en traversant la cuisine pour revenir dans son bureau. L'avait-il laissé sortir ? Il ne s'en souvenait plus. Il se précipita dans la cuisine et poussa un soupir de soulagement en découvrant le chien recroquevillé sur son coussin, ignorant tout du danger qui rôdait derrière la porte.

10

Il avait recommencé à pleuvoir quand Marcus se coucha à côté de sa femme, en espérant qu'elle dormait. Il n'avait pris aucune décision et il se préparait à contempler le plafond pendant un long moment avant de pouvoir sombrer dans le sommeil. Et c'était une chose qu'il voulait faire dans le silence.

« Marcus ?

– Hmmm ? »

Il espérait qu'une réponse monosyllabique murmurée d'une voix endormie enverrait un message clair.

« Tu ne m'as pas vraiment expliqué… ce qui s'était passé à la blanchisserie. »

Ce qui s'était passé à la blanchisserie ? Une question anodine, mais en l'occurrence chargée de dangers. Au grand dam de Marcus, Jan semblait parfaitement réveillée. Réveillée et d'humeur à bavarder. Gardant son ton endormi, il répondit :

« Il ne s'est rien passé. Que veux-tu qu'il se passe dans une blanchisserie ? » Il marqua un temps d'arrêt, en espérant que cela la refrénerait, que l'ennui contenu dans ce seul mot de « blanchisserie » l'apaiserait comme une berceuse. « Si on dormait maintenant ? Je suis très fatigué.

– Il y avait des employés ? »

L'esprit de Marcus s'emballa aussitôt : *Des employés ? Elle sait quelque chose ?* Puis il s'aperçut que Jan avait posé une question logique, et que sa réaction paranoïaque était de mauvais augure s'il ne souhaitait pas dévoiler certaines informations. Et d'ailleurs, pourquoi cette paranoïa? Après tout, il n'avait pas d'autre intention que de... il n'avait aucune idée de ce qu'il avait l'intention de faire. Admettons qu'il veuille mettre fin à cette opération... comment s'y prenait-on? En publiant un communiqué dans le bulletin d'informations de la société?

« Marcus? Tu m'as entendue? Je t'ai demandé si des gens travaillaient pour ton frère.

– Rashid. Je crois qu'il est pakistanais. » *Rashid le Pakistanais ?* Ça sortait d'où, ça? Il sentait son cœur qui s'affolait; il devait trouver rapidement une explication brève et convaincante, puis il plaiderait l'épuisement avant de plonger dans un sommeil forcément feint. « Il vit à El Monte. Il y a toute une communauté pakistanaise là-bas. » *El Monte ? Excellent détail !*

« Tu ne me dis pas la vérité, hein ? » *QUOI ?* Il était déjà découvert? Il n'avait presque rien fait. « Qui était ce gars qui est venu aujourd'hui?

– Quel gars?

– Celui dont m'a parlé ma mère.

– Oooh. » Son soulagement était palpable. « Un livreur.

– C'est tout ce qu'il fait? »

Kostya avait-il dit quelque chose à Lenore? Ils étaient défoncés quand Marcus les avait surpris. De quoi ils avaient bien pu parler? Peut-être avaient-ils échangé des recettes. Peut-être lui avait-il avoué qu'il avait assassiné quelqu'un en Ukraine. Et Lenore, qu'avait-elle dit à Jan? Marcus sentit son estomac se serrer de nouveau. Il était impatient de changer de sujet.

« Quoi de neuf chez Ripcord?

– Plum a fait un truc super bizarre aujourd'hui. Elle m'a demandé de lui faire don de mes ovules.

– Elle veut un donneur de sperme, et tes ovules… »

Cette idée provoquait une répulsion physique chez Marcus ; il imaginait Plum, de plus en plus corpulente, entre les mains d'une équipe de médecins qui introduisaient les embryons de sa femme et d'un étranger dans son utérus.

« Ne t'inquiète pas, dit-elle, je ne le ferai pas. » Jan se pencha vers lui pour l'embrasser sur la bouche puis reposa la tête sur son oreiller. « Merci.

– De quoi ?

– D'être normal. »

Jan ferma les yeux, apparemment satisfaite de cet échange. Marcus espérait ardemment qu'elle s'endorme et quand, au bout de cinq minutes, il n'y avait toujours aucun bruit en provenance de l'autre moitié du lit, il adressa des remerciements silencieux à qui de droit : ses tribulations étaient enfin terminées, jusqu'au matin du moins.

Hélas, non.

Marcus se réveilla soudain avec une érection et ce qui ressemblait à une arythmie cardiaque. La pluie frappait les carreaux. Des trombes d'eau dévalaient le toit et cascadaient sur le côté de la maison. Comme on était encore au beau milieu de la nuit, il descendit se faire une infusion. Sa main tremblait quand il versa du miel dans la tasse en céramique que lui avait fabriquée Nathan. Il but à petites gorgées, ouvrit le journal à la page des sports et lut jusqu'à ce qu'il retrouve son calme.

Quand il redescendit à six heures et demie, il fut accueilli par le spectacle de sa belle-mère, debout au milieu de la cuisine, en train de fumer un joint pendant qu'elle se préparait du porridge.

«Je n'arrivais pas à dormir à cause de ma douleur à l'œil. Vous voulez tirer une taffe ?

– Lenore, il n'est même pas sept heures, dit-il en repoussant le joint d'un geste. Et vous êtes censée fumer cette chose uniquement dans votre chambre.

– Je sais, je sais. Mais j'ai l'impression d'être une junkie qui se défonce toute seule dans son coin. Vous croyez que Kostya va revenir ? Je l'aime bien. »

Marcus ne put s'empêcher de ressentir de la compassion pour cette femme, plantée devant la cuisinière avec son survêtement en acrylique et ses énormes lunettes totalement inefficaces. Elle reporta son attention sur le porridge, qu'elle remuait avec une grosse cuillère. « Vous êtes sûr que vous n'en voulez pas ?

– Lenore, éteignez ce joint ! Nathan va bientôt descendre prendre son petit déjeuner...

– Nate est déjà au courant.

– Je sais qu'il sait. Mais j'estime qu'il n'a pas besoin de voir sa grand-mère planer en permanence. Ce n'est pas un très bon exemple. »

Il y avait dans sa voix une agressivité qu'il n'aimait pas, mais il n'y pouvait rien. « Kostya vous a parlé des affaires de mon frère ?

– On a parlé du krav maga. C'est un art martial. Je vais peut-être suivre des cours.

– Vous allez faire des arts martiaux ?

– Ou bien du pole dancing[1]. Je ne sais pas ce qui est le

1. Danse sensuelle exécutée sur un poteau vertical, souvent exercée dans les clubs de strip-tease.

moins risqué. L'autre jour aux infos, j'ai vu un reportage sur cette fille qui donnait des cours de pole dancing. Elle a effectué un retourné et elle a atterri sur la tête. Elle s'est brisé deux vertèbres.

– C'est tout ce dont vous avez parlé avec Kostya ? »

Il refusait de suivre Lenore dans l'impasse du pole dancing.

« Vous devriez vous détendre, Marcus. Je ne vois pas votre visage, mais je parie que cette grosse veine sur votre front est ressortie. »

Elle éteignit le feu et versa du porridge dans un bol. Puis elle tira une dernière taffe, humecta ses doigts et pressa l'extrémité du joint pour étouffer son faible rougeoiement.

Ce matin-là, sur le chemin de l'école, Nathan ne cessa de parler d'un nouveau jeu vidéo en ligne auquel jouaient ses camarades. Il mettait en scène des Huns, des Wisigoths et d'autres barbares du passé qui s'expédiaient mutuellement dans le coma en employant les méthodes les plus sadiques qui soient. Marcus l'écoutait à peine. Après avoir décrit une scène particulièrement sanguinolente, Nathan demanda, à moitié sérieusement, à son père s'il voulait bien lui acheter une borne d'arcade. Ces jeux, beaucoup plus élaborés, coûteux et convoités que ceux que l'on trouvait dans les chambres des garçons du monde entier, représentaient le Saint-Graal pour Nathan et ses pairs. Totalement préoccupé par le dilemme qui le torturait, Marcus se connecta sur la conversation le temps de lâcher son habituel : « On n'a pas les moyens. » Quand son fils descendit de voiture, il se sentit soulagé et, dès que sa Honda Civic eut quitté le campus verdoyant de

Winthrop Hall, il sortit son téléphone portable pour composer un numéro.

Une heure plus tard, il était assis en face de Kostya dans un box de chez Sal's Diner, une évocation habile des douces années 1950, sans racisme, sans polio et sans menace d'anéantissement nucléaire. Kostya était en train de compter son argent quand la serveuse s'approcha. Marcus commanda un sandwich au thon avec du pain complet toasté ; Kostya choisit des macaronis au fromage et un milk-shake au chocolat. Une fois la serveuse repartie, Marcus demanda à Kostya ce qu'il savait du business.

Après avoir adressé un regard méfiant à son interlocuteur, Kostya lui répondit : « Tout. »

Impressionné, mais sans savoir s'il devait le croire, Marcus insista : « Qu'est-ce que ça veut dire "tout" ?

Kostya énuméra les informations sur ses doigts : « Qui sont les filles, combien elles gagnent, ce qu'elles aiment, ce qu'elles aiment pas, je connais les habitués, combien ils paient et pour quoi, qui aime travailler quand, d'où les filles viennent, le recrutement. Tout ça, je sais. Je sais qu'elles appellent Juice quand elles arrivent où elles vont, et elles l'appellent quand c'est fini, question de sécurité. C'est du travail d'équipe avec les putes. Juice, c'est un salopard d'enfoiré, mais il veille sur ses filles. Et vais te dire un autre truc…

– Quoi donc ? » demanda Marcus, sincèrement curieux de savoir ce qui allait encore jaillir de ces fonts baptismaux.

« Difficile de garder des chauffeurs.

– On est à L.A. Tout le monde a une voiture, non ?

– Ouais, ils ont des bagnoles, mais des fois, elles aiment savoir que le mac est assis dans la caisse avec un gun. Si le client pète les plombs, quelqu'un lui tire une bastos dans le cul. »

Marcus devinait que Kostya avait passé une bonne partie de sa jeunesse dans un misérable studio d'Europe de l'Est, à regarder des DVD pirates de films de blaxploitation.

On leur apporta la commande. Quand ils eurent mangé l'un et l'autre quelques bouchées, en mastiquant tranquillement, Kostya but une gorgée de milk-shake, lécha le résidu crayeux sur sa lèvre et demanda : « Toi, c'est quoi ton business ?

– Je dirigeais une usine. Elle a déménagé en Chine. »

Kostya fourra une autre cuillerée de macaronis au fromage dans sa bouche, mâchonna et déglutit. « Pourquoi tu veux devenir mac ? Ce boulot... » Il fit la grimace.

« L'économie va mal.

– C'est sûr, confirma Kostya en ajoutant un peu de poivre dans ses macaronis avant de les mélanger. Mais question offre et demande, *yo*. Les keums, il leur faut *toujours* de la gonzesse. »

Pendant que Kostya continuait à manger, tout en pontifiant sur le commerce du sexe et la façon dont Julian menait sa barque, Marcus comprit que s'il devait compter sur cette activité pour payer ses factures, se désendetter et offrir une *bar mitsvah* à son fils, ce ne serait pas une mauvaise idée d'avoir à ses côtés une personne plus expérimentée, jusqu'à ce qu'il soit assez sûr de lui pour diriger tout lui-même.

« Combien vous payait Julian ? » Il se rattrapa vite. « Juice, je veux dire. Je vous demande ça car je vais devoir engager quelqu'un.

– Pas suffisamment, Gangstaboy. »

Marcus avait effectué quelques calculs, mentalement, pendant qu'ils mangeaient, pour déterminer combien devait gagner Julian.

« Quatre cents dollars par semaine, ça vous va ?

– Je rigole », répondit Kostya, qui ne rigolait pas du tout.

Marcus changea rapidement de tactique. « Qu'est-ce que vous voulez faire ? Professionnellement, j'entends. Vous disiez que vous aviez des projets. »

Kostya sourit. Il aimait bien aborder ce sujet. « Les blacks et les Coréens, ils aiment le barbecue. Mais depuis les émeutes de L.A., les blacks et les Coréens, y peuvent plus se sentir, man. La plupart des blacks, y sont chrétiens. J'sais bien que ces enfoirés de fans d'Allah, ils essayent de les pousser vers l'islam, mais crois-moi, Gangstaboy, la plupart des blacks, y kiffent Jésus. »

Marcus hocha la tête, humblement. En tant que philosophe manqué, égaré dans le monde de la fabrication des jouets pendant presque quinze ans, il avait suffisamment souffert pour savoir qu'une personne pouvait être jugée uniquement d'après des détails extérieurs, et il mettait un point d'honneur à ne pas en faire autant. Il était impressionné par le début de l'exégèse sociologique de Kostya, et par la manière dont ce fils de la Sainte Russie s'exprimait en langage freestyle comme s'il était né à Detroit.

« La plupart des Coréens, y sont chrétiens aussi, pas vrai, man ? Ceux de L.A., du moins. Mon gars Jésus, il dit qu'il faut aimer ton ennemi comme un frère. Alors moi, je vais ouvrir un restau Jésus Aime le Barbecue sur Crenshaw Boulevard, à mi-chemin entre Koreatown et South Central, avec une putain de croix immense, faite avec deux travers de porc géants, sur le toit. Les gens des deux côtés, ils viendront manger des barbecues ensemble, yo. Le Dr King, c'était pas le seul à avoir un putain de rêve, Gangstaboy. Moi aussi, je rêve. Je vois des Coréens en train de manger des épis de maïs à côté des blacks qui mangent du *kimchi,* et tout le monde qui mange des côtes de porc. C'est ça, mon rêve. »

Il fallut un moment à Marcus pour se remettre de cette image d'une croix constituée de deux énormes côtelettes. Et la première chose à laquelle il pensa, une fois remis, fut : si j'avais dit un truc pareil, on m'aurait traité de raciste, mais venant de ce type, ça paraît presque normal.

« Où comptez-vous trouver l'argent ?

– J'économise, man. Les gens vont adorer ce concept.

– Oui, certainement… Je ne dis pas le contraire. » Là, Marcus hocha la tête d'un air pénétré pour rendre hommage à la vision de Kostya. « Mais supposons que non ? Ça vous dirait de travailler pour moi ?

– Comme salarié ? Fuck ! »

Marcus lui demanda alors ce qui pourrait le convaincre d'accepter. Kostya termina son milk-shake et but une gorgée d'eau dans le verre posé devant lui. Il porta sa serviette en papier à sa bouche et se tapota les lèvres. Puis il regarda Marcus droit dans les yeux et dit : « Une part des bénefs.

– Vous connaissez tout le tralala. Vous pourriez facilement reprendre les rênes et m'éjecter… Je connais le plan. » *Je connais le plan ?* Dans sa timide tentative de parler comme un gangster, Marcus regretta d'avoir employé le mot *tralala.* « Pourquoi vous ne voulez pas reprendre le business à votre compte ?

– Parce que si on se fait choper, man, c'est ton cul qui se retrouve en taule. »

Avant que l'addition arrive (réglée gracieusement par lui-même), Marcus s'était trouvé un associé, lequel toucherait vingt pour cent de tout ce qu'il empocherait. Ils convinrent de contacter toutes les filles et de les convoquer à la blanchisserie pour une réunion au cours de laquelle Marcus leur exposerait ses projets. Il était essentiel d'agir vite: ils n'étaient pas la seule entreprise en ville, loin s'en faut, et comme dans la savane africaine, les risques de braconnage étaient grands. Marcus ne voulait pas passer à la phase recrutement avant d'y être contraint. Il espérait convaincre suffisamment de filles de rester jusqu'à ce qu'il ait le temps de s'acclimater.

Alors qu'ils regagnaient leurs voitures, garées sur le parking derrière le *diner*, Marcus demanda: « Quel genre d'entreprise gérait mon frère? Les filles… elles sont comment?

– Juice, il essayait que ça reste classe, le plus possible. Ces filles, c'est pas des prix Nobel, mais Juice, il aimait elles aient une conversation intelligente. Comme ça, il se disait il aurait plus de clients friqués, qui risquaient moins de tabasser les filles. C'est mauvais pour les filles, mauvais pour toi. Ça t'étonnerait ce que certains gars, ils demandent à la fille. Un soir, elle est dans la baignoire et elle pisse sur le mec; le lendemain soir, t'as un gus y veut l'emmener au ciné, il lui explique où elle doit investir son fric, et pas de baise. C'est un drôle de business, on croise toutes sortes de gens. Mais pour moi, c'est pas un métier.

– Pour moi non plus », dit Marcus en s'efforçant de conserver son attitude positive.

Kostya lui dressa la liste des filles, en indiquant les particularités et les défauts de chacune (celle-ci était toujours en retard, celle-là ne donnait pas de pourboire aux chauffeurs, telle autre refusait le bondage), et surtout, lesquelles se droguaient sans doute.

«Permets que je te parle des putes et de la came», dit Kostya. Il attendit un instant, pendant qu'une jeune mère vêtue d'une combinaison rouge sanglait son enfant de trois ans dans le siège auto. Quand elle s'installa au volant de son break Volvo, il reprit: «La plupart des macs, ils aiment bien les filles elles prennent la coke, comme ça, elles assurent toute la nuit. Et une fois elles sont accros, y a moins le risque elles laissent tomber le boulot, parce qu'une junkie, elle a besoin une seule chose. Plus de fric. Pour la coke, Juice était plutôt coulant. Toi, faut que tu le sois moins. Les clients, ils se défoncent si ils veulent, mais les filles, elles doivent garder le contrôle. Y a un tas de variables dans ce business. Le truc, c'est contrôler les variables.»

Marcus était de plus en plus impressionné par son nouveau collègue. Sa logique sortait tout droit d'un programme de MBA.

«Demain, mets un beau costard. Faut avoir la confiance des filles.

– Qu'est-ce qui ne va pas dans ma tenue? demanda Marcus en montrant son ensemble pantalon de toile-polo.

– Tu ressembles à rien, man. Il te faut un nouveau nom, aussi. Faut pas que les filles t'appellent par ton vrai nom. Moins elles savent, mieux c'est pour toi.»

Sur ce, il serra le poing et tenta d'échanger avec Marcus la dernière poignée de main à la mode.

D'après le rapport de Dominic Festa, Julian avait un petit appartement pour les rendez-vous qui ne se déroulaient pas dans les hôtels ou à domicile, situé dans une petite rue au nord de Burton Way, dans un immeuble moderne de quatre étages. Il s'agissait d'un studio meublé de manière banale, avec un salon et un grand lit aux draps propres. Sur la porte du réfrigérateur était scotché un mot de la femme de ménage qui demandait à être payée. Heureusement, elle avait noté son numéro de téléphone et Marcus l'appela pour lui apprendre le décès de Julian et pour s'assurer ses services.

En début d'après-midi, Marcus roulait vers chez lui. Sa vie prenait une nouvelle direction et il s'efforçait de voir les choses du bon côté. Ce serait bref, lucratif et secret. Il y avait au fond de lui une parcelle d'optimisme, une qualité qui lui permettait de croire en l'avenir, quelles que soient les circonstances, et il se sentait exalté par les possibilités qu'offrait cette nouvelle entreprise. Chez Wazoo, Roon s'était montré cupide dans ses rapports avec le personnel : salaires bas, avantages minimums, conditions de travail médiocres. Marcus, lui, serait bienveillant. Roon considérait ses employés comme des éléments interchangeables dans une machine économique. Marcus les considérerait comme des individus et il les traiterait avec dignité. Le style de management de Roon était tyrannique, dénué de compassion. Marcus serait attentionné. Il essaierait de comprendre sa main-d'œuvre et de travailler *avec* elle. Il fit le serment d'être un potentat éclairé, qui dirige son entreprise en fonction des critères les plus exigeants du management à l'américaine, et non pas comme Roon, qui dirigeait Wazoo avec des méthodes de mac.

11

Marcus n'était pas très doué pour mentir; c'est donc avec une certaine appréhension qu'il partit à Van Nuys retrouver ce qui était devenu désormais une seconde existence, nettement séparée du reste de sa vie. En rentrant chez lui sous un ciel d'automne menaçant, il calcula que s'il parvenait à conserver la main-d'œuvre de Julian, sa situation financière pourrait s'améliorer dans environ six mois, et dans un an, à l'époque de la *bar mitsvah* de Nathan, grosso modo, il serait largement sorti du rouge. Deux ou trois années de plus et il pourrait rembourser l'emprunt pour l'achat de sa maison. Mais il refusait de s'emballer. Il se disait qu'il allait d'abord plonger dans le demi-monde et essayer de nager. Quand il atteindrait l'autre rive, il ressortirait, il s'essuierait et ferait comme s'il ne s'était rien passé.

Ce soir-là, au dîner, alors que Lenore enroulait ses spaghettis autour de sa fourchette, elle marqua un temps d'arrêt avant de les fourrer dans sa bouche. « Ça combine la danse, les mouvements sensuels et les techniques traditionnelles des strip-teaseuses.

– Les strip-teaseuses ? répéta Nathan.

– La spirale volante, la luciole, l'ange qui descend du ciel… C'est comme un ballet.

– En string, précisa Jan.

– Pourquoi aurais-je peur de mon corps ? Je ne suis pas si vieille que ça. Tu devrais venir avec moi, Jan. La prof te plairait. C'est une ancienne danseuse de cabaret. » Lenore disait cela sur le ton qu'elle aurait employé pour préciser *une ancienne élève de Martha Graham.*

– Peut-être que je prendrai un cours avec toi, dit Jan.

– Euh, maman… »

Nathan était mortifié d'imaginer sa mère quasiment nue se balançant autour d'un poteau avec abandon.

Tandis que sa famille poursuivait la conversation autour du dîner, Marcus pensait à son secret. Il n'était plus l'anonyme directeur d'usine de chez Wazoo Toys, autrefois à North Hollywood, bientôt à Guodong ; un individu d'une suprême inutilité, sauf pour ceux qui collectionnaient les figurines des présidents américains en prière. Désormais, c'était un homme dont l'image de patron placide masquait un transgresseur de la norme sociale, un citoyen de la nuit. Bref, un criminel.

« Encore des choux de Bruxelles ? » proposa Jan en tendant le plat à son mari. Elle lui souriait et il lui rendit son sourire, tandis qu'il versait les légumes dans son assiette. Il savait que sa femme, en le regardant, voyait son mari depuis quatorze ans, un père de famille qui, grâce à un coup de chance bien mérité, allait diriger une teinturerie florissante. Il sentait qu'elle était beaucoup moins inquiète que ces derniers temps ; l'édifice qui s'effritait sous ses pieds était maintenant retapé et renforcé. Marcus la stabilité, Marcus la décontraction, bon chef de famille, bon père, extrêmement bon mari. Il savait qu'elle le regardait avec tendresse, certes, mais aussi avec soulagement car il l'avait sauvée au bord de l'abîme.

Marcus lui rendit donc son sourire, et son amour, calmement. Il y avait dans son regard une sérénité due à une subtile technique respiratoire apprise en regardant un film d'arts martiaux sur le câble, une des nombreuses nuits où il n'arrivait pas à dormir. Derrière ses yeux, toute une compagnie de danse exécutait un ballet tape-à-l'œil et sordide digne de Las Vegas. Des girls aux longues jambes, perchées sur des talons hauts, descendaient en virevoltant des escaliers argentés, en bas de soie et bustiers dorés en latex moulant, brandissant des pancartes sur lesquelles on pouvait lire des mots tels que : PROXÉNÈTE ou VENDEUR DE CHAIR HUMAINE. Elles tournoyaient, tressautaient et ondulaient suivant une chorégraphie complexe au rythme d'une section de cuivres tapageuse, que seul Marcus entendait, tandis que les membres de sa famille parlaient de leur journée. Dorénavant, il était un agent secret sous son propre toit, incapable de partager ses pensées les plus intimes avec ceux qui lui étaient les plus proches. Il fut surpris par les frissons qu'il ressentait.

« Vous verrez ! disait Lenore. Je trouverai un job de strip-teaseuse.

– Beurk ! » fit Nathan. Sa grand-mère éclata de rire.

Après le dîner, Nathan emmena Bertrand Russell se promener et Lenore alla fumer un joint digestif dans sa chambre. Quand ils se retrouvèrent seuls, Marcus demanda à Jan quelle réponse elle avait faite à Plum concernant le don d'ovule.

« Je lui ai dit de laisser tomber, répondit Jan en essuyant la table avec un torchon. Tu imagines Plum se promenant avec *mes* ovules en elle pour pouvoir tourner une vidéo loufoque ? Je n'ai pas besoin d'une tension supplémentaire. On a plutôt besoin de *moins* de tension, pas vrai ? »

Elle embrassa ses lèvres coupables. Marcus remarqua que c'était un baiser chaste, encore teinté d'angoisse, et il prit conscience qu'elle n'avait pas tout à fait intégré leur nouvelle bonne fortune.

Ce soir-là, Marcus n'essaya pas de faire l'amour à Jan. Il demeura allongé à côté d'elle, pendant qu'elle dormait, et il répéta ce qu'il dirait le lendemain à la main-d'œuvre de Shining City. Bien qu'il ait dirigé pendant plus d'une décennie l'usine Wazoo Toys, les talents de manager requis pour cette tâche étaient restés rudimentaires. Les employés arrivaient à neuf heures le matin, ils déjeunaient à douze heures trente et finissaient leur journée à dix-sept heures. Ils étaient payés le vendredi, tous les quinze jours. Ils avaient droit à deux semaines de congés payés par an et à une semaine d'arrêt maladie. Parfois, Marcus devait engager un nouveau, mais il y avait toujours un type de la chaîne qui connaissait quelqu'un en quête d'un boulot et le renouvellement du personnel ne posait pas de problème.

Bref, faire tourner l'usine Wazoo s'était révélé plutôt facile et rien n'avait préparé Marcus à la mission qui l'attendait maintenant. De même, il n'avait pas prévu d'avoir un associé, même si celui-ci, pour l'instant, ne toucherait que vingt pour cent des bénéfices. Kostya semblait savoir ce qu'il faisait, mais c'était une poupée russe vivante, avec d'innombrables autres Kostya cachés à l'intérieur et prêts à surgir. Seraient-ils joyeux et vifs, ou assassins et demeurés ? Marcus sentait des gargouillis dans son ventre. Sa nuque était raide. Il avala deux Tylenol et les fit passer avec une dose de Pepto-Bismol.

Il valait mieux ne pas mettre de cravate pour cette réunion ; ça faisait trop habillé. Ne voulant pas paraître froid et distant, il choisit un pull en laine mérinos bleu et un pantalon de toile qui, selon lui, dégageaient une parfaite impression de confiance décontractée. Certes, alors qu'il roulait en direction de West Hollywood, il ne se sentait ni confiant ni décontracté, mais la question n'était pas là. Il savait qu'il se devait de feindre ces deux sentiments, ce qui risquait d'être difficile si son rythme cardiaque ne ralentissait pas. Il regrettait d'avoir bu du café ce matin-là.

La réunion avait été fixée à treize heures, Kostya ayant expliqué à Marcus que dans cette profession on avait tendance à se lever tard. Douze femmes étaient rassemblées dans la pièce, d'un âge qui allait de dix-huit ans, espérait-il ardemment, à la quarantaine. Elles déambulaient dans l'espace aménagé derrière le porte-vêtements, bavardant par petits groupes, échangeant les derniers ragots ou des anecdotes de travail. Parfois, l'une d'elles observait furtivement Marcus, mais celui-ci prenait soin de ne pas croiser leurs regards. Il n'était pas encore prêt. De ses petits coups d'œil discrets, il retint surtout l'apparence banale de ces femmes. Loin d'être des créatures voraces exsudant le désir et l'appétit sexuel, elles paraissaient normales, particulièrement aux yeux d'une personne vivant à Los Angeles. On aurait pu les prendre pour des clientes d'un centre commercial ou des participantes à un séminaire consacré à la vente de compléments vitaminés. De toute évidence, Julian procédait à un écrémage rigoureux s'agissant des qualités physiques des filles qu'il employait. Elles étaient toutes séduisantes et apparemment en pleine forme. Celles qui arboraient des piercings ou des tatouages visibles ne ressemblaient pas pour autant à des phénomènes de foire. Leurs cheveux, bien coupés, avaient les mêmes teintes blondes, brunes ou rousses que celles des passantes prospères sur les boulevards chic de n'importe quelle ville d'Amérique. Plusieurs de ces filles portaient des minijupes, mais là encore, rien qui aurait paru déplacé à Winthrop Hall. Ethniquement parlant, elles formaient une coalition arc-en-ciel: des Blanches dont le teint variait du nordique au méditerranéen, des Latinas, des Asiatiques et deux Noires à la peau café au lait. Une boîte Crayola de prostituées.

Kostya, qui discutait non loin de là avec une petite Asiatique en jean et blouson de cuir, s'approcha de Marcus et lui glissa: « Tu devrais commencer, man.

– Tout le monde est là ?

– Elles sont assez pour que tu fasses ton speech. » Il se pencha vers lui et murmura: « Fais-leur croire que tu t'intéresses à elle, Marcus. On a tous besoin d'amour. » Sur ce, Kostya s'éloigna, mais un détail lui revint. « C'est quoi, ton nom ?

– Mon nom ?

– Tu devais trouver un nouveau nom, pour les filles. »

Marcus avait oublié, trop préoccupé par d'autres aspects du changement radical qui était en train de se produire. Il tortura son cerveau déjà surmené et dit: « Cool Breeze. » C'était le nom qu'il s'était choisi six ans plus tôt lors d'un feu de camp des Guides indiens, dans le jardin d'un banquier, à l'intérieur d'une résidence fermée, au nord de Mulholland. Nathan et lui s'étaient assis dans un cercle et chaque duo père-fils avait choisi un nom indien. Nathan s'était baptisé Great Salmon, et Marcus avait trouvé que ça sonnait bien (même si les camarades de son fils l'avaient rapidement surnommé Nate Saumon). Sur le coup, il avait bien aimé Cool Breeze également, et il espérait que cela conviendrait à la situation présente.

« Cool Breeze ? répéta Kostya en pouffant. Peut-être Breeze suffirait. »

Marcus acquiesça, un peu gêné par son manque d'oreille. « Mon pull, ça va ? » demanda-t-il *sotto voce*, pour essayer de dédramatiser.

Kostya se pencha vers lui pour tirer un fil qui se défaisait et murmura : « Après ça, je t'emmène faire des courses. » Sur ce, il se tourna vers la main-d'œuvre rassemblée et déclara : « Écoutez-moi. Je sais que c'est grave la merde et qu'on est tous sous le choc rapport à Juice… » Là, il marqua une pause pour permettre aux filles de compatir en hochant la tête, ce que firent une ou deux d'entre elles. « Mais vous avez des factures à payer et la vie continue. Alors, je vous demande d'applaudir le remplaçant de Juice : Breeze ! »

Kostya s'écarta de manière théâtrale, dans un silence de mort.

Marcus grimaça et fit face à son public. Les filles le regardaient ; quelques-unes lui souriaient par réflexe, mais chez les autres… rien. Il aurait pu tout aussi bien être un trophée de pêche accroché au mur. Il les observa : elles se retenaient, elles attendaient. Sans doute se demandaient-elles si on pouvait compter sur lui ; il soupçonnait un grand nombre d'entre elles de vouloir quitter le navire. Marcus sentait des picotements sur le front ; des gouttes de sueur faisaient leur apparition. Il regrettait d'avoir choisi ce pull en laine. Il était plus chaud que dans son souvenir.

« Je m'appelle Breeze », dit-il. Elles le regardèrent d'un air flegmatique. Au moins, elles ne riaient pas. Son attitude guindée lui parut absurde tout à coup, étant donné qu'il s'adressait à un public de prostituées, mais il n'avait pas de comportement de rechange sous la main. «Juice était mon frère, même si on n'était pas très proches», ajouta-t-il de manière totalement superflue, signe de nervosité. Alors qu'il se demandait ce qu'il allait dire ensuite, il regarda les visages de l'assistance et adopta la technique de respiration qu'il pratiquait dans les moments de stress. Il espérait donner ainsi l'impression que c'était *lui* qui les jaugeait, et non le contraire.

La première chose qu'il remarqua, c'était que la majorité d'entre elles avaient des visages intelligents. Kostya lui avait expliqué, il s'en rappelait vaguement, que Julian aimait recruter des filles capables de soutenir une conversation. Il aperçut Amstel au fond de la salle et se souvint qu'elle lisait les nouvelles d'un obscur auteur européen. Il l'imagina se faire payer par un déconstructionniste de UCLA qui utilisait l'argent de sa bourse pour poursuivre ses recherches dans le domaine de la sodomie.

Marcus savait que la durée de sa pause avait dépassé le dramatique pour s'approcher du soporifique, alors il reprit: «Je tiens à vous remercier toutes d'être venues», dit-il en grognant intérieurement. Il se somma d'en venir au fait. C'est-à-dire? Convaincre ces employées de poursuivre leurs activités sous son égide. Alors, vas-y! se dit-il. Maintenant!

«Je ne suis pas un mac.» Cette affirmation produisit un son désagréable à ses oreilles, mais il constata qu'il avait capté leur attention. Momentanément regonflé, il enchaîna: «Je suis un homme d'affaires. Pendant longtemps, j'ai dirigé une fabrique de jouets dans la Vallée, et je pense pouvoir dire sans risque de me tromper que j'étais un patron apprécié.»

Plusieurs filles hochèrent la tête, enchantées par cette révélation.

« Je ne fais pas de parallèle entre la vente des jouets et ce que nous allons vendre ici… » Il s'interrompit pour accueillir les rires attendus (la technique de respiration fonctionnait : il n'avait plus l'impression d'entrer en lévitation) et de fait, il eut droit à quelques gloussements. « Mais les affaires sont les affaires, et moi ce qui m'intéresse, ce sont les personnes. Je peux vous affirmer catégoriquement que j'aime le contact avec les gens. »

Marcus trouvait cette expression particulièrement stupide, mais il savait que c'était une formule à laquelle de nombreux individus étaient sensibles. Si des millions d'Américains idiots sont capables de choisir un président en se demandant avec qui ils aimeraient bien boire une bière, ce n'était certainement pas un mauvais critère pour permettre à une pute de choisir son mac, même si celui-ci refusait cette appellation. « La vérité, c'est que j'adore les gens. Les Noirs, les Blancs, les Asiatiques. » En prononçant ce dernier mot, il porta son attention sur l'Asiatique avec qui bavardait Kostya avant le début de la réunion. Elle lui sourit, dévoilant une parfaite rangée de grandes dents blanchies. Marcus se demanda brièvement si elles étaient vraies et si elles ne risquaient pas d'effrayer un client en quête d'une fellation. « Je tiens à rencontrer chacune d'entre vous individuellement afin de déterminer si nous pouvons travailler ensemble. Je veux apprendre à vous connaître. Vous vous dites certainement : "On travaillait pour Juice, on avait confiance en Juice. C'est qui ce type avec son usine de jouets, pourquoi est-ce qu'on lui ferait confiance ?" Je vais vous dire pourquoi. Parce que je suis juste, honnête et que je créerai un plan d'épargne-retraite pour toutes celles qui le souhaitent. »

Il y eut des murmures d'approbation dans l'assistance, et tandis qu'il se balançait sur ses talons, Marcus se demanda d'où lui était venue cette idée de retraite. Franchement, il n'avait pas la réponse, pas plus qu'il ne savait comment on montait un plan d'épargne-retraite, mais il était lancé. « Vous aurez une couverture santé, et pour celles qui font un certain nombre d'heures, des congés payés. Je voudrais aborder un dernier point. Les choses ne se passent pas toujours comme on le souhaite, et il peut survenir des situations délicates qui exigent l'intervention d'un avocat. Mon meilleur ami est un des meilleurs avocats pénalistes de Los Angeles. Si une personne qui travaille pour moi a des ennuis... sachez que vous bénéficierez de la meilleure défense juridique possible. »

Il n'avait même pas envisagé, avant cet instant, de parler d'Atlas, mais il se félicitait d'avoir eu l'idée d'évoquer leurs relations. Bien sûr, il n'en dirait rien à Atlas. Marcus conclut ses remarques par une annonce de salubrité publique concernant la nécessité d'utiliser des préservatifs.

À l'instant où Amstel se mit à applaudir, imitée par une deuxième fille, puis une troisième, Marcus se jura de trouver le moyen de mettre tout cela en œuvre le plus vite possible. En guise de bis, il leur annonça qu'il était disponible et disposé à écouter leurs doléances et leurs suggestions éventuelles. À cet effet, il fit circuler une feuille de papier sur laquelle il leur demanda d'inscrire leur adresse e-mail. Marcus les remercia une fois encore d'être venues et les assura qu'il avait hâte de travailler avec chacune d'entre elles. Il savait combien il était important d'être apprécié. On aurait cru qu'il se présentait à des élections.

Apparemment, sa bonhomie avait séduit les filles, qui semblaient disposées – pour le moment, du moins – à lui confier leur gagne-pain. La réunion s'acheva donc sur une note positive, la plupart des employées ayant visiblement l'impression d'être entre les mains compétentes de quelqu'un qui savait ce qu'il faisait.

Deux femmes s'approchèrent de lui ; la première avait les intonations un peu monocordes du Midwest, alors que la seconde possédait l'accent chantant du Brésil. Elles l'informèrent qu'elles se trouvaient avec Julian dans son jacuzzi avant qu'il expire et elles paraissaient sincèrement affectées par ce qui s'était passé. Marcus était touché de cette expression de condoléances spontanée. L'instant aurait été parfait si la Brésilienne n'avait pas conclu ainsi : « On pense que la mort de Juice est un signe pour nous et si on est venues aujourd'hui, c'est par respect. Alors, tu es un gars super cool et tout, Breeze, mais on arrête le métier. »

Une fois les deux femmes parties, Kostya dit à Marcus de ne pas s'en faire. « À Los Angeles, y a cent filles par jour qui s'engagent. »

Ils passèrent une annonce dans un hebdomadaire alternatif du quartier et une semaine plus tard, ils avaient quatre nouvelles recrues.

12

Si l'on partait du principe que tout le monde dans cette profession était plus ou moins malhonnête, le bon sens imposait une surveillance discrète. Marcus décida donc de faire office de chauffeur pour les différents membres de son organisation à tour de rôle. Il estimait que cela lui offrirait l'occasion d'établir un lien avec les filles et de limiter leurs pulsions chapardeuses. Il justifia ses absences nocturnes auprès de Jan en lui expliquant qu'il livrait lui-même le linge afin de connaître sa clientèle et d'apprendre les rudiments du métier. Et il faisait cela le soir car il avait plus de chances de trouver les gens chez eux. Soulagée de voir l'argent rentrer à la maison, Jan ne songea pas à mettre ces affirmations en doute.

Le minivan pouvant contenir plus de filles que la Honda, Marcus demanda à son épouse si elle voulait bien échanger leurs véhicules temporairement. Il lui raconta qu'il en avait besoin pour ses livraisons et elle se fit un plaisir d'accepter. Voilà pourquoi, par une fraîche soirée d'automne, il était assis au volant de la voiture familiale, coincé dans les embouteillages de la voie express avec trois prostituées: une à l'avant et deux à l'arrière. Ils s'étaient retrouvés à la blanchisserie afin que Marcus les conduise à leurs rendez-vous. Ce soir-là, Kostya servait de chauffeur à trois autres filles dans la camionnette de la société et deux autres travailleraient par roulement dans le studio à proximité de Beverly Hills.

Une des filles qui se trouvaient avec Marcus, une Nicaraguayenne nommée Xiomara, débutait dans le métier. Elle était assise à l'arrière avec Amstel. Mink voyageait à l'avant. Tandis que les trois filles bavardaient gentiment, Marcus repensait à la conversation qu'il avait eue avec Kostya après la réunion.

Ils étaient allés déjeuner dans un restaurant bio installé au coin de la rue. Marcus souhaitait aborder la question de l'accroissement de la main-d'œuvre et demanda à son associé comment fonctionnait l'embauche.

« Tu leur demandes ce qu'elles font, ce qu'elles font pas, dit Kostya.

– Comme quoi ? »

Marcus parlait si bas qu'on aurait pu croire que quelqu'un avait caché un micro dans la salière.

« Quoi ? » fit Kostya, obligé de tendre l'oreille.

« J'ai dit *quoi ?* » glissa Marcus, à peine plus fort.

Il n'avait presque pas touché à son muffin au son.

« Si elles baisent, par exemple, dit Kostya en sirotant du thé vert glacé. Certaines sont tellement débiles, elles savent pas c'est quoi le métier. »

Marcus jeta des regards affolés autour de lui pour s'assurer que personne ne les écoutait. Deux lycéens en chemises de skate et shorts larges étaient assis à une table voisine, mais ils semblaient plongés dans leur conversation. Le jeune Mexicain derrière le comptoir prenait la commande d'un homme d'affaires. Marcus se détendit légèrement. Il était toujours gêné quand il fallait parler de sexe, même avec des amis, et avoir des discussions d'ordre intime avec un groupe de femmes inconnues, c'était carrément tabou. Rien que le fait de parler d'en parler posait un problème.

« Quoi d'autre ? »

Kostya leva les yeux au ciel. Il n'arrivait pas à croire qu'on puisse atteindre l'âge de Marcus sans savoir une chose aussi rudimentaire. Tout en étalant son thon sur du pain aux céréales, il dit : « Tu leur demandes ce qu'elles veulent bien faire. Est-ce qu'elles baisent, est-ce qu'elles sucent, est-ce qu'elles baisent avec un Noir ? Y a des filles, elles aiment pas les queues noires... Les groupes ethniques, ça craint des fois... On a eu une Arménienne, elle voulait pas baiser avec les Turcs, à cause purification ethnique... Depuis le 11 septembre, certaines filles, elles refusent de baiser avec les Arabes... Est-ce qu'elles font des heures sup, elles restent toute la nuit, elles voyagent ? Elles autorisent les baisers ? »

De nouveau, Marcus regarda autour de lui pour être vraiment sûr que personne ne les écoutait. Le serveur mexicain tendit sa commande à l'homme d'affaires. Les deux lycéens riaient d'une plaisanterie.

« Y a des filles, d'accord pour sodomie, mais pas de baiser... c'est dingue... en couple, en groupe, douche de sperme, léchage d'anus, femmes entre elles, golden showers, coups, crachats... Est-ce qu'elles ont du matériel ? Menottes, fouets, godes... Ce qu'elles aiment boire, parce que y a des types, ils veulent apporter vodka ou vin blanc pour soirée romantique. Et les Anglais qui débarquent, les filles qu'ont leurs affaires. C'est des trucs perso, mais faut le savoir. Y a des filles, elles veulent bosser quand même, mais si le client flippe ? Est-ce qu'elles ont des tatouages, des piercings ? Certains types aiment les trucs super chelou. Y en a un, il se déguise en Tarzan et il veut baiser dans une cabane dans un arbre. Si la fille a le vertige, mauvaise soirée pour tout le monde. Les gars veulent être sûrs qu'ils en auront pour leur argent, c'est pour ça que tu dois tout savoir, Breeze. Tout savoir. »

Dans le van, Marcus avait réglé l'autoradio sur une station de musique classique, en pensant que cela aurait un effet apaisant, mais l'animateur avait choisi ce moment pour passer *Une nuit sur le mont Chauve*, et Mink, qui était assise à l'avant, s'exclama : « Tu pourrais pas éteindre cette merde et mettre du rap ? » Mink était une Américano-Coréenne originaire d'Irvine, avec de longs cheveux noirs et une moue de rock star. C'était la jolie fille aux grandes dents qu'il avait repérée durant la réunion de présentation. Elle lui souriait, en pianotant délicatement sur sa cuisse. Ce qui provoqua chez Marcus une érection instantanée. *Ça*, c'est un problème, se dit-il, et il se jura d'y remédier, quitte à se faire prescrire des médicaments. Il dit à Mink de choisir la station qui lui plaisait.

Quand elle se pencha en avant pour atteindre la radio, Marcus sentit son parfum, discret et citronné. Son maquillage était très léger, et quand elle se mit à hocher la tête en suivant le rythme lent d'une chanson que diffusait une des stations de hip hop, il dut réprimer l'envie de faire glisser sa main sur cette cuisse enveloppée d'un bas résille. Il inspira plusieurs fois à fond en se concentrant sur la route, tandis que Mink se renversait dans son siège, les yeux fermés.

Le sexe en dehors des limites du mariage n'avait jamais particulièrement intéressé Marcus, aussi fut-il étonné quand il se surprit à fantasmer sur ses nouvelles collègues. L'absence de sexe dans sa vie avait provoqué une accumulation de désir plus importante qu'il voulait bien l'admettre. Au prix d'un self-control monumental, il s'obligea à penser au golf, à une pizza, à la mort… à n'importe quoi plutôt qu'aux voyages vers les royaumes célestes de la sexualité parfaite qui habitaient les coins reculés de sa conscience. Il se fit le serment de ne pas penser aux femmes ; aux Blanches, aux Latinas, aux Asiatiques, aux Afro-Américaines, aux grandes, aux petites, aux minces et aux fortes, à leurs cheveux, à leurs lèvres, à leurs cuisses, à leurs seins, et à tout le reste.

Pas facile de s'arrêter.

Marcus comprit que cela pouvait entraîner des difficultés.

Il se jura alors de ne jamais goûter à la marchandise, il n'y aurait pas de fraternisation avec la main-d'œuvre, pas d'amourette de bureau. Il ne soutirerait de faveur sexuelle à *aucune* de ces filles dont il avait la responsabilité. Et pourquoi ne profiterait-il pas de ce buffet dionysiaque qui était désormais à portée de main ? À cause de Jan. Certes, elle l'avait privé de sexe, mais il devinait que c'était à cause du stress, des soucis, de la fatigue… tous ces épouvantails qui minent en douce des mariages par ailleurs parfaitement équilibrés. Il l'*aimait*. Oui, c'était aussi simple que ça, voire banal. Mais c'était comme ça. Il savait que Jan serait bouleversée si elle l'apprenait – non, pas bouleversée, *apoplectique* – et c'était une raison suffisante pour supporter la torture qu'il s'infligeait.

Marcus regarda Xiomara dans le rétroviseur. Elle voulait travailler sous le pseudonyme de Jenna car elle n'avait jamais rencontré un Américain capable de prononcer son nom (Zho-mah-ra). Avec son jean blanc moulant, son tricot ample et ses sandales à talons violettes, on aurait dit qu'elle vivait à Los Angeles depuis un certain temps déjà. Ses cheveux noirs descendaient sous ses épaules. Elle avait de grands yeux sombres et un visage lisse, maquillé avec discrétion.

« Au Nicaragua, disait Xiomara/Jenna, la vie est beaucoup plus agréable maintenant que les sandinistes sont partis. Quand un système politique vous demande d'aimer tout le monde… méfiez-vous de ces gens-là.

– Pourquoi t'es pas restée, si ça te plaît tant que ça ? demanda Amstel.

– J'ai une fille, faut que je gagne de l'argent. À Managua, j'étais secrétaire, mais ça rapporte rien. »

Xiomara/Jenna sortit une boîte de Tic Tac ; elle en goba un et en proposa à Amstel, qui accepta.

Tout en faisant rouler le bonbon sur sa langue, Amstel dit : « Moi, je viens de Lettonie et je peux te dire que c'est un trou paumé ! C'était un trou du temps des communistes, et c'est resté un trou. » Cela asséné avec la conviction d'un invité à un talk-show du dimanche matin.

Ils roulèrent en silence pendant un instant, en écoutant le hip hop qui jaillissait des haut-parleurs.

« Les Lettons, reprit Amstel, ils veulent tous des grandes télés et des voitures qui brillent, comme ici, mais ils n'ont pas d'argent. À Riga, j'étais actrice. Et j'avais du succès. J'ai joué dans la production de *Douze hommes en colère* du Théâtre national letton, avec que des femmes. Le critique du *Latvietis Latvija* a écrit : "Elle est très prometteuse dans le rôle exigeant de l'irréductible juré." Tiens, regarde. » Amstel sortit de son sac en daim noir une coupure de presse plastifiée qu'elle tendit à Xiomara/Jenna, qui y jeta un coup d'œil, maintenant plus impressionnée (même si elle ne lisait pas le letton). « J'ai eu un petit rôle dans *Les Journées d'un tailleur à Silmaci,* au Théâtre d'État. Une pièce de Rudolfs Blaumanis. Tu connais ?

– Qui ça ? »

Xiomara/Jenna rendit la coupure de presse à Amstel. « C'est le Tchekhov letton. Tu connais Tchekhov ?

– J'ai oublié de prendre des capotes, lança Mink par-dessus son épaule. Vous pouvez m'en prêter quelques-unes ? »

Amstel plongea la main dans son sac et lui en tendit une boîte.

« Je te revaudrai ça, dit Mink en la fourrant dans son sac en cuir rouge.

– T'es allée à l'université ? » demanda Xiomara/Jenna.

Comme Amstel secoua la tête, l'autre fit claquer sa langue pour bien montrer qu'elle désapprouvait l'attitude cavalière de sa collègue vis-à-vis de l'éducation.

« Tu devrais. C'est pas trop tard. Tu vas pas faire ça éternellement.

– Je veux devenir actrice en Amérique, déclara Amstel.

– Moi, dès que j'aurai une carte de séjour, je trouverai un autre travail », dit Xiomara/Jenna.

Mink intervint : « Je me suis tapé deux ans de fac et je fais ce boulot. »

Absorbé par cette conversation, Marcus n'avait pas vu que la voiture de devant avait avancé, laissant un trou de quinze mètres derrière elle. Deux autres véhicules se rabattirent devant lui avant qu'il réagisse. Marcus accéléra trop brutalement et le van fit un bond.

« Hé, tu as déjà conduit un van ? demanda Amstel. Tu devrais suivre des cours de conduite accompagnée ! »

Tout le monde éclata de rire, ce qui permit de détendre l'atmosphère.

Marcus déposa Mink devant un hôtel pour hommes d'affaires près de l'aéroport et annonça qu'il viendrait la rechercher deux heures plus tard. Elle avait rendez-vous avec un représentant de commerce de Toronto. Il roula ensuite jusqu'à une maison moderne de Venice, une construction futuriste en verre et acier d'un étage, où Xiomara/Jenna devait rejoindre un membre du Los Angeles Opera pour une fellation et un massage du dos. Quant à Amstel, elle était attendue dans une résidence de Marina del Rey où le propriétaire d'une chaîne de restaurants fast-food la dévorerait des yeux pendant qu'elle se mettait en tenue – bas, porte-jarretelles et chaussures à talons aiguilles – puis enfilait un gode ceinture avec lequel elle pénétrait longuement son épouse, qui lui glisserait en douce un billet de cent dollars quand son mari aurait le dos tourné.

Compte tenu de la manière dont étaient organisées les tournées, Marcus n'avait rien d'autre à faire que de conduire, ce qui lui convenait très bien. Pour finir, quand il eut récupéré toutes les filles et perçu sa part de leurs gains, il les ramena à Shining City. Il leur parla alors de la couverture santé qu'il avait choisie. Elle incluait un programme bien-être (avec réduction sur les abonnements dans un club de sport), le remboursement des médicaments, une mutuelle pour les yeux et les lunettes et une assurance dentaire. Les filles étaient ravies et il se délecta de leurs réactions volubiles et reconnaissantes. Le temps de la réflexion était terminé. Il recommençait à se sentir bien.

Jan lui offrit un « bonsoir » endormi quand il s'allongea à côté d'elle dans le lit, plus tard ce soir-là. Il avait cru qu'elle dormait. Il posa la main sur la hanche de sa femme et sentit la longue chemise de nuit en flanelle. Il avait envie de la brûler. Elle lui demanda comment s'était passée sa journée et il lui répondit que tout allait bien. Puis il l'embrassa sur la bouche et fut agréablement surpris quand elle lui rendit son baiser. Ce n'était pas un baiser sensuel, certes, mais il promettait plus que ce qu'elle lui avait offert dernièrement, et, encore sous l'effet de l'excitation de la soirée, Marcus l'embrassa de nouveau. Jan laissa échapper un soupir de plaisir, alors il s'approcha, embrassa son cou, le lobe de l'oreille, les paupières.

« Hmmm, Marcus, j'ai l'impression que la blanchisserie te réussit. »

Il continua à l'embrasser, tandis que sa main descendait, relevait la chemise de nuit et ôtait la culotte. Voyant qu'elle ne protestait pas, il frissonna d'extase. Pendant qu'ils s'agitaient en rythme, Marcus eut du mal à ne pas penser aux filles avec lesquelles il avait passé la soirée, à leur peau, leur odeur, leurs formes. Depuis des années, sa vie sexuelle était prosaïque, routinière et prévisible, affectueuse et ennuyeuse. Il regrettait les premiers temps, l'excitation frénétique et pimentée de la nouveauté et de l'inattendu. Mais désormais, il était libéré, au moins dans sa tête. Il ne voulait pas coucher avec une autre femme, il voulait faire ça uniquement avec Jan, mais de manière différente, plus épanouissante. Ce soir, il voulait essayer quelque chose de nouveau ; ce soir, il *allait* essayer quelque chose de nouveau, et alors qu'il sentait la force monter dans son sacrum, Marcus comprit que c'était le moment, et il se retira. Avant de voir venir quoi que ce soit, Jan sentit une substance liquide et chaude sur sa poitrine.

« Marcus… qu'est-ce que tu as fait ? demanda-t-elle d'un ton accusateur.

– Rien !

– Je suis toute… Je n'arrive pas à y croire ! Qu'est-ce qui te prend ? »

Il était surpris par la réaction de sa femme, persuadé, à tort, qu'un orgasme commun l'avait apaisée.

« Ce n'est quand même pas de la lave en fusion », dit-il.

Mais déjà elle s'était levée et elle se dirigeait vers la salle de bains. Marcus entendait les vagues de son mécontentement vibrer et se cogner contre les murs. Elle alluma la lumière de la salle de bains et il fut aveuglé pendant une seconde, juste avant qu'elle referme la porte. Elle réapparut au bout d'un moment, en s'essuyant la poitrine avec une serviette.

« Tu as regardé un film porno, ou quoi ?

– Non. »

Elle rabaissa sa chemise de nuit et se recoucha, en secouant la tête. Marcus avait misé sur une réaction très différente. Il ne savait pas trop laquelle, mais pas *ça*.

« Où as-tu été pêcher ça ?

– Je suis désolé, OK ? » Il s'allongea sur le dos et ferma les yeux en s'efforçant de repousser son agacement. « Ce n'est quand même pas si terrible, si ?

– Non, mais c'est la première fois que tu fais ça et si tu as l'intention de faire ce genre de choses, j'aimerais que tu me préviennes… »

Marcus rouvrit les yeux et regarda sa femme.

« Que je te prévienne ?

– Comme ça, je pourrais boire quelques verres pour me préparer. »

Il rit, soulagé de constater que la voix de Jan s'était débarrassée de son agressivité. Certes, son ton n'était pas encore celui d'une cassette de méditation, mais la franche hostilité avait disparu.

«Je ne veux pas t'empêcher de le faire, si tu en as envie, reprit-elle, mais on ne fait presque plus jamais l'amour, je suis à moitié endormie et je me fais agresser dans mon lit par un obsédé. J'ai été surprise, voilà tout.»

Marcus s'excusa une fois de plus et pressa la main de sa femme dans la sienne. Elle lui promit qu'elle n'était pas fâchée. Ils s'emboîtèrent l'un dans l'autre et Jan sombra dans le sommeil. Marcus se dégagea lorsqu'il commença à avoir mal au dos.

La première bouteille de saké dura à peine dix minutes. Marcus vida d'un trait ce qu'il restait et en commanda une autre à la jolie serveuse japonaise dont le bras gauche était entièrement recouvert par des tatouages complexes inspirés d'une bande dessinée. En ce début de soirée de mardi, Marcus se trouvait en compagnie d'Amstel dans un petit restaurant de sushis de West Hollywood. Des lumières multicolores avaient été suspendues au-dessus du comptoir et un petit sapin purgeait sa peine près de l'entrée, deux clins d'œil au mythe dominant de la saison. Amstel lisait attentivement le document que Marcus avait déposé devant elle. Il avait longuement réfléchi à la notion de responsabilité légale, et c'est dans cette optique qu'il avait adapté un document téléchargé sur Internet. Celui-ci stipulait:

> JE, SOUSSIGNÉE ......, DÉCLARE AUTORISER MARCUS RIPPS À PRENDRE DES RENDEZ-VOUS PAR TÉLÉPHONE POUR MOI. APRÈS DISCUSSION, NOUS SOMMES CONVENUS QU'IL NE PEUT EXIGER DE MOI DES ACTES ILLÉGAUX CONTRE DE

L'ARGENT. SI JE DÉCIDE DE ME LIVRER OU DE PARTICIPER À UNE ACTIVITÉ ILLÉGALE LORS DE CES RENDEZ-VOUS, JE SUIS À 100 % RESPONSABLE DE MES ACTES.

Marcus, qui exprimait ainsi une confiance touchante dans le caractère sacré des contrats, avait l'intention d'en faire signer un à tout le monde. Il était convaincu que cela réglerait tous les éventuels problèmes.

Amstel signa le document avec le stylo que lui avait donné Marcus et fit glisser la feuille sur la table.

« Tu as l'air fatigué, Breeze.

– J'ai mal dormi.

– Tu es marié ? »

Ils n'avaient encore jamais évoqué des sujets personnels (à l'exception des diverses pratiques sexuelles qu'Amstel était disposée à accomplir moyennant finance) et Marcus fut pris au dépourvu. Il lui avoua qu'il était marié.

« Tu es un gars bien, Breeze, tu ne cherches pas à obtenir des échantillons gratuits au boulot. Alors, je vais te dire un secret. La prochaine fois que tu seras au lit avec ta femme, écoute sa respiration et calque la tienne sur la sienne. Inspiration et expiration, comme ça, vous respirerez ensemble. Elle comprendra pas ce que tu fais, mais elle sentira que tu es… comment dire ? Bienveillant. OK ? »

Marcus prit le temps de réfléchir. Vu la manière dont Jan avait réagi à sa petite fantaisie sexuelle, le fait de simplement respirer ensemble aurait peut-être un effet salutaire. Il promit à Amstel d'essayer.

« Si le coup de la respiration ne marche pas, je te parlerai de l'œuf.

– L'œuf ?

– Un truc qui vibre. Je les offre à Pâques.

– Utile et de saison. »

Il s'envoya encore un peu de saké en savourant la sensation de chaleur qui coulait dans sa gorge. Amstel portait un pantalon noir moulant et un ample pull rouge. Son visage était très légèrement maquillé et ses cheveux blonds tirés en arrière par un bandeau de soie jaune. Renversée contre le dossier de sa chaise, elle paraissait détendue. Elle but une gorgée de saké et dit : « Je t'aime bien, Breeze, alors je vais être honnête avec toi. »

Marcus était suffisamment futé pour savoir que la phrase « Je vais être honnête avec toi » annonçait la plupart du temps un mensonge, mais il avait l'esprit quelque peu embrumé par l'alcool de riz. Il se pencha en avant et regarda Amstel droit dans les yeux. Ils étaient bleus et il apercevait des mouchetures brunes dans les iris.

« Je sais pas combien de temps je vais continuer », dit-elle.

Marcus hocha la tête et lui répondit qu'elle pouvait arrêter quand elle voulait.

« Juice, lui, m'aurait jamais dit ça.

– Qu'est-ce qu'il aurait dit ? demanda Marcus, réellement curieux.

– Il m'aurait dit de continuer à travailler. » Amstel but une autre gorgée de saké. « Lui et toi, vous étiez... ? »

Marcus voyait qu'elle interrogeait sa banque de données pour trouver le mot juste.

« Proches ? Non. »

Il parla à Amstel de ses relations avec Julian, en expliquant qu'il l'avait à peine connu adulte et qu'ils ne se parlaient même plus au moment de sa mort.

Amstel dit qu'elle trouvait ça triste. «Je l'aimais pas, avoua-t-elle, c'était une espèce de connard... Je t'ai dit que je serais honnête, hein? Mais il veillait sur les filles.»

La serveuse leur apporta une autre bouteille.

Marcus interrogea Amstel sur sa vie privée et elle lui confia qu'elle ne fréquentait personne; c'était compliqué compte tenu de la façon dont elle gagnait sa vie. Il aurait voulu savoir si elle avait été mariée, mais il n'osait pas lui poser la question. Elle lui raconta qu'elle avait émigré de Lettonie, qu'elle avait tenté de travailler en tant que comédienne en Amérique, mais c'était impossible. À son tour, il lui raconta comment il s'était retrouvé dans ce métier et qu'il avait failli partir vivre en Chine. Amstel rit à plusieurs reprises et elle lui toucha le bras quand elle voulait insister sur un point. Marcus commençait à avoir l'impression qu'il s'agissait d'un rendez-vous amoureux. Il avait envie de se pencher au-dessus de la table pour embrasser Amstel, mais il savait que c'était une mauvaise idée.

Il était convenu qu'elle se rendrait par ses propres moyens à son rendez-vous à Huntington Beach; c'était trop loin pour que Marcus l'emmène avec les autres filles dans le van, et il avait confiance en elle, elle ne l'arnaquerait pas. Il régla l'addition et l'accompagna jusqu'à son 4x4. Elle s'était garée dans une petite rue perpendiculaire et quand elle commanda l'ouverture des portières à distance, la lumière du plafonnier projeta une lueur tamisée dans l'obscurité. Le saké était monté à la tête de Marcus et il ne résista pas quand Amstel, pour lui dire au revoir, l'embrassa tendrement sur la bouche, en s'attardant un peu plus longtemps qu'il l'aurait cru. Elle glissa ses doigts dans sa nuque et l'attira vers elle, jusqu'à ce que leurs fronts se touchent, un bref instant. Puis elle le libéra et sourit, la tête légèrement baissée, avec un rictus ironique sur son beau visage. Il voyait qu'elle était un peu éméchée.

« Tu me plais bien, Breeze… Tu es un chouette type. Si je peux faire quelque chose pour toi, n'hésite pas. »

Malgré tout l'alcool qu'il avait ingurgité, Marcus résista à la tentation. Il dit à Amstel qu'il avait été ravi de bavarder avec elle et il regagna sa voiture en se demandant comment il allait réussir à respecter la promesse qu'il s'était faite.

« Qu'est-ce que tu fabriques, Marcus ?

– Je respire. »

Il était une heure du matin et cela faisait vingt minutes qu'il était couché à côté de Jan. Elle dormait quand il était rentré, après avoir passé la soirée à servir de chauffeur à son personnel, dans tout Los Angeles. Il s'était mis au lit tout nu et s'était blotti contre sa femme. Elle lui tournait le dos et son érection appuyait désormais contre la cuisse de Jan. Quand elle roula sur le dos, Marcus lui caressa les seins, en calquant sa respiration sur la sienne. Jusqu'à la douzième inspiration-expiration, toutes synchronisées.

« Tu m'imites, dit Jan.

– Non, non. Je respire, c'est tout.

– Je suis trop fatiguée pour faire l'amour maintenant.

– Je veux juste respirer.

– OK. »

Il continua à suivre le souffle de Jan ; sa poitrine se soulevait et retombait. Et ainsi pendant encore vingt minutes.

Il fut enchanté lorsque sa femme commença à le caresser. Il savait qu'il ne devait pas pousser le bouchon trop loin en essayant d'introduire de nouveaux plats dans le menu ce soir-là. Alors qu'ils faisaient l'amour à moitié endormis, Marcus songea à quel point leur vie sexuelle était intimement liée à la position de leur compte en banque. Et il se demanda si c'était une calamité propre aux classes moyennes. D'immenses parties du globe étaient peuplées de gens pauvres qui faisaient souvent l'amour, à en juger par l'importance de leur progéniture. Mais ce fut une pensée fugitive. Il se réjouissait surtout que Jan soit de nouveau détendue.

À Noël, Marcus fut stupéfait de découvrir que son chiffre d'affaires s'élevait à environ vingt-cinq mille dollars brut par semaine, essentiellement en liquide (Kostya lui avait expliqué que les habitués avaient le droit de payer par chèque, mais les cartes de crédit n'étaient pas acceptées). Il empochait vingt-cinq pour cent de ce que gagnaient ses employées ; cela signifiait que sa part avoisinait les six mille cinq cents dollars par semaine, somme dont il devait reverser vingt pour cent à Kostya, soit, grosso modo, mille deux cents dollars. Après avoir déduit quelques centaines de dollars pour divers frais professionnels, Marcus se retrouvait avec quatre mille cinq cents dollars par semaine, nets d'impôts. Ce qui faisait dix-huit mille dollars par mois et deux cent seize mille dollars par an, soit quatre fois plus, environ, que ce qu'il touchait chez Wazoo Toys. Si tout continuait à aller comme sur des roulettes, les dettes de la famille Ripps allaient prendre leur retraite plus tôt que prévu.

Marcus ne possédait pas d'assurance santé pour sa famille ; il pouvait désormais s'en payer une, ainsi que n'importe quel trophée de son choix s'il souhaitait afficher un signe extérieur de sa prospérité nouvelle. La vue déclinante de Lenore serait enfin soignée correctement, et si elle avait besoin de soulager la tension de ses nerfs oculaires, elle pourrait fumer plus d'herbe qu'un village de Rastafaris. Le psychologue, les cours particuliers, le professeur de clarinette et l'orthodontiste de Nathan seraient payés. Marcus pourrait même renflouer Ripcord, s'il le souhaitait. C'était inespéré. Il se livra à un calcul et conclut un pacte silencieux avec lui-même : il gérerait cette affaire pendant deux ans. D'ici là, il aurait épongé ses dettes, constitué un pécule et trouvé un nouveau travail.

Malgré sa quête philosophique d'une justification, le sentiment résiduel de faire quelque chose de mal subsistait à l'orée de sa conscience. Il avait beau essayer de chasser ces pensées, la nature de ce travail continuait à le troubler et il s'inquiétait pour ses employées. Qui étaient ces filles ? Impossible de généraliser ; on pouvait juste dire qu'elles étaient relativement jeunes, en bonne forme physique, et qualifiées. Outre Amstel, Xiomara/Jenna et Mink, il y avait une Sino-Américaine et une Afro-Américaine, une Blanche de Redondo Beach et une Latina de Boyle Heights. Il y avait deux étudiantes, et comme on était à Los Angeles, une actrice. Une femme en instance de divorce, dont le futur ex-mari était réticent à verser une pension alimentaire, et une mère célibataire dont la fille étudiait dans une école catholique grâce à une bourse partielle, et qui devait compléter la différence. Un petit mannequin, dont la taille d'un mètre soixante-quatre était un obstacle, même si elle refusait de le reconnaître. Une ancienne embaumeuse de pompes funèbres qui ne supportait plus de côtoyer la mort et se trouvait attirée, de ce fait, par l'expérience primitive opposée. Des femmes qui refusaient leurs compétences professionnelles à un marché qui en ferait des serveuses chez Benningan's ou des vendeuses chez Gap, ou une *barista* dans un Starbucks, alors qu'elles pouvaient gagner davantage en un après-midi qu'une de ces employées en une semaine, et qu'importe si c'était en vendant du sexe. Si l'Amérique s'éclatait, pourquoi est-ce qu'elles n'en tireraient pas quelques dollars ? Quant à Marcus, c'était comme le disait ce type dans le magazine économique à la télé : *Quelqu'un va s'enrichir, autant que ce soit vous !*

Il acheta un exemplaire de *La Déclaration d'impôts pour les nuls* dans une librairie du coin et apprit tout seul comment créer un plan d'épargne-retraite. Il envoya un e-mail collectif à ses employées dans lequel il réitérait son offre, et un grand nombre d'entre elles décidèrent de profiter de ce service financier, en effectuant des versements hebdomadaires sur un compte qu'il avait ouvert à leur intention.

En se levant chaque matin, Marcus accomplissait ses devoirs familiaux, puis il se rendait au pressing, où il recevait des coups de téléphone et prenait des rendez-vous. Il s'était inscrit dans une salle de sport haut de gamme où il pouvait faire du vélo d'appartement, s'entraîner au basket et se détendre dans un sauna. Deux fois par semaine, il jouait au golf sur le parcours de Woodley Lakes. La société employait désormais plusieurs chauffeurs, il pouvait donc rentrer chez lui le soir, son téléphone portable et son BlackBerry en position vibreur, et il gérait les appels et les messages au fur et à mesure jusqu'à vingt-deux heures, trouvant toujours un prétexte pour s'exiler dans son bureau, où il organisait le «rancard». Afin de détourner les éventuels soupçons de Jan, il lui expliqua qu'il avait contacté un groupe d'investisseurs avec lequel il souhaitait développer l'entreprise pour créer une chaîne. Jan put conduire sa mère chez un chirurgien ophtalmologiste de Beverly Hills, qui s'occupa de son cas et obtint des résultats optimums. Lenore exprima sa profonde gratitude à Marcus qui était très satisfait de pouvoir lui venir en aide.

Même si tout se passait bien, sa nouvelle existence faisait naître en lui un vague sentiment de terreur, qui croissait et décroissait, sans jamais disparaître totalement. Marcus était doté d'un système d'alerte hors du commun, situé dans le bas de son dos. Souvent, dans les moments de stress intense, il avait d'horribles spasmes dans les reins, précédés d'une sensibilité accrue dans la région lombaire. Heureusement, des étirements qu'un chiropracteur lui avait prescrits quelques années plus tôt lui permettaient le plus souvent de parer les attaques.

Il loua alors une Mercedes, en se disant que les sièges en cuir, la climatisation et la conduite souple l'aideraient à se détendre. Il justifia ce caprice auprès de Jan en lui expliquant que les affaires marchaient extraordinairement bien.

Mais le poids du secret commençait à se faire sentir. Alors que Marcus assistait à un match de basket de Nathan, un après-midi en semaine, son portable sonna au moment où il s'asseyait à sa place à côté de Jan. Il sonna encore trois fois durant le quart d'heure suivant, et quand Marcus s'absenta à la mi-temps pour répondre, elle lui dit: «Tu es un blanchisseur très demandé.» Il ne savait pas comment interpréter cette remarque, mais les quinze points que marqua Nathan pour le compte de son équipe, victorieuse au final, semblèrent intéresser davantage son épouse que ses allées et venues.

En début d'après-midi, par une claire journée d'hiver, Marcus était dans les locaux de Shining City, en train de vérifier les comptes avec Kostya. Ils géraient cette affaire depuis plusieurs mois maintenant et tout marchait comme sur des roulettes. La radio diffusait un morceau de Van Halen que Marcus adorait du temps du lycée, mais toutes ses pensées étaient tournées vers le seizième trou du parcours de Woodley Lakes.

« Mink a travaillé que trois soirs la semaine dernière, dit Kostya.

– C'est grave ?

– Je crois qu'elle prend peut-être des rendez-vous en indépendante.

– Je devrais lui parler ?

– Lui *parler* ? Pour quoi faire ?

– Pour lui demander d'arrêter.

– Si tu veux qu'elle arrête… y a d'autres façons. »

Kostya le regarda avec l'air de dire que même si Marcus n'était pas habitué à ce genre de business, c'était désormais le sien.

Il ne s'attendait pas à cela ; il fallait qu'il établisse des limites. Il ne pouvait pas tolérer qu'on tabasse les filles.

« Ça m'ennuie de…

– Si d'autres filles apprennent ça, elles font pareil. Après, business kaput. Tu frappes avec la paume ouverte, elle comprendra. »

Marcus regarda Kostya d'un air affligé.

«Je ne peux pas frapper quelqu'un.

– Tu sais c'est quoi ton problème, Breeze? Tu veux que tout le monde t'aime. Mais peu importe si quelqu'un t'aime ou pas. Ce qui compte, c'est d'avoir de l'essence dans ta bagnole et à bouffer sur la table. Oublie pas: tu les aides déjà avec tes plans retraite. Tu veux je le fasse à ta place?»

Marcus but une gorgée de café. Cette option lui paraissait déjà plus acceptable. Après tout, son entreprise était menacée, à en croire Kostya, qui en savait beaucoup plus que lui. Alors, pourquoi faire sa chochotte?

Kostya le regardait; il attendait une réponse.

«Tu veux je le fasse, Breeze?

– Oui... Non! Je veux que tu lui parles, sans la frapper. On ne travaille pas de cette façon, nous.» Tel un carnivore qui ne supportait pas l'abattoir, Marcus était ravi de confier la responsabilité à une personne plus à l'aise que lui. «Je suis sérieux, Kostya. Regarde-moi.

– Je te regarde.

– Pas de violence.»

Kostya secoua la tête et lui adressa un regard condescendant. Marcus s'en fichait. Il y avait des choses qu'il refusait de faire.

«Coucou! Y a quelqu'un?»

C'était Jan. Marcus envisagea un instant de filer par-derrière, mais cette idée repartit aussi vite qu'elle était venue.

«C'est ma femme, murmura-t-il. Sois cool, elle n'a aucune idée de... ce qui se passe.» Devant un Kostya incrédule, Marcus répondit: «On est dans le bureau!»

Quelques secondes plus tard, le visage de Jan apparut dans l'entrebâillement de la porte.

« C'est chouette, ici. »

Marcus lui présenta Kostya et ils se saluèrent d'un hochement de tête.

« Où sont tous les autres ? demanda-t-elle. Je pensais qu'il y aurait plus d'animation.

– C'est calme à cette heure-ci. Qu'est-ce que tu fais ici ?

– J'ai déposé ma mère à son cours de pole dancing et j'ai un peu de temps avant d'aller la rechercher. Je me suis dit que tu voudrais peut-être aller déjeuner. »

Marcus entendit la porte d'entrée s'ouvrir et une autre voix résonna :

« Breeze, faut que je raconte ce qui s'est passé avec le type de Peninsula hier soir. »

C'était Cassie, une fille qu'ils avaient engagée une semaine plus tôt. Cet endroit commençait à ressembler à la Gare centrale. Pendant que Jan tournait la tête en direction de la voix, Marcus et Kostya échangèrent un bref regard.

« J'arrive, yo ! » lança Kostya.

Il jaillit de son siège, passa devant Jan en la frôlant et se précipita à la rencontre de Cassie.

« Allons déjeuner », dit Marcus.

Quand ils sortirent du bureau, Kostya et Cassie avaient disparu.

« C'était qui ? » demanda Jan alors qu'ils marchaient vers la voiture.

Marcus lui expliqua que c'était la petite amie de Kostya.

Ils optèrent pour un restaurant indien et commandèrent une bouteille de vin avec leur déjeuner, une chose qui ne se serait jamais produite en temps ordinaire. Jan ne posa aucune question sur les affaires. Libérés des problèmes d'argent qui les avaient harcelés pendant si longtemps, ils savouraient tranquillement le fait d'être ensemble. Ils évoquèrent même les endroits où ils pourraient s'évader quelques jours. Jan était tentée par Ojai. Elle chassa le dernier bout de *saag paneer* avec une gorgée de chardonnay et sourit à Marcus. Elle portait un jean et un pull blanc à rayures bleues horizontales. Ses cheveux châtains étaient coiffés en arrière, son visage lumineux et ouvert.

« Allons à l'hôtel, dit-il.

– Maintenant ?

– J'ai un après-midi peu chargé.

– Je dois aller rechercher ma mère.

– Elle prendra un taxi. Nate a son entraînement de basket jusqu'à six heures. Ça nous laisse presque… » Il consulta sa montre. « … quatre heures.

– Marcus… »

La voix avec laquelle elle avait prononcé son prénom indiquait que ce déjeuner impromptu avait ouvert chez elle une pièce cachée et verrouillée, faiblement éclairée, mais somptueusement tapissée. Jan était ivre, mais d'une manière plaisante. Marcus régla la note et ils prirent la direction du Mondrian Hotel sur Sunset Boulevard car il savait qu'ils accordaient des réductions aux membres de l'Automobile Club.

Dans leur chambre au neuvième étage, qui donnait sur les Hollywood Hills, une bouteille de pinot Grigio presque vide reposait dans un seau à champagne. Les rideaux n'étaient pas entièrement fermés, et alors que le projecteur du soleil éclairait la moitié de la pièce, couchés tous les deux sous les draps, ils se prélassaient dans la pénombre. Le vin avait bordé leurs inhibitions et leur avait souhaité bonne nuit ; Marcus sentait que l'instant était propice. Il fit apparaître un œuf argenté et brillant. Jan regarda cet objet d'un air intrigué.

« C'est quoi, ça ?

– Un œuf.

– Je vois bien que c'est un œuf, Marcus. À quoi il sert ?

– En fait, tu es censée le mettre dans… enfin, tu vois.

– Pardon ?

– Là où je pense.

– Non !

– Si, si…

– Et ensuite ?

– Ça vibre.

– Ah bon ?

– C'est ce qui est écrit dans le mode d'emploi.

– Où tu as trouvé ça ?

– Je l'ai acheté sur Internet. »

En vérité, Amstel le lui avait donné une semaine plus tôt, mais Marcus se disait qu'un petit mensonge de plus importait peu, après tous les gros mensonges qu'il avait racontés dernièrement.

Jan prit délicatement l'objet entre ses doigts pour l'examiner à la lumière du jour, tel un numismate qui évalue une pièce rare. Elle l'observait avec une concentration troublée par l'alcool. Avant que Marcus ait le temps de lui vanter ses mérites, l'œuf disparut dans les profondeurs de sa femme, comme dans un numéro de prestidigitateur.

« Et maintenant ? » demanda-t-elle gaiement.

Émoustillé de voir Jan si bien disposée, Marcus lui montra ce qui ressemblait à une télécommande de téléviseur.

« C'est quoi, ce truc ? »

Il appuya sur un des boutons. Jan se pâma.

« Oh, la vache… Marcus… Oh… » Elle respirait de manière régulière, tandis que l'œuf caché palpitait et envoyait de puissantes vibrations qui parcouraient tout son corps. « C'est… Oooohh.

– Il y a dix niveaux, précisa-t-il.

– Tu as mis lequel ? » Sa voix tremblait ; elle était embarquée sur un bateau qui tangue.

« Le premier.

– Tu… oh… tu plaisantes ? » Marcus appuya sur un autre bouton. « Oh, Marcus… Oh, la vache !

– Ça, c'est le niveau trois. »

L'orgasme approchait tel un soûlard qui veut commander un verre avant la fermeture du bar : à toute allure, en agitant les bras. Elle avait les yeux fermés, la tête renversée ; le barrage avait cédé, le torrent débordait. Puis il s'apaisa, mais les pulsations électroniques qui déclenchaient les flots tumultueux se poursuivirent.

« Mets-le sur deux ! ordonna-t-elle. *Mets-le sur deux !* »

Marcus obéit et Jan se calma un peu. Elle avait les yeux mi-clos, la tête penchée sur le côté.

« Ça fait d'autres trucs », dit-il, mais sa femme ne semblait pas l'entendre. Elle paressait dans les remous et le reflux ; elle savourait l'accalmie. Marcus l'embrassa ; elle promena sa langue sur ses lèvres et ses dents, puis l'introduisit dans sa bouche, une chose qu'elle n'avait pas faite depuis longtemps. Quand elle eut retrouvé ses esprits, elle le prit dans sa bouche, elle l'avala et le caressa, pendant qu'il jouait avec la télécommande, alternant entre les niveaux un et deux. Marcus pensait à la tension qui l'habitait et à la raideur dans sa région lombaire. Il s'inquiétait des effets à long terme de cette double vie sur sa santé. En changeant de position pour soulager la pression sur ses reins, il observa sa femme qui se concentrait pour lui donner du plaisir. Elle était libérée d'un fardeau, suffisamment détendue pour faire l'amour l'après-midi, à l'hôtel, un jour de semaine avec son mari aimant et un œuf vibrant. Enhardi, Marcus pressa de nouveau sur un bouton de la télécommande et soudain, un autre son surgit dans la chambre, une voix douce, féminine. Jan s'interrompit et regarda Marcus.

« C'est quoi ?

– Il y a une puce dans l'œuf. »

Les roucoulades rauques d'une diva de la pop sortaient de l'intérieur de Jan. L'expression de son visage, l'étonnement mêlé au plaisir, le tout enveloppé d'une fine membrane de pure sensualité, était inconnue de Marcus. Heureusement qu'elle était ivre, pensa-t-il, étant donné que son vagin s'était mis à chanter.

En contemplant sa femme à cet instant, il oublia les années passées dans un déferlement de grossesse, de couches, de manque de sommeil, de covoiturages hebdomadaires, de courses au supermarché, de cuisine, de ménage, de factures qui se renouvelaient sans cesse et de responsabilités permanentes. Tout cela s'évanouit dans la douce lumière de cette chambre d'hôtel.

Ils écoutèrent pendant un moment la voix haletante de la chanteuse, puis ils se mirent à rire en chœur, librement, sans inhibition ni angoisse ; c'était le son le plus innocent, le plus heureux qu'ils avaient émis depuis longtemps, l'un et l'autre. Quand Jan l'embrassa, il sut qu'il venait d'assister à la naissance de la phase deux de leur mariage.

Ce jour-là, Jan n'avait pas découvert ce qui se passait, mais Marcus était convaincu qu'il ne pourrait pas lui cacher éternellement ses activités. Même si leurs ébats à l'hôtel l'avaient détendu temporairement, il l'avait échappé belle au pressing et cela suffisait à faire monter le niveau de tension générale. Il avait besoin de parler, de se soulager, devant quelqu'un qui ne le jugerait pas. Atlas l'écouterait volontiers et on pouvait compter sur sa discrétion. Le lendemain à midi, ils se retrouvaient justement pour faire un neuf trous.

Marcus attendait devant la guérite du starter sur le parcours de Woodley Lakes quand son portable sonna. C'était Kostya.

Celui-ci ne prit pas la peine de dire bonjour. « Mink ne causera plus d'ennuis.

– Tu n'as pas…

– Tu m'as dit de pas le faire, alors je l'ai pas fait. »

Marcus ne voulait pas savoir ce qui s'était passé. La seule chose qui comptait, c'était que le problème n'en soit plus un.

Atlas arriva à la fin de la conversation ; il salua Marcus d'un air absent, sans le regarder lorsqu'ils se serrèrent la main. Marcus annonça qu'il avait quelque chose à lui dire, mais qu'il lui en parlerait plus tard. Atlas semblait ne pas l'écouter.

Il faisait chaud et Marcus commença à transpirer après son troisième swing d'échauffement. Il joua bien les deux premiers trous, soulagé à l'idée d'enfin raconter à quelqu'un ce qu'était devenue sa vie et de discuter de la tactique à adopter.

Atlas était déjà quatre coups au-dessus du par avant qu'ils attaquent le trou numéro trois et son humeur semblait s'être encore assombrie. Après un mauvais tee shot au trou numéro deux, suivi d'une balle hors limites, il jeta rageusement son club par terre, un geste que Marcus ne lui avait jamais vu faire. Atlas essaya d'en rire, mais Marcus voyait bien que son ami était contrarié. Alors qu'Atlas s'apprêtait à jouer le premier coup du trou numéro cinq, Marcus fit un pacte avec lui-même: il attendrait la fin de la partie pour tout lui dire. Le swing d'Atlas expédia la balle vers la droite. Marcus suivit sa trajectoire en plissant les yeux.

«Je ne pourrai pas jouer pendant un mois, déclara Atlas, alors que sa balle disparaissait en rebondissant dans un bosquet d'arbres centenaires.

– Tu vas quelque part?

– En cure de désintox.»

Marcus n'était pas sûr que ce soit une blague.

«Pourquoi?

– J'ai perdu quatre-vingt-dix mille dollars chez les bookmakers de Vegas le mois dernier, faut que ça cesse. Ma vie est devenue un enfer.»

Marcus n'en revenait pas.

«Merde, alors. Je suis navré.

– Ce matin, j'ai commandé un double cappuccino et j'ai eu envie de parier que le type le préparerait en moins de trente secondes. Tu te rends compte? Je voulais miser sur ce putain de type qui fait le café!

– C'est moche.»

Marcus essayait de se montrer compatissant, mais il devait se forcer. C'était *lui* qui avait besoin de paix, d'amour et de compréhension.

«Bref, je commence demain. Ça ne t'embête pas d'aller jeter un coup d'œil chez moi, une fois par semaine? J'ai déjà suspendu la distribution du courrier.»

Marcus lui répondit qu'il le ferait avec plaisir, en masquant son agacement. Son problème à lui était assurément plus important, mais moins acceptable socialement. Atlas, au moins, pouvait s'asseoir en cercle avec d'autres joueurs invétérés et parler de son cas. Mais lui, que pouvait-il faire ? Il n'avait même plus envie de finir ce parcours tout à coup.

13

Jan sirotait sa citronnade, en espérant que Plum ne s'effondrerait pas sur la table en pleurant. Il était un peu plus de treize heures et elles étaient assises dans la salle de restaurant du Sportsman's Lodge, un établissement très prisé de Ventura Boulevard qui faisait aussi hôtel. Depuis l'accroissement des revenus de Marcus, Jan avait convaincu Plum d'accepter qu'elles se relaient à la boutique, un jour sur deux. Aujourd'hui, Jan ne travaillait pas. Elles déjeunaient ensemble parce que Plum avait insisté.

Une fois que la serveuse eut pris leur commande, Plum raconta à son amie son rendez-vous, la veille au soir, avec un homme rencontré sur Internet.

« Il avait une super voix au téléphone, mais je crois que la photo qu'il m'a envoyée datait d'une dizaine d'années, et il est arrivé avec une barbe d'une semaine, ce qui est très bien quand on a vingt-trois ans, mais ce type ressemblait à Charles Bukowski, sauf qu'il n'avait pas écrit des poèmes et des bouquins géniaux. Il donnait plutôt l'impression de dormir dans sa voiture. J'avais vraiment l'intention de coucher avec lui, mais là, franchement, je ne voyais plus l'intérêt. Ce matin, je me sentais si mal que je me suis offert une manucure et une pédicure chez les Vietnamiens du mini centre commercial, près de la maison, où j'ai toujours l'impression qu'ils parlent de moi. »

Jan savait que Plum éprouvait le besoin impérieux qu'on lui touche les doigts et, de manière plus intime, les orteils, même si ce n'était qu'une Vietnamienne avec une lime en carton. Plum examinait maintenant le résultat en tendant sa main droite devant elle.

« On a vendu quelque chose aujourd'hui ? demanda Jan.

– Pour presque cinq cents dollars de marchandise », répondit Plum.

La matinée avait été étonnamment bonne, et Jan s'en réjouissait car elle espérait que cela inciterait Plum à lui racheter ses parts.

« Une femme est entrée et elle a acheté trois jeans français avec les passepoils, ceux qui sont déchirés. »

La conversation avançait par à-coups depuis cinq minutes et Jan cherchait le moyen d'aborder la question du rachat sans que sa future ex-associée monte sur ses grands chevaux.

C'est alors que Plum déclara : « Il faut que je trouve mille cinq cents dollars. »

Jan refusait de lui offrir la moindre ouverture, après s'être promis pendant le trajet de ne pas se laisser entraîner dans un nouveau délire. Alors elle attendit, en faisant mine de lire le menu. Après avoir largué cette bombe dans la conversation, Plum ne dit plus rien, comme si Jan allait voler à son secours. En vérité, celle-ci avait atteint son seuil de tolérance. Si Plum voulait lui parler d'une nouvelle idée ridicule, comme si le temps était une ressource inépuisable, qu'elle se débrouille toute seule.

« Tu veux savoir pourquoi ? » demanda Plum.

Étant donné qu'elle avait formulé cela comme une question directe, Jan ne pouvait plus l'ignorer sans paraître aussi égoïste que son amie. Alors, elle céda en poussant un grand soupir, avec l'espoir que Plum saurait à quoi s'en tenir.

« Oui, bien sûr. Pourquoi ?

– J'ai eu mes règles ce matin, et comme je suis allée dans une clinique à prix réduit, ils te font qu'une seule injection et c'était ma…

– Tu t'es fait inséminer ? Comment ?

– Je t'ai dit que j'avais trouvé une femme disposée à me donner ses œufs sur Internet. Tu ne m'écoutes pas. »

Jan la regardait d'un air hébété. Le mot *œuf* avait pour elle une nouvelle connotation désormais, et elle dut faire un effort pour rester concentrée. Elle s'obligea à chasser les picotements qu'elle ressentait dans les reins.

« J'ai déjà filmé cinq heures de rushes pour ma vidéo et si je ne tombe pas enceinte… »

À partir de là, les paroles de Plum furent dissoutes dans des sanglots à peine étouffés. Jan jetait des regards autour d'elle, à la recherche d'une issue de secours, d'une faille dans le continuum espace-temps de la San Fernando Valley par laquelle elle pourrait s'éclipser. Plum fourragea dans son sac et sortit un paquet de Kleenex pour se moucher et se tamponner les yeux.

« Je ne risque pas d'obtenir un sou d'Atlas avant longtemps.

– Peut-être que tu devrais en parler à quelqu'un.

– Un psy ? Tout ce qu'ils font, c'est confirmer tous les trucs déprimants que tu sais déjà sur toi-même. Ce n'est pas ça dont j'ai besoin. »

Jan attendit pour voir si Plum allait poursuivre sur cette voie, mais apparemment, elle était à court de carburant.

« Il y a autre chose dont il faut qu'on parle, déclara Jan. Je veux laisser tomber la boutique. »

Plum ouvrit la bouche, mais aucun son n'en sortit. On aurait dit un poisson qu'on vide alors qu'il est encore vivant. Jan enchaîna: «Ce n'est pas comme ça que je voulais gagner ma vie, en tenant un commerce.

– J'ai étudié les beaux-arts! s'exclama Plum, comme pour signifier que sa vie à elle aurait dû être une succession de vernissages et de rétrospectives dans des musées.

– Oui, et moi aussi. Tu te souviens? Avec toi. Je n'avais pas prévu de rester assise dans une petite boutique de Van Nuys Boulevard, à prier pour qu'une cliente passe la porte.» Jan remarqua que Plum était stupéfiée par son ton, plus affirmé qu'à l'accoutumée. «Cessons de faire comme si ça marchait, parce que c'est faux. Je vais être franche avec toi: Ripcord, c'est fini.» Elle marqua une pause. «Je suis navrée que tu aies tes règles», ajouta-t-elle, alors qu'elle ne l'était pas du tout.

Plum se tapota le nez avec un mouchoir propre, renifla et demanda: «C'est pas Marcus, là-bas?»

Jan se retourna, à la recherche de son mari, grandement soulagée. Elle savait que Plum ne continuerait pas dans la veine larmoyante avec Marcus dans les parages. Mais le sentiment de répit se transforma vite en nausée lorsque son regard traversa la salle et qu'elle le vit s'asseoir à une table pour deux en face d'une jolie femme portant un chemisier moulant, une jupe très courte et des bottines à talons aiguilles.

«Avec qui il déjeune?» demanda Plum.

Luttant contre une nervosité grandissante, Jan se fraya un chemin entre les autres clients pour atteindre la table de son mari. Marcus semblait à ce point hypnotisé par la femme avec qui il parlait qu'il mit un moment à s'apercevoir que quelqu'un s'était arrêté près d'eux, et un moment encore à s'apercevoir qu'il s'agissait de Jan. Celle-ci le vit adresser un rapide regard à l'inconnue, avant de revenir sur elle : un écureuil qui essaye de déterminer quel est le chemin le plus sûr pour traverser une route dangereuse.

« Bonjour, chéri. Qui est ton amie ? » demanda Jan.

Fière de pouvoir contrôler le timbre de sa voix, elle se retourna pour offrir un sourire carnassier à la femme, qui la salua avec un accent d'Europe centrale. Où Marcus avait-il bien pu faire la connaissance d'une femme pareille ?

« Amstel, voici Jan, dit Marcus.

– Son épouse », précisa Jan, tout en s'interrogeant sur ce prénom : Amstel. Venait-il de l'inventer ? Que faisait donc son mari avec une séduisante Européenne nommée Amstel ? « Nous sommes mariés.

– Exact », confirma Marcus d'un ton neutre.

Amstel approuva d'un hochement de tête. « Félicitations. »

Quelques secondes plus tard, Marcus et Jan se tenaient presque nez à nez dans un coin du lobby du Sportsman's Lodge, tournant le dos à toute personne susceptible de les regarder. En l'occurrence, il s'agissait d'une famille blonde de l'Utah et de trois hommes d'affaires japonais, mais aucun ne prêtait attention au drame qui se déroulait. Jan voulait savoir qui était cette femme et quelle était la nature de ses relations avec Marcus.

« C'est une associée. »

L'idée qu'une personne comme cette Amstel puisse entretenir des rapports quelconques avec le nettoyage à sec était si improbable que Jan ne sut pas comment réagir.

« C'est une *blanchisseuse* ?

– Oui, dit Marcus, dont l'assurance se ratatinait comme un camélia au micro-ondes.

– Si je retourne à votre table, elle va m'expliquer qu'elle repasse des pantalons pour gagner sa vie ? Marcus, si tu as une liaison, je te demande de l'avouer, ce sera plus simple.

– Écoute, ma chérie…

– Ne m'appelle pas « ma chérie » !

– D'accord. *Jan*. Je ne peux pas t'expliquer maintenant, mais je te jure sur la tête de notre fils que je ne t'ai *jamais* trompée !

– Explique-moi ce qui se passe.

– Je suis un agent.

– Un *agent ?* Cette femme est comédienne ?

– Pas exactement. Mais je la représente.

– Marcus, ça ne tient pas debout.

– Je te jure que je t'expliquerai tout ce soir. »

Il attendit que sa femme décide si son offre était acceptable ou pas. Jan avait du mal à croire que cet homme était celui avec lequel elle avait récemment passé plusieurs heures érotiques au Mondrian Hotel. Elle croyait que leur mariage avait atteint un nouveau stade, et voilà que soudain, tout était menacé.

« J'attendrai ce soir », dit-elle, puis elle retourna dans la salle du restaurant.

14

La Mercedes était garée devant le Beverly Hills Hotel dans la fraîcheur du soir. Assis à l'avant, Marcus souhaitait bonne nuit à Nathan sur son portable. Il était un peu plus de vingt et une heures trente. Perturbé par sa rencontre inopinée avec Jan, il avait passé l'après-midi à essayer de trouver une borne d'arcade baptisée *Soul Stealer*, qu'il voulait offrir à son fils pour lui faire une surprise. Plusieurs heures d'enquête l'avaient conduit dans un entrepôt situé à l'est du centre, où il avait trouvé un exemplaire de la borne en question, au prix de deux mille dollars. L'imposante machine était maintenant coincée dans le coffre. Montrer son amour pour son fils était un moyen de détourner l'opprobre qu'il sentait souffler dans sa direction. Mais il se demandait s'il n'aurait pas mieux fait d'acheter un bracelet de diamants à la place. Impossible de prévoir comment allait réagir Jan en découvrant la vérité.

«Tu pourras venir me voir jouer au base-ball la semaine prochaine?

–Je viendrai», promit Marcus, soulagé à la perspective d'une activité familiale. Il n'entendit pas la réponse de Nathan et dut plaquer sa main sur son autre oreille pour masquer le bavardage des filles assises à côté de lui. Il dit au revoir à son fils. Quand Jan reprit le téléphone, il lui expliqua qu'il réglait une affaire et qu'il lui parlerait le soir, en rentrant. Elle raccrocha sans dire au revoir.

Avec le sentiment profond de ne pas être apprécié à sa juste valeur, Marcus poussa un soupir et reporta son attention sur l'hôtel, où une nouvelle fille était en train de travailler. Xiomara/Jenna se trouvait dans la voiture avec Cindy, une transfuge venue de Dallas, où jusqu'à récemment elle étudiait l'anthropologie. Cindy expliquait à Xiomara/Jenna les pratiques d'accouplement des Hmongs du Laos quand le portable de Marcus sonna. Il regarda qui l'appelait: Amstel.

« Breeze, on a un problème.

– Quel genre ?

– Un gros. »

Marcus sentit ses muscles lombaires se contracter.

Pour quelqu'un qui contemplait un cadavre sur un lit, Amstel paraissait relativement calme. Une demi-heure s'était écoulée et Marcus se trouvait dans le studio proche de Beverly Hills, avec son dos qui fonçait pleins gaz vers les contractures. Après avoir mis les filles dans un taxi, il s'était rendu sur place aussi vite que possible. Et maintenant, campé sur le faux tapis persan au centre de la pièce, les yeux fixés sur les draps froissés, il essayait d'établir un plan d'action. Le mort était légèrement obèse, basané et nu. Il devait avoir dans les cinquante-cinq ans.

Et il était menotté au cadre de lit.

Amstel s'était habillée après avoir appelé Marcus. Assise dans un fauteuil avec une cigarette au clou de girofle, elle avait l'air détendu, mais la manière dont elle fumait – une courte inspiration puis une longue exhalaison durant laquelle un torrent de fumée sortait de sa bouche – démentait cette apparente décontraction.

« J'étais assise sur son visage. Il m'a broutée pendant environ deux minutes et soudain, il a fait des drôles de bruits, il avait les yeux qui lui sortaient de la tête. Alors, je descends pour aller chercher un verre d'eau. Je vais au lavabo, je regarde par-dessus mon épaule, son visage est tout rouge, les yeux grands ouverts… il est mort. Alors, je t'ai appelé.

– Tu penses qu'il a fait un infarctus ?

– Est-ce que j'ai une tête de docteur, Breeze ?

– Tu as bien fait de m'appeler.

– Maintenant, je me tire.

– Comment ça, tu te tires ?

– C'est clair. Je. Pars. Maintenant. Bye-bye. J'arrête cette vie. Tu es un chic type, Breeze. Laisse tomber, toi aussi.

– Oh là, oh là, Amstel ! Premièrement, tu ne peux pas partir comme ça. Ce type est menotté au lit. Où est la clé ?

– Je sais pas. »

Un bref examen des vêtements du mort ne livra pas la réponse à ce mystère, mais il fit apparaître un portefeuille contenant plusieurs cartes de crédit, environ sept cents dollars en liquide et un permis de conduire de l'État de Californie au nom de Mahmoud Ghorbanifar, habitant au 1563 San Mateo Drive, Beverly Hills. Un gars du coin. Mauvais. Si quelqu'un l'attendait à la maison, ils allaient partir à sa recherche dès demain.

« Je ne peux pas déplacer le corps tout seul, Amstel. Mon dos… C'est comme si quelqu'un me mâchonnait les nerfs.

– Écoute-moi, s'il te plaît, répondit-elle d'un ton qui le suppliait de comprendre sa situation délicate. Je ne suis pas citoyenne américaine. Si on me trouve avec ce cadavre, après la prison je retourne direct en Lettonie. »

Marcus était beaucoup moins charmé par son accent maintenant. « Si tu pars, tu ne travailles plus pour nous.

– Je t'ai dit que j'arrêtais ! Tu es débile ou quoi ?

– Tu ne peux pas t'en aller !

– Tu devrais pas me menacer, Breeze. » Menacer ? Il n'avait pas l'impression de la menacer. « Un coup de fil et tu finis sur le carreau. Un appel anona… anon… Merde ! Comment on dit ?

– Anonyme. »

En lui donnant le mot, il eut l'impression de se passer lui-même la corde au cou.

« Un appel anonyme, OK ? À la police. Et tu es cuit comme une saucisse. Ne m'entraîne pas dans tes emmerdes. »

Au bout du compte, c'étaient bien *ses* emmerdes, en effet. Il ne pouvait pas le nier. Mais le refus total d'Amstel d'assumer ses responsabilités était pour lui une surprise brutale, encore plus que les regards meurtriers qu'elle lui lançait.

« On se comprend ? » demanda-t-elle.

Marcus hocha la tête. Il croyait que des liens s'étaient tissés entre eux, mais de toute évidence, il se trompait. Amstel referma tout doucement la porte derrière elle en s'en allant, discrète jusqu'au bout. La première idée de Marcus fut d'appeler Kostya pour le laisser se débrouiller. Mais quand Kostya avait accepté de travailler avec lui, il lui avait bien fait comprendre que Marcus devrait assumer tous les risques liés à cette entreprise, ce plan fut donc immédiatement abandonné. La femme de ménage devait venir le lendemain matin et elle avait la clé du studio. Il était toujours difficile de la joindre et Marcus n'avait pas envie de rester ici jusqu'au lendemain, uniquement pour l'attendre et lui dire qu'elle ne pouvait pas faire le ménage. Il regrettait de ne pas avoir pensé à cacher une bouteille de whisky dans le studio. Un petit verre lui aurait fait du bien. Son dos le faisait tellement souffrir qu'il ne pouvait même pas se tenir droit.

Julian aurait su quoi faire dans ces circonstances. Il n'aurait pas paniqué. Quelques années plus tôt, Marcus aurait pu l'appeler dans ce genre de situation. Ou Roon. Ces deux-là savaient se débrouiller. Il envisagea d'appeler Atlas, mais celui-ci ne sortirait pas de cure de désintoxication avant plusieurs jours.

Soudain, les muscles qui traversaient le bas de son dos se contractèrent rageusement, ce qui provoqua un déplacement de sa hanche gauche et fit basculer son torse dans la même direction. Il poussa un grognement de douleur. Son corps commençait à prendre la forme d'un point d'interrogation. Il essaya de se souvenir s'il avait des antalgiques chez lui.

«Jan, c'est moi.

– Marcus?» Sa voix était endormie, lointaine. «Je t'ai attendu. Je croyais qu'on devait parler. Mais je me suis endormie. Que se passe-t-il?»

Assis dans le canapé en face du mort, avec un oreiller glissé sous les reins, le portable collé à l'oreille, il se sentait momentanément soulagé. Mais il savait que s'il bougeait d'un seul centimètre, dans n'importe quelle direction, ses terminaisons nerveuses exploseraient.

«On parlera, dit-il. Mais pas tout de suite. Il y a une urgence.»

Jan était réveillée maintenant.

« Oh, mon Dieu, Marcus ! Est-ce que ça va ?

– Non. Ça ne va pas. Vraiment pas. Je suis dans une sorte de pétrin. » Il lui expliqua où il se trouvait et lui demanda dans combien de temps elle pouvait être là. Son ton indiquait qu'il n'était pas question qu'elle reste à la maison.

« Que se passe-t-il ?

– Je ne peux pas te le dire au téléphone.

– Dis-le-moi ou je ne viens pas.

– Je ne peux pas, crois-moi, je t'en supplie. » Il ne pouvait pas prendre le risque de lui dire la vérité : si elle flippait trop, elle pourrait refuser de venir l'aider. « J'ai vraiment besoin de toi maintenant. S'il te plaît. Il y a un Home Depot ouvert toute la nuit sur Ventura. Va acheter une scie à métaux et du gros ruban adhésif.

– *Quoi ?*

– Tu veux bien faire ça ? Ensuite, tu iras dans un drugstore m'acheter des antalgiques. »

Marcus était totalement immobile. Aucun bruit ne montait de la rue. Il avait conscience des battements de son cœur, de son pouls dans son cou, de la sécheresse de sa bouche. À quoi était donc censé servir le mariage ?

« Donne-moi trois quarts d'heure », dit Jan.

La présence d'un mort ailleurs que dans un établissement de pompes funèbres constitue la pire des surprises. Un soir, alors qu'ils regagnaient tranquillement leur voiture dans Chinatown, Jan et Marcus avaient pris un raccourci en passant par une ruelle. Dans l'ombre d'un immeuble, à côté d'un empilement de cageots, il y avait un cadavre. Celui d'un jeune homme couché sur le dos, les jambes écartées, la tête formant un angle bizarre avec le corps. Jan avait failli mourir de peur. Marcus avait voulu se rendre à la police ; Jan lui avait dit qu'ils pouvaient tout aussi bien les appeler de la voiture, ce qu'ils avaient fait finalement. En repensant à la réaction de sa femme ce soir-là, il tira le drap sur le corps pour éviter qu'elle se désintègre en entrant dans le studio.

Il était minuit passé. Marcus était allongé par terre au milieu de la pièce, les genoux repliés sur la poitrine pour tenter de soulager la douleur, quand il entendit Jan frapper à la porte.

« J'arrive ! » dit-il.

Il roula sur le côté, posa ses deux mains à plat sur le sol et se redressa dans une position qui lui permettait de glisser ses jambes sous lui. Un mouvement qu'il avait dû exécuter bien des fois. Il remercia sa femme d'être venue dès qu'il ouvrit la porte, et il lui demanda si elle avait apporté les antalgiques.

Jan lui tendit un petit flacon d'Advil et passa rapidement devant lui en regardant autour d'elle. Il fut soulagé de voir le sac de chez Home Depot. Lorsqu'elle découvrit la grosse bosse sous le drap, d'où dépassait une main menottée, elle jeta un regard surpris à Marcus.

« Il y a quelqu'un là-dessous ? » demanda-t-elle à voix basse, déconcertée.

Question de pure forme.

« C'est M. Ghorbi machin-chose.

– Qui est-ce ?

– Je ne sais pas trop, mais il est mort. »

Le hoquet de stupeur de Jan engloutit la quasi-totalité de l'oxygène de la pièce. « Oh mon Dieu… il est… Qui…

– C'est un type. Peu importe qui c'est. Il est mort, c'est ça le plus important.

– La scie à métaux, c'est pour quoi faire, Marcus ? »

Jan sembla perdre l'équilibre l'espace d'un instant. Marcus lui toucha délicatement le bras, tandis que le choc qui la parcourait annihilait momentanément le fonctionnement de son cerveau.

« Il est mort ? Oh mon Dieu, il est mort, mon Dieu, mon Dieu… Oh, non ! Marcus ! Oooh ! Comment est-ce que tu… non, non, non !

– Reste calme. »

Marcus avait la nuque ankylosée. Il remplit un verre d'eau et avala quatre Advil.

Jan se laissa tomber dans le fauteuil capitonné et regarda fixement son mari. Le choc avait cédé la place à la vulnérabilité, à la tendresse. En vérité, c'était bien pire que tout ce qu'elle avait imaginé.

« Je crois que tu ferais mieux de tout m'expliquer », dit-elle.

Marcus effectua une analyse coûts-bénéfices éclair, puis il lui raconta tout : la véritable activité de Julian, Dominic Festa, le téléphone portable, la réalité de Shining City, Kostya, les filles, la signature des décharges, l'organisation des rendez-vous. Tout cela se déversait en un torrent de révélations dont Marcus espérait qu'elles pourraient, par leur caractère complet et sincère, expier ses péchés. Il supplia Jan de comprendre qu'il s'agissait uniquement d'une entreprise commerciale, et non d'un fantasme pervers qui l'avait frappé à l'âge mûr, le privant de toute morale et de tout bon sens. Marcus aurait aimé qu'elle l'interrompe, qu'elle lui pose une question. Mais elle restait assise là, abasourdie. Il sentait qu'elle ne lui serait guère utile dans l'immédiat. Marcus conclut en jurant qu'il n'avait jamais touché à aucune des filles.

Jan attendit un long moment avant de dire : « Voilà qui explique l'œuf vibreur.

– Oui », confirma-t-il.

Arrachant le sac Home Depot à Jan qui le serrait nerveusement dans ses mains, il sortit la scie à métaux. Il ôta le drap, s'accroupit près du corps et commença à scier la chaîne des menottes. Le grincement du métal contre le métal exacerba ses nerfs déjà à vif. La main inerte attachée au lit exécutait une pantomime frénétique, pendant que Marcus sciait en veillant à ne pas toucher la chair froide. La lumière de la lampe de chevet faisait briller la pierre bleue de la bague glissée autour de l'auriculaire pâle du mort.

Jan s'enfonça un peu plus profondément dans le fauteuil et assista à la scène d'un air abattu ; elle n'avait pas encore fini de digérer tout ce que Marcus lui avait révélé sur sa vie professionnelle.

« Tu ne devrais pas appeler la police ? suggéra-t-elle.

– Je ne peux pas appeler la police, répondit-il sans la regarder et en continuant à scier la chaîne. Qu'est-ce que je leur dirais ? »

Jan réfléchit et constata que son mari avait raison. « On est où, ici ? demanda-t-elle. À qui appartient ce studio ?

– Je le loue. Et les filles qui travaillent pour moi s'en servent pour recevoir.

– Recevoir ?

– Pour l'amour du ciel, tu veux bien éviter de me casser les couilles ? »

Marcus bougea les jambes ; il essayait de trouver une position qui diminuerait la pression exercée sur ses reins en feu. Il se demandait s'il ne s'était pas déplacé une vertèbre, cette fois. Des messages de douleur hurlaient à travers son système nerveux, jusque dans son cerveau enfiévré. Et pendant ce temps, il continuait à manier la scie à métaux, en modifiant légèrement l'angle d'attaque dans l'espoir d'accroître son efficacité.

«Je suis désolé d'avoir été obligé de t'appeler. Il y avait une personne là, qui aurait pu m'aider, mais elle est partie. Mon dos me fait un mal de chien. Je ne peux pas déplacer le corps tout seul.»

Sa respiration s'était accélérée à cause de l'effort.

«Pourquoi est-ce qu'il faut déplacer le corps? Pourquoi tu ne dis pas simplement à la police qu'il a eu… Quoi donc? Que lui est-il arrivé? Une crise cardiaque, un infarctus?»

Elle disait cela comme si le diagnostic l'aiderait à mieux comprendre la signification sous-jacente de cet événement.

«Peu importe», répondit Marcus. Il avait trouvé une position dans laquelle la douleur était supportable, s'il ne bougeait pas les hanches. «Je ne sais rien de ce type, à part son nom, que je n'arrive même pas à prononcer. Et je ne peux pas prendre le risque de devoir répondre à toutes les questions que la police pose généralement en présence d'un mort.

– Pourquoi avais-tu besoin de moi?

– Tu dois m'aider à déplacer le corps.

– Marcus… Comment veux-tu que je…

– Il faut le transporter à bord du minivan.»

Elle le regarda comme s'il avait perdu la boule. «Oh, non. Non, non, non… non, non, non. Tu ne me feras pas mettre un mort dans la voiture avec laquelle on conduit notre fils à l'école.»

Marcus réfléchit à cette objection et la trouva tellement inconsidérée qu'il s'autorisa un soupçon de sarcasme.

«Très bien, dit-il. Je crois que je vais appeler un taxi.

– Tu trouves ça drôle ?
– Écoute, Jan. Je travaillerais encore chez Wazoo si tout allait bien, mais ce n'est pas le cas. Alors, si tu veux que je me retrouve en prison, tu peux rentrer à la maison.
– Pourquoi tu ne le mets pas dans ta voiture à toi ?
– Il y a une borne d'arcade dans le coffre et elle est trop lourde pour qu'on la déplace.
– Qu'est-ce qu'elle fait dans ton coffre ?
– Je veux l'offrir à Nathan.
– Tu lui as acheté une borne d'arcade sans m'en parler ?
– Est-ce qu'on pourrait discuter de ça à un autre moment ?
– Très bien. »
Marcus souhaitait conserver un minimum de dignité, mais il sentait que des supplications s'imposaient. « S'il te plaît, aide-moi et plus jamais je…
– Où as-tu l'intention de transporter le…
– À environ une heure d'ici, au nord.
– Tu as de la chaux ?
– Pour quoi faire ?
– On utilise ça pour faire disparaître les corps.
– On n'a pas besoin de chaux.
– Ça se trouve dans les jardineries. Peut-être que tu devrais en acheter.
– JE T'AI DIT QU'ON N'AVAIT PAS BESOIN DE CHAUX ! »
Marcus était tout rouge. La sueur coulait sur son front. En voyant la façon dont sa femme le regardait, il comprit qu'il devait faire baisser la tension. En secret, il se promit de parler le moins possible jusqu'à la fin de la soirée. C'était Jan qui avait évoqué la chaux. Elle était donc complice. Pour le meilleur ou pour le pire. Le mariage était une chose merveilleuse.

Il fallut un quart d'heure à Marcus pour venir à bout de la chaîne des menottes. Après quoi, plié en deux tel Quasimodo, et rêvant de morphine, il traîna le macchabée sur le faux tapis persan et le roula à l'intérieur. Sous le regard inquiet de Jan, il prit ensuite le ruban adhésif pour le fermer aux deux extrémités. Après quelques faux départs, durant lesquels la douleur fut si intense qu'il eut l'impression qu'on lui plantait un poignard dans les reins, ils parvinrent, à eux deux, à soulever de terre le tapis et son contenu et à le transporter dans le couloir.

Le studio étant situé au quatrième étage, une question se posait : fallait-il emprunter l'ascenseur ou l'escalier ? Même si les risques de croiser quelqu'un étaient plus importants dans l'ascenseur, Marcus savait qu'essayer de descendre quatre étages à pied avec ce fardeau se traduirait probablement par une longue hospitalisation. Alors, ils tirèrent le tapis le long du couloir, appuyèrent sur le bouton de l'ascenseur et attendirent.

Le couloir était d'un calme inquiétant dans la faible lumière projetée par les appliques. Il était environ une heure du matin, et si jamais quelqu'un surgissait, Marcus expliquerait simplement qu'ils déménageaient en pleine nuit pour éviter l'affluence de la journée. Son excuse ne valait pas un clou, aussi éprouva-t-il un vif soulagement quand l'ascenseur arriva, vide. Une fois en bas, ils réussirent à traverser le hall désert avec le corps, jusqu'à l'entrée de l'immeuble. L'effort les faisait haleter et la fraîcheur de la nuit fut la bienvenue. Marcus annonça à Jan qu'il allait chercher le minivan.

« Pas question que tu me laisses seule sur le trottoir avec un mort », chuchota Jan en lançant à son mari un regard qui le mettait au défi de s'éloigner, même d'un pas.

Marcus scruta les alentours. L'immeuble d'où ils venaient se dressait dans leur dos, et il y en avait un autre juste en face, de l'autre côté de la rue. Plusieurs lumières étaient allumées sur les deux façades, dans des appartements qui abritaient on ne sait combien d'yeux indiscrets. Un break quitta un emplacement de parking, en face, et roula vers eux. Ils le regardèrent passer, mais le conducteur était concentré sur sa conduite. Jan annonça à Marcus qu'elle allait chercher le minivan et elle le planta là, sur le trottoir, à côté du tapis roulé.

Une demi-heure plus tôt, alors qu'il était couché par terre dans le studio, en attendant que Jan arrive, Marcus s'était demandé où il pourrait se débarrasser du client défunt d'Amstel. Il s'était souvenu de l'épais supplément d'un magazine local, baptisé *Le Meilleur de L.A.*, dans lequel les journalistes dissertaient sur les endroits où l'on pouvait trouver les meilleurs véhicules vintage, les meilleurs dim sum, les meilleurs produits blanchissants pour les dents… le meilleur de « tout ce que peut désirer la bourgeoisie ». Il avait gardé le vague souvenir d'une sous-catégorie intitulée « Le meilleur endroit pour se débarrasser d'un corps ». Le gagnant : l'Angeles National Forest.

Jan roulait sur l'autoroute en regardant fixement à travers le pare-brise comme un zombie, et serrant si fort le volant qu'elle commençait à avoir des fourmis dans les doigts. Étant donné qu'on ne pouvait pas déplacer les sièges du minivan, Marcus était couché à l'arrière, sur le tapis qui renfermait le corps. Jan avait mis le chauffage pour que Marcus n'ait pas froid et il sentait monter les effluves trop sucrés de l'eau de toilette du mort. Il aurait préféré conduire, mais le fait de sortir le macchabée du studio et de le charger à bord du véhicule avait aggravé son mal de dos, l'obligeant à s'allonger. Essayant d'oublier qu'il était couché sur un cadavre, Marcus dressa sa nuque douloureuse pour apercevoir Jan assise au volant. Il était heureux qu'elle soit là... Non, il était fou de joie. Il n'avait plus le sentiment de se tortiller au bout d'un hameçon. Elle ne lui pardonnerait peut-être jamais, mais au moins, elle allait l'aider à se débarrasser du corps. Si ça, ce n'était pas de l'amour...

Au bout de trois quarts d'heure de route, durant lesquels le seul bruit fut le ronronnement du moteur, Jan demanda à Marcus de lui parler de son entreprise. Son intérêt lui remonta le moral, et sur le ton de la confidence, il lui expliqua comment ça fonctionnait, qui faisait partie du personnel, et surtout, il souligna qu'il avait très peu de contacts avec les filles. En revanche, il insista sur le fait qu'il avait aidé plusieurs d'entre elles à souscrire à un plan d'épargne-retraite, et quand Jan manifesta un certain amusement devant cette incongruité, Marcus se dit qu'il était en train de remporter la partie. Alors, il porta le coup de grâce: «J'arrêterai tôt ou tard, mais n'oublie pas qu'on a une assurance santé maintenant, et c'est elle qui a payé l'opération de ta mère.»

Jan assimila cette information en silence.

Ils passèrent devant Magic Moutain, dont Marcus avait testé tous les manèges avec Nathan un an plus tôt, puis ils quittèrent la San Fernando Valley. Ils dépassèrent Castaic, où il allait pique-niquer en famille quand il était enfant, avant que ça tourne au vinaigre avec Julian. Puis Santa Clarita, où Plum avait organisé une fête d'anniversaire pour Atlas dans un bowling art déco, à une époque plus heureuse qui disparaissait derrière eux à toute allure.

Le minivan se retrouva entouré par un troupeau de semi-remorques gémissants lorsqu'ils gravirent la pente raide qui menait vers le nord. Prenant appui sur le plancher, Marcus parvint à se mettre sur ses pieds et il tituba jusqu'au siège du passager, à l'avant. Il dit à Jan de prendre la sortie de Solitario Canyon, un endroit isolé où il se souvenait avoir campé avec Roon l'été où ils avaient quitté le lycée. Un chemin de terre s'enfonçait dans les montagnes. Jan sortit de l'autoroute, puis emprunta le pont en direction de l'ouest, avant de plonger dans le canyon.

Marcus lui indiqua une route qui menait en pleine campagne. Au bout de quelques minutes, il lui dit d'éteindre les phares et de se garer. Elle obéit.

« Arrête-toi et descends.

– Pourquoi ?

– Je ne veux pas que tu conduises. Comme ça, si jamais ça se passe mal, ce sera ma faute. »

Marcus estimait que le moins qu'il pouvait faire, dans ce contexte, était de se montrer chevaleresque.

Jan descendit donc de voiture et fit le tour pour s'asseoir sur le siège du passager, pendant que Marcus se glissait au volant, le dos en feu. Ils quittèrent la route goudronnée pour s'engager sur un chemin de terre qui pénétrait dans les bois. Il entrouvrit sa fenêtre et l'odeur des sapins s'engouffra dans le minivan, alors qu'il montait dans les collines en cahotant, entre deux murs de chaparral. La silhouette songeuse d'une crête se dressait au-dessus de leurs têtes. Ils roulaient en silence maintenant ; la lune éclairait le chemin. Marcus regardait droit devant lui. En quinze ans de mariage, jamais il n'aurait pu imaginer qu'un jour, ils iraient se débarrasser d'un cadavre ensemble. Il était impressionné que Jan soit venue et stupéfait qu'elle soit restée. C'était à marquer d'une pierre blanche dans leurs relations, Jan avait réussi haut la main un test crucial. Qu'elle ait envie de l'étrangler – il le devinait à son expression sévère – importait peu. Elle était là. Il souffrait néanmoins terriblement de l'avoir entraînée dans cette histoire. Pas autant qu'il souffrait de sa douleur au dos – devenue transcendantalement insupportable –, mais presque. Après avoir grimpé pendant une dizaine de minutes, durant lesquelles il pria pour l'apparition surnaturelle d'un tube géant d'analgésiques, Marcus arrêta le van sur le bas-côté.

« Où on est ? demanda Jan.

– Aucune idée.

– Tu n'en as aucune idée ? Alors, pourquoi est-on ici, Marcus ?

– Chuuut. Tais-toi un instant. » Il s'exprimait avec une autorité à laquelle Jan n'était pas habituée. « Tu vois quelque chose ? Tu entends quelque chose ? » Elle dut avouer que non. « *Voilà* pourquoi on est ici. »

Il mit le frein à main et descendit. Ils se trouvaient à plus de mille mètres d'altitude et la nuit était froide. Son souffle exhalait de la buée, mais il ne sentait pas la fraîcheur. Il ouvrit la portière latérale du minivan.

« Tu veux bien me donner un coup de main ? Je peux à peine bouger. » Jan descendit à son tour et le rejoignit. « J'ai besoin que tu me masses… juste là. » Il indiqua un point situé au-dessus de sa hanche droite.

« Quoi ? Tu veux un massage ? »

Jan avait remonté la fermeture Éclair de son blouson jusqu'au menton et elle se frottait les mains pour les réchauffer.

« S'il te plaît. »

Il sentait qu'elle aurait préféré planter ses mains dans sa chair, arracher l'organe le plus proche et le donner en pâture à la chouette qui ululait au loin. Mais elle appuya l'extrémité de ses doigts dans ses reins pour pétrir les muscles tendus. Il poussa un soupir reconnaissant.

Quelques instants plus tard, ils avaient déchargé le tapis et son contenu. Jan retourna s'asseoir à la place du passager. Marcus lui demanda ce qu'elle faisait.

« J'attends qu'on reparte.

– On ne peut pas laisser le corps ici. »

Alors, elle redescendit, encore une fois, et ensemble, ils traînèrent le macchabée à une quinzaine de mètres du chemin. Un coyote aboya et un deuxième lui répondit aussitôt. Ils paraissaient très proches. De l'autre côté du canyon, on voyait les phares d'une voiture suivre une route sinueuse. À des kilomètres de là.

« Je crois qu'on est allés suffisamment loin, dit Jan. Qu'est-ce qu'on fait du tapis ?

– On le laisse. »

Elle essayait de reprendre son souffle.

« Je t'aime », dit-il.

Jan ne réagit pas à cette avancée trébuchante en direction de la réconciliation. Qu'il n'ait jamais été aussi sincère, honnête et franc semblait lui être totalement indifférent. Titubant de douleur – elle irradiait maintenant dans ses jambes –, Marcus regagna le minivan en avançant à petits pas à travers les bois.

Dix minutes plus tard, ils étaient de retour sur la route goudronnée, et cinq minutes après, ils fonçaient vers le sud, sur l'autoroute. Jan conduisait, et Marcus était allongé à l'arrière.

Ils roulaient en silence depuis un quart d'heure lorsque Jan demanda:

« Est-ce qu'on ne devrait pas appeler la famille de ce type ?

– Pourquoi ?

– Si tu étais mort et si quelqu'un savait où est ton corps, j'aimerais bien qu'on me le dise. »

Marcus réfléchit. « Je crois que ce n'est pas nécessaire. Qu'est-ce qu'on dirait ? Qu'il est mort dans les bras d'une prostituée ? Il vaut sans doute mieux que sa famille ne sache rien.

– Moi, j'aimerais pouvoir faire mon deuil.

– C'est une expression débile. Faire son deuil, ça ne veut rien dire. Ça laisse entendre qu'on peut tout mettre dans un coin et fermer le rideau. On ne peut jamais tirer un trait. Sur rien.

– Je disais ça comme ça.

– On n'appellera personne.

– C'est mal.

– Le bien et le mal n'ont rien à voir là-dedans. »

Jan ne répondit pas. Marcus réfléchit à ce qu'il venait de dire ; il se demandait s'il y croyait vraiment. Son dos continuait à le faire souffrir et il regardait défiler les lumières derrière les vitres du minivan à travers ses paupières collées par le manque de sommeil. Avait-il balancé par-dessus bord le système de valeurs morales auquel il avait souscrit toute sa vie, ou est-ce que ses critères étaient tout simplement devenus plus élastiques ? Un an plus tôt, il aurait reculé d'effroi en pensant à ce qu'il avait fait cette nuit. Mais le recul n'entrait plus dans ses options. Abandonner un cadavre dans un bois était une chose qui faisait désormais partie de son monde. Pourquoi irait-il dire à quelqu'un où il se trouvait ? Pour se donner bonne conscience ?

« Je m'inquiète pour toi, Marcus. Je m'inquiète de ce qui pourrait t'arriver.

– Tu n'es pas la seule.

– La pression pourrait te tuer.

– Qu'est-ce que tu proposes ?

– Je veux devenir ton associée. »

Marcus fut stupéfait de cette proposition. Il y réfléchit un instant et fut frappé par la conclusion à laquelle il arriva. Jan était intelligente et travailleuse. La tentation serait repoussée. Tout bien considéré, c'était une idée formidable.

15

Quand Jan se réveilla le lendemain matin, sa première pensée ne fut pas « Qu'est-ce que j'ai fait ? » mais « Comment Marcus a-t-il pu me cacher sa vie de proxénète ? » Généralement lente à émerger des bras de Morphée, elle avait déjà l'esprit en ébullition. Pendant que son mari ronflait paisiblement dans l'autre moitié du lit, Jan passa rapidement en revue son comportement au cours des derniers mois, s'attardant sur quelques instants choisis au hasard, en quête d'indices. Exception faite d'une confiance retrouvée, qu'elle avait mise naïvement sur le compte de sa réussite en tant que blanchisseur, elle n'avait rien remarqué d'inhabituel.

Puis soudain, ça lui revint : le sexe ! Après des années de tranquille copulation conjugale, il avait soudainement, sans mise en garde, éjaculé sur ses seins. Elle se reprochait de ne pas avoir relevé ce signe, mais elle se dit que Marcus avait très bien pu trouver cette idée sur Internet, ou en regardant un film sur le câble, du genre de ceux qui passaient après minuit et dans lesquels jouaient des vedettes dont nul n'avait jamais entendu parler. L'optimisme passager de Jan se volatilisa au moment même où elle repensa au jouet que Marcus avait exhibé au cours de leur rendez-vous amoureux à l'hôtel. Comment avait-elle pu ignorer sa signification ? Seul, cet œuf aurait pu être attribué à l'influence des médias, ou à un bref accès de délire lubrique, mais conjugué à ses inédites acrobaties en chambre, il y avait là un schéma évident, qui lui avait échappé. Ah, comme elle regrettait sa vie précédente, celle d'avant ce coup de téléphone et l'expédition en forêt.

L'expédition en forêt !

Ce souvenir la frappa avec la violence d'une météorite, qui pénétra jusqu'au tréfonds de sa conscience, où elle explosa en particules vibrantes d'angoisse existentielle et de peur. Elle avait aidé à faire disparaître un cadavre ! Elle, Jan Ripps. Patronne d'un petit commerce. Mère qui travaille. Mère aimante. Une femme qui avait préparé des cookies quand la tribu des Guides indiens de Nathan s'était réunie dans sa maison toujours bien entretenue. Cela paraissait incompréhensible.

Alors que Marcus ronflait toujours, temporairement heureux dans son sommeil artificiel, Jan, elle, était submergée par la honte. Comment avait-elle pu participer à la virée macabre de la nuit dernière ? Mais que pouvait-elle faire d'autre ? Son mari était dans une situation extrême, il fallait bien que *quelqu'un* lui vienne en aide. Dans le bonheur et dans les épreuves, et aussi, apparemment, dans le crime. Si elle n'était pas intervenue, que serait-il arrivé ? Il aurait pu se retrouver en prison ! À Los Angeles, être une célébrité vous protégeait des vicissitudes du système judiciaire. Vous pouviez assassiner votre petite amie ou votre femme, et signer un contrat avec un éditeur ou continuer à jouer au golf. Mais Marcus ne pouvait prétendre à aucune gloire ni au passe-droit qui allait avec. Alors, oui, en effet, ils auraient pu faire « ce qui convenait » et appeler la police, et peut-être auraient-ils trouvé un moyen d'expliquer la présence de ce cadavre dans le studio. Mais si personne n'avait gobé leur histoire ? Et si Marcus avait dû répondre à des questions délicates ? Et si…

Peu importe. Ce qui était fait était fait.

Point positif : son souhait s'était réalisé. Ils étaient désormais associés.

Le jet brûlant de la douche fit du bien à ses muscles endoloris. Pendant qu'elle se shampouinait, Jan se demandait comment une telle décision avait pu survenir si promptement. Un instinct de survie atavique s'était-il réveillé ? Un gène du style « Unis envers et contre tout », « Protège ton homme » qu'elle avait oublié ? Elle avait subi deux chocs simultanés. Un seul des deux – la découverte de l'activité professionnelle de Marcus ou la farce macabre du cadavre – aurait suffi à la désarçonner. Réunis, leur violence s'était accrue de manière exponentielle. Avait-elle été entraînée si loin de son environnement que tout raisonnement sensé était devenu impossible ? À la lumière du jour, elle ne le pensait pas.

Le temps qu'elle sorte de la douche et se sèche, Jan était parvenue à une conclusion. Elle avait un grand sens pratique. Ses rêves de carrière s'étaient effondrés. Ripcord était un échec et elle se sentait coupable d'avoir participé au déficit des finances familiales. Elle pouvait trouver un emploi quelconque, mais après avoir assisté au calvaire de Marcus, l'idée de vivre la même expérience lui donnait envie de se rouler en boule en serrant les poings. Quant à la nature répréhensible de l'entreprise, Jan ne voyait pas comment un crime sans véritable victime pouvait être considéré comme un crime. D'ailleurs, c'était autorisé dans l'État voisin. Pourquoi est-ce qu'une activité considérée comme une source de revenus légaux par les habitants du Nevada la dérangerait, si cela pouvait éviter à la famille Ripps de perdre sa maison ?

Marcus avait avalé quatre sédatifs légers en rentrant la nuit dernière et il se réveilla tard. Jan ne lui parla pas de ses doutes, car le temps que son mari prenne son café, elle s'était persuadée qu'elle pouvait vivre avec. Marcus ayant toujours de vives douleurs dans le bas du dos, elle le conduisit chez le médecin, qui lui prescrivit un anti-inflammatoire, accompagné d'un puisant antalgique, et lui conseilla de garder le lit plusieurs jours.

Quand les médicaments eurent plongé Marcus dans le sommeil, Jan ouvrit le tiroir de la commode qui contenait ses sous-vêtements et le vida. Elle déposa le contenu dans un sac-poubelle, qu'elle jeta avec les ordures. Cet après-midi-là, après avoir conduit Nathan chez son psychologue scolaire, elle se rendit chez Something Blue, une boutique de lingerie érotique de Sherman Oaks. Gonflée à bloc avec son nouveau string violet et son soutien-gorge à balconnets assorti, Jan partit faire les courses. Au dîner, ils mangèrent des tourtes au poulet, puis pendant que Nathan faisait ses devoirs et que Marcus savourait les effets des médicaments, Jan et Lenore s'installèrent dans le salon pour regarder une série policière. Ou plutôt, Jan s'installa, pendant que sa mère restait debout à côté du canapé pour travailler ses biceps avec les poids de deux kilos et demi qu'elle venait d'acheter.

« J'aime bien te voir prendre soin de ton corps, lui dit Jan. Tu m'encourages.

– Tu devrais venir à mon cours », dit Lenore en laissant pendre son bras droit pour attaquer une nouvelle série de flexions avec le gauche.

Jan hocha la tête, les yeux fixés sur l'écran où un triple meurtre était disséqué par un groupe de comédiens aux traits finement ciselés. Alors qu'elle se demandait comment expliquer à sa mère qu'une entreprise criminelle se déroulait sous leur toit, Lenore se plia en deux pour toucher ses orteils avec ses doigts. Une fine bande de satin rouge vif dépassa de son pantalon.

« Qu'est-ce que tu portes ?

– Un survêtement, répondit Lenore.

– En dessous.

– Ah, ça ! fit Lenore en tripotant le bout de tissu avec un grand sourire. J'ai obtenu mon string de niveau deux aujourd'hui, en cours.

– Niveau deux ?

– Avec mes initiales dessus, déclara fièrement Lenore.

– Félicitations. »

Jan éprouva un sentiment de compassion pour sa mère, si contente d'elle, ignorant encore la nouvelle qui planait comme un essaim de guêpes. Pendant un instant, elle envisagea de ne rien lui dire, mais elle ne voulait pas mentir.

« Maman, il faut que je te parle d'une chose.

– Je n'arrêterai pas ces cours, inutile d'insister.

– Non, non. Je suis pour que tu fasses du pole dancing. Il s'agit de Marcus et moi.

– Un problème ? »

Jan fit à sa mère le récit des événements récents. Lenore l'écouta avec un étonnement grandissant, en retenant parfois son souffle et en lâchant trois « Oh, mon Dieu ». Mais quand Jan eut terminé, elle dit : « D'une certaine façon, je suis soulagée. Je craignais que tu m'annonces que vous alliez vous séparer.

– Non, tout va bien.

– Évidemment, dit Lenore en réfléchissant à ce qu'elle venait d'apprendre, je ne m'attendais pas à ça en emménageant ici. »

Jan hocha la tête. La situation ne ressemblait pas non plus à ce qu'elle avait espéré. « Je m'en doute, dit-elle. Et si ça te met mal à l'aise, je comprends. Tu pourrais sans doute aller vivre chez Jessica ou Amanda, dit Jan en évoquant sa sœur cadette et sa sœur aînée.

– J'ai tenu les comptes de ton père, répondit Lenore. Je peux en faire autant pour vous. »

Jan n'était pas certaine d'avoir bien entendu.

« Tu veux travailler pour nous ?

– Je veux installer un poteau de strip-tease dans ma chambre. Ça coûte plus de trois cents dollars, même avec la réduction pour les seniors. Et je n'ai pas envie de te demander de l'argent.

– Tu es sûre ? »

Jan regardait sa mère ; elle n'arrivait pas à croire que celle-ci puisse se montrer aussi optimiste.

« Quoi ? fit Lenore. Tu penses que je vais te faire la morale ? Et pendant ce temps, ils vont nous couper l'électricité. »

Lenore était une survivante. La famille avait quitté le New Jersey pour s'installer en Arizona quand le père de Jan, Shel Griesbach, avait acheté des parts dans une entreprise qui vendait d'« authentiques » couvertures indiennes à des Amérindiens, qui les revendaient ensuite aux touristes. Il avait fait faillite quand son plus gros client s'était lancé dans le business des casinos. Shel Griesbach était mort dans une cafétéria, alors qu'il buvait un soda en entourant de rouge les offres d'emploi dans le journal. Quand Lenore l'avait enterré, elle avait juré de ne pas se laisser abattre. Ce n'était pas le genre de veuve qui se jette sur le bûcher. La vie était faite pour être vécue, sa famille devait manger et elle avait besoin d'un poteau de strip-teaseuse. Tout le monde pouvait comprendre ça.

Stupéfiée par la proposition de sa mère, Jan promit d'en discuter avec Marcus dans la soirée. Elle évoqua le sujet alors qu'ils s'apprêtaient à aller se coucher, et Marcus répondit qu'il n'y voyait pas d'inconvénient. Il fut donc décidé que Lenore serait autorisée à prendre part à l'entreprise, avec certaines restrictions. Ainsi, Jan et Marcus décidèrent d'un commun accord de ne pas lui parler du cadavre. S'ils voulaient que ça fonctionne, il fallait compartimenter.

Jan était convaincue, depuis qu'ils avaient convenu que ça ne durerait pas indéfiniment, qu'il lui incombait de maximiser les bénéfices durant la courte période qui se présentait. Dans cette optique, elle demanda à Marcus s'il avait un site Internet. Quelle ne fut pas sa surprise quand il répondit par la négative. Ignorait-il que les deux secteurs les plus rentables sur Internet étaient le sexe et les services financiers ? Ce soir-là, sur ordre de Jan, Marcus envoya un e-mail collectif à ses employées pour leur annoncer que l'entreprise se mettait à l'heure d'Internet et demander à chacune d'elles de venir à Shining City afin de se faire photographier pour le site.

Jan passa la journée du lendemain à effectuer une reconnaissance sur la toile pour explorer les arcanes insaisissables du cybersexe. Assise à la table de la cuisine, devant son ordinateur portable, elle commença son périple en lançant une recherche à partir du mot « sexe ». Le nombre de sites s'élevait à 393000000, soit plus d'un site par Américain. Bien que n'étant pas puritaine, elle fut ahurie par l'ampleur et la diversité de ce bazar international du sexe, accessible à quiconque possédait un ordinateur. Elle voyagea parmi les sites de webcam où, en échange d'une somme modique, la personne à l'autre bout se livrait à une infinité d'actes autoérotiques; les sites des clubs de rencontre où les amoureux du cunnilingus pouvaient se réunir pour partager leur passion avec des inconnus; les sites fétichistes où ceux qui aiment collectionner « les poils de ménagères cochonnes » pouvaient trouver un peu de chaleur et de fraternité. Alors que Jan naviguait au milieu des épaves flottantes de cet univers fantasmagorique, une évidence s'imposa à elle : la prostitution occupait une place réconfortante sur l'échelle des déviances, presque innocente par comparaison avec le reste.

Après avoir limité le champ de ses investigations, elle revint sur la page d'accueil du moteur de recherche et tapa : « services escort girls los angeles », à la fois pour s'imprégner de l'esthétique des sites et voir ce qu'elle pouvait emprunter à la concurrence. Le chiffre qui apparut avait de quoi lui faire hausser les sourcils : 2780000. Jan avait assez de jugeote pour savoir que cela ne correspondait pas au nombre véritable de concurrents, mais quand même, c'était un sacré choc. À titre de comparaison, elle tapa : « cordonnerie los angeles » et sourit en voyant apparaître sur l'écran le chiffre 2050000. Qu'est-ce qui l'avait fait penser aux chaussures dans ce contexte ? Le souvenir fugace de Joe Ripps, son infortuné beau-père, chausseur à l'enseigne Du bon pied ? Tout le monde ne pouvait pas devenir chef d'entreprise. Apparemment, Marcus possédait ce gène. Elle n'arrivait toujours pas à y croire.

Jan commença à se demander de quelle façon Shining City pourrait se différencier, ressortir au milieu de ce jardin anarchique, tel un tournesol au milieu des pâquerettes. *Tournesol!* C'était un joli nom: une chose dont ils avaient besoin. À son avis, l'enseigne « Shining City » n'exprimait pas le bon niveau de *je ne sais quoi*[1]. Toutefois, Tournesol faisait un peu hippie; cela évoquait les colliers de perles et le patchouli. Or cette imagerie n'était plus vendeuse depuis la grande époque de San Francisco, et Jan sentait, instinctivement, que ce n'était pas le contexte approprié pour la ressusciter. Et même si elle gardait le mot Tournesol, Tournesol quoi? Hôtesses? Ce mot lui semblait risible. Certes, elle savait bien qu'un euphémisme était nécessaire, mais *hôtesse?* Jan était bien décidée à trouver un nom astucieux pour rebaptiser l'entreprise.

Elle avait adoré le nom Ripcord. Le terme *rip* était un verbe actif qui évoquait un accroc dans le tissu de la vie ordinaire, et *cord* suggérait la force, la souplesse et peut-être un soupçon de bondage pour ceux qui avaient l'esprit mal tourné (elle était surprise de voir où son cerveau l'entraînait désormais). Ces deux mots distincts, quand on les accolait, formaient quelque chose d'encore plus puissant. Qu'importe s'il n'avait été qu'un bruissement dans le secteur de la vente au détail. Un instant, elle envisagea de reprendre ce nom, mais décida finalement qu'il valait mieux opérer une franche rupture avec le passé. Elle prit un carnet et dressa une liste de noms.

Élite… Discrète…

Ils avaient tous un côté prévisible, banal, qui laissait penser qu'ils étaient déjà pris. Il était important que la

1. En français dans le texte.

nouvelle entreprise de Jan ait une image haut de gamme. Non pas qu'elle soit snob, pas vraiment; difficile pour quelqu'un vivant à Van Nuys d'être snob. La sensibilité la moins raffinée ne cessait de se heurter à l'atmosphère fast-food du quartier. Quelle que soit l'activité dans laquelle s'impliquait Jan, aussi discutable soit-elle, elle devait satisfaire son esthétique personnelle. Certes, elle n'habitait pas dans une maison ultrachic, elle ne conduisait pas une voiture de luxe, mais elle pouvait contrôler les petits détails.

Elle regardait fixement l'écran de son ordinateur, sur lequel une fenêtre publicitaire tentait d'attirer son attention: *Conversations avec des transsexuels!* Jan ouvrit son dictionnaire intégré, tapa le mot «prostituée», puis cliqua sur la case «synonymes». Elle vit apparaître: putain, tapineuse, racoleuse... Aucun de ces mots n'était meilleur qu'*hôtesse.*

Le lendemain, Jan était de retour chez Ripcord, face à un portant de vestes qu'elle démarquait avec un gros feutre.

«Je ne peux pas te racheter tes parts», dit Plum. Assise à la caisse, elle sirotait un milk-shake aux protéines, pierre angulaire d'un nouveau régime qui ne se composait de rien d'autre. «Je voulais en parler à Atlas, mais quand j'ai essayé de lui mettre le grappin dessus, j'ai découvert qu'il était en cure de désintox.

– Marcus me l'a dit.

– Tu savais?

– Je pensais que tu le savais aussi.

– Eh bien, non. Tu ne te demandes jamais ce que te cache ton mari?»

Derrière le regard paisible de Jan, une tribu ancestrale portait aux nues des dieux terrifiants au bord d'un volcan en ébullition, pendant qu'un orchestre de cuivres jouait du heavy metal, mais elle sourit calmement et répondit: « Parfois.

– Bref, j'ai tenté de trouver de l'argent de tous les côtés, mais impossible de rassembler cette somme.

– Dans ce cas, on solde la marchandise et on organise une vente de liquidation. »

Plum ne réagit pas immédiatement, ce qui permit à Jan de remarquer les prémices d'une transformation physique notable. La corpulente Plum avait perdu un poids considérable, et même si elle était encore bien en chair, elle ressemblait de plus en plus à ce qu'elle avait été autrefois. Jan attendait. En temps normal, elle aurait laissé la conversation se diluer dans une sorte de conclusion floue, mais aujourd'hui, ce serait différent. Le rêve Ripcord avait du plomb dans l'aile, et la boutique ne faisait plus partie de ses plans. Une nouvelle carrière se profilait. Elle aurait aimé pouvoir en parler à Plum.

Le reste de la conversation prit une tournure mélancolique. Elles évoquèrent leur entreprise commune, en prenant soin toutefois de ne pas la présenter comme la folie qu'elle avait été, de toute évidence, et elles firent des projets pour la liquidation. Après quoi, Plum demanda: « Au fait, c'était qui la femme avec Marcus au restau? »

Jan se demanda si sa future ex-associée essayait de la tourmenter, mais l'expression de Plum était indéchiffrable. « Je croyais te l'avoir dit. C'est une associée.

– Sacrément sexy pour quelqu'un qui travaille dans le nettoyage à sec. »

Jan refusait de se laisser entraîner, une fois de plus, dans une conversation personnelle avec Plum. Alors elle rassembla toute l'équanimité dont disposait quelqu'un qui avait récemment abandonné un cadavre dans un bois et elle répondit: « Comme tu dis.

– Et tu le crois?

– Oui. »

Plus tard ce jour-là, alors que Jan attendait Nathan dans la file réservée au covoiturage devant Winthrop Hall, son esprit revenait sur les derniers événements. Elle était passée, grâce à une analyse critique rigoureuse, de la stupeur et de la détresse à une sorte d'acceptation résignée de son nouveau destin. Les prochains mois seraient critiques pour la vie de sa famille, et il était crucial qu'elle demeure circonspecte. Quel nom donnerait-elle à cette entreprise? Et quand son nouveau string cesserait-il de l'irriter?

Jan fut arrachée à sa rêverie par des petits coups frappés à la vitre de sa voiture. Tournant la tête, elle découvrit une main manucurée qui tapotait au carreau. Cette femme avait à peu près son âge, mais des soins de peau quotidiens effectués par des professionnels, des massages et des séances d'aromathérapie, auxquels s'ajoutait une coupe de cheveux à quatre cents dollars, lui enlevaient dix ans. Elle était jolie, sans être à vous couper le souffle, et pleine d'enthousiasme. On sentait qu'elle voulait être aimée. Jan baissa sa vitre.

« Bonjour, je m'appelle Corinne Vandeveer. Nous organisons une vente aux enchères pour rassembler des fonds destinés aux victimes du tremblement de terre au Guatemala. » Corinne s'exprimait comme si dix tasses de café alimentaient son organisme, mais son haleine sentait la menthe. « Je me disais que vous pourriez peut-être faire don de quelques articles de votre boutique. »

Comment savait-elle que Jan était la propriétaire de Ripcord ? Aucun de ses trois enfants n'était dans la même classe que Nathan et elles ne s'étaient jamais parlé. Mais les femmes comme Corinne possédaient une sorte d'acuité impressionnante dès qu'il s'agissait des démarches liées à l'école.

« Pouvez-vous nous aider ? insista Corinne. Il vous suffit de déposer la marchandise chez moi. »

Corinne ne pouvait pas mieux tomber et Jan accéda volontiers à sa requête, même si, préoccupée par les bouleversements de sa propre vie, elle était passée à côté de ce tremblement de terre qui avait fait près de vingt mille victimes. Jan avait progressé dans la file, en s'éloignant de Corinne, lorsque Nathan lança son sac à dos à l'arrière de la voiture et grimpa à l'avant. Il grommela un bonjour et se mit à dévorer un sandwich.

Quand le véhicule qui se trouvait devant elle commença à avancer, Jan accéléra et quitta l'enceinte de l'école. Elle se tourna vers Nathan.

« Qu'est-ce que tu manges ?

– Un sandwich au poulet. Ils les vendent au distributeur. »

Ce fut une révélation.

Poulet… *Poule !* Un mot parfait ! Ça voulait dire putain, mais avec une pointe d'insolence, un ton libertin, à la mode années folles. Sur le chemin de la maison, Jan joua avec ce colifichet philologique que son fils avait sans le savoir déposé sur ses genoux. C'était très bien, assurément, mais insuffisant.

16

Le rabbin Rachel semblait avoir la quarantaine. Souffrant d'un léger surpoids, elle était dotée d'une coupe de cheveux masculine qui encadrait un visage aimable, accentué par des yeux noisette qui accueillirent chaleureusement la famille Ripps. En jean et chemise à carreaux, sans maquillage, elle offrait l'apparence d'une étudiante appliquée. Sur sa tête reposait le genre de casquette que portait Lénine à l'époque de la Révolution.

Marcus n'avait pas imaginé que le rabbin qui officierait lors de la *bar mitsvah* de Nathan serait une lesbienne. Ça ne le gênait pas particulièrement, même pas du tout, en fait, mais il ne put s'empêcher de le remarquer. Son attitude vis-à-vis de cette histoire de *bar mitsvah* était suffisamment ambivalente pour qu'il accueille avec plaisir tout ce qui pouvait la sortir de la banalité et en faire quelque chose de mémorable. C'était un bon début. Pendant qu'il l'écoutait parler, Marcus remua dans son fauteuil, essayant de trouver une position plus confortable pour son dos.

« Trop de familles se laissent emporter par le frou-frou de la *bar mitsvah*, expliquait le rabbin Rachel. On oublie facilement le sens de cette expérience. »

Ils se trouvaient dans le modeste bureau du rabbin, juste à côté du sanctuaire. Elle était assise derrière sa table de travail et Nathan était en face d'elle, flanqué de ses parents. Jan écoutait, les mains croisées sur les genoux. Nathan hochait la tête au rythme des paroles du rabbin. Marcus aperçut une vieille guitare acoustique debout dans un coin. Était-ce une fan de folk? Il était trop jeune pour avoir connu les années 1960, mais les diverses manifestations de la pop culture autour de 1966 l'attiraient, aussi la présence d'une guitare sèche dans le bureau du rabbin Rachel fit qu'il l'apprécia davantage que si elle avait exhibé un banjo, par exemple.

« Entre le traiteur, le DJ et les gens qui viennent de loin, cela peut vite se transformer en une épreuve, quand ce devrait être un motif de réjouissance. Alors, je vous le dis dès maintenant: profitez-en. Nathan s'en sortira à merveille, il récitera l'extrait de la Torah, dont nous avons parlé... »

Là, elle adressa un clin d'œil à Nathan et un sourire aux parents.

Peut-être que cette expérience aurait une véritable résonance pour son fils, pensa Marcus. Il avait toujours cru que Nathan voulait surtout organiser une grande fête, c'était donc une surprise. Peut-être que le rabbin Rachel conduirait Nathan sur une voie pieuse qui lui serait bénéfique en grandissant, une chose que lui-même n'avait jamais connue. L'agnostique proche de l'athée qui était en lui se sentait titillé par la religiosité naissante de son fils, un enfant encore éloigné d'un pas de la réalité chaotique, écrasante, qui rendait nécessaire la religion. Marcus était partagé à ce sujet. Il appréciait le fait que Nathan explore cette moitié de son héritage ancestral; il espérait que cela lui fournisse un cadre moral solide pour guider son existence. Mais cela lui rappelait également cet endroit balayé par le vent qu'il habitait actuellement. Puissent les ténèbres du doute épargner Nathan, pensait Marcus.

« Nathan est en train d'apprendre les prières, il prépare sa *haftarah* et il va rédiger un sermon, ajouta le rabbin Rachel.

– Sur Abraham, précisa Nathan à l'attention de ses parents.

– Pas Moïse ou Noé ? » demanda Marcus d'un ton qui, espérait-il, exprimait un peu d'humour sans dévoiler ses connaissances limitées en matière biblique. Sous la pression, il aurait pu citer également Adam et Ève, Caïn et Abel, et peut-être aussi Jacob. Mais ça s'arrêtait là.

« Le sujet du sermon de Nathan est choisi en fonction de l'époque de l'année, et du point où nous sommes arrivés dans la lecture de la Torah », expliqua le rabbin Rachel au père mécréant.

– Il me plaît bien Abraham. Il est cool, dit Nathan. »

Il lui *plaisait ?* Ce patriarche biblique, ce Père des Juifs, ce participant volontaire à un sacrifice humain ? Celui de son fils, rien que ça ! Pour Nathan Ripps, Abraham était… *cool ?* Bonne nouvelle, assurément. Si Nathan trouvait Abraham cool, c'est qu'il acceptait le point de vue déiste.

Marcus se détendit un peu.

« Nathan et moi, on va se voir régulièrement pour suivre ses progrès, mais il est crucial que ce soit *lui* qui le rédige. C'est son discours et j'aime demander aux parents de ne pas s'impliquer dans cette entreprise. Il s'agit du passage de votre fils au statut d'homme », précisa le rabbin Rachel avec un petit sourire en coin qui indiquait l'ironie contenue dans une telle affirmation, étant donné que Nathan paraissait à peine douze ans. La définition du mot *homme* était malléable.

Le visage de Nathan exprimait une candeur et une énergie que Marcus n'aurait jamais associées aux circonstances présentes. Ce garçon possédait l'ADN de son père, mais l'argile spirituelle dont il était fait était bien différente.

À la fin de l'entrevue, le rabbin Rachel pria Marcus de bien vouloir rester un instant. Elle lui demanda s'il était juif, et il dit que non. Il lui expliqua qu'il s'intéressait plus à la philosophie qu'à la religion, mais il comprenait ce que certaines personnes trouvaient dans la religion et il soutenait la démarche de Nathan.

« Il ne s'agit pas forcément d'idolâtrer un dieu traditionnel, Marcus. Il s'agit surtout de faire ce qui est bien. »

Il allait lui répondre qu'il savait cela, mais quelque chose le retint. « Qui peut dire ce qui est bien ? Est-ce parce que la plupart des gens jugent une chose bien, qu'elle l'est forcément ? Peut-être n'est-ce qu'une illusion collective sur laquelle les gens s'accordent. Peut-être que l'idée même de Dieu est une illusion. »

Marcus regrettait de s'être laissé entraîner dans ce genre de discussion qui lui rappelait tellement les campus et les pipes à eau, mais c'était plus fort que lui.

« Dieu peut être ce que vous voulez qu'il soit.

– Comme une sorte d'ami imaginaire ? » Il sourit pour indiquer qu'il plaisantait.

Le rabbin Rachel l'observa d'un œil inquisiteur. Elle n'était pas habituée à avoir ce type d'échange avec le père d'un garçon qui préparait sa *bar mitsvah*.

« Je ne sais pas moi-même si Dieu existe. Ça vous étonne ?

– Tout le monde doit gagner sa vie.

– Malgré tout, il me semble important d'agir comme s'il existait. Si vous souhaitez poursuivre cette conversation, ma porte vous est ouverte. »

Marcus la remercia et sortit du bureau. Il ne savait pas ce qui lui était passé par la tête, mais il se promit, à l'avenir, de garder pour lui les divergences théologiques qu'il pouvait avoir avec le rabbin, ou n'importe qui d'autre. Personne n'avait besoin de savoir ce qu'il pensait, sur quoi que ce soit.

En regagnant sa voiture, il constata qu'il n'avait plus mal au dos.

En revenant chez eux, ils furent accueillis par les gémissements discordants d'une perceuse électrique. Après avoir suivi le bruit jusqu'à la chambre de Lenore, Marcus leva la tête et découvrit sa belle-mère debout sur une chaise en train de faire un trou dans le plafond. Elle portait un pantalon de survêtement et un T-shirt qui proclamait: *J'aime grimper au poteau.*

« Que faites-vous ? »

Lenore arrêta de percer et regarda son gendre avec un plaisir authentique.

« J'installe mon poteau de strip. » D'un mouvement de tête, elle indiqua le long tube d'acier posé sur son lit. « Un peu d'aide, ce ne serait pas de refus. »

Au cours des vingt minutes suivantes, Marcus et Lenore se débattirent avec le tapis de sol et le système de fixation au plafond, jusqu'à ce qu'ils soient certains que l'installation pouvait supporter sa frêle silhouette. Sur ce, ils convoquèrent Nathan et Jan, et lorsque toute la famille fut rassemblée, Lenore appuya sur un bouton de son ghetto-blaster. Le martèlement hip hop qui s'en dégageait annonça une métamorphose. Devant trois paires d'yeux incrédules, Lenore sauta sur la barre et exécuta une série de figures, ciseaux, pirouettes et renversements. Pour finir, elle se redressa avec panache et sauta sur le sol avec une légèreté qui faisait mentir son âge. Son visage rayonnait de joie.

Pendant un instant, les spectateurs ne purent qu'échanger des regards muets. Puis Nathan se mit à applaudir, rapidement imité par ses parents. Tous convinrent que le pole dancing réussissait à merveille aux seniors.

Plus tard, ce soir-là, Marcus et Jan étaient couchés et ils venaient d'éteindre la lumière. Depuis qu'elle avait entrepris de jouer un rôle actif dans l'entreprise, Jan l'avait examinée sous différents angles. Marcus gérait la question du personnel et l'argent affluait. Jan décida donc, pour accroître les bénéfices tout en privilégiant la discrétion, de procéder à un repositionnement visant une clientèle haut de gamme. S'ils augmentaient le tarif des prestations, ils pourraient diminuer le nombre de clients et de ce fait limiter les risques. Jan savait que le marché était disposé à payer un supplément pour avoir le sentiment de se différencier de la masse, ce qui compenserait la perte de clients prévue.

Jan voulait relancer l'entreprise en choisissant un nom conforme à sa nouvelle image, mais pour l'instant, elle n'avait rien trouvé qui puisse faire passer le bon message.

« Quelles sont les qualités que recherche un type qui est à l'hôtel pour un rendez-vous ? »

Ce genre d'euphémisme l'aidait à accepter la situation.

« La capacité à exécuter le service demandé.

– Non, ce n'est pas ce que je veux dire. Quelles *qualités ?* Tu comprends ? Les détails personnels : le sens de l'humour, ce genre de choses.

– Je crois qu'ils s'intéressent surtout à la couleur des cheveux, à la morphologie, la forme des fesses, la taille des seins… »

Marcus commença à lui caresser la cuisse. Elle portait un nouveau string et un T-shirt trop petit de plusieurs tailles. Il se demanda ce qu'était devenue l'habituelle burqa.

« Qu'est-ce que tu penses des geishas ? demanda Jan.

– Tout le monde aime les geishas. »

Marcus fit glisser ses doigts sur sa hanche et sur le haut de sa cuisse.

« Ou les courtisanes en France ?

– J'aime bien aussi », répondit-il en localisant le clitoris, et en se demandant si sa femme avait passé l'après-midi à la bibliothèque.

« Elles étaient formées à l'art de la conversation.

– Tu as lu ça dans un dépliant ?

– Non… dit-elle en gémissant doucement. C'était sur un site Internet. Je me disais que les hommes aimeraient peut-être l'idée qu'ils ont affaire à un être humain, et non pas juste à une machine à baiser.

– Oui, peut-être. » Marcus l'embrassait dans le cou.

« Les geishas étaient des filles très chic ; ça me plaît bien pour ce qu'on veut faire, car plus on vise haut, moins il y a de risques que la police s'intéresse à nous. »

Il lui prit la main et la plaça entre ses cuisses. Jan le caressa distraitement.

« Certaines de ces geishas étaient vraiment impressionnantes, ajouta-t-elle. Elles avaient de l'éducation, elles voyageaient… elles savaient comment se faire entretenir par les hommes.

– Elles étaient futées. »

Futées ?

Elle s'assit sur lui en frottant son bassin contre le sien, puis elle le chevaucha sur un rythme ondulant. Marcus bougeait les hanches de haut en bas, ses mains caressaient les cuisses de sa femme, son souffle était court et chaud. Alors qu'il promenait ses doigts sur ses épaules douces en fermant les yeux, elle s'exclama : « LES POULES FUTÉES ! » Puis elle bascula vers l'avant en écrasant ses seins sur le torse de Marcus et l'embrassa longuement, farouchement.

Le lendemain matin, Jan retourna à la boutique Ripcord, dont le rideau de fer était désormais baissé, pour emporter plusieurs des cartons qu'elle avait faits récemment avec Plum. Après les avoir chargés dans le van, elle se rendit au domicile de Corinne Vandeveer à Coldwater Canyon. La propriété était fermée par un portail et Jan dut suivre les instructions figurant sur une pancarte à côté d'un boîtier fixé à une colonne en briques. Elle composa le code et attendit. Après quelques instants, le large portail s'ouvrit tout seul.

La maison des Vandeveer était une vaste demeure de style italien qui semblait avoir été transportée telle quelle d'une colline de Toscane. Au centre de l'allée circulaire se dressait une impressionnante fontaine à trois niveaux, couronnée par la statue en cuivre, presque grandeur nature, d'un moine tibétain. L'eau jaillissait d'un bec planté dans son front et remplissait une sébile située à hauteur de la taille, dans laquelle se baignait présentement un geai bleu, avant de tomber en cascade dans une mare à carpes koi parsemée d'orchidées. Les différents chemins qui partaient de la maison étaient recouverts de dalles de travertin, de divers tons, qui brillaient sous le soleil matinal. Une Bentley bordeaux était garée à proximité.

Jan sonna à la porte et quelques secondes plus tard, une jeune Hispanique en uniforme de domestique ouvrit la lourde porte en chêne.

« Je viens voir Mme Vandeveer », dit Jan.

Mais avant que la jeune femme ait eu le temps de répondre, Corinne apparut d'un pas léger. Elle était au téléphone et salua Jan de sa main libre. La domestique disparut. Corinne portait des collants noirs et une ample chemise d'homme blanche. Elle était pieds nus.

« Si on prend le jet pour aller dans le Montana, disait-elle à la personne à l'autre bout du fil, je ne vois pas pourquoi on ne peut pas y rester quelques jours avant d'aller en Espagne. Je sais bien qu'on le partage... »

Jan regarda autour d'elle. La table de salle à manger en chêne lui rappelait celle qu'elle avait vue longtemps auparavant au Metropolitan Museum de New York. Dans le vaste salon, situé de l'autre côté du hall, étaient accrochés plusieurs tableaux qu'elle identifia comme étant des œuvres d'Ed Ruscha et Cy Twombly. Elles marchaient sur un tapis turc dont l'exquise beauté et la complexité exigeaient sans un mot qu'elle aille traîner ailleurs ses sandales éraflées.

« Mais je ne comprends toujours pas pourquoi... Très bien. Bon, j'ai de la visite. Je te rappellerai. » Corinne s'adressa alors à Jan. « Préparer les vacances est devenu un calvaire ! Franchement, je me demande pourquoi on prend la peine de voyager.

– Je sais, répondit Jan avec une empathie convaincante. Les vêtements sont dans la voiture. Vous voulez qu'on les décharge ? »

Corinne ajusta l'appareil de communication niché dans son oreille et dit: «Araceli, est-ce que Ramon et vous… Un instant…» Corinne n'avait pas quitté Jan des yeux, si bien que celle-ci avait la désagréable sensation de ne pas savoir à qui elle parlait. «Elles sont dans des cartons?

– Oui.

– Est-ce que Ramon et vous pourriez décharger les cartons qui se trouvent dans la voiture de Mme Ripps et les mettre dans le garage avec les autres, je vous prie?»

Cinq minutes plus tard, Jan et Corinne étaient perchées sur des tabourets devant l'îlot central de la vaste cuisine. Cette pièce était une débauche de plans de travail en marbre et de gigantesques appareils électroménagers en inox qui semblaient n'avoir jamais servi. Les deux femmes grignotaient des canapés au crabe en sirotant du thé glacé dans des verres à pied en verre taillé.

«J'espère que ça ne vous dérange pas de manger les restes, dit Corinne. Nous avons organisé une collecte de fonds pour Instant Karma hier soir. C'est cette organisation qui envoie des moines bouddhistes travailler avec la population carcérale.

– Une bonne cause.»

Jan ne savait pas quoi dire, alors elle allait au plus simple. De toute façon, les gens comme Corinne se fichaient de ce que pensaient les gens comme elle. Au moins, elle comprenait maintenant la présence du moine en cuivre cracheur d'eau devant la maison.

«Je vous inscrirai sur la liste pour la prochaine.»

Jan observa le jardin de derrière, émoustillée de constater que Corinne voyait en elle un membre de la caste des donateurs. Elle remarqua la piscine, qui donnait l'impression d'avoir été taillée dans la roche, entourée d'un demi-hectare de pelouse verte aveuglante, ornée de massifs sculptés en forme d'éléphants grandeur nature.

« J'aime les éléphants, commenta-t-elle.

– Ils ont été réalisés d'après ceux que nous avons vus lors d'un voyage en Inde. Je commence à m'en lasser, dit Corinne. L'été dernier, nous sommes allés en France, dans un château, et il y avait un labyrinthe, vous voyez ? J'envisage d'en mettre un ici. »

Jan hocha la tête. Au niveau où évoluait Corinne, l'air était raréfié. Elles parlèrent de leurs enfants, du programme de maths de Winthrop Hall et de la campagne de dons annuelle, puis Corinne demanda : « Dites-moi… que fait votre mari dans la vie ?

– Il est dans les investissements. »

Jan ne savait pas pourquoi elle avait menti ; ou plutôt, pourquoi elle avait choisi ce mensonge. Elle aurait pu dire à Corinne qu'il travaillait dans le secteur de la blanchisserie. Peut-être avait-elle été déstabilisée par cette forte odeur d'argent, ou par la cordialité de cette femme, à laquelle elle ne s'attendait pas. Quoi qu'il en soit, l'hôtesse parut satisfaite de cette réponse.

« Et le vôtre ? demanda Jan.

– Il est arbitragiste. Ça veut dire qu'il achète sur un marché et revend sur un autre, mais beaucoup plus cher. Pardon, je sais que vous savez déjà tout ça, mais certaines personnes ne savent pas, alors j'explique. Il faudra qu'on vous invite, tous les deux.

– Ce serait délicieux. » *Délicieux ?* De quel grenier victorien, couvert de toiles d'araignée, avait-elle extrait ce mot ? Jan sentait de légères palpitations dans sa poitrine. Combien de verres de thé glacé avait-elle bus ? Elle avait oublié que cette boisson contenait de la caféine. Elle regarda sa montre. «J'aimerais beaucoup rester pour bavarder, mais…

– Ne vous excusez pas, dit Corinne. Mon maître reiki va arriver dans cinq minutes. J'allais justement vous mettre à la porte.»

Jan retourna à West Hollywood en réfléchissant à cette rencontre. Corinne régnait sur Winthrop Hall: reine des comités, hôtesse des réunions entre parents, organisatrice de la foire aux livres annuelle. C'était une lionne, et par conséquent, elle ne faisait pas partie des femmes autour desquelles Jan gravitait habituellement. Mais elle était sympathique et elle la traitait comme si elles appartenaient au même club; un club qui utilisait des nappes en lin, des couverts en argent et l'assassinat social en guise de protocole. L'avantage de posséder une telle amie ne devait pas être sous-estimé.

Le restant de la journée fut consacré à l'installation d'un studio photo artisanal dans l'arrière-salle de la blanchisserie. Jan suspendit un fond blanc à deux porte-vêtements et recouvrit une chaise longue (achetée pour l'occasion dans un magasin de Le Brea) de draps en satin doré, afin de donner à l'arrière-plan une vague apparence de boudoir. Plus tard au cours de la même semaine, elle prit l'appareil photo numérique que Nathan avait reçu pour ses douze ans, six mois plus tôt, et elle photographia les employées de la société rebaptisée les Poules Futées dans des tenues plus ou moins déshabillées. Cela fait, elle conçut le site Internet, enregistra le nom de domaine, trouva un hébergeur, et la version 9.0 de l'entreprise fut disponible sur la toile. En consultant le site dans le bureau de la maison (son nouveau quartier général), elle se sentit habitée par une énergie qu'elle n'avait pas connue depuis la grande époque de Ripcord, lorsque son avenir sur Van Nuys Boulevard ressemblait à un pot-pourri de possibilités prometteuses. Elle prit les Pages Jaunes et feuilleta les E, à la recherche d'une épilation brésilienne du maillot.

Des publicités discrètes dans des publications locales, ajoutées à leur présence sur le Net, provoquèrent une légère augmentation des réservations. Mais le véritable envol se produisit lorsqu'elle décida d'investir sur un marché plus étendu. Los Angeles étant une plaque financière mondiale, Jan convainquit Marcus d'acheter des espaces publicitaires dans des magazines professionnels sur papier glacé, à New York, Londres et Tokyo. Elle rédigea elle-même le texte, et comme la plupart des publications chic refusaient de passer une publicité pour une entreprise baptisée les Poules Futées, Jan décida de lui donner une autre identité plus adaptée à ces marchés: International Friendship Guides. Ces annonces furent acceptées avec un clin d'œil de connaisseur et les réservations firent un nouveau bond.

Dans son nouveau rôle depuis plusieurs semaines, Jan appela Corinne Vandeveer pour lui demander si elle continuait à collecter des fonds pour les victimes du tremblement de terre au Guatemala. Quand Corinne répondit par l'affirmative, Jan l'informa que Marcus et elle faisaient un don de cinq mille dollars. Les remerciements de Corinne furent suivis d'une invitation à dîner le samedi soir. Jan accepta. Quand elle en informa Marcus, elle lui précisa que leurs hôtes pensaient qu'il était «investisseur».

Habitué à la dissimulation désormais, Marcus ne se laissa pas démonter.

Marcus acheta une veste Hugo Boss et Jan un fourreau Armani, si bien qu'ils étaient un peu trop habillés pour ce qui n'était, en fait, qu'un barbecue dans le jardin. Néanmoins, ils se réjouissaient d'être là. Six couples étaient assis autour d'une longue table dans le vaste patio qui s'ouvrait sur la pelouse et le jardin éclatant de roses multicolores. Une Mexicaine au regard triste, coiffée d'une toque de chef, s'occupait du gril, tandis qu'un serveur en veste blanche, avec des cheveux roux et des taches de rousseur, se tenait à côté d'elle, d'un air obséquieux.

Dewey, le mari de Corinne, trônait en bout de table. C'était un bel homme d'une quarantaine d'années aux cheveux grisonnants, légèrement hirsutes, et au comportement insouciant. En jean Levis délavé et chemise blanche hors du pantalon, il irradiait l'argent. Les autres invités étaient un magnat de la sandwicherie et son épouse obèse, un nabab des parkings et sa troisième épouse (son ancienne masseuse) et le propriétaire d'un grand vignoble dans la Napa Valley, avec son épouse, une star de cinéma des années 1980 qui se consacrait désormais à la protection des animaux et à la boisson. Pour finir, il y avait une jeune femme d'une beauté exquise qui prétendait être décoratrice d'intérieur. Son mari, d'au moins trente ans son aîné et qui avait visiblement subi un lifting, était un des associés de Dewey. Le pinot noir coulait à flot, la conversation était conviviale et Marcus et Jan découvrirent qu'en maquillant la vérité de manière à peine perceptible, ils pouvaient apparaître comme un couple aisé de Los Angeles qui se souciait du monde qu'il léguerait aux générations suivantes.

Jan mangea avec énormément de plaisir la tarte aux noix de pécan servie au dessert et, sortant son pied de l'escarpin en veau noir acheté l'après-midi même dans une boutique de Galleria où elle rêvait d'entrer depuis des années, elle le frotta contre la cheville de Marcus. La femme au mari beaucoup plus âgé raconta une longue histoire concernant les problèmes de rénovation de leur maison à Ibiza, une des cinq qu'ils possédaient. Quand elle arriva enfin à la conclusion de son récit assommant, il y eut un blanc dans la conversation.

« Eh bien, Marcus, dit Dewey en déplaçant le projecteur. Corinne me dit que vous êtes dans les investissements. Quel genre ?

– Oh... » Marcus essaya de gagner du temps ; il était en train d'observer le buisson en forme d'éléphant qui montait la garde non loin de là. « Le genre habituel. Vous voyez. L'or, un peu de bois... »

Jan lui jeta un regard et retint son souffle. Allait-il tomber de la corde raide ? *L'or ? Le bois ?*

« Et aussi la blanchisserie, évidemment.

– Les titres ? Les lingots ? insista Dewey.

– J'aime bien le contact de l'or, sentir son poids », dit Marcus un peu grisé par le vin et en veine d'épanchement. « Des fois, je vais à la banque et je caresse un lingot... »

Les autres invités s'esclaffèrent. Jan essayait de ne pas regarder son mari d'un air hébété. Marcus attendit la question suivante, mais il fut sauvé lorsque le magnat des parkings déclara : « Avec l'or, on est sûr de ne pas se tromper », et il se lança dans une longue histoire concernant les conquistadores et leur quête du métal précieux, puis dans une exégèse sur la façon d'extraire l'or de l'eau de mer. Jan luttait pour rester concentrée. Une deuxième invitation exigeait qu'elle soit une bonne invitée.

Marcus sifflotait un passage d'une cantate de Bach en sortant de l'allée des Vandeveer et en tournant dans Coldwater. Jan avait passé un bon moment et elle espérait que le sifflotement de Marcus reflétait la même opinion.

« Tu t'es bien amusé ?

– Je sais que tu aimes fréquenter ces gens, dit-il. Alors, ça me fait plaisir de jouer le jeu.

– Je peux te poser une question ?

– Bien sûr.

– “Parfois, j'aime bien caresser un lingot.” Pourquoi tu as dit ça ?

– Que voulais-tu que je dise ?

– Tu aurais pu rester vague.

– Tu as entendu cette femme parler des problèmes que lui pose sa maison à Ibiza ? Tu veux vraiment être amie avec ces gens ?

– Ils me plaisent bien. »

Quand ils atteignirent le sommet de la colline, aucun des deux n'avait ouvert la bouche depuis plus d'une minute. Marcus négocia un virage en douceur, tandis que les lumières de la Vallée clignotaient en contrebas. « Que dirais-tu d'acheter une nouvelle maison ?

– Tu veux déménager ?

– Non pas que je veuille quelque chose d'extravagant, mais c'est juste que… tu vois, quoi… Maintenant on pourrait peut-être se payer quelque chose d'un peu mieux…

– Tu sais bien que ce marché est fragile », répondit-elle.

Il fallait qu'elle refrène son mari avant qu'il commence à appliquer cette logique de manière plus systématique. Jan avait beau se sentir attirée par le monde de Vandeveer, elle refusait de s'emballer.

« Ce serait de la folie de déménager pour quelque chose de plus cher. On devrait prendre un plus gros crédit, et on serait obligés de continuer à gagner de l'argent de cette façon. »

Maintenant qu'était retombée l'excitation de la réussite commerciale, Jan nourrissait plus de réserves qu'elle l'aurait souhaité. L'aspect illégal de cette entreprise continuait à la gêner et elle n'était pas encore totalement en paix avec son ambiguïté morale. L'histoire que Marcus avait sortie au cours de ce dîner, si elle avait amusé les autres invités, la poussait à se demander une fois de plus ce qu'ils étaient en train de faire et à s'interroger sur son propre rôle. Après tout, c'était elle qui avait dit qu'il était investisseur.

« J'ai un aveu à te faire », dit-elle.

Marcus la regarda d'un air intrigué. Jan lui parla alors du don aux victimes du tremblement de terre. Il sourit et serra sa main dans la sienne.

« Je suis content qu'on puisse faire ça, dit-il. On va gagner des tonnes de fric et l'investir. Ensuite, on prendra cet argent et on le dépensera comme ça nous chante. On pourra même créer une fondation et tout donner si on a envie. »

Ils descendirent vers Ventura Boulevard. Jan était satisfaite du déroulement de la soirée. Marcus s'était bien comporté ; il avait justifié la foi qu'elle avait en lui. Depuis que la pression financière avait été écartée, Jan songeait à la myriade de façons d'enrichir leurs vies. Elle envisageait de s'abonner à un certain nombre de théâtres ou d'effectuer un voyage en Europe, mais pas facile de prendre ce genre d'engagements avec des emplois du temps aussi imprévisibles. Elle venait de trouver une solution.

«J'ai envie de créer un club de lecture», déclara-t-elle.

Marcus tourna dans Ventura et prit la direction de l'ouest. «Qui vas-tu recruter, des mères de l'école?

– Les Poules Futées.

– Sans blague?

– Je me dis qu'on pourrait lire des livres de femme, des classiques qui sont difficiles à lire tout seul, comme *Anna Karénine.* Tu l'as déjà lu?»

Marcus dut avouer que non. Jan lui dit qu'il était le bienvenu au club, s'il le souhaitait.

Plus tard, ce soir-là, ils firent l'amour et Jan se réjouit lorsque Marcus remarqua qu'elle avait le pubis entièrement épilé.

17

Jan était en train de passer l'aspirateur dans le salon, un après-midi du mois de mai, quand Plum téléphona. Elles ne s'étaient pas parlé depuis un mois. Il n'y avait entre elles aucune animosité, mais ni l'une ni l'autre n'avaient envie qu'on leur rappelle leur échec commun, d'où ce silence radio. Après quelques minutes de bavardage, Plum lâcha qu'elle commençait à s'angoisser au sujet de l'argent. Atlas avait du retard dans le versement de la pension alimentaire. Jan exprima son indignation compatissante et, dans un spasme de culpabilité, elle proposa à Plum de lui offrir une journée chez Gentle, le spa réservé aux femmes qui venait d'ouvrir à Studio City.

C'est une Plum beaucoup plus mince qui l'y accueillit le lendemain. Elle avait perdu dix kilos, n'ayant ingéré que des cachous et de l'eau vitaminée depuis un mois. Elle paraissait fatiguée.

« Tu es magnifique, dit Jan.

– Le régime pauvreté », répondit Plum en essayant de sourire.

Elles attendaient dans le hall d'accueil à l'éclairage tamisé. Des employés muets évoluaient avec sollicitude au milieu des ombres artistiques. Les enceintes hi-fi diffusaient un poème sonore abstrait, interprété par un pianiste qui semblait avoir fait une overdose de barbituriques cinq minutes avant la séance d'enregistrement. Jan espérait que cet environnement aurait un effet apaisant sur Plum, qui semblait à cran.

Jan avait réservé des enveloppements détoxifiants, des bains d'herbe bouillonnants et un truc baptisé « expérience de boue sereine ». Une demi-heure plus tard, les deux femmes, vêtues de peignoirs en éponge blancs, étaient assises côte à côte dans de grands fauteuils en cuir relaxants, dans la salle de repos, en attendant que des employés les conduisent vers leurs traitements respectifs. Elles étaient entourées de femmes habillées comme elles, sirotant des infusions de menthe fraîche ou de grands verres d'eau glacée où flottaient des rondelles de citron. Par respect du protocole du spa, elles parlaient en chuchotant. Jan écoutait Plum tenter de faire apparaître les aspects positifs de la fin de Ripcord, mais les émotions contradictoires étaient telles qu'elle avait du mal à maîtriser sa voix. Elle s'attira le regard noir de l'employée blonde, à la tenue impeccable, qui était chargée de faire respecter le protocole.

Après une heure d'enveloppement, elles se retrouvèrent assises côte à côte, totalement nues, recouvertes de boue. Un genre de fée Clochette arborant un badge sur lequel était écrit son nom, BEACON, avait étalé sur leurs corps un pudding de terre, de la racine des cheveux jusqu'à la plante des pieds, et les deux femmes ressemblaient maintenant à des créatures de la forêt vivant sur une île obscure au large de Bornéo. Jan qui n'avait pas vu le corps de Plum récemment, avait été stupéfaite quand son ex-associée s'était déshabillée, ôtant sans aucune gêne son peignoir pour se faire tartiner de boue.

Elles se trouvaient dans une salle au sol en carreaux de terre cuite, avec une rangée de douches étincelantes sur un des murs. Beacon leur avait remis des sortes de cure-dents pour ôter la boue sous leurs ongles, puis s'était éclipsée à pas feutrés.

Jan étala un peu de boue sur une partie de son coude restée vierge. Ravie que chaque centimètre de sa peau soit maintenant recouvert, elle demanda à Plum quels étaient ses projets.

«Au moins, je ne suis pas tombée enceinte.» Cette réponse surprit Jan. N'était-ce pas justement l'objectif de Plum? «De toute façon, reprit celle-ci, je voulais un enfant pour de mauvaises raisons. C'est comme si j'étais devenue folle.

– On a tous des moments difficiles.

– Je continuerai à faire de l'art, malgré tout. Il faut juste que je trouve un moyen pour que ça rapporte.»

Plum passa sa main dans ses cheveux et redressa son dos. Elle ajouta qu'elle comprenait les extrémités auxquelles étaient poussés les gens quand ils se retrouvaient dans des situations difficiles.

«Prends les strip-teaseuses, dit-elle. Qui a envie de faire ça sans y être obligé?

– Où est le problème? Ma mère prend des cours de pole dancing.

– Et la composante artistique? Quand je posais nue aux beaux-arts, il y avait un angle esthétique, je pouvais donc justifier ce que je faisais. Et à dire vrai, j'y trouvais quelque chose de… Je crois que j'aimais ça, en fait. Tu es en position de force car personne ne peut te toucher. C'est presque de l'adoration.

– Une expérience religieuse?

– Ah ah ! Non. Mais tu te retrouves sur un piédestal. J'aime ça. Personne ne peut t'emmerder quand tu es sur un piédestal.

– Tu pourrais recommencer à poser. Je sais que ça paye mal, mais c'est peut-être un moyen de rencontrer des gens intéressants. » Comme Plum ne réagissait pas, Jan s'aperçut qu'elle n'avait pas l'air bien tout à coup. « Ça ne va pas ?

– Je me sens un peu…

– Quoi ? »

Plum tomba de son tabouret et sa tête heurta le sol dallé avec le bruit sec d'une noix de coco qui se brise sur un parpaing. Nue et recouverte de boue, Jan se leva et se précipita dans le couloir. Elle appela Beacon, qui arriva presque aussitôt en glissant et en exsudant l'inquiétude. Elle appuya la tête de Plum sur une pile de serviettes parfumées au jasmin, pendant que Jan enfilait un peignoir. Pauvre Plum, elle ne peut même pas vivre une expérience de boue sereine sans créer un drame, se disait-elle en couvrant son amie avec une serviette pendant que Beacon prenait son pouls. Plum était toujours évanouie, même si elle semblait respirer.

Soulagée qu'elle n'ait pas rendu l'âme, Beacon s'absenta pour appeler une ambulance. Jan s'agenouilla à côté de son amie étendue sur le sol ; les dalles mouillées lui faisaient mal aux genoux. Que s'était-il passé ? Sans doute un simple malaise. Mais Plum avait-elle aggravé le problème avec ce coup à la tête ? Le bruit de son crâne heurtant le sol avait de quoi vous soulever le cœur. Était-elle grièvement blessée ? Pour le moment, elle paraissait dormir. Mais n'était-ce pas vrai également des morts ? Jan lui tapota doucement la joue.

« Plum… Plum… réveille-toi », murmura-t-elle. Par pitié, ne meurs pas dans la boue chez Gentle.

La mâchoire de Plum se mit à remuer et ses paupières papillotèrent. Elle reprit conscience peu à peu et dit : « Je crois que j'ai de la boue dans le minou. » C'était bon signe. Jan rit. Beacon revint avec un grand verre d'eau glacée contenant une rondelle de citron. Reconnaissante, Plum le but à petites gorgées. Mais quand elle essaya de se lever, elle retomba et se plaignit d'une douleur à la tête.

« Je suis vraiment désolée, dit-elle à Jan. Tu essayes d'être gentille avec moi et je… Je me suis évanouie ? »

Beacon suggéra à Plum d'éviter de parler.

« La ferme, répondit Plum. Je m'excuse auprès de mon amie. »

En guise d'explication, Jan dit : « Elle n'a avalé que des cachous et de l'eau vitaminée depuis un mois.

– Il faut absolument manger quelque chose », dit Beacon, nullement ébranlée.

« Désolée, dit Plum. Je vous demande pardon à toutes les deux. »

L'ambulance arriva rapidement. Plum fut enveloppée dans des serviettes, allongée sur une civière puis transportée à travers le hall paisible. Les femmes qui attendaient là levèrent à peine les yeux de leurs magazines.

Dans l'ambulance qui fonçait vers le Valley Medical Center, Plum était couchée sur la civière, toujours couverte de boue. Jan était assise près d'elle, en tenue de ville, tout juste sortie d'une douche comprenant quatre après-shampoings différents. Elle se félicitait intérieurement d'avoir eu la présence d'esprit de se nettoyer avant l'arrivée de l'ambulance. Plum ressemblait à une glace à la vanille dont l'enrobage au chocolat aurait été léché par un loup.

On la conduisit aux urgences, où Jan remplit les formulaires. Après avoir rendu la planchette porte-documents à l'infirmière assise derrière son bureau, elle partit à la recherche de son amie. Elle la trouva installée derrière un paravent, branchée à un goutte-à-goutte qui la réhydratait. La partie de son bras où était enfoncée la perfusion avait été nettoyée. Ils lui avaient pris ses serviettes pour les remplacer par une chemise de nuit d'hôpital. Elle sourit à Jan. Ses yeux et ses dents brillaient au milieu de son visage presque noir.

« Je crois que la boue me va bien. »

Jan n'en revenait pas que Plum puisse prendre ça à la légère. Elle lui demanda comment elle se sentait. Plum lui expliqua que, d'après l'infirmière qui l'avait accueillie, elle souffrait peut-être d'une commotion cérébrale et allait passer un scanner. Elle n'avait pas encore vu le médecin. Jan s'assit dans le fauteuil qui se trouvait à côté du lit et prit la main de Plum.

« Je ne sais jamais quoi dire à quelqu'un qui est dans un lit d'hôpital.

– Je suis navrée que tu n'aies pas eu ton bain d'herbes », dit Plum en fermant les yeux.

Elle rappelait à Jan un masque polynésien, un personnage à la Gauguin dessiné par Modigliani. Comment peut-on se nourrir uniquement de cachous durant un mois ? Pendant longtemps Plum avait affirmé qu'elle pourrait maigrir, et elle avait fini par atteindre son objectif. Certes, elle s'était retrouvée allongée sur le sol d'un spa, dans les pommes avec un traumatisme crânien potentiel, mais elle avait toujours été excessive.

Jan regarda autour d'elle et se demanda qui d'autre se trouvait là, aux urgences. Les gens étaient derrière des rideaux. On ne les voyait pas, mais on les entendait murmurer. C'était calme pour le moment; il y avait uniquement des personnes qui parlaient à des amis ou des parents. Pas de braillements, pas de cris de douleur. Jan espérait qu'ils allaient faire le scanner rapidement. Elle devait aller chercher Nathan à la sortie de l'école, mais Plum avait besoin d'elle et elle culpabilisait déjà. N'était-ce pas pour cette raison, justement, qu'elle l'avait invitée au spa ? Elle remarqua que Plum semblait avoir plongé dans le sommeil. Était-ce une bonne idée ? Les gens victimes d'un traumatisme crânien ne devaient-ils pas rester éveillés ? Est-ce qu'on ne risquait pas de mourir à cause d'une blessure au cerveau diagnostiquée trop tard ? Jan n'avait pas besoin de ça. La mort de Plum la hanterait toute sa vie. Juste au moment où elle allait se lever pour chercher une infirmière, Plum rouvrit les yeux.

« Parle-moi de ce nouveau business.

– Quel nouveau business ?

– Celui que dirige Marcus. »

Jan n'avait aucune envie d'avoir cette conversation. Elle n'était pas aussi douée que Marcus pour mentir. Pour elle, un mensonge, même petit, constituait une compromission ; il laissait dans l'âme une écharde que seule une confession pouvait ôter. Ça lui faisait mal d'avoir recours à la litanie des fausses nouvelles concernant l'entreprise de nettoyage à sec qui n'existait pas, de faire croire que tout était normal chez les Ripps. Plum confia qu'elle était passée en voiture devant la blanchisserie, et que celle-ci ne semblait pas ouverte. Soudain, Jan demanda : « Tu as une assurance ?

– Non.

– Je paierai ta note d'hôpital.

– Laisse tomber. » Plum bougea la tête sur son oreiller et détourna le regard. « Je regrette de m'être comportée comme ça avec toi… De t'avoir demandé tes ovules… Je n'aurais pas dû te mettre dans cette situation. Alors, merci, mais non merci.

– Tu as des factures à payer, Plum. C'est peut-être une erreur de penser que certaines choses sont indignes de toi.

– Genre le nettoyage à sec ? »

Jan n'aimait pas la supériorité implicite dans le ton de Plum, surtout vu son état actuel. Alors elle se pencha vers elle et lui glissa : « Marcus n'est pas blanchisseur.

– Ah bon ? »

Les deux femmes avaient partagé un certain nombre de confidences au fil des ans et Jan avait eu du mal à ne pas parler des Poules Futées à Plum. Mais un mélange de culpabilité, de ressentiment et de vulnérabilité lui délia la langue. Lorsque Plum la regarda, plus intéressée tout à coup, Jan dit : « Il a des filles qui travaillent pour lui.

– Qu'est-ce qu'elles font ?

– Tu vois bien. Ce sont des… travailleuses. Elles… *travaillent.* »

L'expression de Jan, à la fois ironique et honteuse, indiquait que toute question supplémentaire était superflue.

« Elles travaillent ? »

Visiblement, Plum ne comprenait pas. Son esprit était-il moins vif que d'habitude à cause du coup sur la tête ? Jan regarda autour d'elle pour s'assurer que personne ne pouvait les entendre. Puis, à voix basse, comme si elle confiait des secrets nucléaires, elle chuchota : « C'est un mac.

– Au sens figuré ?

– Au sens propre.

– Sans blague ?

– Je sais que c'est dur à admettre.

– Arrête ton char !

– Mais dans le genre paternaliste. Les filles ont une assurance santé et elles cotisent pour leur retraite.

– *Arrête !*» La voix de Plum résonna comme la sonnerie d'une machine à sous. Prenant conscience soudain de l'endroit où elles se trouvaient, elle parut embarrassée. « Tu me fais marcher », dit-elle, beaucoup plus doucement.

Jan lui raconta tout, en laissant de côté l'abandon du cadavre dans les bois. Plum écouta son récit dans un silence hébété, qui s'intensifia encore quand Jan entreprit d'évoquer sa complicité dans l'affaire. L'infirmière, une blonde pimpante aux yeux verts, dont les cheveux courts évoquaient la crête d'un oisillon, entra pour annoncer que le scanner aurait lieu dans quelques minutes et demander à Plum si tout allait bien. Les deux femmes ne l'entendirent pas. Elle répéta sa question en haussant la voix et Jan leva la tête pour répondre que Plum se sentait beaucoup mieux. L'infirmière partit s'occuper d'un autre patient.

« Quand je l'ai appris, j'ai flippé. *Vraiment* flippé. Puis j'ai réfléchi. Tu te souviens de l'histoire de l'art, les Français au XIXe siècle ? Les types comme Manet, Toulouse-Lautrec, Ingres et Delacroix…

– Tu coucherais avec quelqu'un pour de l'argent, toi ? chuchota Plum.

– Ils ont peint des tonnes de prostituées », ajouta Jan, qui n'était pas certaine d'avoir bien entendu la question de Plum. « Il y a donc toute une tradition de… »

Elle avait perdu le fil de sa pensée.

« Tu le ferais ? insista Plum.

– Si je…

– L'*Olympia* de Manet a toujours été un de mes tableaux préférés, dit Plum.

– Toulouse-Lautrec adorait les prostituées, reprit Jan pour essayer de remonter en selle.

– Tu aurais couché avec Toulouse-Lautrec ? Si tu avais su qu'il peindrait ton portrait et que le tableau serait accroché dans un grand musée ?

– Et toi ?

– Si ton mariage se cassait la gueule parce que ton mari baisait un mannequin de pied, si ta boutique faisait faillite, si tu étais endettée et si tu ne voulais pas travailler dans un supermarché ? Hein ? »

On aurait dit que Plum avait déjà réfléchi à cette question. Avant que Jan puisse répondre, un médecin entra, en agitant une planchette. C'était un homme d'un certain âge, l'air de celui qui a déjà tout vu. En découvrant Plum dans sa gangue de boue, il repoussa ses lunettes à monture d'écaille sur son nez.

« Oh, bon sang. » Il prit une lampe stylo et pria Plum de le regarder pendant qu'il braquait le faisceau lumineux dans ses yeux. Après quoi il joua un nocturne de Chopin à l'arrière de son crâne. Il demanda à Plum s'ils avaient prévu un scanner et quand elle lui répondit par l'affirmative, il repartit en annonçant qu'il reviendrait la voir plus tard.

« Tu l'aurais fait ? demanda Plum, reprenant la conversation à l'endroit où elles l'avaient laissée.

– Euh… Et toi ? »

Plum prit le temps de réfléchir, en passant ses mains sur son visage. Quand elle les retira, ses paumes étaient tachetées de boue. Finalement, Plum hocha la tête.

« Non ! s'exclama Jan.

– Peut-être que je devrais en parler à Marcus.

– De quoi ?

– À ton avis ?

– Oh, Plum. Ce n'est pas une bonne idée. »

Jan regrettait d'avoir parlé de Marcus. Elle attribuait à juste titre cette indiscrétion passagère à son propre état émotionnel, mais cela ne l'empêchait pas d'être furieuse après elle. Certes, elle avait cru que Plum allait peut-être mourir. Après tout, qui pouvait prédire les conséquences d'une grave blessure à la tête ? Hémorragie interne, crise d'apoplexie, voire la mort. Ça arrivait. Malgré tout, ce n'était pas une excuse. Il y a certaines choses qu'on ne doit pas divulguer.

Ce soir-là, elle ne parla pas de la suggestion de Plum ; elle ne dit rien non plus à Marcus le lendemain matin avant qu'il parte faire sa partie de golf. Mais cette histoire continuait à la tourmenter tandis qu'elle conduisait Nathan à l'école. Avouer à une amie que votre époux prétendument blanchisseur était un proxénète… la cacophonie intérieure qui en découlait ressemblait à une véritable première du *Sacre du printemps* : coups de cymbales, violons stridents et foule enragée, désorientée, qui se déchaînait dans les rues de Paris en hurlant pour que l'harmonie soit restaurée, que le monde tourne rond. Mais quand l'amie en question disait qu'elle voulait devenir une prostituée, les explosions synaptiques que cela déclenchait étaient d'un niveau considérablement plus élevé.

Assis à la place du passager, Nathan révisait sa liste de vocabulaire pour un test de latin et il ne leva pas la tête quand le portable de sa mère sonna. Un sentiment de frustration et de malheur la submergea en écoutant Plum demander, d'un ton incongrûment enjoué, si Marcus avait été informé de sa requête.

« Tu es vraiment sûre de vouloir faire ça ?

– Je crois avoir trouvé une bonne approche de la chose », répondit Plum.

Jan ne pouvait qu'imaginer la nature de cette approche, mais elle promit d'en parler à Marcus dans la journée.

La Boîte à Outils était le night-club en vogue à Los Angeles, et c'est là que devait avoir lieu la *bar mitsvah* de Nathan. Marcus et Jan se tenaient au centre de la salle principale, nue.

« L'espace seul, c'est cinq mille dollars. Faut ajouter les tables et les chaises, les nappes et les décorations de table… Vous avez décidé si vous vouliez un groupe ou un DJ ? »

Celle qui posait cette question se nommait Alison Clive et elle paraissait avoir la trentaine. Des lunettes de première de la classe branchée barraient un visage ovale qui se distinguait par un anneau doré planté dans la narine gauche. Ses cheveux semblaient avoir été coupés au sécateur et ils étaient striés de mèches d'un vert digne d'un poisson tropical. C'était une organisatrice de fêtes ; une personne à qui s'adressaient les gens que la peur du faux-pas rendait dépensiers. Alison tenait une planchette porte-documents contre sa poitrine alors qu'elle s'adressait à Marcus et à Jan. « On a fait un paquet de *bar mitsvah* ici, que des énormes succès, déclara-t-elle. Mais je dois vous prévenir : j'ai déjà été contactée par une autre famille pour la date que vous avez choisie.

– La salle est toujours disponible ? demanda Jan.

– Ils hésitent, ils se tâtent, alors si vous versez un dépôt de garantie, vous pouvez bloquer la date. »

Marcus observa l'immense boîte noire avec quelques alcôves sur les côtés et un bar à une extrémité. Les tarifs de location exorbitants n'étaient dus qu'au cachet éphémère de ce lieu. Ils allaient devoir dépenser une fortune pour une chose sans valeur particulière. Mais c'était l'endroit chic du moment, ainsi qualifié au cours des conversations de Jan avec plusieurs autres mères dont les fils allaient bientôt faire leur *bar mitsvah.* Marcus interrogea Alison sur le montant de ce dépôt de garantie. Un accord fut trouvé, et un chèque signé.

Sur le parking devant la Boîte à Outils, Marcus sortit ses clés de voiture et appuya sur le bouton. Cela déclencha le gazouillis habituel, suivi de l'ouverture des portières.

« Plum veut travailler pour nous », dit Jan.

Marcus la regarda d'un air hébété.

« Tu lui as dit ce qu'on faisait?

– Elle était couchée dans un lit d'hôpital avec une blessure à la tête.

– J'aurais préféré que tu t'abstiennes.

– Je lui ai dit que je trouvais que ce n'était pas une bonne idée.

– On a déjà plus de filles qu'il n'en faut. »

La rumeur au sujet des Poules Futées s'était répandue et il y avait eu une avalanche de défections dans les autres agences. Des filles avaient entendu parler de la couverture santé et de l'épargne-retraite. Résultat, Marcus et Jan n'avaient que l'embarras du choix.

« De toute façon, reprit-il, c'est ridicule.

– À ton avis, avec combien de types elle a déjà couché ? » demanda Jan. C'était une question de pure forme et Marcus se contenta de hausser les épaules, en s'appuyant contre la voiture. «Presque trente! Trois depuis son divorce.

– Ce serait trop bizarre.» Cette union entre le privé et le professionnel l'avait désarçonné. «Regarde ce qui s'est passé avec la boutique. Tu ne voulais plus être son associée.

– Je ne plaide pas sa cause. Je lui ai juste promis de t'en parler. Elle me faisait tellement de peine dans ce lit d'hôpital, couverte de boue thérapeutique.

– On pourrait lui prêter de l'argent, tout simplement.»

Jan expliqua à son mari que Plum avait refusé le prêt qu'elle lui proposait. Alors, il dit qu'il allait réfléchir.

On était maintenant en avril et Marcus gérait cette affaire depuis l'automne. Toutefois, les mois écoulés ne l'avaient pas immunisé contre la gêne qu'il éprouvait chaque fois qu'il avait une discussion franche avec quelqu'un, autre que son épouse, au sujet du sexe. Aussi était-il plus qu'embarrassé quand il demanda à Plum si ça l'embêtait qu'on lui urine dessus. Ils étaient assis dans le bureau des Poules Futées, une semaine après l'accident. Elle portait un jean et un pull en V bleu, moulant, qui soulignaient sa silhouette retrouvée. Les jambes croisées, les bras aussi, elle le regardait droit dans les yeux.

«Est-ce que ça *m'embête?*

– Es-tu disposée à cela?»

Marcus lui expliqua que certains clients s'offraient au prix fort des pratiques sexuelles de plus en plus pittoresques, et les golden showers constituaient un à-côté lucratif pour une personne prête à transcender ce tabou. En attendant la réponse de Plum, il se souvint d'un anniversaire de Nathan auquel elle avait assisté, dans le jardin des Ripps. Nathan fêtait ses six ans et il était déguisé en dinosaure pour l'occasion. Marcus avait d'ailleurs une photo de lui, prise ce jour-là, quelque part dans un tiroir. Plum était restée pour les aider à tout ranger. Elle était superbe avec son chemisier vert vif et son pantalon jaune pâle, et ses cheveux bruns brillants. Marcus avait eu moins de mal à lui parler cette fois-là.

« Et toi ?

– Franchement, ce n'est pas mon truc. Mais j'ai besoin de savoir car il y a des clients qui paient un supplément pour ça. »

En temps ordinaire, Marcus ne se serait pas lancé dans ce genre de révélations au cours d'un entretien d'embauche, mais il faisait de son mieux pour mettre Plum à l'aise.

« Alors ? demanda-t-il.

– Je crois que je n'ai pas envie d'aller jusque-là. »

Si ça n'avait tenu qu'à lui, cette entrevue n'aurait jamais eu lieu, mais Plum avait insisté. Il n'était pas indifférent à la mauvaise passe qu'elle traversait en ce moment et si elle était disposée, de son plein gré (pour Marcus, c'était suprêmement important), à se lancer dans ce genre d'activité, il aurait été hypocrite, se disait-il, de lui refuser l'opportunité. D'ailleurs, elle avait déjà accepté diverses autres perversions, dont les exhibitions entre femmes, le suçage d'orteils, les menottes, le fouet, les godemichés et les rapports sexuels avec des personnes ayant d'autres opinions politiques qu'elle. Voilà pourquoi il était légèrement surpris par ses réticences à l'idée de se faire uriner dessus. Mais il refusait de la juger et il se contenta de le noter dans le bloc posé sur ses genoux. Puis il ajouta : « Tu n'es pas obligée de faire ça.

– Je sais.

– Tu pourrais trouver un autre travail. »

Plum semblait ne pas savoir quelle attitude adopter. Elle décroisa les jambes, les recroisa dans l'autre sens, puis se pencha en avant.

« Marcus, quand tu étais au chômage et que tu cherchais du travail, est-ce qu'il y avait beaucoup d'offres d'emploi ? Pour un boulot qui te plaise, je veux dire. Un boulot que tu serais heureux de faire ? »

Marcus fit mine de réfléchir, bien qu'il connaisse déjà la réponse. « Plum…

– Oui, je *veux* faire ça. Même si ça ne m'amuse pas. » Elle ponctua cette phrase d'un petit rire sec. « J'ai besoin d'argent, et à ce stade… » Elle n'alla pas au bout de sa pensée. « Tu veilleras à ce qu'il ne m'arrive rien, hein ? » Marcus hocha la tête en essayant de paraître le plus rassurant possible. « Je veux dire… tu filtres les… comment tu les appelles ?… les clients ? » Marcus hocha la tête de nouveau. « Je le ferai une fois et si ça se passe mal, je pourrai toujours me suicider. »

Plum simula un sourire en disant cela et Marcus s'efforça de rire, mais on aurait plutôt dit qu'il se raclait la gorge.

Sur le ton de la conversation, qui prit Marcus au dépourvu, Plum demanda si Atlas était au courant de ses activités.

« Personne ne sait. » Cette réponse sembla la satisfaire. « Sait-il ce que *tu* fais ?

– Tu plaisantes ? »

La réaction outrée de Plum lui rappelait la sienne quand il avait bifurqué sur cette route. Tout comme cette bâche de jovialité rentrée dont elle la recouvrait. Ce qui lui rendait Plum bien plus sympathique que du temps où elle était l'associée de Jan.

« Tu veux savoir autre chose ? » demanda-t-elle.

Marcus se demandait combien de temps elle garderait cette façade. Les circonstances qui l'avaient conduite à ce stade critique n'avaient rien de drôle, mais il savait que cette femme n'était pas dénuée d'humour, et cette situation semblait ridicule. Après tout, Plum avait connu Marcus simple employé et propriétaire d'une maison à Van Nuys, un homme dont le comportement le plus excessif consistait à rouler parfois seul dans la voie réservée au covoiturage. Il sentait que l'angoisse la rongeait. Tandis qu'il l'observait, elle laissa échapper un petit rire.

« Bon, dit-il. Et le faire, toi ? demanda Marcus en tapotant sur son bloc avec son stylo.

– Faire quoi ?

– Le truc dont on parlait. Tu sais bien… » Il n'aimait pas employer le jargon de la profession, sauf quand c'était indispensable. « Le truc du pipi…

– Non, je ne pense pas. »

Marcus écrivit de nouveau sur son bloc. L'un et l'autre faisaient de leur mieux pour faire comme si cette conversation n'était pas gênante.

« C'est toi qui vois », dit-il. Il sortit d'un tiroir de son bureau une feuille qu'il lui tendit. « Lis ça et signe. Ça indique que tu fais de ton plein gré tout ce qui est de nature sexuelle. »

Plum signa le document. Il fut décidé qu'elle commencerait dans quelques jours.

« Jan t'a parlé du club de lecture ?

– Non. »

Des ondes de tension montaient du cou de Plum jusqu'à sa mâchoire et ses joues. Elle se mordilla la lèvre.

« Notre philosophie, c'est de créer un environnement rassurant et humain… Alors, on a pensé qu'un club de lecture serait une bonne idée. En ce moment, elles lisent *Anna Karénine.*

– J'irai l'acheter.

– Oh, une dernière chose, dit-il. Si tu décides de continuer, tu n'es pas obligée, mais si tu continues…

– Je continuerai.

– OK. Si tu dois parler de moi devant une ou plusieurs de tes collègues, je m'appelle Breeze. »

Cette fois, le barrage céda et Plum éclata de rire. Marcus fut déconcerté tout d'abord, puis très vite, il devina que ce rire provenait de la gêne provoquée par cette situation. Ils avaient courageusement réussi à évoquer l'inimaginable diversité des permutations de la sexualité humaine, malgré le fait qu'il était le mari de son ancienne associée, et elle quelqu'un avec qui il avait joué au Scrabble. Mais en déclarant qu'il se faisait appeler Breeze, il lui avait visiblement porté le coup de grâce et maintenant, son rire se déversait sous forme de torrents qui la privaient d'oxygène et la laissait suffocante.

Marcus l'observa avec un sourire blafard. Même s'il réussissait à incarner ce rôle avec une certaine efficacité, il ne perdait jamais de vue son côté foncièrement incongru. Il comprenait parfaitement la réaction de Plum. Certes, il la trouvait légèrement excessive et plus qu'un peu condescendante, mais il attendit patiemment que le rire reflue.

« Désolée, dit-elle en reprenant sa respiration, avant de lâcher une dernière salve de gloussements nerveux. C'est juste que…

– Je sais. »

Il essaya de la rassurer en agençant ses traits de manière à suggérer la probité. Plum semblait incapable de croiser son regard. Marcus avait l'impression d'être un acteur qui ne savait plus son texte sur scène. Il lui dit qu'il devait la prendre en photo pour le site des Poules Futées, afin que les clients aient une idée de ce pour quoi ils payaient. L'évocation des détails pratiques aida Plum à calmer son système nerveux. Elle songea aux images d'Internet, une configuration de pixels et d'octets, disponible, éternelle et compromettante. Plum n'était pas du tout enthousiasmée par cette perspective, mais Marcus parvint à l'apaiser en lui annonçant qu'il n'était pas nécessaire de faire apparaître son visage. Un grand nombre de ses collègues, lui expliqua-t-il, choisissaient de mettre en valeur ce qu'elles considéraient comme leurs meilleurs atouts physiques et de confier le reste à l'imagination du consommateur. Plum dit que ça lui convenait très bien.

« Plum… sincèrement… Tu es sûre que… »

Elle leva la main comme pour arrêter la circulation ; elle ne voulait plus qu'il lui pose cette question. Ses yeux se plissèrent comme des cercueils qui se ferment. « Je *veux* le faire. »

Marcus lui donna de l'argent pour acheter de la lingerie et lui demanda de se choisir un pseudonyme. Après quoi, Kostya la photographia, un peu plus tard dans l'après-midi. Les images se retrouvèrent sur Internet le soir même, à côté du nom Verlaine, choisi en hommage au poète.

Ce soir-là, alors que Marcus était assis sur le canapé dans le salon, en train de regarder un match de base-ball, Nathan entra après avoir pris une douche. Il portait un pantalon de pyjama en tissu écossais et un T-shirt de Sea World. Il s'assit à côté de son père et celui-ci passa sa main dans ses cheveux encore mouillés. Il lui demanda s'il avait fini ses devoirs et le garçon répondit par l'affirmative. Marcus consulta sa montre. Il était un peu moins de neuf heures. Nathan ne se couchait qu'à neuf heures et demie et Marcus se réjouit de pouvoir passer un petit moment avec son fils.

Ils regardèrent le match pendant quelques instants, puis Nathan qui n'aimait pas le silence, sauf quand il se concentrait sur un jeu vidéo, se tourna vers son père pour demander : « Tu as passé une bonne journée ? »

Sa journée avait consisté à organiser vingt-sept rendez-vous pour son personnel et à engager l'ancienne associée de son épouse comme prostituée.

« Super, dit-il.

– Tu te souviens du discours que tu as fait à ta *bar mitsvah* ?

– Je n'ai pas fait de *bar mitsvah*. Je ne suis pas juif, je te le rappelle.

– Ah oui, j'oubliais. »

Nathan le savait pourtant, mais il était fatigué et son cerveau avait atteint l'endroit où les forces qui tentaient de l'arrêter pour la nuit affrontaient les éléments les plus tapageurs qui voulaient prolonger la journée encore un peu. Marcus lui demanda où il en était dans son discours et Nathan répondit qu'il n'avait pas encore commencé. Il ne voulait pas le bâcler car ce serait la seule fois où il pourrait exprimer devant une assemblée d'adultes son point de vue sur un sujet important. « Tu feras un discours toi aussi, hein ? »

Marcus confirma qu'il ferait un discours, en effet, bien que cela lui soit totalement sorti de la tête. Jan et lui allaient devoir se présenter devant la communauté avec leur fils et charger le maximum de sagesse parentale sur le disque dur de Nathan. Alors que le discours de l'enfant, au cours de cette cérémonie, se limitait généralement à un commentaire d'un passage de la Bible, celui de chaque parent était censé être une bénédiction du fils ou de la fille, de sages conseils destinés à allumer les fusées de leurs jeunes âmes pour les lancer dans une direction déiste, dont on supposait qu'elle les conduirait vers une existence heureuse et enrichissante. Alors qu'il regardait le teint clair de Nathan, épargné par le jardin d'acné qui fleurissait sur les visages de plusieurs de ses camarades, Marcus blêmit en songeant à l'absurdité de la chose : lui se levant pour expliquer à son fils comment vivre sa vie.

« Je veux vous parler des danseuses, à tous les deux. »

Ils levèrent la tête et découvrirent Lenore sur le seuil du salon, en survêtement rose et en nage après son entraînement. Elle but une gorgée de boisson énergisante.

« Eh bien, quoi ? demanda Marcus.

– Nathan en aura besoin pour sa *bar mitsvah*, pas vrai, petit ?

– Je sais pas, dit le garçon. Je crois. Hein, papa ?

– À quoi pensez-vous ? demanda Marcus.

– À des filles de l'école. Elles ont besoin de travailler, et puisque de toute façon vous allez engager des danseuses…

– C'est des strip-teaseuses ? demanda Nathan.

– Je crois que deux d'entre elles le sont, répondit Lenore. Mais ce sont des filles très gentilles.

– Des strip-teaseuses à ma *bar mitsvah*? »

Nathan se tourna vers Marcus, une fois de plus. Son cerveau de garçon de presque treize ans ne savait pas trop quoi faire de cette opportunité.

« J'en parlerai avec maman, dit Marcus.

– Elles ne feront pas de strip-tease lors de la *bar mitsvah*, précisa Lenore. Et vous êtes mal placé pour vous inquiéter de ça », ajouta-t-elle en s'adressant à Marcus.

Ce dernier capta le regard de son fils, celui qui demandait : « Qu'est-ce qu'elle veut dire ? »

« Merci pour votre suggestion, Lenore. »

Marcus avait dit cela d'un ton neutre, mais il espérait que cela la ferait taire. Sa belle-mère sourit d'un air crispé. Marcus sentit qu'elle avait conscience d'être allée trop loin. Quand elle eut quitté la pièce, le père et le fils reportèrent leur attention sur la télé. Après quelques instants de silence, ils commencèrent à commenter le match.

18

Plum aborda sa première incursion dans sa nouvelle existence, sous le nom de Verlaine, à la manière d'un artiste qui se prépare à réaliser une performance. Elle choisit un rouge à lèvres et un fard à paupières qu'elle n'aurait pas portés en temps normal, puis elle ébouriffa ses cheveux dans une discrète évocation d'abandon. Debout devant le miroir fixé à l'intérieur de la porte de sa penderie, elle passa en revue plusieurs choix vestimentaires. Il lui fallut presque une heure pour sélectionner sa tenue.

Marcus n'avait pas voulu envoyer Plum rencontrer un client qui faisait appel à leurs services pour la première fois; elle allait voir un homme d'affaires italien, en ville pour vendre d'énormes quantités de fruits secs à une chaîne de supermarchés américains. Il aimait faire des expériences et une néophyte lui convenait parfaitement. Marcus avait précisé à Plum qu'à sa connaissance, ce client n'avait pas de penchants insolites, ce qui lui permettrait de prendre ses marques de manière aussi paisible que possible.

Après avoir opté finalement pour un jean griffé et un chemisier blanc par-dessus un caraco, elle enfila une paire de chaussures à talons hauts et examina le résultat. Pas mal. Sur ce, elle avala un Valium.

Marcus avait récemment engagé plusieurs nouveaux chauffeurs, et l'un d'eux, Jerry Cakes, un postier à la retraite aux manières paternalistes, était de service ce soir-là. Le minivan stationnait à proximité de Shining City et trois Poules Futées bavardaient gentiment à l'arrière quand Plum se hissa sur le siège avant. Deux avaient en main *Anna Karénine*, pendant que la troisième consultait les Cliff Notes[1]. Plum se présenta sous le nom de Verlaine. Cadee, Mariah et Xiomara/Jenna la saluèrent d'un ton affable, avant de reprendre leur discussion, qui concernait les difficultés rencontrées par Xiomara/Jenna pour empêcher son petit ami de découvrir qu'elle n'était pas réellement aide-soignante.

Plum écouta cet échange et les observa, pendant que Jerry Cakes roulait en direction de l'autoroute. Elle lui était reconnaissante de ne pas essayer d'engager la conversation. Elle s'étonnait qu'aucune de ces filles ne soit immédiatement identifiable comme prostituée. Elles auraient pu, tout aussi bien, se rendre à leur travail dans un salon de l'auto quelconque. Leur apparence était sexy, mais sans outrance, et Plum songea que, selon les critères de l'Occident en déclin, ses nouvelles collègues faisaient preuve d'un relatif bon goût. Toutes se rendaient dans divers hôtels situés du côté ouest de Los Angeles, où elles contribueraient à huiler les rouages de l'économie mondiale.

Les jours avaient rallongé et le ciel de ce début de soirée avait la couleur violacée d'un coquard, tandis que le minivan roulait vers le sud en traversant Sepulveda Pass.

---

1. Manuel contenant commentaires et analyses sur les œuvres littéraires.

Plum se sentait nerveuse, malgré le Valium avalé une heure plus tôt. Ses paumes étaient moites, alors elle les essuya sur son pantalon, en espérant que personne ne la voie. Elle avait la bouche sèche ; heureusement, elle avait eu la présence d'esprit d'emporter une bouteille d'eau dans son sac, avec les préservatifs (même si les clients proposaient de payer un supplément si on ne les obligeait pas à en mettre, Marcus insistait pour que son personnel pratique le sexe sans risques).

Plum se laissa aller à repenser aux autres fois où elle avait pris la direction de l'aéroport. Il y avait les séjours chez sa belle-famille dans le Wisconsin et ses voyages avec Atlas au Mexique. Ils étaient allés à Cabo et à Puerto Vallarta, et une fois au Club Med à Ixtapa. Elle avait l'impression de se remémorer la vie de quelqu'un d'autre. La circulation était dense sur l'autoroute à cette heure, mais pour une fois, elle s'en moquait. Elle n'était pas pressée d'arriver.

Alors que les autres filles continuaient à bavarder à l'arrière, elle regardait défiler à travers la vitre les panneaux de sortie : Olympic, Jefferson, puis Century, où le van quitta l'autoroute, et Plum sentit son cœur se soulever. Au bout de quelques instants, Jerry Cakes s'arrêta devant l'hôtel, un monolithe de neuf étages. Il lui indiqua un numéro de chambre et précisa qu'il reviendrait la chercher deux heures plus tard.

Plum traversa le hall et se dirigea vers les ascenseurs situés au fond. L'éclairage lui semblait étonnamment violent et elle gardait les yeux fixés devant elle, avec détermination, de crainte que la raison de sa présence ici ne se dévoile si elle croisait un regard. À la réception, des voyageurs fatigués faisaient la queue à côté de leurs bagages, en attendant qu'on leur donne une chambre. Un jeune Noir à la peau claire, vêtu d'un élégant costume gris, lui sourit quand elle passa. Plum eut envie de lui rendre son sourire, mais elle était trop soucieuse de conserver une attitude normale pour faire quoi que ce soit de normal. Elle se demanda à quoi ressemblait l'homme avec qui elle avait rendez-vous.

Plum attendit devant la rangée d'ascenseurs. Seule pendant un instant, elle espérait ardemment effectuer la montée en solo avec ses pensées, planant au-dessus de tout ça. La présence des autres la rattachait à la réalité ; une chose dont elle aurait pu se passer. Elle priait pour qu'une des portes s'ouvre, mais tout ce qui résulta de ses efforts fut l'apparition de deux types qu'elle entendit parler dans son dos. Elle jura en silence ; sa solitude avait volé en éclats. Ils discutaient d'une réunion qu'ils venaient d'avoir, pour savoir si elle s'était bien passée. Plum essaya de les ignorer. Les ascenseurs étaient lents. Quelqu'un lui tapota l'épaule. Elle se retourna et découvrit le visage souriant d'un homme.

« Excusez-moi, lui dit-il. Connaissez-vous un bon restaurant par ici ? »

Celui qui venait de parler était un Blanc, de taille moyenne, avec une fine moustache. Son compagnon était plus grand, plus costaud, et blanc aussi. Ils semblaient avoir à peu près son âge et tous les deux portaient un costume strict. Elle répondit qu'elle ne connaissait pas les restaurants du coin. La porte d'un ascenseur s'ouvrit et elle entra, suivie des deux hommes. Elle se demanda s'ils avaient deviné ce qu'elle faisait dans cet hôtel.

Elle appuya sur le bouton du huitième étage, puis recula vers le fond, en regardant droit devant elle, pendant que le plus grand des deux hommes appuyait sur un autre bouton.

« Vous êtes d'où ? » demanda celui qui voulait connaître les bons restaurants.

Plum mit un moment à s'apercevoir qu'il s'adressait à elle.

« San Francisco », répondit-elle, ce qui était exact.

« Vous êtes ici pour quoi ?

– Pour affaires. » Il ne pouvait pas la fermer ! Elle sentait son estomac se nouer.

« Ça vous dirait de venir dîner avec nous ? »

Elle crut le voir adresser un clin d'œil à son ami en disant cela.

« Merci, mais j'ai du travail. »

Dieu merci, la porte de l'ascenseur s'ouvrit et les hommes sortirent, en lui souhaitant bonne chance. Que voulaient-ils dire par là ? Elle entendit leurs rires résonner dans le hall quand la porte se referma, la laissant seule de nouveau. Elle ferma les yeux et expira par le nez. Bonne chance ? Elle regarda son reflet dans le miroir fixé près de la porte. Elle n'aimait pas l'éclairage de l'ascenseur et elle espérait que son client ne verrait pas d'inconvénient à ce que les choses se passent dans l'obscurité.

La porte s'ouvrit au huitième étage et Plum sortit. À son grand soulagement, le couloir était désert. Elle cherchait la chambre 916. Un panneau sur le mur indiquait la direction des chambres 900 à 920. L'espace d'un instant, elle songea à retourner dans l'ascenseur, redescendre dans le hall et appeler un taxi. Mais elle suivit la flèche.

Beppo Molinari venait de Rome et il se rendait en Amérique trois fois par an. Il raconta tout cela à Plum en remplissant pour la deuxième fois sa flûte avec du champagne bon marché dont elle espérait qu'il ne lui donnerait pas la migraine. Il avait des cheveux argentés très courts, un visage épais et un nez proéminent sur lequel reposaient des lunettes à monture métallique. Elle lui donnait une cinquantaine d'années et se disait qu'il aurait presque été beau sans ces deux dents de lapin qui, aux yeux de Plum, désamorçaient l'accent italien (qu'elle aimait bien).

Beppo s'assit sur le grand lit. Il portait un pantalon noir et une chemise rose pâle avec des boutons de manchette en nacre. Plum souriait pour masquer sa nervosité. Ils étaient assis côte à côte depuis dix minutes, et il lui avait déjà parlé de son épouse, avec laquelle il avait des relations conventionnelles une fois par mois, et de ses deux fils, qui avaient une vingtaine d'années et vivaient encore à la maison, ce qui, paradoxalement, le réjouissait et le désolait. Plum appréciait son côté humain.

« Assieds-toi là », dit Beppo en tapotant sa cuisse. Son ton était doux. Plum se leva pour glisser sur ses genoux. Mais ce n'était pas le mouvement qu'attendait Beppo. Il déposa sa flûte sur la table de chevet. Il prit celle de Plum et la posa à côté de la sienne. Puis il lui souleva la jambe par-dessus sa tête à lui et elle faillit tomber à la renverse ; une maladresse qui les fit rire tous les deux (lui, de joie ; elle, de honte). Quand il eut fini d'agencer ses membres, elle se retrouva à califourchon sur ses cuisses, face à lui, le cœur battant. Il défit le premier bouton de son chemisier et promena horizontalement le bout de ses doigts sur son sternum, en touchant à peine sa peau. Plum frissonna. Elle se demanda s'il y avait quelque chose dans son réfrigérateur, se consolant à l'idée qu'elle serait bientôt moins fauchée.

Plum n'aimait pas cette position, alors elle se décolla des genoux de Beppo et lui annonça qu'elle revenait tout de suite. Elle ne voulait pas marcher trop vite jusqu'à la salle de bains et elle pensa à lui sourire par-dessus son épaule avant de disparaître. Une fois seule, elle s'aspergea le visage d'eau froide, sans se soucier de son maquillage. Il fallait qu'elle se calme.

« Tout va bien ? s'écria Beppo.

– Super ! »

Elle appuya un gant sur son visage humide et regarda son reflet. La tension qui l'habitait n'était pas visible. Elle pouvait expliquer à Beppo qu'elle ne se sentait pas bien, lui rendre ses trois cents dollars (il l'avait payée dès qu'elle était entrée) et partir. Mais pour faire quoi ? Elle ne voulait pas d'un boulot ordinaire. Elle serait obligée d'admettre la seule chose mortelle pour un artiste : elle-même était une personne ordinaire. Son désir inébranlable d'être considérée comme une force créatrice venait du refus de mener une existence conventionnelle et son plus grand regret n'était pas d'avoir échoué dans la carrière qu'elle avait choisie, mais de n'avoir même pas réussi à rejeter les conventions. Elle s'en voulait à mort d'avoir épousé Atlas, de vivre à Reseda, d'avoir trahi ses aspirations de jeunesse. Les artistes repoussaient les limites, brisaient les tabous, allaient à la catastrophe. Untel était un junkie, tel autre avait poignardé sa femme, celui-ci versait du rhum dans ses corn-flakes, avait eu mille conquêtes, avait trahi son pays. Tout nourrissait la vie créative. *Tout.* Elle retourna dans la chambre.

Beppo sourit en la voyant, ce qui fit ressortir son problème de dentition. Plum savait que ces dents n'auraient aucune chance au sein de la communauté orthodontiste de Los Angeles. Ses considérations sur les dents de Beppo cessèrent quand elle s'aperçut qu'il avait ôté son pantalon et caressait une impressionnante érection non circoncise. Elle ressentit une poussée de détresse, d'indignation ; le décorum de la séduction avait été totalement anéanti. Mais elle se rappela très vite que le rythme était celui imposé par le client. Il avait parfaitement le droit de faire ce qu'il voulait. Elle était là pour ça.

« S'il te plaît, Verlaine. Déshabille-toi. »

Plum hésita un instant, en songeant au léger renflement qui persistait sur son ventre et aux traces de cellulite sur l'arrière des cuisses. Comment une femme qui approche de la quarantaine, qui a eu un seul partenaire sexuel pendant quatorze ans, peut-elle se déshabiller debout au milieu d'une pièce face à un parfait inconnu, fût-il aussi charmant que Beppo Molinari ? Plum repensa aux cours de dessin pour lesquels elle avait posé : son corps s'était trouvé réduit à un ensemble de formes tracées au fusain ; des abstractions modulaires dépourvues de toute signification propre. Elle revit ce tableau de Manet dont elle avait parlé avec Jan : une courtisane allongée sur le flanc, observant langoureusement le spectateur, à la fois hautaine et lubrique. Cette femme n'était pas svelte, loin de là, et son image avait enchanté les amateurs d'art pendant plus d'un siècle. Plum aurait aimé être une peinture, admirée, source d'inspiration, et de débats pour les érudits.

Reportant son attention sur Beppo, elle ouvrit son chemisier et le laissa glisser jusqu'à terre. Puis elle ôta son caraco. Elle déboutonna son jean, soulagée de se sentir moins serrée, mais craignant tout à coup de ne pas avoir suffisamment maigri. Elle jeta un coup d'œil derrière elle et vit Beppo frotter ses jointures contre la colonne de chair de son pénis, avec un grand sourire. Quelles que soient les imperfections qu'il avait pu relever chez elle, il s'en fichait visiblement. Il semblait apprécier sa culotte violette et son soutien-gorge assorti. Elle prit soin de rentrer son ventre et espéra qu'il ne verrait pas les vergetures sur ses cuisses. Telle une nageuse face à un océan glacé, désireuse de s'attaquer à l'épreuve qui l'attend, elle enleva rapidement sa culotte et détacha son soutien-gorge. Elle était nue au centre de la pièce maintenant. Elle se tourna vers lui. Le sourire de Beppo avait fait place à une expression de concentration paisible. N'ait été son érection prononcée, il aurait pu se préparer pour un récital de piano. Plum savait ce qui était censé se passer ensuite, mais elle ne savait pas comment, précisément, passer à l'acte. Beppo sortit un préservatif de sa poche de chemise. Il le lui tendit en disant: «S'il te plaît.» Plum déballa le préservatif, en empêchant ses mains de trembler. Puis elle le plaça sur Beppo et le déroula: une infirmière qui administre un soin. Beppo lui indiqua qu'il était prêt. Il battit des paupières quand elle glissa sur lui et sa tête bascula en arrière. Plum ferma les yeux et commença à dresser la liste des courses. Elle n'en était qu'au pain complet, au yaourt et aux mini-carottes quand elle sentit quelque chose se refermer sur son sein droit. Ouvrant les yeux, elle découvrit Beppo qui suçait son téton d'un air extatique. Trois secondes plus tard, elle le sentit frémir. Avec la rapidité du serpent, il la saisit par les hanches et la souleva.

«Je suis éjaculateur précoce», déclara-t-il.

Dieu soit loué, pensa Plum. Ça n'avait pas duré trente secondes. «C'est fini?» Elle se voyait déjà dans l'ascenseur.

« Non, non, Verlaine. On s'est arrêtés à temps. »

Beppo se plia en deux, pour tenter d'apaiser ses hormones rebelles. La déception de Plum était énorme.

Une fois calmé, Beppo prit la télécommande et trouva une chaîne d'infos où un correspondant coiffé d'un casque, avec un gilet pare-balles, faisait un commentaire sur une base militaire balayée par le vent. Puis il se mit à quatre pattes. Au bout d'un moment, il regarda par-dessus son épaule.

« Fesse-moi, Verlaine. »

Son cœur s'emballa. Enfin quelqu'un qui jouait sa partition. Plum maintint un rythme soutenu sur les fesses de Beppo durant les vingt minutes suivantes, pendant que Beppo se masturbait et zappait tour à tour, jusqu'à ce qu'il finisse par exploser durant le générique d'une série médicale très populaire.

Plum n'aimait pas faire l'amour avec un inconnu, même aussi bien intentionné que Beppo. Mais être payée pour infliger un châtiment corporel léger ? Voilà une chose à laquelle elle pourrait s'habituer. Et c'était un métier. Lorsqu'elle monta dans l'ascenseur, Plum sut qu'elle avait trouvé sa vocation.

Elle serait dominatrice.

Les Poules Futées ne proposaient pas encore ce service, et Marcus et Jan se firent une joie d'ajouter la spécialité de Plum sur le site Internet, où désormais elle serait connue sous le nom de *Maîtresse* Verlaine. Marcus craignait que la spécialité de Plum, sorte de sous-catégorie, ne marche pas très fort, mais si elle était disposée à courir le risque, il était prêt à fournir son égide. Plum obtint une nouvelle carte de crédit auprès d'un des nombreux organismes de prêt toujours disposés à servir les consommateurs compulsifs et elle se rendit dans une boutique érotique de Sunset Boulevard où elle fit une razzia. Elle remplit son caddie de bustiers cloutés, de chaînes, de fouets, de bâillons, de colliers de chien, d'un tas d'articles en Lycra et en latex, et d'une paire de bottes noires en vinyle avec des talons qui ressemblaient à des armes mortelles. Puis elle appela Jan et ensemble elles travaillèrent sur le relookage de sa page web. Vêtue de son nouvel uniforme, Plum regardait l'objectif avec une expression capable de transformer un grain de muscat en raisin sec. À côté de cette image d'une sexualité féroce, la légende disait : *Maîtresse Verlaine veut savoir si vous avez été un vilain garçon. Impossible de résister à ce que vous désirez le plus. Je sais ce qu'il vous faut…*

Les réservations furent immédiates, à défaut d'être considérables. Mais Plum visait un marché de niche ; son entreprise ne reposait pas sur le volume. Elle s'attacha à sa nouvelle profession comme un golden retriever qui a repéré un écureuil. Si donner des ordres provoquait une excitation sexuelle, les voir exécuter touchait au sublime. Des années de frustrations furent balayées. Son agressivité avait enfin trouvé un exutoire, à la fois adapté et rémunérateur. Plum n'avait jamais été plus heureuse. Ses services étaient coûteux et il y avait suffisamment de travail pour qu'en un seul mois, elle ait gagné plus d'argent que dans toute sa vie.

19

L'été fut un enfer, plus chaud encore que le précédent. Les embouteillages paralysaient les routes, semblables à de longs doigts de métal incandescents qui brûlaient des océans d'essence. Des nuages de fumée toxique s'élevaient vers le ciel marron. Des incendies ravageaient les forêts au nord de la San Fernando Valley et les prairies à l'ouest, laissant dans leurs sillages d'immenses andains calcinés. Mais la maison des Ripps était rafraîchie par les quatre nouveaux climatiseurs qu'avait achetés Marcus et la température à l'intérieur était très agréable. Maintenant que les ennuis financiers de l'année précédente étaient effacés, Nathan put se rendre en camp d'été. Lenore fut chargée de gérer l'entreprise, avec Kostya, pendant que Marcus et Jan partaient en vacances à Ojai, où ils assistèrent à un festival de théâtre, à un concert de musique classique et décompressèrent pendant une semaine.

Au cœur de l'été, Plum avait entre quatre et six rendez-vous par semaine, chez des particuliers ou à l'hôtel. Elle comprit que pour développer son entreprise, elle avait besoin d'un lieu à elle, mais elle ne voulait pas avoir affaire à des voisins trop curieux, ce qui excluait d'aménager son garage-atelier. Après enquête, Plum rencontra dans le secteur Maîtresse Anita, une dominatrice latina qui avait son donjon au-dessus d'un Jamba Juice[1] à Colver City, qu'elle souhaitait sous-louer. Marcus accepta de payer le loyer, en échange d'un pourcentage un peu plus élevé sur les bénéfices.

Le donjon était décoré dans le style médiéval standard, avec un chevalet, des fers et une cellule pour se détendre. Maîtresse Anita avait même pris la peine de poser du papier peint qui imitait un mur de château humide. Un trône était posé sur une estrade, au-dessus d'une table chargée de pinces, de godemichés et de chaînes en tous genres. La première chose que fit Plum fut d'installer une caméra cachée. Elle avait réfléchi à un projet d'œuvre vidéo et cela lui fournirait un matériel abondant. Une galerie de Tokyo avec laquelle elle avait correspondu s'était dite curieuse de voir le travail achevé.

Une nuit du mois d'août, Marcus ne parvint pas à trouver le sommeil. Alors qu'il se préparait une tisane dans la cuisine, il constata qu'il avait laissé son BlackBerry sur la table. Il avait oublié de l'éteindre et l'appareil vibrait. Il fit défiler ses messages et s'arrêta sur celui d'un certain MannishBoy24. Qui était-ce ? Il l'ouvrit pour le lire : *Breeze, laisse tomber le bizness avant d'avoir des ennuis.*

Fut un temps où le fait de recevoir des menaces par e-mail en pleine nuit l'aurait mis dans tous ses états. Mais l'argent engendre une sorte d'invincibilité. Qui cela pouvait-il bien être ? Un ancien employé mécontent ? Il n'avait

1. Chaîne de restauration spécialisée dans les jus de fruits.

pas envisagé qu'il puisse y en avoir. Il effaça le message avec mépris. Puis il but son infusion à petites gorgées en lisant le cahier économie du journal de la veille. Un gros titre attira son attention :

PRIMUS REÇOIT LE TROPHÉE
DU MEILLEUR BUSINESSMAN DE LOS ANGELES

Roon Primus, PDG d'Ameri-Can Industries, a été choisi pour recevoir cette prestigieuse récompense en l'honneur de ses activités philanthropiques. Primus siège dans les conseils d'administration du City of Hope Hospital, de l'American Cancer Society, de la Southern California Architectural Preservation Association et de l'ASPCA. C'est le gouverneur de Californie qui lui remettra ce trophée.

Marcus n'alla pas plus loin. Au lieu de l'énerver, cet article eut un effet apaisant. Si Roon jouissait de l'adulation d'un public crédule, Marcus, lui, se débrouillait très bien tout seul. Il n'avait pas besoin d'un banquet. Pouvoir faire des dons suffisait à son bonheur. Certes, il aurait sans doute aimé être honoré pour ses bonnes actions, mais ce n'était pas une chose que son ego réclamait. Et il devinait que ça n'arriverait jamais.

Les préparatifs de la *bar mitsvah* de Nathan avançaient. Elle serait somptueuse, mais de bon goût. Nathan avait appris les prières et il préparait son discours en rédigeant diverses moutures sous la tutelle exigeante du rabbin. Marcus et Jan ne l'avaient jamais vu s'investir autant dans quelque chose, et il semblait avoir franchi un grand pas en avant en relevant le défi de cette préparation. Curieux de savoir ce que leur fils allait dire devant la communauté, ils avaient souhaité jeter un coup d'œil à son discours, mais Nathan préférait leur faire la surprise.

Il était tard, un mardi soir du mois d'octobre, et Marcus était dans la cuisine en train de charger le lave-vaisselle quand il entendit les premières notes de *Misty* à la clarinette. Il monta à l'étage et s'arrêta dans le couloir pour tendre l'oreille. Il apercevait Nathan assis sur une chaise, le dos à la porte, les yeux fixés sur la partition posée sur un pupitre. Son jeu n'était pas très au point techniquement, mais la mélodie sortait de l'instrument avec suffisamment d'émotion pour que Marcus pense que son fils avait peut-être du talent. À la fin du morceau, il ne put s'empêcher d'applaudir. Nathan se retourna et lui adressa un sourire las. On lui avait retiré son appareil dentaire deux jours plus tôt et cette absence effaçait l'aspect légèrement comique qu'avait pris son visage, remplacé par ce qui ressemblait presque à de la beauté.

« C'était très bien. »

Nathan remercia d'un hochement de tête et continua à travailler. Marcus aimait à penser, en se couchant, que son fils était dans sa chambre, à l'abri, vivant la vie qu'il pouvait lui offrir : sûre, douillette, prévisible dans le bon sens du terme. Parfois, il se surprenait à compter les années qui lui restaient à passer avec Nathan, avant que celui-ci parte pour l'université et une nouvelle vie hors de la famille. Un sentiment de profonde mélancolie s'emparait alors de lui. En regardant les boucles brunes sur la tête de son fils, il vit ses pensées bifurquer dans cette direction, aussi s'empressa-t-il de lui dire bonsoir et d'aller dans sa chambre, où Jan, déjà couchée, passait en revue les invitations pour la *bar mitsvah.* Bien qu'un peu atterrée par la lutte que constituait l'élaboration d'un plan de table, Jan était satisfaite que tout se passe bien. Voilà ce que se disait Marcus en se glissant entre les draps mauves. *Des draps mauves ?* Marcus se blottit contre sa femme.

« C'est des draps neufs ?

– En coton d'Égypte. Ne t'en fais, ils étaient soldés. »

En arrivant à la blanchisserie, après avoir déposé Nathan à l'école, Marcus comprit immédiatement que quelque chose n'allait pas. La lumière dans la pièce était étrange. Son regard se porta immédiatement vers le fond. Était-ce une respiration qu'il entendait ? Ou un bruit de pas léger ? Quelqu'un l'attendait ?

« Kostya ? »

Silence. Marcus se dirigea vers le fond, en passant devant le porte-vêtements, et il jeta un coup d'œil dans le bureau. Personne. Ce n'était sans doute rien. Il s'assit dans son fauteuil et alluma l'ordinateur, en faisant rouler plusieurs fois ses épaules pour soulager les muscles du haut de son dos pendant que la machine démarrait. Il cliqua sur l'icône de sa messagerie. Il avait quinze nouveaux e-mails. Il parcourut très vite la liste et fut fort contrarié de voir que MannishBoy24 lui avait écrit de nouveau.

Breeze, je t'ai dit qu'il allait t'arriver un truc pas sympa. La prochaine fois, c'est toi que je vise. Laisse tomber ton bizness et tire-toi en Chine. Apprends à utiliser des baguettes. Si tu restes à L.A., tu vas le regretter.

Marcus se redressa sur son siège. Cet individu, quel qu'il soit, avait fait grimper le niveau de menace de manière exponentielle. Et à quoi faisait allusion ce MannishBoy24 ? Quelle était cette chose qu'il avait faite ? Ses yeux balayèrent la pièce. Tout semblait normal. Soudain, il comprit. Jan ! Il prit son téléphone, en manquant de le faire tomber dans sa précipitation. Elle répondit à la troisième sonnerie.

« Où tu es ? aboya-t-il.

– Je suis à la quincaillerie de Van Ness. » Si elle entendit le soupir de soulagement de son mari, elle ne fit aucune remarque. « Pourquoi ?

– Qu'est-ce que tu fais ? demanda-t-il en essayant de masquer l'angoisse qui l'avait saisi.

– Je choisis des robinets. Tout va bien ?

– Oui, oui, très bien.

– On avait décidé de rénover la salle de bains du bas avant la *bar mitsvah*, non ? Tu étais d'accord.

– Oui, je sais. J'appelais juste pour te dire un petit bonjour. »

Marcus raccrocha et tenta de calmer son système nerveux survolté. Non seulement Jan était en vie, mais elle était en train de choisir des robinets. C'était un soulagement. Il revint vers le devant de la blanchisserie où le soleil réfracté par la vitrine projetait des ombres déchiquetées sur le mur latéral. Marcus n'avait jamais remarqué ces ombres, en dents de scie, grises sur blanc. Son regard glissa du mur vers le plafond, puis vers la vitre, où il découvrit trois impacts de balles. Bizarrement, il ne les avait pas vus en arrivant. Le portrait de Jésus était intact. Moïse aussi. Bouddha idem. Sur le mur derrière le comptoir, Vishnu avait conservé son air contemplatif malgré la balle qui s'était logée près de son troisième œil.

Marcus résista à l'envie de se jeter à terre. Il savait que c'était totalement irrationnel, étant donné que les coups de feu avaient déjà été tirés. Au lieu de cela, il retourna dans son bureau pour relire le message de MannishBoy24. Puis il appela Kostya, qui se rendait chez un fournisseur de matériel de restauration à Anaheim. Il le mit au courant de la situation et lui demanda son avis. Le conseil de Kostya était simple :

« Plaque tout avant de te faire buter.

– Je ne suis pas encore prêt à tout arrêter.

– Alors, achète-toi un flingue, Gangstaboy. »

Marcus s'enfonça dans son fauteuil.

Je ne sais pas si je peux continuer la partie à ce niveau. Mais on a besoin de cet argent. Ce n'est pas comme si je pouvais trouver un boulot. Je ne peux pas acheter une arme. Je n'ai jamais tenu une arme. Et si jamais je dois m'en servir ? Je ne sais même pas si je pourrais la sortir. Et si le coup part tout seul ? Si je me tire dessus ? Est-ce que je suis capable de tirer sur quelqu'un ? Quel effet ça fait ? Pointer un flingue sur quelqu'un et presser la détente, bang ! Et si je le tuais ? Pourrai-je vivre avec ce souvenir ou me torturera-t-il jusqu'à la fin de mes jours ? Que ferait un homme raisonnable ? Suis-je encore un homme raisonnable ? Ces gens ne plaisantent pas. Moi non plus. Je dirige une affaire. C'est comme ça que je gagne ma vie, je ne peux pas me laisser intimider. Il faut que j'agisse, que je montre ma force. Ces gens-là sentent la faiblesse. Comme une odeur. Ils la reniflent. Est-ce que je transpire ? Non, ne transpire pas. Arrête ! Tu peux gérer ça. Calme-toi calme-toi calme-toi. Respire respire respire. Voilà, c'est mieux. Bien. Tu n'es pas obligé d'acheter une arme. Pas pour l'instant, du moins. Dois-je raconter à Jan ce qui s'est passé ? Non, je ne peux pas le lui dire. Est-ce que je la trahis en ne le lui disant pas ? Non ! Je ne peux pas. Je vais régler ça.

Marcus songea à tout ce qu'il avait fait depuis qu'il avait repris cette entreprise, à l'argent qu'il avait gagné. Une bouffée de confiance l'envahit, un sentiment d'autorité proportionnel à sa réussite.

Reportant son attention sur l'ordinateur, il cliqua sur l'icône RÉPONDRE et tapa: *Je ne veux pas me retirer maintenant. Rencontrons-nous pour en parler. J'apporterai la facture pour le remplacement de la vitre.*

Alors que Marcus achetait un poulet au supermarché un peu plus tard dans la journée, son BlackBerry vibra. Il ouvrit immédiatement le message en voyant qu'il provenait de MannishBoy24. Le texte disait: *Viens chez moi ce soir à 9 h. 2438 San Mateo Drive, au nord de Sunset.* Marcus trouvait que c'était une mauvaise idée, pour la simple raison qu'il risquait de se retrouver dans un coffre de bagnole, puis en plein désert avec une balle dans la tête.

Quoi qu'il arrive, il refusait de laisser MannishBoy24 prendre l'avantage. Le bon sens voulait que cette rencontre ait lieu dans un endroit neutre. Il ne voulait pas choisir un bar ni un restaurant, au cas où il serait trop tendu pour boire ou manger. Un lieu en plein air comme un parc ou une place permettrait à MannishBoy24 de filer rapidement une fois son mauvais coup effectué.

Marcus se creusait la cervelle en quête d'un autre décor pour leur rencontre; un endroit où il se sentirait en sécurité. Il commença à tapoter sur le petit clavier, avec son pouce, en se déplaçant pour permettre à une grosse femme vêtue d'un chemisier léopard de passer avec son Caddie. *Chez toi, ça ne va pas. Rendez-vous demain à 16 h…* Il indiqua l'endroit, puis hésita un instant, avant d'ajouter: *N'oublie pas que je sais où tu habites.* Autant que Marcus pouvait en juger, l'adresse indiquée par son correspondant était bidon et tout cela n'était qu'un piège. Mais peu importe, ce qui comptait, c'était que Marcus passe pour un type qui avait des *cojones*.

Après avoir appuyé sur la touche ENVOYER, il réfléchit de nouveau à la question du flingue. MannishBoy24 serait armé. Malgré tout, il n'aimait pas l'idée d'avoir une arme sur lui. Les risques de tragédie étaient colossaux. Et à quoi bon organiser une rencontre s'il devait venir avec une artillerie ? Il résolut ce dilemme en demandant à Kostya de l'accompagner.

Ce soir-là, Marcus réaffirma sa décision de ne pas informer Jan que la blanchisserie avait été mitraillée en guise d'avertissement. Il ne lui dit pas davantage qu'il allait rencontrer le coupable car elle pourrait trouver que cette stratégie laissait à désirer. Aussi fut-il pris au dépourvu le lendemain matin, dans la cuisine, quand elle leva les yeux de ses blancs d'œuf pour lui annoncer qu'ils avaient une réunion parents-professeurs après l'école, à l'heure même où il était censé rencontrer MannishBoy24.

« Je ne pourrai pas y aller. »

Quand Jan lui demanda pour quelle raison, Marcus répondit qu'il devait régler une affaire urgente. Il lui tournait le dos lorsqu'il sortit deux tranches de pain complet du toaster, sur lesquelles il entreprit d'étaler du beurre végétalien. Nathan n'était pas encore descendu pour le petit déjeuner, et Lenore qui avait fumé une herbe particulièrement puissante la veille était encore couchée ; ses ondes cérébrales étaient à peine mesurables.

« Qu'est-ce qui est assez urgent pour te faire manquer une réunion parents-profs ? » Cette question fut accueillie par un silence. Marcus posa les toasts sur une assiette et se servit un verre de jus d'orange.

« Marcus… ?

– J'ai reçu des e-mails…

– Quel genre ? »

Il lui expliqua que quelqu'un voulait que les Poules Futées cessent leurs activités, et il devait rencontrer cette personne en tête à tête. Jan le regarda de travers.

« Et si c'est un flic ?

– Je ne pense pas que la police envoie des e-mails aux personnes qu'elle veut arrêter.

– C'est peut-être un piège.

– Je vais juste rencontrer quelqu'un. Ce n'est pas un piège. Tu n'as pas à t'inquiéter.

– À quel sujet ? demanda Nathan en entrant dans la cuisine.

– Rien », dit Marcus.

Nathan ouvrit le placard, prit ses Cheerios et en versa dans un bol avant de les noyer sous le lait. « Pourquoi est-ce que chaque fois que vous avez une discussion et que je vous demande de quoi il s'agit, la réponse est toujours "rien" ? »

– Tu n'as pas à t'inquiéter pour ça. C'est tout », dit Marcus.

Jan fut partiellement apaisée en apprenant que Kostya accompagnerait son mari, mais elle n'était quand même pas rassurée en le regardant partir.

Color Me Mine était un atelier de poterie situé à Brentwood, dans un mini-centre commercial sur deux étages. Marcus y avait assisté à la fête d'anniversaire d'un des camarades de Nathan, quelques années plus tôt. C'était un endroit fréquenté principalement par des familles et des couples qui entraient et choisissaient des tasses, des assiettes, des pots, des vases ou des bols vierges pour y peindre des motifs colorés. C'était là que Nathan avait fabriqué la tasse en céramique marquée « Papa ». Marcus savait qu'il y aurait foule après l'école. Son adversaire et lui auraient la paix, du moment qu'ils étaient assis à une table avec du matériel d'activités manuelles.

Marcus et Kostya arrivèrent un peu avant seize heures. Kostya examina les lieux et dit à Marcus d'aller s'asseoir seul. Il assisterait à la rencontre de loin, aussi discret que peut l'être un Russe de presque deux mètres avec des dreadlocks. Une fête d'anniversaire se déroulait au même moment, rassemblant une douzaine de fillettes de huit ans, et après avoir choisi la tasse qu'il allait peindre pour Jan, Marcus alla s'asseoir deux tables plus loin. Quatre mères des fillettes et deux nounous hispaniques assistaient à la fête d'anniversaire et certaines d'entre elles les regardaient d'un œil méfiant. Mais Marcus portait des mocassins en cuir souple, un pantalon de toile beige et un pull bleu marine. Il avait tout d'un père de famille à qui le psy avait conseillé de faire une activité manuelle pour oublier ses soucis, et au bout de quelques minutes, elles se désintéressèrent de lui.

Kostya, toujours plein de ressources, avait repéré une offre d'emploi fixée sur la vitre et il s'était installé à une table voisine pour remplir un formulaire d'embauche. Nul ne faisait attention à lui. Marcus disposa devant lui, en arc de cercle, plusieurs petits gobelets en carton remplis de peinture. Il avait toutes les couleurs primaires. Il plongea son pinceau dans le vert et entreprit de badigeonner le côté de la tasse.

« Breeze ? »

Levant les yeux, il découvrit une femme vêtue d'une ample robe à fleurs qui s'arrêtait modestement juste au-dessus du genou. Elle avait la trentaine. Ses épais cheveux couleur miel descendaient jusqu'au milieu de son dos et encadraient un joli visage légèrement hâlé. Elle avait des yeux bleus et ses lèvres étaient à peine enduites d'un gloss rose corail. Ses bottes noires, visiblement très chères, ajoutaient environ deux centimètres à sa modeste taille. Elle tenait une assiette vierge entre ses mains, en souriant. Marcus se demanda si elle faisait partie des mères de l'anniversaire. Mais ne venait-elle pas de l'appeler Breeze ?

« On se connaît ?

– Je suis Malvina Biggs. » Il la regarda d'un air dubitatif. « MannishBoy24... » Marcus faillit lâcher son pinceau. « Je peux m'asseoir ? »

Elle avait un accent anglais dénué de toute caractéristique régionale et sociale. Après s'être assise face à lui, Malvina prit un pinceau, le trempa dans le gobelet de rouge et commença à peindre son assiette. Marcus ne la quittait pas des yeux. Séduisante, dans le style bohème de Los Angeles avec dix cartes de crédit, elle possédait cette assurance caractéristique de ceux qui irradient simultanément le sexe et l'argent.

« Comment dois-je vous appeler ?

– Malvina, ça ira.

– Biggs... Biggs... » répéta Marcus en la dévisageant. Elle avait quelque chose de vaguement familier, mais il n'était pas possible qu'il l'ait déjà rencontrée.

« Je suis la fille de Terry Biggs.

– Sans blague ? »

Malvina sourit. Elle était toujours contente de rencontrer un Américain qui avait entendu parler de son père. Terry Biggs était un acteur britannique rendu célèbre par une série de comédies bouffonnes dans les années 1950 et 1960. Tournées en noir et blanc, avec des titres comme *Pour sûr, m'sieur l'agent, Pour sûr, monsieur le Premier ministre,* et l'immortel *Pour sûr, madame l'infirmière,* elles avaient fait sensation dans le Commonwealth et étaient demeurées totalement inconnues partout ailleurs. Une rétrospective avait été organisée à Berkeley et Marcus avait aimé plusieurs de ces films, idiots et de mauvais goût.

Il secoua légèrement la tête, comme pour reprendre ses esprits. Ce comique avec les dents écartées et une petite moustache avait une fille qui mitraillait les vitrines? Ça ne collait pas. Ne sachant pas quoi dire, il lâcha: « Comment va votre père ?

– Il est mort.

– Désolé.

– Oui. J'ai hérité de son testament cinématographique, et maintenant… nous y voilà.

– Comment avez-vous eu mon adresse e-mail?

– Alors? demanda-t-elle en ignorant la question de Marcus. Qu'est-ce qu'on va faire ? »

Elle peignait de la calligraphie; son poignet gracile flottait au-dessus des courbes sinueuses.

« Je ne sais même pas de quoi on parle.

– Votre entreprise devient un problème. L'assurance santé, l'épargne-retraite… Je n'offre pas tout ça. Il paraît même que vous avez créé un club de lecture, bordel de merde !

– Vous êtes…

– C'est pour ça qu'on est ici.

– La fille de Terry Biggs…

– Oui. Et lui rêvait de jouer *Le Roi Lear* avec la Royal Shakespeare Company. On fait tous des compromis, dit-elle en le regardant droit dans les yeux. Je m'étais taillé un joli territoire dans ce business, et vous avez débarqué. Plusieurs de mes filles sont parties travailler pour vous ces derniers mois. »

Marcus ignorait qui étaient ces anciennes sous-traitantes de Malvina. Lors des entretiens d'embauche, il n'exigeait pas de connaître les antécédents professionnels.

« C'est le règne de la libre concurrence, dit-il.

– Vous empiétez sur mes plates-bandes. C'est inacceptable. »

Marcus sentait le poids de son regard sur lui et il essaya de se concentrer sur la fleur qu'il était en train de peindre. Elle avait une tige verte incurvée et des pétales bleus. Il était en train d'agrémenter le troisième pétale d'une touche de jaune quand une ombre recouvrit soudain la table à laquelle ils étaient assis.

Marcus leva la tête et découvrit l'être humain le plus imposant qu'il ait jamais vu. Ce type dépassait les deux mètres et pesait au moins deux cents kilos. Ses cheveux bruns et bouclés étaient attachés en queue-de-cheval et son visage rond, mat, avait des traits asiatiques. Son maillot en nylon noir menait un combat perdu d'avance contre sa carrure gigantesque. Ses bras formaient des angles bizarres avec son torse immense. Les néons se reflétaient sur une petite chose en or qui pendait à son oreille. Était-ce une étoile de David ?

« Il me faut des pièces pour le parcmètre, dit-il à Malvina Biggs.

– Breeze, je vous présente Tommy le Samoan. »

Marcus le salua d'un hochement de tête, mais le type ne lui prêta aucune attention. Pendant que Malvina fouillait dans son sac, Marcus jeta un regard à Kostya, qui leva le nez de son formulaire d'embauche et haussa les épaules comme pour dire: «Qu'est-ce que j'y peux?» Malvina tendit quelques pièces au géant, qui repartit sans un mot.

«Ah, ces voituriers…» dit-elle.

Marcus était content que Kostya soit armé.

Les fillettes qui fêtaient un anniversaire deux tables plus loin chantaient une chanson où il était question de lapins et de pommes.

«Je continuerai à faire ce que je fais, déclara-t-il d'une voix neutre.

– C'est un business douteux. Les gens sont des salopards. Mais vous avez l'air d'un chic type, alors je vais vous parler comme à un être humain. Sans doute que je ne vous ferai pas tuer car franchement, pourquoi prendre un tel risque? Les balles dans la vitrine, c'était de la frime.»

Elle avait fini de peindre le caractère chinois, alors elle tendit l'assiette à bout de bras pour examiner son travail. Pas totalement satisfaite, elle replongea son pinceau dans la peinture et rallongea à peine un des traits.

«Ça veut dire quoi, ce que vous venez de dessiner? demanda Marcus.

– Longue vie. Chouette, hein? C'est un artiste de Hong Kong qui m'a appris ça. Vous auriez dû partir en Chine quand vous en aviez l'occasion.

– Comment savez-vous ça?

– Les gens parlent. J'aime bien cet endroit, ajouta-t-elle en regardant autour d'elle. Je peux vous laisser un peu de temps pour tout boucler. Je ne veux pas me montrer déraisonnable. Mais je vous en prie, faites en sorte que les Poules Futées – excellent nom, soit dit en passant – ... faites en sorte que les Poules Futées aient mis la clé sous la porte dans... voyons... quinze jours ? »

Sur ce, Malvina se leva et Marcus l'imita.

« J'ai été ravi de vous rencontrer. Et même si j'aimerais beaucoup vous dire très bien, parfait, ma réponse est : allez vous faire foutre.

– C'est une plaisanterie ?

– Absolument pas. »

Malvina n'était pas satisfaite. Elle hocha la tête, glissa sa chaise sous la table et sortit. Ses hanches se balançaient sous le tissu léger de sa robe. Marcus était tellement fier de lui qu'il oublia de lui donner la facture pour la vitrine.

Il était sur un nuage après cette rencontre, et la nouvelle annoncée par Kostya lui fit l'effet d'une désagréable surprise.

« Tu démissionnes ? »

Ils étaient assis dehors tous les deux, devant un glacier, non loin de Color Me Mine. Kostya lécha sa boule de vanille et hocha la tête, ce qui fit tressauter ses dreadlocks. Certes, Marcus était capable de gérer les affaires, surtout maintenant que Jan avait rejoint l'équipe, mais la présence de Kostya, et ses liens implicites avec l'ancien régime, étaient réconfortants et Marcus répugnait à le laisser partir.

« Pourquoi maintenant ? À cause de Malvina ?

– Je t'ai dit je travaillerais pour gagner argent pour barbecue. Maintenant, j'ai argent. Pense à laisser tomber, toi aussi, Gangstaboy. Pourquoi tu veux chercher des emmerdes à des gens qui viennent avec des Samoans géants pour discuter ? Tu sais ce qu'il va t'faire cet enfoiré ? »

Kostya exécuta une série de mouvements de mains destinés à exprimer l'idée des membres qu'on arrache du tronc.

« C'est pour ça que je t'ai fait venir.

– Je suis pas garde du corps, Breeze. Je suis un romantique. »

Marcus lécha son cône d'un air songeur. Il savait que Kostya avait raison ; il devrait envisager de tout plaquer, mais, exception faite de Malvina, tout marchait si bien que s'il continuait encore un peu, il pourrait payer les frais universitaires de Nathan.

« Tu es sûr que tu ne veux pas rester ?

– Je te donne quinze jours préavis. »

Jan prit fort mal la nouvelle du départ de Kostya. Ils étaient dans leur chambre, en train de se préparer pour sortir, quand Marcus le lui annonça. Elle cessa d'appliquer son eye-liner pour le regarder.

« C'est un drame.

– Non. On peut se débrouiller sans lui.

– C'est un vrai mac.

– Et nous, on est quoi ?

– Pas ça.

– Lui non plus. Kostya se considère comme une personne aux talents professionnels modulables.

– C'est plus un mac que toi et moi.

– C'est purement sémantique. Je ne dis pas qu'il ne participe pas, mais on peut se débrouiller sans lui. »

Marcus boutonna sa chemise en lin toute neuve. Il n'avait jamais porté du lin avant aujourd'hui et il aimait cette sensation.

« Ça me met mal à l'aise, dit Jan.

– J'ai essayé de le convaincre de rester. »

Il s'interrogeait pour savoir s'il devait lui raconter ce

qui s'était passé au bureau, et la rencontre avec Malvina. Finalement, il décréta que le moment était mal choisi.

« J'aime bien le savoir là, ajouta Jan alors qu'elle se brossait les cheveux. J'ai confiance en lui et il saura quoi faire en cas de problème. Tu crois que je devrais lui parler ?

– Je crois que ça ne servirait à rien.

– Ce n'est pas comme si toi et moi, on était taillés pour ce métier. Pourquoi il démissionne ?

– Il va ouvrir un restau de côtelettes.

– On devrait en faire autant.

– Ouvrir un restau de côtelettes ?

– Non. Mais nous lancer dans quelque chose de légal. Je ne sais pas si je vais pouvoir tenir encore longtemps. »

Marcus hocha la tête, sans rien dire.

Ce soir-là, ils dînèrent dans un nouveau restaurant de Beverly Hills avec Corinne et Dewey Vandeveer. Jan avait tenté d'organiser ce dîner depuis des mois, mais les Vandeveer avaient annulé à plusieurs reprises, dont une fois une heure seulement avant le rendez-vous. Marcus n'avait aucune envie d'aller dîner dehors, mais il savait que Jan attendait cela avec impatience et il ne voulait pas la décevoir. Les deux couples parlèrent de Winthrop Hall, de l'immobilier et des dernières tentatives de Corinne pour introduire le bouddhisme dans le système carcéral californien. Elle était transportée par la vision de deux bandes de Crips et de Bloods incarcérés psalmodiant des sutras en robe orange, et elle s'étendit sur le sujet pendant une heure. Cette femme adorait parler de sa vie et Marcus était soulagé de ne pas avoir à supporter le poids de la conversation. Il mangea sa bouillabaisse en jetant en douce des regards à Dewey, qui consultait discrètement son BlackBerry toutes les minutes environ pour suivre l'avancée d'un contrat en Malaisie. Marcus aurait pu consulter son BlackBerry, lui aussi, mais Jan le lui avait expressément interdit. Ce doit être chouette, pensait-il, de porter un jean, des mocassins sans chaussettes, et de gagner des sommes d'argent inimaginables, sans craindre que quelqu'un vienne mitrailler vos vitres. Il aurait voulu mener ce genre d'existence, il rêvait de l'offrir à Jan, mais il ne voyait pas comment.

Jan semblait passer un bon moment ; elle était à l'aise en compagnie de Corinne. Depuis quelques mois, elle s'entraînait quatre fois par semaine (elle s'était inscrite dans une salle de gym après avoir rejoint les Poules Futées) et avait même engagé un coach. Éclatante de santé, elle n'avait pas paru aussi en forme depuis des années.

« On cherche des gens pour l'atelier décoration », lui disait Corinne.

Abandonnant ses ruminations, Marcus comprit qu'elles parlaient maintenant d'une activité organisée à l'école.

« Ce serait avec grand plaisir, répondit Jan.

– On s'amuse beaucoup, dit Corinne. Marcus, peut-être que vous avez envie de participer. On adore recruter les papas ! »

Marcus sourit et demanda à être excusé. « Je suis très occupé, dit-il.

– Quoi de neuf sur le marché de l'or ? » demanda Dewey.

Marcus n'en revenait pas qu'il se souvienne de leur conversation du dîner précédent.

« Toujours pareil. Ça monte, puis ça baisse, répondit-il en jouant magnifiquement le jeu. Ce que je vise, c'est le long terme.

– L'or, y a pas mieux », déclara Dewey en consultant une fois de plus son BlackBerry.

Plus tard, ce soir-là, Marcus et Jan roulaient vers le nord, sur Benedict Canyon, quand Jan dit : « Tu es affreusement silencieux.

– Il se passe quelque chose de bizarre », dit-il en regardant droit devant lui.

Après ce dîner avec les Vandeveer, Marcus pensait que Jan avait besoin qu'on lui rappelle qu'ils menaient une vie totalement différente. Les événements récents lui pesaient, et il avait décidé qu'il valait mieux tout avouer. Alors il lui parla des coups de feu et de la rencontre qui avait suivi au Color Me Mine, en insistant particulièrement sur le passage où il avait dit à Malvina Biggs d'aller se faire foutre. Jan l'écouta, horrifiée. Marcus tenta de la rassurer. Il contrôlait la situation, affirma-t-il. Ils ne pouvaient pas se laisser balancer sur la touche par des menaces qu'il jugeait vaines.

« Si elles sont vaines, c'est uniquement parce que les balles ne t'ont pas atteint, répliqua-t-elle d'une voix tendue par une angoisse nouvelle.

– Cette fille est une femme d'affaires. Elle ne veut tuer personne.

– Pourquoi tu ne me l'as pas dit plus tôt ?

– Je savais que tu réagirais de cette façon.

– Nous sommes associés, Marcus. Tu ne dois pas me cacher ce genre de choses. »

Les lumières de Los Angeles étaient derrière eux maintenant ; ils avaient atteint le sommet du canyon et ils redescendaient dans la Vallée.

« Il faut laisser passer la tempête, c'est tout », dit-il en ôtant son pied de la pédale de frein pour laisser la voiture glisser toute seule sur la chaussée sinueuse, en prenant de la vitesse.

« Tu roules trop vite. Je n'ai pas envie de finir dans le décor. » Marcus donna un petit coup de frein. « C'est pour ça que Kostya démissionne ?

– Il aurait démissionné de toute façon. »

Alors qu'ils s'apprêtaient à dormir, Jan déclara qu'ils devaient réfléchir à un planning pour mettre fin à leurs activités. Marcus lui promit qu'ils en parleraient bientôt.

« Je ne plaisante pas, Marcus, dit-elle en se couchant à côté de lui.

– Je sais. Il faut se retirer. Mais il faut le faire convenablement.

– C'est-à-dire ?

– Profit maximum, risques minimums.

– Qu'est-ce que ça signifie ?

– Tu dois me faire confiance, d'accord ? »

Feignant l'assurance et le brio, il l'embrassa sur la bouche. Il espérait qu'elle ne sentait pas sa nervosité. Il portait le pyjama en soie qu'il avait acheté sur un coup de tête le week-end précédent. Était-ce la sueur qu'il sentait sous ses aisselles ? Il enfouit sa tête dans son oreiller et essaya de s'endormir…

20

Nate, tu es un garçon hors du commun. Tu es très équilibré. Tu joues au basket et tu joues de la clarinette. Sans toi, je ne saurais pas utiliser mon ordinateur ni mon téléphone portable. Je me souviens de ce jour sur la plage, tu devais avoir cinq ans. Une grosse vague t'a renversé, mais tu t'es relevé tout de suite. Tu riais. Tu es un fils extra. Aujourd'hui, on est très fiers de toi. On t'aime.

Marcus posa son crayon sur la table de la cuisine et regarda le bloc sur lequel il avait écrit ces lignes. Il était minuit passé et il n'arrivait pas à dormir. Il lut son discours à voix haute, pour se chronométrer. Bertrand Russell, couché dans un coin, se leva de son coussin en se demandant si Marcus s'adressait à lui. La lecture dura trente secondes. C'était trop court. Nathan s'était donné du mal et si Marcus voulait faire honneur au travail de son fils, il lui fallait un texte plus long à réciter que les indications pour se rendre au bureau de poste.

Son regard dériva de ses notes vers le nouveau réfrigérateur Grand Froid. Après une heure passée à peiner sur ce discours, c'était le moment de faire une pause.

Il ouvrit le monstre métallisé et passa en revue son contenu d'un œil fatigué : légumes, fromage allégé, une tranche de dinde vieille de cinq jours, des condiments, du pain complet, du raisin vert. Rien de tout cela n'était très tentant, mais le fait de rester assis à cette table, à regarder dans le vide, n'avait rien produit d'intéressant. Peut-être qu'il avait besoin d'un apport de sucre.

Après avoir pris une poignée de raisin, Marcus retourna à son bloc pour lire ses notes. Si tout ce qu'il avait écrit était exact, il sentait bien que ça ne faisait pas un discours. Il réfléchissait en mâchonnant le bout de son crayon. Comment faisait-on pour coucher sur le papier ses pensées et ses souvenirs les plus intimes, des idées personnelles destinées à être partagées entre un parent et un enfant, et pour les lire ensuite devant un public ? Roon avait engagé un professionnel pour rédiger son discours à l'occasion de la *bar mitsvah* de son fils. Même si Marcus avait désormais les moyens d'en faire autant, il savait qu'il serait à côté de la plaque, gravement, en l'imitant. Alors, il continua à se débattre pour peaufiner son discours.

Il grignotait des grains de raisin et griffonnait sur son bloc depuis dix minutes quand il entendit un bruit de pas dans l'escalier. Jan entra, ensommeillée.

« Tu n'arrives pas à dormir ?

– Je pense à la *bar mitsvah* », dit-elle. Il lui dit que lui aussi et il sourit comme si tout était normal. « Combien de personnes doit-on inviter au brunch du dimanche matin ? En plus de la famille, évidemment. »

Le brunch du dimanche pour les gens venus de loin était une tradition liée à la *bar mitsvah* qui, même si elle n'apparaissait nulle part dans la Torah, était très appréciée en Californie du Sud. C'était une façon de remercier ceux qui avaient voyagé pour assister à la cérémonie en leur offrant des bagels et du saumon fumé. Parfois, des amis particulièrement chers étaient également conviés.

Pour l'instant, la liste des invités se limitait aux sœurs de Jan et à quelques cousins et cousines de Marcus qui venaient de Seattle.

Marcus lui dit d'inviter qui elle voulait. Il reporta son attention sur son discours, tapota le bloc avec la mine bien taillée de son crayon. « Tu as écrit ton discours, toi ? demanda-t-il.

– Tu as entendu ?

– Quoi ?

– Il m'a semblé entendre un bruit dehors. »

Elle s'approcha de la fenêtre de la cuisine pour scruter l'obscurité.

« Il n'y a rien, dit-il.

– Tu veux aller voir ?

– Pourquoi ?

– Je te l'ai dit : j'ai entendu un bruit. »

Elle ouvrit un tiroir pour prendre un couteau de trente centimètres de long qu'elle lui tendit.

« Tu veux que je sorte découper une dinde ?

– Prends-le, s'il te plaît. »

Feignant la décontraction, Marcus prit le couteau et sortit. Le jardin de derrière était désert. La lune argentée éclairait un ciel sans nuages et illuminait le petit rectangle d'herbe. Il tendit l'oreille. Rien. Soudain, il entendit quelqu'un dans son dos et, serrant le manche du couteau, il pivota sur lui-même en retenant son souffle. La lumière de la cuisine le frappa en plein visage et il se retrouva face à Jan qui le regardait d'un ait inquiet. Il était sûr d'avoir entendu quelque chose. Du moins, il le croyait. Alors, il tendit de nouveau l'oreille ; le sang battait dans ses veines. Mais il ne perçut que le bourdonnement paisible de l'autoroute, simple rumeur au loin. Habité par un curieux mélange d'instinct primitif et de sens du ridicule, il rentra dans la maison.

« Il n'y a personne, déclara-t-il.

– Merci d'avoir vérifié. » Il hocha la tête, calme et protecteur. « Tu reviens te coucher bientôt? » Marcus lui répondit qu'il monterait dans quelques minutes, puis il retourna à son bloc et à son crayon.

Une demi-heure plus tard, Marcus était couché dans son lit et il essayait de se remémorer des anecdotes amusantes au sujet de Nathan quand il entendit un bruit en bas. Il se dit que c'était peut-être son imagination, mais Jan l'avait troublé, alors il se leva, en prenant bien soin de ne pas la réveiller. Il alla voir Nathan, qui dormait à poings fermés. C'était sans doute Lenore qui faisait du potin. Mais quand il entra dans sa chambre, il la trouva couchée sur son lit, dans les vapes. Son lecteur de CD diffusait du Laura Nyro en sourdine.

Marcus dressa l'oreille. À peine perceptible derrière la voix poignante de la chanteuse, il entendit un bruit de pas. Son cœur se mit à cogner contre sa cage thoracique comme s'il s'apprêtait à jaillir hors de sa poitrine pour rebondir contre le mur. À pas feutrés, sur ses gardes, il descendit, armé de la batte de base-ball de Nathan. Pourquoi n'était-il pas monté avec le couteau à découper? Jetant un coup d'œil dans le salon, il découvrit Tommy le Samoan affalé dans le canapé deux places, avec Bertrand Russell sur les genoux. Il caressait le cou du chien en pinçant la peau entre ses doigts pareils à des francforts. Bertrand Russell semblait aimer ça.

« Pas de bêtise, mon pote. »

Marcus regardait fixement le colossal Polynésien en calculant ses différentes options. De toute évidence, il ne pouvait pas l'attaquer physiquement. La batte de base-ball qu'il tenait dans la main, arme mortelle pour un être humain, ne serait pas plus efficace qu'un cure-dents face à cette montagne. Il pouvait crier pour alerter Jan, mais Marcus espérait convaincre Tommy de partir aussi discrètement qu'il était venu.

« Je vais appeler les flics. »

Compte tenu de la terreur qu'éprouvait Marcus, il était heureux de constater que des mots réussissaient à sortir de sa bouche. Il prit le téléphone posé sur une table d'angle.

« Pour leur dire quoi ? Tu es un criminel. Pose ce téléphone. »

Marcus hésita. Ce type ne semblait pas disposé à lui faire de mal dans l'immédiat. Il reposa le téléphone.

« Qu'est-ce que vous voulez ?

– Ce que t'a raconté Malvina, comme quoi elle voulait pas te tuer ? Elle ment. Elle m'a dit que si t'avais pas plié bagage dans quinze jours, c'était la fin. *Hasta la vista* et tout le bordel.

– Pourquoi vous me le dites ?

– J'ai tapé ton nom sur Google, mon pote. J'ai vu que t'avais bientôt une *bar mitsvah.* » Marcus secoua la tête, abasourdi. « Je l'aiderai pas à buter un *lantzman.* »

Marcus reconnut ce mot de yiddish. « Vous n'êtes pas juif…

– Ma petite amie, elle l'est. Je suis des cours de conversion avec le rabbin Dunleavy. C'est un converti, lui aussi. T'as entendu parler de lui ?

– Non.

– C'est un ex-marine, un dur à cuire qui t'explique la *Mishnah* comme un enfoiré. »

Marcus jugea que le moment était mal choisi pour signaler que lui-même n'était pas juif, étant donné que c'était justement cette méprise, ironie du sort, qui semblait lui sauver la vie pour l'instant.

« Cette fille, je l'aime, tu piges? Le type avec qui je bosse, il s'appelle Memo. Il est avec Malvina. Memo, il a été voir ma nana la semaine dernière, il lui a dit qu'il lui filerait du fric, des diamants, il suffisait qu'elle couche avec lui, juste une fois. Mais elle l'a même pas écouté.

– C'est ça, l'amour, répondit Marcus.

– Exact. Cette fille, elle me rend meilleur. Alors, je te le dis une dernière fois: Malvina, elle rigole pas. Si tu lui piques une part de son gâteau, elle est prête à te liquider. Fous le camp à Fresno ou ailleurs avant qu'ils récitent le *kaddish* pour toi, mon pote. »

Le fait de voir Bertrand Russell lécher l'énorme visage de Tommy le Samoan n'atténuait pas cette constatation : un type capable de le tuer de cent manières différentes s'était introduit en douce dans sa maison et il était maintenant planté dans son salon comme un tronc d'arbre. Marcus se dit que les choses étaient peut-être allées trop loin. Malgré tout, il n'avait pas envie de fermer boutique et de foutre le camp du jour au lendemain.

« Est-ce que Malvina serait prête à négocier ? Je m'occupe de gérer les comptes des filles, et peut-être que... »

Tommy l'interrompit : « Tu comprends pas ce que je te dis. Elle est prête à te buter, OK? »

Marcus effectua un rapide calcul. On était en octobre. Les vacances de Noël qui approchaient étaient un festival national de crises familiales et de solitude, et par conséquent une mine d'or potentielle pour les Poules Futées. Assurément, Malvina pouvait se faire à l'idée qu'il reste dans le business encore un peu. « Dites-lui que je mettrai la clé sous la porte après le jour de l'an. »

La tête de Tommy le Samoan, de la taille d'une pastèque, remua lentement pour exprimer sa déception désabusée. « Ça risque de pas être "Joyeux Hannoukah" pour toi, mon pote. » Il posa délicatement Bertrand Russell par terre et se leva. On avait l'impression de regarder le dirigeable Goodyear quitter sa rampe de lancement. Il marcha jusqu'à la porte d'un pas pesant, puis hésita, comme s'il se demandait s'il devait ajouter quelque chose. Marcus l'observait avec attention. Finalement, Tommy ouvrit la porte, emplit l'encadrement pendant un bref instant, puis s'en alla.

Marcus se servit un whisky et s'assit à la table de la cuisine. Il continuait à penser que Malvina bluffait. Et même si son analyse se révélait erronée, il avait souscrit récemment à une assurance-vie de deux millions de dollars. Si elle le faisait assassiner, sa famille serait à l'abri du besoin. Grâce à sa connaissance intime des grands textes philosophiques, il aimait penser qu'il avait une peur limitée de la mort. Il n'irait pas jusqu'à la rechercher, mais le jour où elle se présenterait, il serait prêt. En attendant, il pouvait prendre des précautions.

Troublé par l'incursion nocturne de Tommy le Samoan, Marcus dormit très mal. Quand il se réveilla le lendemain matin, il s'arrêta dans le couloir pour tendre l'oreille avant de descendre. Il jeta un coup d'œil dans la cuisine, où Bertrand Russell dormait paisiblement. *Bon à rien*, pensa-t-il en secouant la tête. Il regarda le jardin à travers la fenêtre : tout était normal. Puis il ouvrit la porte d'entrée et hésita, en regardant autour de lui. Il n'était pas tout à fait sept heures et le calme régnait dans le quartier. Constatant que la rue était déserte, il alla récupérer le journal.

Quand Jan descendit prendre son petit déjeuner, Marcus ne lui parla pas de cette intrusion nocturne (à quoi bon faire monter d'un cran l'angoisse domestique ?), mais il annonça, d'un ton décontracté, qu'il souhaitait installer une alarme. Elle confirma que c'était probablement une bonne idée.

Ce jour-là, Marcus regarda dans son rétroviseur bien plus souvent qu'à l'accoutumée quand il conduisit et il leva la tête au moindre bruit dans son bureau. Même quand il alla déjeuner dans le restaurant italien qu'il aimait bien, sur La Cienega, il prit soin de s'asseoir face à la porte.

Le club de lecture des Poules Futées se réunit pour la première fois ce soir-là à dix-huit heures, suffisamment tôt pour s'adapter aux horaires de travail de ses membres. Il s'avéra que *Anna Karénine* n'avait pas été un choix judicieux. Cette réunion avait déjà été reportée plusieurs fois, à cause de la longueur du roman, plus de cinq cents pages, qui s'étendait devant les lectrices ambitieuses comme la steppe russe et les vidait de leur enthousiasme. C'était trop dense, disaient-elles, il y avait trop de mots compliqués, et ça rimait à quoi ce chapitre raconté du point de vue du chien ? Jan avait entendu ces récriminations, et d'autres, au cours des derniers mois, mais elle avait continué à affirmer qu'il serait bon de commencer par un livre qu'aucune d'elles n'aurait jamais lu de sa propre initiative. Si tout le monde voulait lire un roman de John Grisham la prochaine fois, très bien, mais elle leur demandait à toutes de faire au moins un pas vers l'édification. N'était-ce pas, après tout, le but de cette entreprise ? N'étaient-elles pas des Poules *Futées* ? Finalement, Jan avait décrété que le club de lecture devait se réunir ou se dissoudre.

Huit employées, plus Marcus, Jan et Lenore, assistèrent à la séance au domicile des Ripps. Le temps inhabituellement chaud pour la saison s'accordait parfaitement au thème culinaire choisi, tex-mex (personne ne voulait manger russe), et chacune apporta un plat. L'assemblée de lettrées avait pris place autour de la table du patio et la conversation, éperonnée par la sangria, fut animée. Mais il apparut que les seuls à avoir lu le livre en entier étaient Plum et Marcus. Jan n'en avait lu que les deux tiers. Personne d'autre n'avait même réussi à terminer les Cliff Notes. Pourquoi tout ce raffut autour de Levine, se demandaient-elles. Que venait-il faire dans cette histoire ? Anna et Vronsky, c'était du solide, du sitcom, il y avait de la matière ! Elles aimaient ça, tout ce désir, le drame. Mais elles furent scandalisées quand Plum leur apprit qu'Anna se jetait sous un train.

« Pour un type ? demanda Mink en mordant dans un *empanada*. Quelle ringarde !

– En ce temps-là, les choix qui s'offraient à une femme étaient limités, expliqua Marcus. C'était une société féodale, dans laquelle vous étiez soit un serf, soit un noble, soit…

– Un cerf ? » dit Alicia.

Ancien professeur de tennis de Santa Barbara, elle était la coqueluche des hommes d'affaires japonais.

« Ça s'écrit S-E-R-F, précisa Plum avec une pointe de condescendance.

– Pardon », dit Alicia en vidant son verre de sangria d'un trait, avant de le remplir.

« Ou bien vous étiez marchand, reprit Marcus. Si vous étiez une femme comme Anna et si vous quittiez la maison, la seule option…

– Moi, je peux pas m'identifier à des victimes, déclara Xiomara/Jenna en garnissant un *chimichanga* de sauce salsa avant de le fourrer dans sa bouche.

– Moi non plus, dit Lenore. Je veux lire des histoires de femmes qui ont des couilles.

– Madame Bovary s'est suicidée, elle aussi, fit remarquer Jan.

– C'est qui, madame Bovary ? » demanda Madison.

Elle débutait dans le métier, étant arrivée récemment de Denver pour étudier l'acupuncture. Ses cheveux noirs bouclés lui tombèrent devant les yeux quand elle regarda Plum.

« Tu n'es pas allée à la fac ? demanda Mink.

– J'étais étudiante en sciences, expliqua Madison.

– C'est une femme au foyer, une Française, qui s'ennuie avec son mari, raconta Plum. Elle a une aventure avec un type…

– Attends, laisse-moi deviner, dit Mink. Elle se suicide ?

– Et ça en fait un classique, commenta Lenore d'un ton sarcastique. Qu'est-ce qu'elles ont, toutes ces femmes ? »

Tout le monde apprécia l'aspect culinaire, mais il fut décidé que si le club de lecture devait continuer, elles devraient se montrer plus avisées dans leurs choix littéraires.

Alors qu'elles débarrassaient la table, Lenore suggéra : « Peut-être qu'on devrait lire Erica Jong. Elle a cartonné dans les années 1970. Quelqu'un s'en souvient ?

– J'étais même pas née à cette époque, répondit Alicia qui emportait dans la cuisine un grand plateau de burritos intacts.

– Je n'étais pas née au XIXe siècle et j'ai quand même essayé de lire ce bouquin de Tolstoï, répliqua Lenore en entrant dans la cuisine avec un plateau de verres.

– Il y a des Cliff Notes sur Erica Jong ? » demanda Mink.

Debout au milieu de la cuisine, elle vidait les restes dans un grand sac-poubelle. Lenore promit de se renseigner. Jan parla d'un livre qui racontait l'histoire d'une femme qui travaillait pour le ministère des Affaires étrangères britannique au début du XXe siècle. Elle faisait de l'alpinisme, traduisait de la poésie persane et avait participé au tracé des frontières nationales après la chute de l'Empire ottoman. Bien que trois personnes seulement sur les onze présentes aient entendu parler de l'Empire ottoman, il fut décidé que le prochain livre serait *La Reine du désert*, la biographie de Gertrude Bell.

« Elle se suicide à la fin ? demanda Mink.

– Je vérifierai, dit Jan.

– Même si elle se suicide, dit Lenore, au moins ce n'est pas à cause d'une relation pourrie. »

Cette réunion du club de lecture fut une distraction bienvenue pour Marcus. Il apprécia cette discussion, malgré sa portée limitée, et il alla se coucher légèrement grisé par la sangria. Quand il se leva pour uriner en pleine nuit, il songea à avaler deux aspirines pour éviter la gueule de bois.

Le lendemain matin au réveil, il se sentait bien. Il enfila un peignoir par-dessus son pyjama et descendit, en espérant que les températures avaient baissé. À Los Angeles, l'automne se confondait parfois avec l'été. La semaine précédente, le thermomètre avait atteint les trente degrés et ils avaient branché l'air conditionné toutes les nuits. Il sentit immédiatement un souffle d'air chaud en ouvrant la porte d'entrée. Le *Los Angeles Times* sous son emballage en plastique n'était pas à sa place habituelle, près de la maison, mais gisait sur le trottoir. Sans doute un livreur remplaçant. Celui de d'habitude le déposait toujours près de la porte. Marcus alla ramasser le journal et l'ouvrit à la page de la météo en regagnant la maison. Il allait faire plus de trente degrés dans la journée, mais il oublia aussitôt la chaleur en sentant le canon d'une arme dans son dos.

« Pas un bruit, mon pote. »

Marcus n'eut pas besoin de regarder par-dessus son épaule pour voir Tommy le Samoan. Ce type ressemblait à une éclipse solaire. Brièvement, il se demanda comment quelqu'un de cette taille pouvait réussir à se cacher. Marcus savait qu'il n'aurait pas dû compter sur Bertrand Russell pour l'alerter. Le chien aimait ce salopard.

« Marche vers la bagnole, lentement. »

Un gros 4x4 Yukon noir était garé de l'autre côté de la rue. Il démarra en douceur et exécuta un demi-tour pour s'arrêter devant eux. À cause des vitres teintées, Marcus ne voyait pas qui conduisait. Une pensée folle le traversa : Kostya était caché derrière un arbre et il allait surgir pour lui sauver la mise. Mais il abandonna cette illusion au moment de monter à l'arrière du 4x4. Le Samoan s'assit à côté de lui.

Le conducteur était un jeune Blanc d'une vingtaine d'années avec des mèches décolorées et du gel ; un beau gosse qui voulait certainement devenir mannequin. Il portait des lunettes noires d'aviateur et une tête de mort argentée, de la taille d'une pièce de cinq cents, pendait à son oreille droite.

« On aurait dû lui tirer sa Merco, dit-il à Tommy.

– C'est moi qui décide, Memo », répondit Tommy le Samoan.

Marcus dressa l'oreille en entendant ce nom. Memo. N'était-ce pas le gars qui avait essayé de séduire la fiancée de Tommy ? Hélas, les deux gangsters semblaient avoir fumé le calumet de la paix. Memo enclencha la marche avant d'un geste brusque et écrasa l'accélérateur. La force de gravité plaqua Marcus contre le siège. Il se demanda où ce gamin avait hérité d'un nom comme Memo. Il avait plutôt une tête à s'appeler Brandon.

« Où on va ? demanda Marcus alors qu'ils s'éloignaient de Magdalene Lane à toute allure.

– Malvina veut te parler.

– On s'est déjà parlé.

– N'aggrave pas les choses, mon pote. »

Marcus s'enfonça dans son siège. Il savait qu'il était inutile d'essayer de fuir. Tommy le Samoan pointait un pistolet énorme sur lui. À quoi jouait Malvina ? Si elle avait vraiment voulu le liquider, Tommy s'en serait déjà chargé. Il regrettait de l'avoir envoyée se faire foutre. L'arrogance ne menait jamais nulle part. Il fut surpris de voir le Yukon s'engager sur la 405 en direction du nord. Il croyait qu'elle habitait dans la cuvette. Il redoutait de se retrouver devant elle en pyjama et peignoir. Pas facile de négocier avec quelqu'un quand on était dans cette tenue. Mais lorsque la voiture attaqua la longue montée qui franchissait le col à la pointe nord de la Vallée, ses préoccupations changèrent du tout au tout. La peur s'était métastasée jusqu'à l'envahir totalement. Elle asséchait ses lèvres, lui coupait le souffle. Pendant un instant, il fut pris de vertiges.

« On ne va pas chez Malvina, hein ? » Il essayait de dissimuler la terreur grandissante dans sa voix, mais ses cordes vocales étaient tendues comme tout son corps, et c'était perdu d'avance. Tommy le Samoan ne répondit pas. Il balança seulement sa grosse tête de droite à gauche, lentement, comme pour dire « pauvre idiot ». Ce mouvement agita la petite étoile de David qui pendait à son oreille. Marcus aurait aimé lui sortir quelques mots en yiddish, qui auraient pu désamorcer la tension, mais rien ne lui venait. Le seul mot auquel il pensait était *putz*[1].

Ils dépassèrent Castaic, puis Santa Clarita, et pénétrèrent dans les montagnes ; le Yukon peinait dans la longue montée. Marcus savait comment ça se passait. Malvina allait le faire tuer. C'était aujourd'hui qu'il allait mourir, et il ne s'était pas préparé. Comment appréhende-t-on la mort quand on comprend qu'elle est imminente ? Est-ce qu'on part avec dignité, ou est-ce qu'on craque et qu'on supplie ? Ceux qui supplient n'obtiennent jamais ce qu'ils réclament. Ils ne font qu'accroître leur souffrance. Non, Marcus ne ferait pas ça. Si la philosophie lui avait appris une chose, c'était à ne pas craindre la mort.

Il inspira profondément pour remplir ses poumons, et il essaya de se calmer. Cela lui rappela Amstel qui lui avait appris le coup de la respiration utilisé brillamment avec son épouse, sa bien-aimée, qu'il ne reverrait jamais. Que disait Hegel, déjà ? La mort, c'est l'existence pure, et dans la mort, un être isolé s'élève vers l'individualité universelle. Soudain, l'individualité universelle lui paraissait

1. Mot yiddish désignant le pénis, utilisé en argot dans le sens de « crétin ».

beaucoup moins attirante que lorsqu'il l'avait rencontrée entre les pages bien propres d'un livre.

« Vous avez déjà lu de la philosophie ? » demanda-t-il à Tommy le Samoan, histoire de faire la conversation. S'il parvenait à bavarder avec lui, peut-être que la fin serait différente.

« Ne parle pas, mon pote. Pas maintenant. »

Marcus songea au concept nietzschéen de l'éternel retour. Il se demandait s'il ferait preuve de plus de discernement lors de sa prochaine résurrection. Il l'espérait. Il n'aimerait pas être obligé de revivre ça éternellement. Schopenhauer estimait que vivre, c'était souffrir, mais que la mort était irréelle. Marcus aurait préféré que la souffrance soit irréelle. Aucun des grands esprits ne voulait s'attaquer à ça. Pontifier à propos d'une abstraction à laquelle on ne pourrait jamais apporter de réponse définitive, c'était une chose. Mais où était l'essai consacré à ce qu'on ressentait quand on se faisait enlever et assassiner ? Il aurait donné cher pour avoir un exemplaire de *Une histoire de la philosophie occidentale* dans la poche. Avec ses 895 pages, il pouvait arrêter une balle.

Memo fit quitter la nationale au 4x4 et continua vers le nord sur une route secondaire pendant quelques kilomètres avant de s'engager dans un canyon en direction de l'ouest. Ils se trouvaient dans l'Angeles National Forest. En un éclair, Marcus repensa à la dernière fois où il était venu ici. Au moins, ils ne se dirigeaient pas vers l'endroit où il avait abandonné le corps ; ils avaient dépassé cette sortie depuis plusieurs kilomètres. Il se demanda s'il s'agissait d'un châtiment divin pour ce qu'il avait fait, mais il savait que c'était ridicule. Le châtiment divin n'existait pas. Des choses se produisaient, voilà tout. D'autres choses se produisaient ensuite. Tout ce qu'on pouvait faire, c'était essayer de demeurer à l'écart le plus longtemps possible. Tôt ou tard, tout finissait par vous rattraper.

Ils grimpaient de nouveau, en passant devant des saillies rocheuses, au milieu des sapins. Il avait les oreilles bouchées à cause de l'altitude. Memo avait branché l'air conditionné ; Marcus ne pouvait donc pas savoir s'il faisait chaud dans les montagnes ce matin-là. Il se demanda si Jan avait déjà compris qu'il avait disparu.

Le Yukon cahotait sur un chemin de terre bordé de chaparral. Tommy tenait l'arme dans sa main gauche ; il se grattait nonchalamment le visage avec le canon. Un nid-de-poule et le gros Samoan pouvait se faire sauter la cervelle, et tout s'arrêterait là. Marcus envisagea de s'emparer du pistolet, mais il savait qu'un simple coup de patte de Tommy suffirait à le neutraliser.

« Qu'est-ce qu'on attend ? demanda Memo.

– Roule, répondit Tommy. Je te dirai quand on s'arrête.

– J'ai une audition.

– Ah oui ? Pour un boulot ?

– Un institutionnel.

– Un quoi ?

– C'est comme un film, mais pour une société. Ils fabriquent des moteurs de hors-bord.

– Tu vas jouer une bougie dansante ?

– Je t'emmerde. »

Le ton de la conversation était facétieux, mais Marcus sentait une véritable hostilité dans les vannes de Tommy. Il se demanda si Memo savait que la petite amie de Tommy lui avait parlé.

« Tu devrais venir avec moi, dit Memo. Il paraît qu'ils cherchent un éléphant. »

Tommy ne répondit pas. Marcus essaya de capter son regard, pour rétablir la relation qu'ils avaient instaurée au cours de leur conversation nocturne. Mais Tommy demeurait inflexible. Ils roulèrent en silence pendant encore cinq minutes, jusqu'à ce que Tommy ordonne à Memo de stopper. Ils s'arrêtèrent en douceur sur le bas-côté. Memo ouvrit sa portière et descendit. Tommy regarda fixement Marcus.

« Ne dis pas que je ne t'ai pas prévenu, mon pote. » Marcus devinait que l'autre était embêté de devoir le tuer. Mais il n'était pas plus rassuré pour autant. À quel moment la police d'assurance prenait-elle effet ? Avaient-ils besoin de découvrir un corps pour payer ? Tommy lui ordonna de descendre de voiture.

Marcus sentit la chaleur du soleil sur son visage. Du fait de l'altitude, la température était plus fraîche. Il respirait l'odeur des sapins, de la terre. Quelle journée magnifique. Il regrettait de ne pas pouvoir assister à la *bar mitsvah* de Nathan, mais au moins, tout était payé.

« Avance », dit Tommy.

Marcus pénétra dans les bois. Il envisagea de courir en zigzag, mais il savait qu'il ne pouvait pas s'échapper. Il regrettait d'être pieds nus et en pyjama. Il aurait préféré ne pas mourir en pyjama. Et il n'avait pas envie d'être mangé par les petites bestioles. Inanimé sur le sol de la forêt, grignoté par les écureuils. Ce serait affreusement humiliant. Soudain, il était moins optimiste au sujet de son destin. Il trébucha sur une racine et se tordit la cheville.

« Merde ! dit-il et il s'arrêta.

– Continue à avancer. »

Memo était juste derrière lui.

Marcus essaya de faire peser le poids de son corps sur sa jambe. Sa cheville était douloureuse. Il pouvait encore marcher, mais il n'était pas certain d'en avoir envie. Peut-être que s'il gagnait du temps, il se produirait quelque chose, un tremblement de terre, un groupe de randonneurs… une diversion quelconque qui lui accorderait une chance de survie.

Le coup qui l'expédia au tapis jaillit de nulle part. L'obscurité régnait derrière ses yeux ; un bourdonnement sourd résonnait sous son crâne. La douleur irradia du sommet de sa tête jusque dans son cou et ses épaules. Il avait l'impression qu'un arbre lui était tombé dessus.

Au loin, il entendit la voix de Tommy : « Qu'est-ce qui te prend, Memo ? »

En ouvrant les yeux, il découvrit le jeune gars penché au-dessus de lui avec un pistolet, et il comprit qu'il avait reçu un coup de crosse. Ses cheveux étaient humides. Il les caressa du bout des doigts. Du sang.

« Lève-toi et continue à avancer », ordonna Tommy.

Marcus se releva difficilement. Il crut voir le Samoan jeter un regard noir à Memo, fier de sa démonstration de violence.

« C'est aujourd'hui que tu y passes, déclara Tommy.

– Tu l'as dit, mec », répondit Memo.

Marcus avançait en titubant. Sa tête l'élançait. Son gros orteil saignait. Il avait dû se couper en tombant. Les aiguilles de pin étaient souples sous ses pieds nus, le soleil devenait plus chaud. Tous les trois s'enfoncèrent plus profondément dans les bois. Marcus ouvrait la marche ; les pans de son peignoir se balançaient au gré de sa démarche vacillante. Au bout de cinq minutes, ils atteignirent une clairière et Tommy lui dit de s'allonger sur le sol.

Marcus le regarda, en essayant une dernière fois de forger une sorte de lien humain ténu. Mais le gros Samoan restait de marbre. Marcus s'était juré de ne pas supplier, et voilà comment tout allait se terminer, il ne pouvait rien faire. Il se laissa tomber à genoux. Instinctivement, il prit deux poignées d'aiguilles de pin. Que pouvait-il en faire ? Les lui lancer au visage ? Elles étaient sèches dans ses mains, inutiles. Il ne voulait pas que son dernier acte terrestre soit un spasme d'agression impuissante. Il s'allongea, à plat ventre sur le sol de la forêt ; les aiguilles lui piquaient la joue. Il entendit la voix de Tommy.

« Tu en as envie, hein ? Alors, approche-toi pour faire ça proprement. »

C'était Memo qui allait le tuer. Marcus se prépara ; il vivait son ultime instant de conscience, la limite épistémologique, l'unification avec l'univers.

La détonation assourdissante du coup de feu résonna contre les montagnes et dans le ciel infini.

Marcus Ripps était mort.

Sauf que non. Il entendit un bruit sourd et regarda par-dessus son épaule pour découvrir Memo affalé sur le sol. Une rose humide s'épanouissait dans ses cheveux enduits de gel et le sang irrigua la terre sèche.

« Je crois que tu vas manquer ton audition », déclara Tommy. Sur ce, il ôta le pistolet de la main morte de Memo et le fourra dans la ceinture de son pantalon taille soixante.

Marcus contempla ce tableau de sa position couchée : le Samoan, massif devant la montagne imposante, l'arme, le mort enfoui dans la nature sauvage rocailleuse. Un faucon plana au-dessus de leurs têtes, à la recherche d'une proie. Marcus jeta un regard à Tommy. Avait-il pété les plombs ? Allait-il les tuer tous les deux ? Ou bien son ravisseur voulait-il simplement se venger sauvagement de Memo qui avait eu la mauvaise idée d'essayer de le cocufier ?

« Ça va ? » Quand Marcus répondit par l'affirmative, Tommy lui dit de se relever. Marcus s'exécuta et épousseta son peignoir ; le coup de feu résonnait encore dans ses oreilles. Il avait envie de célébrer le fait qu'il était toujours en vie, mais le cadavre à ses pieds compliquait les choses. Memo avait les yeux ouverts. Une mouche vint se poser sur son visage. Que disait l'étiquette dans cette situation ? Certes, ce gamin l'avait brutalisé, mais c'était quand même dérangeant de le voir étendu là, avec un trou dans son onéreuse coupe de cheveux.

La voix de Tommy s'engouffra dans la rêverie où était tombé Marcus. Il suggérait qu'ils regagnent la route. Marcus jeta des regards hésitants autour de lui. Le comportement du Samoan avait changé totalement ; l'allure menaçante avait disparu. Il était redevenu le type qui caressait le chien de la famille en pleine nuit.

« Tu veux que je te ramène chez toi ? »

Quand ils furent assis à l'avant du Yukon, Tommy éjecta les balles qui restaient dans le pistolet. Il sortit un bandana de sa poche de jean pour l'essuyer. Cela étant fait, il le posa sur le siège entre eux et ordonna à Marcus de le ranger dans la boîte à gants. Marcus obéit.

« Pourquoi m'avoir amené jusqu'ici ?

– Pour m'occuper de Memo. »

Tommy introduisit la clé de contact. Marcus essayait encore de comprendre son rôle dans les événements de la journée. Mais il fut heureux d'entendre le bruit du moteur. Au moins, il était vivant.

Son système nerveux étant hors-service, il ne put savourer le trajet du retour. Mais il parvint à mémoriser ce que Tommy allait dire à Malvina: « Tu as flingué Memo et foutu le camp. Je t'ai poursuivi dans les bois, mais tu as filé. Demain, tu plaques tout. »

Quand il s'engagea dans Magdalene Lane, Tommy ajouta: « Une dernière chose, mon pote. Si jamais t'avais l'idée d'aller voir les flics, y a tes empreintes sur le flingue. »

C'était donc ça. Marcus était l'alibi, une police d'assurance astucieuse pour Tommy au cas où quelqu'un découvrirait le corps. Si Marcus avait seulement l'*intention* de raconter à la police ce qui s'était passé, cette ruse la tuerait dans l'œuf. Pourquoi n'était-ce jamais *lui* qui réfléchissait avec trois coups d'avance ?

La camionnette de la société de matériel de surveillance était garée devant la maison quand Marcus descendit du Yukon. Ils étaient en train d'installer l'alarme. Ils tombent bien, songea-t-il. Tommy baissa sa vitre, lança un « *Shalom !* » puis repartit.

Marcus trouva Jan dans la cuisine, en train de vider le lave-vaisselle.

« Où étais-tu passé ? » Ses traits étaient tendus. Marcus n'était pas du genre à disparaître sans prévenir. Elle remarqua le sang séché dans ses cheveux. « Qu'est-ce qui t'est arrivé à la tête ?

– Je crois que je devrais mettre de la glace. »

Jan sortit un sac en plastique dans lequel elle fourra une douzaine de glaçons. Elle le tendit à son mari, qui s'assit et l'appliqua sur la vilaine bosse qui était apparue.

Elle le regarda, l'air de dire : Je t'en prie, dis-moi que ce n'est pas aussi grave que je le pense. Après s'être assuré que Lenore n'était pas dans les parages, il raconta à Jan tout ce qui s'était passé. Au début, elle l'avait écouté avec angoisse et incrédulité, mais quand Marcus eut terminé, des larmes de soulagement étaient apparues dans ses yeux, et maintenant, elle le serrait dans ses bras. Il lui frotta le dos, pour la réconforter.

Tous les deux savaient que la limite avait été atteinte. Ils n'étaient pas de taille à mener une guerre. C'en était fini des Poules Futées. Ils libéreraient le studio proche de Beverly Hills. Marcus informerait le personnel. Jan fermerait le site Internet et effacerait toute trace de leur activité sur la toile.

Lenore reçut cette nouvelle avec la même sérénité dont elle avait fait preuve quand Jan lui avait parlé pour la première fois de cette entreprise.

« C'était chouette, dit-elle. Les filles me manqueront. »

21

En cette matinée d'automne où Nathan Ripps fit sa *bar mitsvah,* le ciel était d'un bleu si éclatant que la famille de Jan, venue de Philadelphie, des gens très croyants, dirent à Marcus que c'était un don de Dieu. Les vents de Santa Ana soufflaient et le smog qui enveloppait habituellement la Vallée avait été chassé par leurs puissantes bourrasques. On apercevait nettement les montagnes de San Gabriel à l'est, et la chaîne de Santa Monica à l'ouest. En une pareille journée, on pouvait imaginer la San Fernando Valley comme un endroit neuf et pur. Ils avaient engagé une photographe, une jeune femme vêtue d'un tailleur-pantalon, avec des cheveux noirs noués en une épaisse natte. Elle disposa les membres de la famille de Jan sur le trottoir, devant la synagogue, selon diverses combinaisons, pour les prendre en photo.

Jan et Lenore avaient acheté des robes pour l'occasion, et Marcus, qui suivait traditionnellement la maxime de Thoreau, selon laquelle il fallait éviter toute activité qui nécessitait des vêtements neufs, avait dépensé presque huit cents dollars pour un costume. Quant à Nathan, il se régalait; il faisait de grands sourires à des gens de la famille qu'il voyait rarement, et savourait l'attention qu'ils lui accordaient temporairement sur ce trottoir tacheté de lumière.

Marcus avait interrogé des pères dont les fils et les filles avaient subi ce rite, et malgré cela, il n'était pas préparé à sentir cette boule dans sa gorge quand il leva la tête et découvrit Nathan sur la *bimah* (un mot que lui avait appris le rabbin Rachel quand il avait commis l'erreur, au cours d'une réunion de préparation avec toute la famille, d'appeler ça la scène).

Le rabbin et le chantre, un jeune homme au physique moyen-oriental, portant un chapeau multicolore qui semblait provenir d'un souk marocain, dirigèrent la communauté pour les prières et les chants, et Marcus eut l'impression de voir Nathan en accéléré. Dans son esprit, le bébé aux jambes potelées devint un bambin survolté, puis un gamin à l'air jovial, jusqu'à maintenant, alors qu'il traversait les ronces de la puberté pour pénétrer dans une adolescence maladroite qui portait les germes de sa disparition de l'existence quotidienne de son père. Il jeta un coup d'œil à Jan, dont il sentait qu'elle éprouvait ce mélange naissant de fierté, de joie et de tristesse qui s'abat sur les parents dans ces moments-là.

Tout en se réprimandant pour cette poussée de sentimentalisme, il se racla la gorge. Un jour, il avait entendu quelqu'un dire : *tous les gangsters sont sentimentaux.* Il se demanda, très brièvement, si cela s'appliquait à lui également. Jan serra sa main dans la sienne. Il en fit autant, en continuant à regarder droit devant lui. Il espérait que cette boule dans la gorge allait disparaître avant qu'il doive prendre la parole.

Nathan lut un passage de la Torah, d'une voix claire, avec une parfaite maîtrise de cette liturgie ancienne. Le rabbin Rachel adressa un signe à Marcus et à Jan quand vint leur tour de faire un discours. Jan parla la première, face à Nathan, de l'autre côté du pupitre d'où le rabbin conduisait la cérémonie. Elle n'était pas habituée à s'exprimer en public, surtout quand il était question de révélations personnelles. Tout d'abord, elle évoqua, d'un ton mielleux, son amour pour son fils, elle dit combien elle était fière de lui… tout ce qu'on peut attendre d'une mère. Puis elle prit de l'assurance et ajouta: « Tu n'as peut-être pas été élevé dans le plus religieux des foyers, Nathan, mais nous nous sommes toujours efforcés de t'apprendre à bien agir. Si la foi en Dieu peut t'aider, alors c'est une excellente idée. »

Sur ce, elle l'embrassa sur la joue, puis ce fut au tour de Marcus. Il sortit ses notes de sa poche et déplia la feuille. Il regarda brièvement le texte serré, puis reporta son attention sur son fils, qui lui rendit son sourire. Marcus inspira à fond et se lança dans un panégyrique de Nathan, dans lequel il s'attarda sur sa nature joyeuse, son don pour la musique, ses talents sportifs, la grâce avec laquelle il acceptait la pression parentale au sujet de ses devoirs, ses capacités enviables de fils et de petit-fils – tous les aspects de la vie d'une jeune personne qu'un parent vaguement conscient du défi que représente le fait d'avoir treize ans appréciera s'il se donne la peine d'y prêter attention.

Quand il eut terminé, Marcus étreignit maladroitement son fils, immensément soulagé de s'être acquitté de ses obligations, puis il regagna son siège, où il remercia en silence l'univers qui lui avait permis d'aller jusqu'au bout de son discours sans pleurer. L'excès de bonté dont il avait été le témoin, de la part du rabbin Rachel, de Nathan, de Jan et, chose incroyable, en lui-même, faisait qu'il avait eu énormément de mal à gérer sa vie quotidienne dernièrement. En regardant Nathan, si maigre et inexpérimenté, régler le micro – ses épaules étaient loin d'être assez robustes pour supporter un poids existentiel –, Marcus se promit d'être un citoyen exemplaire jusqu'à la fin de ses jours.

« Bonjour tout le monde », dit Nathan d'une voix retentissante. Le rabbin Rachel lui avait-elle appris à s'exprimer en public, en plus des aperçus spirituels qu'elle avait dispensés ? « J'aimerais vous remercier d'être ici avec moi en ce jour si particulier. Dans mon passage de la Torah, nous trouvons Abraham, Sarah son épouse, et leur neveu Loth, qui se rendent en Égypte car la famine ravage leur pays. »

Marcus savait deux ou trois choses sur la famine. Peut-être pas au sens propre, mais il connaissait la peur qui habite quiconque ne peut pas subvenir aux besoins vitaux de ceux qui ont placé leur confiance en lui. Il se cala dans son siège et adressa un grand sourire à son fils, si calme et concentré. L'assemblée était restée silencieuse jusqu'à présent, elle était désormais muette comme une tombe.

Nathan se redressa et reprit : « Avant qu'ils arrivent en Égypte tous les trois, Abraham prend Sarah à part pour lui parler d'une chose qui le tracasse. *Quand il fut sur le point d'arriver en Égypte, il dit à Saraï son épouse : "Certes, je sais que tu es une femme au gracieux visage. Il arrivera que, lorsque les Égyptiens te verront, ils diront : 'C'est sa femme' ; et ils me tueront, et ils te conserveront la vie. Dis, je te prie, que tu es ma sœur ; et je serai heureux par toi, car j'aurai, grâce à toi, la vie sauve."* Sarah, épouse du passé, zélée et soumise, accepta de participer au plan de survie d'Abraham et elle affirma être sa sœur. »

Marcus, qui n'avait qu'une connaissance superficielle de la Bible, ne se souvenait pas de ce passage. Son intérêt pour l'interprétation biblique de son fils et le plaisir du devoir accompli étaient à peine atténués par un malaise naissant face à la nature de l'histoire que racontait Nathan.

« Quand ils entrèrent en Égypte, les Égyptiens ne tardèrent pas à remarquer la beauté éclatante de Sarah. La Torah raconte : *Les officiers de Pharaon la virent et la vantèrent à Pharaon et cette femme fut enlevée pour le palais de Pharaon.* Abraham, commenta Nathan d'un air offensé, venait d'échanger Sarah contre sa vie. Ce n'est pas digne d'un gentleman. D'ailleurs, Dieu n'était pas d'accord avec la décision d'Abraham de renoncer à Sarah pour sauver sa peau, et il était furieux que Sarah ait apparemment désormais deux maris. La Torah nous dit : *L'Éternel affligea de plaies terribles Pharaon et sa maison, à cause de Saraï, l'épouse d'Abram.* Quand Pharaon comprit que Sarah était l'épouse d'Abraham, il devint furieux. Comme il est écrit dans mon passage de la Torah : *Pharaon manda Abram, et dit : "Qu'as-tu fait là à mon égard ? Pourquoi ne m'as-tu pas déclaré qu'elle est ta femme ? Pourquoi as-tu dit : 'Elle est ma sœur', de sorte que je l'ai prise pour moi comme épouse ? Or maintenant, voici ta femme, reprends-la et retire-toi !"* »

Nathan frappa du poing sur le pupitre pour souligner ses paroles, ce qui fit sursauter quelques personnes âgées dans l'assistance.

« Je me demande pourquoi Dieu a choisi comme père du peuple juif quelqu'un qui était capable de faire ce genre de conneries. » Il y eut des murmures dans le public, des regards échangés. Nul ne s'attendait à ce qu'un garçon de treize ans éreinte avec une telle virulence un héros biblique comme Abraham, le jour de sa *bar mitsvah* par-dessus le marché. Marcus regardait droit devant lui, comme s'il était en transe, et il ne vit pas Nathan lui jeter un coup d'œil avant de poursuivre.

« Non seulement il a placé son épouse dans une position compromettante, mais par sa conduite, il a mis en danger la vie de Pharaon et celles des personnes de son entourage. » Là, il marqua une pause pour créer un effet dramatique. Il observa l'assistance et saisit le pupitre à deux mains. « Comment le père de notre peuple peut-il être si imparfait ? Comment peut-il être… si semblable à nous ? La plupart des chefs spirituels et des prophètes des autres religions semblent parfaits, alors que le premier Juif avait un tas de défauts. Peut-être que c'était le but de Dieu : trouver ou créer une personne si manifestement humaine que les gens pouvaient s'identifier à elle ; pour que les Juifs, quand ils pensent à Abraham, imaginent quelqu'un comme eux. Certains penseront sans doute que le patriarche d'un peuple devrait être un modèle auquel on doit s'efforcer de ressembler. Mais Dieu savait peut-être qu'il n'est pas sain d'essayer d'être parfait, à moins qu'Il n'ait pas trouvé d'être humain parfait. Peut-être qu'il est impossible d'être parfait. »

Marcus hocha la tête à cette dernière remarque. *Amen.*

« Le rabbin Rachel m'a dit un jour que, avant que nous ayons des enfants, notre première priorité, c'est nous-mêmes, notre bien-être. Plus tard au cours de la vie d'Abraham, quand Dieu lui demanda de sacrifier son fils, Isaac, Abraham continua à se comporter en égoïste. Certains diront que c'était un signe de noblesse que d'être prêt à sacrifier son propre fils au nom du Seigneur, mais moi, je trouve ça idiot. Pourquoi Abraham risquerait-il de perdre une chose si chère à ses yeux pour une simple croyance religieuse ? Pourquoi la religion est-elle si importante ? N'est-ce pas notre façon de nous comporter qui compte ? Dieu a testé Abraham et sa foi, et bien des gens diront qu'il a réussi l'examen haut la main. Moi, je dis : absolument pas ! Abraham n'a pas su accomplir le plus crucial de tous les devoirs, qui est de prendre soin de ceux qu'on aime... Je connais deux personnes qui auraient réussi ce test. Ma mère et mon père. »

À cet instant, la boule dans la gorge de Marcus passa de la taille d'une mandarine à celle d'un pamplemousse.

« Je leur ai dit récemment : "Comment avez-vous pu être aussi altruistes avec moi ?" Et mon père m'a répondu : "Crois-moi, ce n'est pas toujours facile." Je sais que ce n'est pas facile, mais vous y arrivez et je ne peux trouver les mots pour vous dire à quel point je vous en suis reconnaissant. Je vous aime tous les deux... »

Nathan parla encore pendant une minute, mais Marcus n'entendait plus rien ; les sanglots se déversaient inexorablement. Il enfouit son visage mouillé dans ses mains, au premier rang du temple B'nai Jesherun, certain que tout le monde penserait qu'il était ébranlé par la fierté paternelle et l'amour qu'il éprouvait pour son fils.

Ce qui était le cas.

Dans une certaine mesure.

Ce que personne ne pouvait comprendre, à part Jan, c'était que Marcus s'était projeté dans le discours de Nathan. Marcus se trouvait à la cour du roi Pharaon et il devait sauver sa peau. Que les parallèles n'aient pas été tracés directement ne les rendait pas moins flagrants, ni accablants. Il avait maintenant le sentiment que sa présence même dans ce sanctuaire viciait l'exploit de son fils. Si Nathan était capable de rappeler à l'ordre, de manière si éloquente, le patriarche originel du monothéisme, que dirait-il de son propre père ? Cette pensée lui arracha un grognement audible, que ceux qui l'entouraient interprétèrent à tort comme le paroxysme de la fierté. Les yeux fixés sur ses chaussures, Marcus remarqua que la moquette était usée et il se promit de faire un don au temple dès la semaine prochaine.

Lors du *kiddoush* d'après cérémonie, organisé dans le foyer de la synagogue, Marcus et Jan acceptèrent les félicitations pour la prouesse accomplie par Nathan. Plusieurs personnes commentèrent l'aspect iconoclaste de son discours, et Marcus fut fier d'avoir élevé un garçon qui, au lieu de simplement régurgiter les placebos religieux qu'on lui avait inculqués à l'école juive, semblait avoir un penchant pour la philosophie.

Marcus étalait de la salade de poisson blanc sur un cracker en observant Plum et Atlas, qui semblaient en pleine conversation civilisée, près de la table des desserts. Sentant une main se poser sur son épaule, il se retourna et découvrit Kostya. Vêtu d'un costume quatre boutons dernier cri, il avait un sourire jusqu'aux oreilles, ravi de participer à la fête.

« Le petit Gangsta a assuré grave, dit-il en tendant une enveloppe à Marcus. Pour le gamin. »

Kostya étreignit son employeur d'antan, avant de se diriger vers le saumon fumé. Marcus sortit pour être seul un instant. Le ciel avait pris une teinte jaune et grise blafarde. Une vague odeur toxique flottait dans l'air, pire que le smog, plus menaçante. Les vents puissants de Santa Ana soufflaient du nord maintenant ; ils sifflaient entre les collines en charriant cette puanteur. Ses yeux se mouillèrent de larmes. Heureusement que la fête de Nathan ne se déroulait pas dans la Vallée.

Ce soir-là, des boissons tropicales sucrées, dans de grands verres à cocktail en plastique, coulèrent dans de jeunes gosiers. Des garçons, trop effrayés pour inviter les filles à danser, sautillaient sur des rythmes néo-punks et hip hop par groupes de quatre ou cinq, nullement gênés par les sous-entendus homo-érotiques. Des filles qui faisaient beaucoup plus que treize ans, aux yeux de biche, décontractées dans leurs robes moulantes, assistaient à ce spectacle en regrettant que les garçons ne soient pas plus vieux et moins bêtes. Deux gamins chapardaient des verres d'alcool aux adultes qui les laissaient sans surveillance. Une fille dont le père possédait la moitié de Westwood portait un T-shirt où était écrit FUCK YOU, en lettres gothiques, sur ses frêles épaules. Plusieurs mères en firent la remarque à Jan, qui pria la fille en question de bien vouloir retourner son T-shirt, ce qu'elle fit sans protester, même si, lorsque Jan repartit, cette enfant des privilèges et du laisser-faire lui fit un doigt d'honneur (pour la plus grande joie de ses complices ricanantes).

Pendant ce temps, les amis de Nathan se jetaient les uns contre les autres sur la piste de danse, telles des boules de flipper, ils rebondissaient dans tous les sens, en tournoyant sur eux-mêmes, bras écartés, visage renversé, dans une vague parodie frénétique des hassidiques du XVIIIe siècle. Lenore et ses amies aux corps fermes de l'école de pole dancing, excessivement affables, entraînèrent sur la piste les invités les plus âgés et les plus réfractaires au groove, en s'agitant et en se trémoussant, libérant les pulsions dionysiaques tapies à l'intérieur des poitrines bourgeoises.

Le serveur en veste blanche fut occupé toute la nuit et les boissons alcoolisées, abondantes et de bonne qualité, se déversèrent des bouteilles éclatantes dans des verres, puis dans des veines, arrachant à leurs chaises les invités pour les conduire vers la musique, où ils se retrouvèrent en train de danser en ligne sans se soucier un seul instant de l'effet produit, le signe d'une fête à tout casser.

Roon avait exprimé ses regrets via un e-mail envoyé par BlackBerry, depuis son jet de fonction, quelque part au-dessus des Maldives : *On fêtera ça une autre fois, félicitations !* et il chargea son comptable d'envoyer un petit chèque à Nathan. Marcus aurait aimé que Roon voie combien il avait réussi depuis qu'il ne travaillait plus pour lui, mais il faisait confiance à Takeshi, qui agitait les bras au-dessus de sa tête au rythme de la musique, à moins de dix mètres de lui, pour l'informer que la famille Ripps prospérait.

22

La matinée de dimanche fut sombre et embrumée, l'atmosphère encore pire que la veille. Malgré plusieurs margaritas et la fatigue des festivités, Marcus n'avait pas oublié d'avaler les deux cachets d'aspirine d'usage avant de se coucher. Jan, en revanche, ressentait encore les séquelles de l'importante quantité de chardonnay qu'elle avait ingurgitée, aussi Marcus, prévenant, lui apporta un médicament contre la migraine et une tasse de café noir au lit. En ouvrant la porte d'entrée pour récupérer le journal du dimanche, il découvrit qu'une cendre fine tombée du ciel avait tout recouvert: pelouses, arbres, rues, voitures. L'air en était rempli. Pris d'une quinte de toux, il rentra et alluma la télé. Il n'avait pas regardé les infos ni lu le journal depuis le vendredi, mais il ne fut pas surpris d'apprendre qu'un incendie ravageait une grande partie de l'Angeles National Forest.

Comme Nathan et Lenore dormaient encore, Marcus feuilleta le journal jusqu'à ce que le jeune livreur mexicain apporte les plats de saumon fumé, de bagels et de fruits tranchés disposés artistiquement.

Deux heures plus tard, la maison paisible fut envahie par les membres de la famille de Jan venus de loin, qui ne parlaient que de l'air vicié, de la couche de cendre, n'était-ce pas formidable que ça ne soit pas arrivé hier matin ? Les échos des conversations animées virevoltaient dans la pièce ; tout le monde évoquait la prestation de Nathan, les attractions locales qu'ils souhaitaient visiter avant de retourner chez eux, et pour ceux qui rentraient le jour même, l'heure à laquelle partait leur avion.

Marcus parlait du musée Gene Autry avec une des tantes de Jan, quand on sonna à la porte. Deux hommes en costume sombre se tenaient sur le seuil. Ils lui demandèrent s'il était bien Marcus Ripps. Il confirma. Ils se présentèrent alors, c'étaient des inspecteurs de North Valley. Puis ils l'arrêtèrent pour proxénétisme et transport illégal de cadavre.

La cellule du poste de police de Van Nuys ressemblait à toutes celles que Marcus avait vues dans les séries policières ; il se raccrochait à cette constatation dans un effort pour ne pas penser à la nature exacte de ce qui l'attendait. Oscillant entre la honte aiguë et la terreur pure, il se surprit à songer, de manière absurde, que la prolifération de divertissements liés à la police sur les chaînes de télévision américaines avait amélioré l'instruction civique, car n'importe quel spectateur possédait désormais une connaissance rudimentaire du système judiciaire américain.

Il était encore tôt en ce dimanche après-midi lorsque Marcus se retrouva en cellule et les autres occupants étaient les épaves humaines de la veille au soir : des ivrognes, des bagarreurs et un cambrioleur malchanceux qui avait été arrêté pour une infraction au code de la route avec le contenu de la maison de quelqu'un d'autre à l'arrière de son pick-up. Marcus était le seul à porter un pantalon repassé et un polo Lacoste ; et il se réjouissait que ses compagnons de cellule soient apparemment trop fatigués pour remarquer que le nouvel arrivant était habillé pour une expédition shopping à Rodeo Drive. Marcus maudissait le hasard qui faisait qu'il ne portait pas de chaussettes, convaincu que ses chevilles nues trahissaient une grande vulnérabilité.

La déchéance totale ne faisait pas partie des choses qu'il avait envisagées lorsqu'il s'était lancé dans cette entreprise de commerce charnel. Pas véritablement. Il savait que c'était une possibilité, mais il avait repoussé cette idée, au lieu d'en examiner les terrifiantes ramifications. Le luxe de l'oubli lui était désormais interdit, maintenant qu'il se retrouvait en prison, essayant de retenir ses sens olfactifs assaillis par une odeur âcre qu'il avait immédiatement identifiée comme étant celle de l'urine. Le type grisonnant, allongé près de lui sur le banc en bois, qui emplissait de ses ronflements l'air fétide, s'était pissé dessus. Marcus se leva et marcha jusqu'aux barreaux à l'avant de la cellule, en luttant contre une panique grandissante.

Je ne sais même pas de quel cadavre ils parlent. Celui que j'ai véritablement transporté ou l'autre ? Sauf que Memo n'était pas mort quand il est entré dans la forêt. Je ne l'ai transporté nulle part. C'est lui qui m'a transporté. Si quelqu'un l'a découvert, c'est que Tommy le Samoan m'a dénoncé. Dire que ce type a joué avec mon chien. Ça ne peut pas être lui. Il est en pleine conversion spirituelle. Dans ce cas, c'est Mink qui m'a vendu. Kostya m'a sans doute menti en disant qu'il ne lui avait pas fait de mal. Il l'a certainement tabassée et elle avait trop peur pour m'en parler. Merde ! Alors que je lui avais expressément demandé de ne pas la toucher ! C'est trop tard maintenant. Comment faire pour éviter que l'affaire s'ébruite ? Si les gens apprennent qu'on m'a arrêté, je deviendrai un paria. Nathan ! Nathan ne doit pas le savoir. Je dois me sortir de ce pétrin sans qu'il le sache. Et si je suis condamné ? Il le saura forcément. Et il me jugera. Je pourrai lui expliquer quand il sera plus vieux, toute cette foutue rationalisation, mais maintenant ? Peut-être qu'il m'aimera encore, je pense, mais il ne me croira plus, et quel genre de père deviendrai-je alors ? Pourquoi est-ce que je suis tourné vers l'extérieur de la cellule ? Je ferais mieux de regarder derrière moi pour m'assurer que personne ne s'approche en douce. Et si je suis condamné ? Comment pourraient-ils me condamner ? Ils ne pourront pas. Il va falloir affronter des obstacles, des gros même, du genre comment gagner ma vie, mais ma famille ne sera pas obligée de venir me voir en prison.

Par chance, Jan n'avait pas été arrêtée, et Marcus savait qu'une fois le choc passé, elle engagerait immédiatement un avocat. Hélas, les agents qui l'avaient interpellé lui avaient expliqué que personne ne pourrait le faire libérer avant sa mise en accusation, qui surviendrait seulement le lendemain, étant donné que c'était le week-end.

Ses pensées abandonnèrent l'examen de sa situation difficile pour se reporter sur Julian qui, malgré tous ses crimes, avait réussi à échapper à la prison, puis sur son grand-père, Mickey Ripps, le dur à cuire de Dublin. Malgré trois années de cabane, il aurait continué à provoquer les forces de l'ordre pendant des années s'il n'avait été écrabouillé par une caisse de pots de mayonnaise. Mais Mickey, cet être totalement dépourvu de sensibilité, était bien plus coriace que son petit-fils cadet.

Si Marcus ne fut pas surpris par les menottes, il fut plus qu'étonné de se retrouver attaché à la rangée de ces relativistes de la morale, assis avec lui dans le fourgon cellulaire qui fonçait sur la 101 pour les conduire à la prison du comté dans le centre de Los Angeles, où il passerait la nuit.

L'après-midi touchait maintenant à sa fin et il avait passé presque cinq heures derrière les barreaux. Au cours de son unique coup de téléphone, à Jan, celle-ci l'avait assuré qu'elle faisait tout son possible, mais comme on était dimanche, ce n'était pas facile. Il avait perçu la tension dans sa voix et il se réjouissait que lui soit épargnée l'humiliation qu'il subissait, pour l'instant du moins. Il avait du mal à se représenter son épouse en prison.

Marcus regardait droit devant lui, tandis qu'ils roulaient à toute allure sur l'autoroute, et il écoutait les conversations en espagnol. Ses talents linguistiques ne s'étaient pas améliorés depuis l'époque où il vendait des abonnements au câble à East L.A., et il ne comprenait que deux mots: *dinero* et *madre*. Des tatouages sophistiqués couraient sur les bras et dans le cou des autres prisonniers: toiles d'araignée, cœurs, bêtes fantastiques, évocations primitives de la vie intérieure de ceux qui les arboraient. L'aspect grossier de certaines œuvres indiquait qu'elles avaient été réalisées en prison, ce qui n'était pas pour rassurer Marcus. Plusieurs de ces hommes avaient sur le visage des cicatrices marquées; les plus récentes étaient violacées, les plus vénérables, blanches et en relief, telles des routes sinueuses de violence et de dépravation, symboles d'existences vécues à la pointe du couteau. Il priait pour que personne ne lui adresse la parole.

« *Holà, gringo!* » Marcus regarda sur sa droite. Un Latino aux cheveux teints en blond, avec un corps de culturiste qui jaillissait d'un débardeur, lui parlait. « Pourquoi ils t'ont embarqué ? Fraude fiscale ? » Les détenus qui comprenaient l'anglais s'esclaffèrent. S'ils n'avaient pas eu les poignets attachés par des menottes, ils l'auraient montré du doigt. Par leurs rires, ces hommes s'efforçaient d'afficher leur décontraction face à une condition critique, pratique qui n'était pas inconnue des voyageurs des trains de banlieue. Marcus enviait leur capacité à conserver l'esprit du *barrio,* alors qu'ils étaient enchaînés les uns aux autres comme un bracelet d'amulettes humaines, à l'intérieur d'un fourgon cellulaire lancé à vive allure.

« Hé, *pendejo,* tu es sourd ? » demanda le faux blond, en haussant la voix.

Marcus comprit, à son grand dépit, que ce type attendait une réponse.

« Proxénétisme, répondit-il, sans cesser de regarder droit devant lui.

– Proxé-quoi ? »

Il se rapprocha ; son haleine était chaude et fétide.

L'espace d'un instant, Marcus envisagea de mentir. Mais il sentait que la vérité, dans ce contexte, l'élèverait à leurs yeux ; ils comprendraient que, malgré sa tenue, c'était un homme au pouvoir indéfinissable, quelqu'un avec qui il fallait compter. Alors, il répondit : « Je suis un mac. »

En entendant cela, ceux qui parlaient anglais partirent d'un grand éclat de rire, si puissant qu'il faillit couvrir le vacarme du moteur. Témoins de cette démonstration de gaieté, les autres se regroupèrent en se demandant ce qu'ils avaient manqué ; ils regardaient le Monsieur Muscle peroxydé, dans l'attente d'une explication.

L'interlocuteur de Marcus traduisit: «*El dijo que es alcahuete!*», provoquant aussitôt une deuxième explosion de joie, et l'intérieur du véhicule se remplit de braiments qui transpercèrent Marcus comme un millier de poignards.

S'ensuivit un feu roulant en espagnol. La question était de savoir si cela était possible, et dans ce cas, est-ce que Marcus aurait la gentillesse d'organiser les présentations, une fois qu'ils auraient été innocentés des crimes qu'ils affirmaient tous ne pas avoir commis. Marcus savait que s'il était l'objet de leurs moqueries, rien de plus grave ne pourrait lui arriver, aussi les endura-t-il jusqu'à la fin du trajet, certain que nul ne voudrait tuer le clown.

En file indienne avec ses compagnons de voyage, Marcus établissait des stratégies pour survivre jusqu'au lendemain matin. Au moment de l'incarcération, il avait l'intention de demander à être placé en isolement. La file avançait rapidement, la plupart des prisonniers connaissant déjà la procédure. On leur remit des ensembles orange qui sortaient de la laverie, avec les mots COUNTY JAIL en grosses lettres noires dans le dos, et des pantoufles en caoutchouc.

Marcus avait déjà remis son portefeuille et sa ceinture à l'arrêt précédent. Il y avait quatre hommes avec lui dans le vestiaire aux murs gras et un gardien afro-américain au visage impassible. En enfilant sa tenue de prisonnier, dont le tissu rêche grattait sa peau fragile, Marcus découvrit que s'il se concentrait sur la tâche simple qu'on lui avait assignée, en oubliant tout le reste, il pouvait supporter ce moment, le relier à un autre, puis encore un autre, et ainsi arriver à la fin de cette effroyable journée.

À condition qu'il ne se fasse pas assassiner.

Il musela la terreur qui montait dans sa poitrine, tandis que, en slip, il enfilait le pantalon orange, muni d'une ceinture élastique qui lui donnait l'impression de s'habiller pour une partie de palet à la maison de retraite.

On lui remit un sac en papier brun qui contenait son dîner. Un gardien de petite taille, avec une tête de bouseux et une coupe en brosse, l'escorta jusqu'à une grande cellule au quatorzième étage. « Fais gaffe à toi, dit-il à Marcus avec un accent traînant qui sonnait faux. Si une bagarre éclate, n'oublie pas de te mettre du côté des tiens. »

La peur d'un drame imminent fut renforcée par le fait que le salut de Marcus dépendrait du bon vouloir d'un suprématiste blanc avec un svastika tatoué sur le bras.

Il longea une rangée de cellules remplies de malchanceux, nés si loin de la ligne de départ que malgré leur course, ils n'avaient pu éviter la trappe qui s'ouvrait sur la taule. Pour Marcus, les circonstances étaient différentes, et il avait hâtivement conclu que sa triste situation était le châtiment terrestre de ses péchés. Il s'efforça d'étouffer un sentiment d'horreur qui grandissait à toute allure. Dans une tentative pour se calmer, il se remémora les paroles immortelles du sinistre Allemand : « Ce qui est fait par amour s'accomplit toujours par-delà le bien et le mal. » Maigre réconfort.

La porte de la cellule se referma en claquant et Marcus n'entendit pas le gardien s'éloigner car la tension qui parcourait ses muscles l'empêchait de se concentrer sur autre chose que la vingtaine d'hommes avec laquelle il se retrouvait tout à coup, jeunes en majorité, noirs ou latinos, méchants. Les rares Blancs, pas rasés, dans un état de délabrement plus ou moins avancé, donnaient tous l'impression que cet endroit était plus chic que celui où ils avaient passé la nuit précédente. Comme son arrivée ne déclenchait aucune réaction, Marcus, affectant une certaine nonchalance, avec talent étant donné qu'il n'était même pas certain de réussir à contrôler sa vessie, se dirigea vers une place vide sur le banc métallique et s'y assit, en collant son dos contre le mur en parpaings froids pour être sûr que personne ne l'attaque par-derrière.

Il passa les quatorze heures suivantes dans cette position, à faire des exercices de respiration, à réciter des prières apprises récemment, à se remémorer d'anciens matchs de basket, action par action, afin de rester éveillé ; tout plutôt que de perdre conscience en présence de ces meurtriers potentiels. La peur l'aida à repousser la moindre tentation de laisser-aller. Une heure après son arrivée, Marcus avait mangé le sandwich aux boulettes de viande avec du pain blanc qui se trouvait dans le sac en papier qu'on lui avait remis. Son estomac se mit à gargouiller dans un pendant au tourbillon d'angoisse, silencieux, qui se déchaînait dans son cerveau. Histoire de s'occuper, il mangea la pomme molle et farineuse offerte avec le sandwich. Il fallait qu'il urine, mais il savait qu'il allait devoir se retenir.

Le milieu de la nuit fut le pire moment. Des types plus à l'aise que lui (c'est-à-dire toutes les personnes présentes) parvinrent à trouver une position pour dormir. La cacophonie de leurs ronflements faisait vibrer l'obscurité fétide. De sa position dominante sur le banc métallique, un peu moins menacé à chaque fois qu'un détenu s'endormait, Marcus se demanda à nouveau comment il s'était retrouvé dans cette situation critique. Pas au sens philosophique – à ce niveau-là, il savait qu'il ne devait s'en prendre qu'à lui-même –, mais à quel être perfide il devait d'être ici. Il avait été certain qu'il s'agissait de Mink, mais il en était moins sûr maintenant. Ça pouvait être n'importe qui. Pourquoi Jan et Lenore n'avaient-elles pas été arrêtées? Il se réjouissait qu'elles soient toujours en liberté – leur incarcération aurait été une catastrophe –, mais il ne savait comment expliquer ce mystère. Alors qu'il évoluait à la lisière du sommeil, ses pensées le ramenèrent à la *bar mitsvah* de son fils: l'office sublime, l'exubérance des enfants qui buvaient des cocktails multicolores et s'agitaient comme des fous sur la piste de danse, des instants éphémères remplis de grâce et d'émerveillement. Le chapitre d'une histoire qui s'était déroulée dans un monde aujourd'hui disparu.

Jan se présenta au palais de justice dès le lendemain pour verser la caution. Marcus plissa les yeux en sortant dans la lumière du jour. Tout son corps était endolori par la fatigue, et il dut donner la main à sa femme pour descendre les marches et rejoindre le parking. Il lui demanda si elle en savait plus au sujet des chefs d'inculpation. Elle avait appris que le corps en question était celui de Mahmoud Ghorbanifar, l'ultime client d'Amstel. Cet élément simplifiait les choses pour Marcus, en ce sens qu'il réduisait le nombre de ses ennemis potentiels. Lorsqu'ils sortirent du parking, il annonça qu'il ne voulait pas rentrer directement chez eux.

C'était Jan qui conduisait car il craignait de s'endormir au volant. Ils roulaient vers l'ouest, sur la 101, la circulation était fluide. Il regardait par la vitre.

« Qu'as-tu dit à Nathan ?

– Je lui ai dit que la police voulait te poser des questions, et que tu avais dû partir en voyage d'affaires. Je ne suis pas entrée dans les détails. »

La présence de sa femme le rassurait, et pourtant, rien de ce qu'elle pouvait dire n'était capable de lui remonter le moral. C'était comme si sa vie tout entière avait explosé en un millier d'éclats tranchants qui ne pourraient jamais être rassemblés.

Marcus n'était pas retourné à la plage du parc Leo Carillo depuis ses longues promenades avec Bertrand Russell, deux étés plus tôt. Il y a des années de cela, ils venaient ici avec Nathan et il tenait ses petites mains pour qu'il saute par-dessus les vagues qui roulaient sur le rivage. Cette plage lui semblait bien différente maintenant, alors qu'ils étaient assis dans le sable tous les deux, face à l'océan. Jan tira sa large jupe sur ses genoux. Le soleil d'automne était chaud et ils n'avaient pas mis de protection solaire, mais Marcus s'en fichait. L'air marin lui donnait un second souffle. L'un et l'autre avaient ôté leurs chaussures. Jan enfouissait ses pieds nus dans le sable.

« Tu n'as jamais eu envie de plonger dans les vagues et de nager sans t'arrêter ? demanda Marcus.

– Hein ? Jusqu'au Japon ?

– Le Japon, la Thaïlande… n'importe où.

– Peut-être qu'on aurait dû aller en Chine.

– C'est un peu tard. »

Il aurait aimé voir des dauphins. Peut-être qu'ils auraient su égayer ses pensées. Des surfeurs formaient une ligne, à cheval sur leurs planches ; ils attendaient la bonne vague. Bien qu'il ait grandi au bord de la mer, il n'avait jamais pratiqué le surf. Maintenant, il aurait voulu s'accrocher à son aspect primitif: le ciel, l'océan qui ondoyait; il voulait sentir sa force, sa profondeur et sa puissance, se laisser emporter par des courants invisibles, ballotté et projeté, impuissant, écrasé par l'étreinte froide et apaisante de l'eau, de plus en plus sombre, jusqu'à ce qu'il n'ait qu'un seul souvenir, celui de la lumière, puis aucun souvenir, plus rien.

Il fit couler une poignée de sable entre ses doigts. Un vent frais venait du large. Marcus plissa les yeux; il se souvint que ses lunettes de soleil étaient restées dans la voiture, mais il n'avait pas envie de refaire les deux ou trois cents mètres. Il fallait qu'il comprenne ce qui s'était passé, qu'il essaye de faire entrer les éléments dans une équation mathématique qu'il résoudrait ensuite, pour pouvoir équilibrer son livre de comptes interne. Marcus avait gagné de l'argent; les dettes avaient desserré leurs mains osseuses autour de leur gorge collective. Certes, il conduisait une voiture plus luxueuse qu'il n'était besoin, mais il ne s'était pas lancé dans des frais inconsidérés.

Il contemplait les vagues, baigné d'une tristesse grise. Ce n'était pas la tristesse de la honte ou des regrets qui pesait sur lui. Il y avait réfléchi au cours de sa longue nuit en cellule et il en avait conclu que, non, il ne regrettait pas ce qu'il avait fait. Il regrettait de s'être fait prendre avant d'abord baissé le rideau de son propre chef. Même s'il avait appris à gérer, depuis longtemps, les implications morales de ses actes, cette existence criminelle faisait peser une tension permanente sur son psychisme, c'est pourquoi la tristesse s'accompagnait d'un sentiment de soulagement. Il pensait être capable d'appliquer lors de ses futures entreprises les leçons qu'il avait apprises.

Jan déposa Marcus à la maison et partit chercher Nathan à l'école. En entrant dans la cuisine, il fut accueilli par une odeur d'ail. Plantée devant la cuisinière, Lenore était en train de remuer quelque chose dans une marmite. Un livre de recettes taché était ouvert près d'elle sur le plan de travail, et juste à côté, un morceau de viande marinait dans un saladier. Marcus inspira profondément.

« Je vous fais un osso buco pour le dîner, annonça-t-elle. Un jour, vous m'avez dit que vous adoriez ça. Je ne sais pas si ce sera bon. »

Marcus fut touché par le geste de Lenore. Il s'attendait à ce qu'elle lui parle de ce qui était arrivé, mais au lieu de cela, elle lui demanda de couper des citrons et d'en presser le jus pour préparer un dessert. Sans dire un mot, debout à côté d'elle, il prit un des citrons empilés dans la coupe en céramique mauve. Il le trancha en deux, plaça une demi-sphère dans le presse-agrumes, l'actionna et regarda le jus couler. Il prit un deuxième citron et renouvela l'opération. À cet instant, en cet après-midi d'automne, là, dans sa cuisine, il aurait aimé passer le restant de sa vie à accomplir cette tâche simple.

Plus tard dans la journée, Jan ramena Nathan, après son cours particulier de maths. La maison était envahie par l'odeur aillée de l'osso buco en train de mijoter et le parfum du gâteau au citron. Marcus l'accueillit dans la cuisine en essayant de paraître nonchalant ; il lui confectionna un sandwich et l'observa pendant qu'il le mangeait. En temps ordinaire, Nathan aurait demandé ce qui cuisait, mais aujourd'hui, il faisait comme s'il n'y avait rien de spécial.

« Tu as fait un truc particulier à l'école, aujourd'hui ?

– Non, rien. »

Son fils avait-il hérité de son gène de la dissimulation? Cette pensée le troublait.

Ce soir-là, toute la famille dîna ensemble, et si Marcus complimenta Lenore pour sa cuisine, il fut bien incapable de la savourer. Après le repas, Jan et lui regardèrent les informations sur Channel 9. À la suite des dernières nouvelles de l'incendie de l'Angeles National Forest, la jolie présentatrice hispano-écossaise apparut devant un bandeau indiquant PAPA MAC et déclara d'une traite: «Un habitant de Van Nuys, Marcus Ripps, a été arrêté hier pour avoir dirigé un réseau de call-girls.» Jan serra sa main dans la sienne et lui signifia du regard toute la peine qu'elle avait pour lui. Marcus s'efforça de ne pas prendre ombrage de sa pitié, alors qu'il s'enfonçait un peu plus dans le canapé. Lorsque sa photo, prise à la prison, apparut à l'écran, il éteignit le téléviseur et monta s'allonger sur son lit. Au bout de quelques minutes, il eut l'impression que ses nerfs allaient le mettre en état de lévitation. Alors, il redescendit pour discuter avec Jan des mesures à prendre, maintenant que tout le monde était au courant. Il la trouva dans le bureau, occupée à chercher un avocat sur Internet.

«Avant que l'on fasse quoi que ce soit, dit-elle, tu dois en parler à Nathan.»

Marcus partageait cet avis, alors il remonta, frappa tout doucement à la porte de la chambre de son fils et la poussa. Nathan était assis devant son ordinateur; il écoutait de la musique au casque tout en travaillant sur son projet pour le concours scientifique de l'école. Marcus lui tapota l'épaule et Nathan ôta son casque.

«Il se peut que tu entendes des choses sur moi à l'école, Nate, des choses pas très agréables.» Le visage du jeune garçon demeura impassible. « J'ai été arrêté et si nous n'arrivons pas à obtenir l'annulation des charges, il y aura un procès.

– Pourquoi on t'a arrêté ? »

Marcus inspira profondément et se lança dans une version légèrement édulcorée de la vérité, selon laquelle son entreprise n'était qu'une agence de rendez-vous au cours desquels les gens étaient parfois d'accord pour faire l'amour.

« Tu vas devoir aller en prison ?

– Je ne sais pas. » Marcus laissa à son fils le temps de se faire à cette réalité « Tu sais que je t'aime, hein ?

– En fait, papa, tu es une sorte de... mac ?

– C'est ce qu'ils disent. »

Le visage de Nathan demeura impénétrable. Impossible de deviner comment son jeune cerveau assimilait cette information. Marcus avait l'impression que Nathan le voyait pour la première fois.

« Qu'est-ce qui va se passer si tu vas en prison ?

– Personne n'ira en prison, compris ? »

Le petit sourire crispé de Nathan indiquait qu'il n'était pas totalement rassuré. Le silence qui suivit fut transpercé par la sonnerie du téléphone.

La voix de Jan retentit dans une autre pièce : « Marcus, c'est Atlas, il veut te parler ! »

Le concours scientifique de Winthrop Hall, un des grands événements de l'année scolaire, avait lieu le lendemain soir. Nathan avait travaillé d'arrache-pied sur son projet, une maquette d'un moulin à vent qui produisait assez d'énergie pour faire fonctionner une petite ampoule. Marcus se fit excuser, mais Jan ne voulait pas que Nathan y aille seul. Elle prit plus de temps qu'à l'accoutumée pour se préparer car c'était sa première apparition publique en tant qu'épouse d'un criminel. Elle essaya plusieurs tenues avant de trouver celle qui lui plaisait : jean, chemisier blanc ajusté et veste en tricot vert. Elle se maquilla avec soin et, après avoir jeté un dernier coup d'œil dans le miroir sur pied de sa chambre, elle s'apprêta à affronter sa nouvelle vie.

Les stands du concours scientifique occupaient chaque mètre carré du vaste gymnase de l'école. Les projets réalisés par les élèves s'alignaient sur plusieurs rangées, entre lesquelles les enfants et leurs parents circulaient en affichant une gravité digne d'un jury du prix Nobel. Jan était curieuse de savoir si quelqu'un allait lui adresser la parole. De fait, elle dut attendre un quart d'heure avant qu'on lui adresse un « bonjour ». Une expérience exposée par une élève de sixième, qui présentait une façon d'ôter la teinture pour les cheveux, avait attiré l'attention de Jan ; quand elle leva les yeux de la notice explicative rédigée à la main, elle découvrit Corinne Vandeveer. Jan lui sourit, mais Corinne fit comme si elle ne l'avait pas vue ; elle tourna la tête et glissa quelques mots à la personne qui l'accompagnait, une autre mère dynamique. Jan s'approcha d'elles.

« Bonjour, Corinne. »

Celle-ci esquissa un sourire crispé et la salua du bout des lèvres. Elle ne présenta pas l'autre femme, dont le bronzage éclatant, les cheveux lustrés et les boucles d'oreilles en diamants étincelants se combinaient pour créer un champ de force autour d'elle.

« Quand a lieu la réunion du comité de décoration ? demanda Jan.

– Il n’y en a pas.

– Qu’est-ce qui s’est passé ? »

Jan savait *parfaitement* ce qui s’était passé : Corinne avait appris l’arrestation de Marcus et décidé d’éviter son ancienne amie. Mais Jan était bien décidée à la mettre mal à l’aise.

« Dommage, je me faisais une joie d’y participer.

– Tout est réglé, dit Corinne. Contente de t’avoir vue. »

Sur ce, les deux femmes s’éloignèrent, abandonnant Jan devant le projet d’un élève de cinquième qui avait choisi d’annoncer sa création avec une pancarte qui disait : EST-CE QUE LES JEUX VIDÉOS RENDENT IDIOTS ?

Les enfants et leurs parents tourbillonnaient autour de Jan ; leurs voix formaient un bourdonnement sourd qui l’oppressait. Elle sentait grimper son mercure interne. Sa bouche était sèche. Elle évoluait au hasard entre les stands ; elle regardait les visages soignés, insouciants, rieurs, de tous ces privilégiés pour qui le soleil brille, le vent souffle et les nuages se dispersent. Qui pouvait affirmer que les activités auxquelles ils se livraient pour accéder à ce saint des saints étaient plus défendables ?

Elle était obligée de faire un gros effort de volonté pour ne pas quitter le gymnase en courant. Lentement et dignement, elle marcha vers la porte. Elle trouva un distributeur d’eau dans le couloir et se désaltéra. Puis elle alla prendre l’air. Le comportement parfaitement injuste de son ancienne amie la faisait enrager. Le mari de Corinne, Dewey Vandeveer, potentat de l’arbitrage boursier en jean, gagnait sa vie grâce à des manipulations financières de haut niveau ; les économies mondiales fluctuaient tandis que ses associés et lui, bandits de grands chemins à l’air respectable, garaient leur camion devant la chambre forte pour piller son trésor étincelant. Mais Marcus et elle étaient rejetés sous prétexte qu'ils étaient proxénètes ?

Au bout de cinq minutes, Jan trouva le courage de retourner dans le gymnase pour annoncer à Nathan qu'il était temps de rentrer. Il était entouré de cinq camarades avec lesquels il échangeait les paroles d'une chanson de rap. Il commença par protester, mais en voyant la manière dont sa mère le regardait, sans ciller, avec gravité, il la suivit au-dehors.

Ce soir-là, Marcus essaya de focaliser son attention sur la lecture d'Aristote, mais l'*Éthique à Nicomaque* n'était pas de taille à rivaliser avec l'implosion de son sentiment de stabilité et d'ordre. Tout était devenu incontrôlable. Il avait l'impression que ses cellules elles-mêmes se lamentaient. Quand il entendit la voiture de Jan s'engager dans l'allée, il ouvrit la porte et attendit sa femme et son fils sur le seuil.

« Alors, comment ça s'est passé ? »

Nathan passa devant lui et entra dans la maison. Marcus et Jan le regardèrent monter l'escalier.

« Nathan, ton père t'a posé une question. »

Marcus voyait s'éloigner le dos de son fils, en se demandant s'il devait lui ordonner de redescendre.

« Bien », répondit le garçon, avant de disparaître dans sa chambre.

Marcus se tourna vers Jan, puis il reporta son attention sur le haut de l'escalier.

« Corinne Vandeveer m'a battu froid.

– Hein ? »

Marcus était concentré sur son fils, et sur la façon de gérer ce qui s'annonçait comme un moment délicat dans leurs relations. Il ne s'attendait pas à ce que Jan lui soumette un nouveau problème.

« Apparemment, elle est au courant et…

– Je me contrefous de Corinne Vandeveer, OK ? »

Quand Marcus frappa une première fois à la porte de la chambre, il n'y eut pas de réponse. La seconde fois non plus. En entrant, il trouva Nathan assis à son bureau, avec son casque sur les oreilles. Marcus lui donna une petite tape dans le dos. Nathan leva les yeux vers lui, sans rien dire.

« Je sais que c'est difficile pour toi. »

Il aurait aimé trouver quelque chose de moins pathétique, mais il n'avait pas préparé de discours. D'ailleurs, il voyait bien que son fils n'était pas d'humeur à subir un laïus. Et que pouvait-il bien lui dire ? Si j'ai fait ça, c'est à cause de mon grand-père ? De mon frère ? D'une erreur de jugement ? D'un monde hypocrite ? D'une culture délétère ? Le refus de se laisser écraser, le besoin d'établir un territoire ? Tout cela lui semblait absurde et vain à cet instant, debout derrière son fils, une main posée sur son épaule.

« Je t'aime, Nate. C'est ce qui compte.

– Pour mes copains, tu es un vrai *gangsta*.

– Ah bon ? »

Marcus voyait bien que Nathan essayait d'analyser la situation. Il avait du mal à comprendre. Ne voulant pas l'accabler ni le mettre encore plus mal à l'aise, Marcus décida d'attendre un peu et il essaya de se détendre. Il était important de ne pas brusquer les choses. Marcus regarda autour de lui. Des vêtements étaient éparpillés, des livres et des feuilles jonchaient le bureau, quelques mangas traînaient par terre, près de l'étui à clarinette ouvert. L'instrument était posé sur le lit. Marcus le prit et plaça ses doigts sur les touches en faisant mine de jouer, histoire de détendre l'atmosphère. Peine perdue. Après un long silence, Nathan lâcha: «La prostitution est un crime.

– Premièrement, les lois ne sont pas toutes bonnes. J'ai aidé des adultes, tous consentants, je le précise… ça veut dire que les deux parties étaient d'accord pour…

– Je sais ce que signifie consentant, papa.

– Donc, j'ai aidé des adultes consentants à faire l'amour, OK?» Marcus reposa la clarinette sur le lit, pendant qu'il déterminait les limites de cette discussion. «Ce n'est qu'une affaire de sexe. Un acte purement physique, une interaction entre des muscles et des nerfs, et les gens aiment ça. Un tas de gens. Mais parce que nous vivons dans une société qui prône certaines valeurs…»

C'était le passage délicat, étant donné que Nathan venait justement d'adopter ces valeurs publiquement, avec l'approbation supposée de son père.

«Laisse tomber.»

Mais maintenant, il n'avait plus le choix.

«Certaines de ces valeurs sont bonnes. Bon, d'accord, la plupart. Mais dès qu'il est question de sexe…

– Elles ne sont plus bonnes?

– Dans un monde idéal, Nate, on devrait faire l'amour avec quelqu'un qu'on aime. Mais premièrement, on ne vit pas dans un monde parfait; et deuxièmement, il y a des gens qui n'aiment personne, ou qui ne peuvent pas, ou qui n'ont personne à aimer, mais ils veulent quand même faire l'amour. Ils se sentent seuls. Tu comprends?

– Oui, bien sûr. »

Il ne semblait pas convaincu.

« Les gens ont des envies, et parfois ces envies deviennent intenables. Alors, il y a des personnes dont le métier consiste à offrir une soupape de sécurité. Il en va ainsi depuis la nuit des temps.

– Les macs et les putes ?

– Oui. Du moins, pour ce qui est des putes… les filles… les femmes, quoi. Ne dis pas “les putes”. C'est injurieux. Il y a des cas où un type moche et riche épouse une femme beaucoup plus jeune, belle, au summum de son pouvoir de séduction. Certains de tes copains à Winthrop Hall ont des parents qui rentrent dans cette catégorie. Peut-être que cette femme n'aime pas vraiment son mari, mais il est riche et elle peut conduire une superbe voiture, vivre dans une grande maison, en échange de quoi, elle doit faire l'amour avec lui. En quoi est-ce différent ?

– Ils sont mariés.

– Oui. C'est donc acceptable aux yeux de la société, mais le principe est le même.

– Tu veux dire que la mère de Dylan Sussman est une pute ? demanda Nathan.

– Je ne connais pas personnellement cette femme. Ce qui compte, c'est que la société m'accuse d'être un criminel. Tu possèdes un ensemble de valeurs morales désormais, des valeurs honorables. Mais voilà à quoi se résume, pour moi, la morale : traite les gens comme tu veux qu'ils te traitent, d'accord ? Tout le reste, ça revient à calculer combien d'anges peuvent danser sur un quark.

– Hein ?

– Nul ne peut le savoir, Nate. Traite les gens correctement, aime ta famille…

– Tu les as traités correctement, toi ?

– Tout le temps ? Non. Est-ce que j'ai essayé ? Le plus souvent. Je n'ai pas dit que c'était facile. Écoute... Je sais que ça fait beaucoup de choses à assimiler pour un garçon de treize ans, mais quand tu te retrouveras seul... »

Nathan regardait dans le vide.

« Nate, regarde-moi, s'il te plaît. » Le garçon fit comme s'il n'avait pas entendu. « Les Dodgers jouent en ville. Tu veux aller au match ?

– Je n'aime pas le base-ball.

– Tu y as joué l'an dernier.

– C'est rasoir.

– Bon. Peut-être que tu changeras d'avis. »

Nathan hocha la tête ; son visage demeurait au point mort. Il refusait toujours de croiser le regard de son père. Marcus déposa un baiser sur son front chaud et s'en alla. Plus tard ce soir-là, alors qu'il était assis dans le salon, seul, avec *Les Derniers Jours de Socrate* sur les genoux, il songeait à ce qu'il aurait fait si son père s'était trouvé dans une situation similaire. Il finit par conclure que sa réaction n'aurait sans doute pas été très différente de celle de Nathan et donc, compte tenu des circonstances, il décida de s'estimer heureux.

23

Atlas voulait faire une partie de golf, mais pour Marcus c'était inenvisageable et il lui proposa d'aller boire un verre à la place. Ils étaient maintenant assis l'un en face de l'autre dans un box du Paradise Room devant un whisky. Juste avant la ruée du soir, l'établissement était calme. Les haut-parleurs diffusaient une musique techno-pop des années 1980, déplacée dans ce bar aux tons rouges. La première chose que voulut savoir Atlas, c'était pourquoi son ami ne lui avait jamais parlé de la nature de son entreprise. Quand Marcus se contenta de hausser un sourcil et de secouer la tête d'un air désabusé, Atlas choisit de ne pas insister. Il admit qu'il aurait sans doute gardé le secret, lui aussi. Marcus, de son côté, cherchait un moyen de lui parler de Plum, mais il ne savait pas comment aborder le sujet.

Ils étaient installés depuis un quart d'heure quand Atlas goba une cacahuète, mâchonna, déglutit et déclara : « Je veux être ton avocat. » Pour Marcus, ce fut une surprise ; une chose à laquelle il n'avait même pas pensé. De fait, il avait commencé à chercher un avocat compétent et hors de prix qui saurait contrer les accusations et lui éviter la prison. Atlas précisa qu'il travaillerait bénévolement.

Marcus fut momentanément désarçonné par cette proposition.

«J'ai peut-être foiré ma vie personnelle, mais je sais comment fonctionne un jury. Ce que j'ai fait pour Cricket Bulger, je peux le faire pour toi, déclara Atlas. J'ai merdé grave avec le jeu. J'ai aucune excuse. Mais ça fait six mois que j'ai décroché. Plus de casinos, plus de poker sur Internet, rien. J'assiste à des réunions trois fois par semaine.» Marcus cherchait toujours un moyen d'introduire le sujet de son ex-femme, mais Atlas était parti sur sa lancée. «Ton affaire va faire un maximum de bruit. Pour moi, c'est hyper motivant. Ce sera une formidable occasion de come-back, et je t'éviterai la prison.» Il s'interrompit pour regarder son ami droit dans les yeux. «J'ai besoin de ça, Marcus, et je te donnerai satisfaction, tu verras. Je sais déjà comment on va organiser ta défense.

– Ah oui ? Comment ?

– Je ferai de toi un héros populaire.

– Plum travaillait pour moi.»

Le sourire disparut sur le visage d'Atlas. Marcus guettait sa réaction. Il n'était pas très satisfait de la manière maladroite dont il avait lâché l'information. La musique lancinante rivalisait avec l'odeur de renfermé du bar.

«Pardon ?» Atlas n'était pas sûr d'avoir bien entendu. «Tu parlais de Plum ?

– Elle travaillait pour moi.

– En tant que… qu'est-ce qu'elle… *quoi ?*

– Elle était dominatrice. Elle travaillait pour l'agence.»

L'inclinaison de la tête d'Atlas se modifia ; il regardait Marcus du coin de l'œil.

«Ne me dis pas que… Hein ?» Il y eut un long silence, rempli par le son grêle des synthétiseurs et la voix, totalement dénuée d'émotion, d'un chanteur. «Oh, bon Dieu…»

L'attitude bravache affichée par Atlas quelques instants plus tôt se volatilisa ; il donna l'impression de se dégonfler. Puis, sans un mot, il prit son verre et se dirigea vers le bar pour en commander un autre. Marcus ignorait ce qui allait se passer ensuite. Certes, leur mariage avait périclité, mais Plum avait été sa femme, et Marcus était partiellement responsable de sa nouvelle vie. Cette découverte allait peut-être révéler un esprit chevaleresque enfoui jusqu'alors ; Atlas allait briser son verre et le planter dans le visage de son ami. Peut-être que ce self-control tout nouveau n'était qu'une comédie ; il allait sauter sur la table, lui tordre le cou et le laisser mort sur le parquet collant du Paradise Room. Quoi qu'il arrive, Marcus estimait qu'il devait la vérité à son ami.

Atlas contemplait son reflet dans le miroir derrière le bar. Le barman, un jeune type qui arborait un genre de moustache très en vogue chez les musiciens de country-rock dans les années 1970, lui servit un autre whisky et le fit glisser vers Atlas, qui but aussitôt une grande gorgée. Puis une autre. Marcus le regarda vider son verre, le reposer sur le comptoir et tapoter sur le bord avec son index. Le moustachu lui en servit un autre. Atlas déposa un billet de vingt dollars devant lui et prit son verre pour revenir s'asseoir dans le box.

« Une dominatrice ?

– Ça rapportait.

– Tu te fous de moi ?

– Hélas, non. Mais elle avait envie de le faire et…

– Elle a enfin trouvé ce pour quoi elle était douée. »

Fallait-il voir de l'amertume dans cette remarque ? De la compassion ? Un encouragement ? Ou était-ce une posture : des paroles cassantes qui masquaient une plaie douloureuse ? Marcus éprouvait le besoin d'atténuer le choc, d'arrêter l'hémorragie. D'assumer ses responsabilités.

« Écoute, Atlas, je peux... »

Avant qu'il puisse se lancer dans un mea culpa, Atlas leva la main.

« Inutile, dit-il.

– Tu me pardonnes ?

– Premièrement, il n'y a rien à pardonner. Plum a le droit de gagner sa vie et si elle paye son loyer en fouettant un type qui a le cul à l'air, de quel droit lui dirais-je qu'on ne peut pas faire ça en Amérique ?

– Je suis content que tu te montres aussi large d'esprit.

– C'est ce qu'on attend d'un jury. Les procès, c'est comme les livres et les films. Il faut que les jurés s'attachent à une histoire. » Un an plus tôt, Marcus aurait été surpris de la rapidité avec laquelle Atlas avait assimilé cette information, mais maintenant il avait une meilleure connaissance des techniques de survie. « Tu vas devenir un accusé de renommée mondiale. Ta boîte fout le camp en Chine, tu as un jeune fils, une belle-mère qui a des problèmes de santé. Tout ce que tu veux, c'est prendre soin de ta famille. C'est une histoire de *rédemption*, mon pote ! La vie te file un jeu pourri et toi, tu en tires le maximum. Je ne laisserai pas le gouvernement te démolir. »

Marcus réfléchit à tout cela. Assurément, Atlas était très motivé. Et il était ce qui se rapprochait le plus d'un ami, un élément à ne pas négliger. En outre, il appréciait le fait qu'Atlas ne donne pas l'impression de le juger, même au fond de lui-même. Ils trinquèrent.

« Tu seras un homme libre », prédit Atlas.

En rentrant chez lui, dans sa voiture, Marcus se demanda s'il ne s'était pas laissé convaincre trop rapidement. Il pouvait s'offrir n'importe qui; peut-être devrait-il faire une expédition dans les cabinets d'avocats. Mais ses pensées furent, une fois de plus, étouffées par ce mystère: qui l'avait dénoncé? Il avait passé des heures à essayer de percer cette énigme, et alors qu'il pénétrait dans son allée, il comprit tout à coup. Malvina lui avait dit qu'il aurait dû aller en Chine. À ce qu'il sache, leurs seules connaissances communes étaient les femmes qui travaillaient dans ce métier. Or Marcus n'en avait parlé qu'à une seule personne. Il était abasourdi, mais pas surpris.

La maison était vide. En passant le courrier en revue, il remarqua un paquet envoyé par Dominic Festa. Il s'agissait d'une boîte marron, d'environ quinze centimètres sur quinze, en carton ondulé et enveloppée de ruban adhésif. Il prit un couteau dans un des tiroirs de la cuisine et ouvrit le paquet. Sur le dessus, il y avait un mot de Festa, écrit à la main, avec des pleins et des déliés, sur une feuille de bloc de bureau. Il disait:

Cher Marcus,

Désolé d'apprendre ce qui vous arrive. Cette chose était restée dans un tiroir de mon bureau, je voulais vous l'envoyer depuis un moment. En vous voyant à la télé hier, j'ai compris que c'était maintenant ou jamais. Bonne chance!

Cordialement, Dominic Festa.

Marcus glissa la main à l'intérieur du carton et en sortit une petite urne en céramique bleu-vert qui contenait les cendres de son frère Julian.

L'urne était fraîche au toucher et d'une étonnante légèreté. Marcus n'avait jamais tenu dans sa main une urne contenant des restes humains. Il fallait qu'il les disperse, qu'il les enterre, ou qu'il en fasse ce qu'on faisait avec des cendres, mais c'était une chose à laquelle il ne pouvait pas penser pour l'instant. En attendant, où les mettre ? Pas dans la cuisine, ni dans la chambre, certainement pas. Ni dans le salon, où cette urne ferait réapparaître la présence maléfique de Julian chaque fois que Marcus y entrerait. Pourquoi pas dans le placard de l'entrée ? Était-ce un manque de respect ? Finalement, il déposa les cendres sur une étagère du bureau, à côté d'un exemplaire jauni de *L'Être et le Néant*, et il essaya d'oublier leur existence.

Ce soir-là, Marcus reçut un e-mail d'Atlas l'informant que le gouvernement ne disposait que d'un seul témoin dans son affaire, une ancienne des Poules Futées.

Kostya appela le lendemain et proposa qu'ils se retrouvent au Pink's dans l'après-midi. Il mangeait un hot dog quand Marcus arriva ; il observait le trafic avec l'œil d'un dompteur de félins. Ils se serrèrent la main et Marcus se paya un soda. Kostya lui fit signe de marcher. Ils prirent la direction du nord et passèrent devant une boutique qui vendait des antiquités à des tarifs prohibitifs.

« Je connais un type, un Tchétchène, il est venu à Hollywood pour être cascadeur, mais ça marche pas pour lui, alors... » Kostya regarda Marcus droit dans les yeux. Celui-ci ne dit rien. « Cinq mille dollars, la moitié payable d'avance, le reste une fois le boulot terminé. Tu veux pas que cette salope parle ? »

Marcus fut choqué. Puis il ne fut plus choqué du tout. Se croyait-il encore fabricant de jouets ? Il avait renoncé au droit d'être effrayé par la proposition de Kostya.

Ajoutez un peu d'eau, remuez et le problème disparaîtra. Ce genre de personnes, il en mourait tous les jours. Il serait difficile d'établir un lien. Il avait fait son paquetage, l'entreprise avait déjà mis la clé sous la porte. C'était son monde désormais. Ses empreintes se trouvaient déjà sur l'arme du crime.

« C'est foutu, mec… Tu montais des plans d'épargne-retraite et tout ça.

– Il faut que je réfléchisse. »

Kostya hocha la tête. Marcus lui demanda comment ça se passait avec Jésus Aime le Barbecue. Kostya l'invita à venir déjeuner avec toute sa famille quand ce serait ouvert. Après une accolade, ils se séparèrent.

En roulant dans Laurel Canyon pour regagner la Vallée, Marcus songea aux ombres envahissantes, à cet enfer dont il avait accepté l'étreinte froide. Il regarda son portable et songea à appeler immédiatement Kostya, pour en finir. Lâchez le Tchétchène. Il protégerait sa famille. Pourquoi devrait-il aller en prison ?

Il était minuit passé, Marcus et Jan étaient dans la cuisine rénovée, en train de s'occuper du linge. Ni elle ni lui n'arrivaient à dormir. Marcus n'avait pas parlé à sa femme de sa rencontre avec Kostya car il voulait d'abord décider de ce qu'il allait faire, et il n'avait toujours pas choisi. Il forma une boule avec une paire de chaussettes noires, pendant que Jan pliait un T-shirt de Nathan.

« Si je dois aller en prison, tu crois que tu pourras te débrouiller ?

– Tu n'iras pas en prison.

– Mais si j'y vais.

– Ce serait dur. Pas à cause de l'argent. On a de quoi vivre un moment, mais… Nate… »

Jan n'eut pas besoin d'achever sa phrase. Elle déposa le T-shirt dans le panier.

« Et si je te disais que j'avais trouvé un moyen de tout arranger ? »

Quand elle lui demanda ce qu'il entendait par là, il lui fit part de la proposition de Kostya. Elle le regarda comme s'il avait perdu la raison.

« Tu n'y penses pas sérieusement, si ?

– Apparemment, *j'y pense.* Je ne veux pas aller en prison.

– Non, Marcus. Tu trouves que ce n'est pas assez dur comme ça ? Si jamais tu te retrouves impliqué dans ce genre de choses… Je ne peux pas… *Je ne peux pas !* Bon Dieu, tu es devenu fou ? Toi non plus, tu ne peux pas ! »

Il lança les chaussettes dans le panier, où elles atterrirent à côté du T-shirt, et il prit une autre paire. Il remerciait sa femme pour cette affirmation simple, mais une seconde plus tard, il se surprit à se demander si le cascadeur tchétchène pouvait lui garantir un travail sans aucune trace. Horrifié par ses pensées, il se rendit dans le salon, ouvrit le bar et se servit un whisky. Il vida son verre d'un trait, puis annonça à Jan qu'il allait essayer de dormir. Dans sa chambre, il se coucha, l'esprit en ébullition. Le Tchétchène lui rappelait Tommy et Memo, la balade en voiture, la longue marche dans les bois, le coup de feu qui résonnait entre les collines arides. Il avait vu cela de près. Enfin, pas exactement *vu,* étant donné qu'à ce moment-là, il était couché à plat ventre, la tête dans les aiguilles de pin. Mais il savait à quoi ça ressemblait quand quelqu'un se faisait tuer et il s'aperçut qu'il ne pourrait jamais céder à cette impulsion.

Dix minutes plus tard, ses sombres ruminations furent interrompues par des petits coups frappés à la porte.

« Marcus ? »

C'était Lenore. Il lui dit d'entrer. La porte s'ouvrit et Lenore fit son apparition avec un joint. Allongé, Marcus la regarda, sans bouger. Elle tira sur le joint et laissa la fumée ressortir par ses narines.

« Vous en voulez un peu ? Ça vous aidera peut-être à dormir.

– Non merci. »

Il n'avait ni l'envie ni la force de lui ordonner de l'éteindre.

Lenore portait un pyjama jaune avec des rayures verticales mauves qui lui donnait l'apparence d'un matamore de la *commedia dell'arte* extrêmement maigre. La lumière tamisée du couloir entourait sa frêle silhouette d'un halo pâle.

« Moi non plus, je n'arrive pas à dormir. » Elle tira une autre taffe pendant que Marcus attendait la suite. « J'ai beaucoup réfléchi.

– À quoi ? »

Il n'avait pas vraiment envie de discuter, avec qui que ce soit, mais c'était mieux que de se débattre avec ses élucubrations funestes.

« Je veux payer pour l'équipe. »

Marcus roula sur le côté et prit appui sur le coude.

« Lenore, je ne comprends rien à ce que vous dites.

– Je suis prête à aller voir les flics pour leur dire que c'était moi qui gérais l'entreprise. »

Bien qu'estomaqué par cette proposition, il formula très vite une réponse : « Hors de question.

– Vous ne pouvez pas aller en prison, Marcus. » Elle tira sur le joint encore une fois. « Vous avez une femme et un enfant. Personne n'est dépendant de moi. Je pourrais tirer deux ou trois ans sans problème.

– Non. N'y pensez plus.

– Vous m'avez recueillie quand Shel est mort, vous avez payé mon traitement…

– Ne jouez pas sur ma corde sensible, Lenore, elle s'est cassée. J'apprécie votre offre, et je suis touché, c'est vrai, mais je suis obligé de vous le répéter… Il est hors de question que je vous laisse faire ça.

– Promettez d'y réfléchir, au moins.

– Laissez-moi tirer une taffe avant de repartir. »

Il sentait que la déception de sa belle-mère n'était pas feinte. Elle lui tendit le joint et il inspira à fond. Cela faisait des années qu'il n'avait pas fumé d'herbe et lorsqu'elle envahit ses poumons, il se mit à tousser. Les spasmes durèrent presque trente secondes et son système pulmonaire s'en trouva si éprouvé qu'il sombra dans un sommeil agité quelques instants seulement après que Lenore lui eut souhaité bonne nuit.

24

En cette matinée ensoleillée du mois de mai, deux ans après avoir quitté le monde des jouets, un an et demi après avoir débuté sa nouvelle carrière, et six mois après l'arrêt brutal de celle-ci, l'homme que Channel 9 avait baptisé « Papa Mac » était assis sur le siège de l'accusé dans la salle de tribunal du palais de justice de Van Nuys, vêtu du costume sombre qu'il avait acheté pour la *bar mitsvah* de son fils. L'appréhension qui avait accompagné les journées précédant le procès lui avait fait perdre l'appétit et sa veste flottait sur ses épaules. Atlas était assis à ses côtés, bien décidé à en découdre avec quiconque oserait mettre en doute l'histoire de rédemption qu'il avait l'intention de bâtir. Assise derrière eux, libre, Jan redoutait une condamnation qui enverrait Marcus en prison pour au moins trois ans, conformément au code pénal de l'État de Californie. Lenore avait pris place à ses côtés; elle souffrait de voir cet homme, qui avait toujours essayé d'être bon avec elle, subir l'humiliation publique d'un procès criminel.

Le juge Ruth Wu était une petite femme d'une soixantaine d'années. Ses cheveux gris formaient un chignon sévère et de grosses lunettes à monture noire étaient perchées sur son nez. On aurait dit que sa robe de magistrate allait l'avaler. Penchée en avant, les coudes sur son bureau, elle appela le premier témoin, l'inspecteur Victor Jarvis de la police de Los Angeles, un homme laconique, dont la bedaine l'empêchait de fermer la veste de son costume réservé au tribunal. Il prêta serment.

La représentante du procureur était Maria Mendoza. Tirée à quatre épingles, elle portait un costume sombre à fines rayures et des escarpins noirs. Marcus l'observait, en s'efforçant d'ignorer son pouvoir sexuel. Par une sorte de perversité, le mépris qu'elle affichait ouvertement envers lui la rendait encore plus attirante. Il savait que certains hommes paieraient cher pour ce genre de dédain, et encore plus si elle l'affichait dans une tenue adéquate. Il s'empressa de chasser cette pensée quand Mendoza s'adressa à Jarvis.

« Inspecteur Jarvis, qui a découvert le cadavre de Mahmoud Ghorbanifar dans l'Angeles National Forest ?

– Des pompiers qui combattaient un feu. »

Il s'exprimait d'une voix monotone, comme s'il lisait un manuel technique.

« Vous étiez le premier inspecteur sur place ?

– Exact.

– Qu'est-ce qui vous a amené à penser que le corps avait été déplacé ?

– Personne ne va se promener dans les bois tout nu.

– Quelqu'un n'aurait pas pu voler les vêtements de la victime ?

– Objection ! s'exclama Atlas. Question orientée. Le mort en question n'est pas une victime. Il ne s'agit pas d'un procès pour meurtre. »

Marcus se réjouissait de l'intervention rapide d'Atlas. Il ne laisserait rien passer. Le juge accepta l'objection et demanda à Maria Mendoza de continuer.

« Personne n'aurait pu voler les vêtements de *M. Ghorbanifar ?*

– Le corps a été retrouvé dans un endroit isolé. Il est peu probable que quelqu'un l'ait découvert et déshabillé.

– Objection ! Ce sont des spéculations ! dit Atlas.

– Objection retenue, dit le juge.

– En transportant le corps au laboratoire, qu'avez-vous découvert ?

– Il avait un poil pubien dans la bouche.

– Veuillez expliquer à la cour ce qui s'est passé ensuite.

– Nous avons interrogé une banque de données d'échantillons ADN.

– Et qu'avez-vous découvert ?

– Qu'il appartenait à Lenka Robich.

– Quoi donc ?

– Le poil pubien.

– Pourquoi figurait-elle dans cette banque de données ?

– Elle a été condamnée pour vol à l'étalage à Londres. Là-bas, ils prélèvent des échantillons d'ADN et les éléments se retrouvent ensuite dans le système informatisé international. »

La preuve matérielle en question étant inattaquable, Atlas ne jugea pas utile de procéder à un contre-interrogatoire du témoin. Le juge Wu décréta une courte pause. Jan et Lenore sortirent prendre l'air, mais Marcus voulait éviter les médias. Atlas et lui se tenaient devant une fenêtre, au fond d'un long couloir, près de la salle d'audience. Marcus contemplait le parking quand Atlas dit : « J'ai repensé au surnom que t'ont donné les médias : "Papa Mac"...

– Et alors ? » Marcus détestait ce surnom.

« Je pense que tu devrais le déposer. C'est facile à retenir.

– Facile à retenir ? Quand cette histoire sera finie, je ne veux plus entendre parler de tout ça.

– Je le déposerai à ta place. On ne sait jamais. »

Marcus secoua la tête, stupéfait. Comment pourrait-il tirer un avantage quelconque de cette réputation ?

Maria Mendoza annonça : « Le ministère public appelle Lenka Robich. »

Quand Amstel se présenta à la barre, elle ne regarda pas Marcus. Lui ne la quittait pas des yeux, en revanche, conscient, ô combien, qu'elle tenait sa vie entre ses doigts joliment manucurés. Toujours aussi enchanteresse, elle avait composé un personnage entièrement nouveau pour son rôle de témoin à charge. Avec sa jupe droite et son chemisier en soie, elle ressemblait à un jeune cadre. En réponse aux questions amicales de Maria Mendoza, Amstel raconta dans le détail comment elle était entrée dans l'orbite de Marcus et ce qui s'était passé la nuit où M. Ghorbanifar avait trouvé la mort. Posée et pleine d'assurance, elle se servait de son expérience théâtrale pour raconter l'histoire passionnante d'une sympathique immigrante, avec un penchant pour la chair, qui s'était retrouvée prise dans une toile d'araignée. Les jurés étaient tout ouïe, ils attendaient quelque chose de salace. Ça ne tarda pas.

Atlas avait acheté son costume bien coupé avec de l'argent emprunté. Maintenant, planté à deux mètres d'Amstel, sûr de lui, il tentait de la pousser dans ses derniers retranchements. Elle le regardait comme un insecte écrasé sur le pare-brise de sa Cadillac.

« Que ce soit bien clair, Mlle Robich, pour le jury. Le soir où M. Ghorbanifar est décédé et le soir où vous avez été arrêtée… ce sont deux soirs différents, n'est-ce pas ?

– Oui.

– Parlons du soir où vous avez été arrêtée. Depuis combien de temps étiez-vous dans cette chambre d'hôtel quand les événements se sont produits ?

– Dix minutes.

– Et vous aviez déjà ôté vos vêtements ?

– Oui.

– Combien de temps êtes-vous restée nue avant d'être interrompue ?

– Quelques secondes.

– Que s'est-il passé ensuite ?

– La police est entrée.

– Combien de personnes ?

– Euh, je ne sais pas… cinq, peut-être.

– Que s'est-il passé ensuite ? Au fait, ces policiers étaient-ils tous des hommes ?

– Je crois. Je ne sais pas.

– Aviez-vous peur ?

– Oui.

– Quelqu'un vous a-t-il adressé la parole ?

– Ils ont dit : "Pas un geste. Ne bougez plus. Restez sur le lit."

– Et ensuite ?

– Ils ont fouillé dans mon sac.

– Où étiez-vous pendant ce temps-là ?

– Toujours sur le lit.

– Et ensuite ?

– Ils m'ont dit de m'habiller et de prendre mes affaires pour aller au poste.

– Après être sortie de la chambre, vous êtes allée dans la chambre voisine, je crois. C'est exact ?

– Oui.

– Et là, vous avez été interrogée par l'inspecteur Blaine, B-L-A-I-N-E, de la police de Los Angeles.

– Oui.

– Vous souvenez-vous des questions de cet interrogatoire ?

– Désolée. Je me souviens pas. J'étais bouleversée.

– Vous avez oublié ce que vous avez dit à l'inspecteur Blaine ?

– Oui.

– Vous souvenez-vous d'avoir été conduite au Precinct 37 de la police de Los Angeles ?

– Oui.

– Ça, vous vous en souvenez ?

– Oui.

– Vous vous souvenez d'avoir été incarcérée ?

– Oui.

– On vous a dit que vous alliez être inculpée pour prostitution, vous vous en souvenez ?

– Oui.

– Quelle a été votre réaction en apprenant que vous alliez être inculpée ? Comment vous sentiez-vous ?

– Mal.

– Ensuite, quelqu'un du bureau du procureur est venu vous expliquer que si vous témoigniez contre la personne qui vous avait envoyée à ce rendez-vous, il n'y aurait pas d'inculpation, c'est exact ?

– Oui.

– Donc, après vous avoir emmenée au poste pour vous jeter en cellule, ils vous ont annoncé que vous alliez être inculpée. C'est alors qu'ils ont procédé à un deuxième interrogatoire. Vous vous en souvenez ?

– Oui.

– Mais ce n'était plus l'inspecteur Blaine. L'inspecteur Wolfson avait pris le relais. Exact ?

– Oui.

– C'est lui qui vous a appris qu'on avait retrouvé un de vos poils pubiens dans la bouche d'un homme dont le corps avait été découvert dans l'Angeles National Forest.

– Oui.

– Votre ADN figurait dans une base de données à la suite d'une condamnation antérieure ?

– Objection ! On s'éloigne du sujet ! protesta Maria Mendoza.

– Objection rejetée », dit le juge.

Atlas sourit. Marcus prenait presque du plaisir. Son avocat était en train d'étriller le témoin. Le juge ordonna à Amstel de répondre à la question, mais celle-ci affirma avoir oublié ce qu'on lui demandait.

« Votre ADN figurait dans une base de données, répéta Atlas. Car vous aviez déjà été condamnée.

– Oui.

– Par conséquent, lorsque cette histoire de cadavre est apparue, vous avez eu peur de ce qui pouvait vous arriver.

– Oui.

– C'est alors que vous avez exigé de passer un coup de fil, comme vous en avez le droit. Exact ?

– Je crois.

– Vous croyez ? Oui ou non ?

– Oui.

– Et qui avez-vous appelé ?

– Je m'en souviens pas.

– On vous a arrêtée, vous ne pouviez passer qu'un seul coup de fil et vous avez oublié qui vous avez appelé ? »

Atlas se retourna vers le jury en levant les yeux au ciel. Il y eut quelques rires parmi les jurés. Marcus voyait qu'ils aimaient bien son avocat.

« J'étais bouleversée.

– Après avoir été arrêtée, puis inculpée, puis enfermée dans une cellule du poste de police, et après avoir appelé cette personne dont vous ne vous souvenez plus, c'est à ce moment-là que vous avez déclaré que Marcus Ripps était au courant de vos activités. Vous vous souvenez de ça ?

– Oui.

– En échange de l'immunité ?

– Oui.

– Qui vous a accordé cette immunité ?

– Le tribunal de Los Angeles.

– Ce même tribunal qui doit statuer sur votre cas, n'est-ce pas ?

– Oui.

– Cette immunité vous a été accordée en échange de votre témoignage contre mon client. Exact ?

– Oui.

– Ils vous ont dit : "Nous allons vous accorder l'immunité", ce qui signifie, en gros, que vous ne serez pas poursuivie. Exact ?

– Oui.

– Mais ce n'est pas Marcus Ripps qui vous a envoyée dans cette chambre d'hôtel, n'est-ce pas ? »

Amstel ne répondit pas. Atlas la foudroya du regard.

Marcus remua sur son siège et seul le raclement des pieds de la chaise sur le sol vint troubler le silence de la salle de tribunal.

« Eh bien ? insista Atlas. Mlle Robich, je vous rappelle que vous déposez sous serment.

– Si, c'est lui. »

Marcus regarda Amstel d'un air hébété, mais celle-ci refusa de croiser son regard. Malgré toute son expérience, il était choqué que l'on puisse mentir aussi effrontément devant un tribunal. Il y voyait un signe encourageant pour son âme.

« Vous mentez pour protéger quelqu'un. » Après avoir dit cela, Atlas marqua une pause pour permettre au jury d'assimiler cette idée. Les yeux d'Amstel lançaient des fléchettes empoisonnées en direction de son bourreau. « Si vous mentez, Mlle Robich, c'est parce que vous avez peur que cette autre personne vous fasse du mal si vous témoignez contre elle. Alors que vous ne craignez pas les représailles de M. Ripps. Exact ?

– Non.

– Pourquoi ne pas donner le nom de cette personne à la cour, Mlle Robich ? Le nom de celui ou de celle que vous protégez. »

À ce stade, Maria Mendoza objecta en affirmant que l'avocat de la défense harcelait le témoin. Le juge accepta l'objection, mais Marcus était impressionné par la prestation d'Atlas. Amstel était broyée. Il se tourna vers les jurés ; plusieurs d'entre eux hochaient la tête.

Atlas déplia alors une feuille qu'il montra à Amstel. Elle y jeta un simple coup d'œil.

« Reconnaissez-vous ce document ?

– Oui.

– J'indique à la cour qu'il s'agit d'un contrat que vous avez signé. Veuillez lire à voix haute, je vous prie, le paragraphe que j'ai entouré. »

Il tendit le document à Amstel, qui regarda le juge avant de le prendre. Elle commença à lire : « Je, soussignée Lenka Robich, déclare autoriser Marcus Ripps à prendre des rendez-vous par téléphone pour moi. Après discussion, nous sommes convenus qu'il ne peut exiger de moi des actes illégaux contre de l'argent. Si je décide de me livrer ou de participer à une activité illégale lors de ces rendez-vous, je suis à 100 % responsable de mes actes. »

Marcus vit Atlas s'autoriser un sourire à peine perceptible avant de se tourner vers Maria Mendoza.

« Le témoin est à vous. »

L'audience fut suspendue pour le déjeuner. Marcus, Jan, Lenore et Atlas mangèrent dans une cafétéria située en face du tribunal. La conversation fut empreinte de cette fausse jovialité qu'adoptent les gens terrorisés quand ils essayent désespérément de faire bonne figure. Alors qu'ils attendaient leur commande, le BlackBerry de Marcus se mit à vibrer. Il regarda l'expéditeur de l'e-mail : MannishBoy24. Incapable de résister, il l'ouvrit :

Alors, bonne journée, Breeze ? :-)

Marcus eut instantanément la confirmation que la main qui l'avait cloué comme un papillon sur le siège de l'accusé était celle de Malvina Biggs. Il devinait qu'Amstel était partie travailler pour elle et s'était fait arrêter par la police. Pour éviter les représailles de Malvina, Amstel avait sacrifié l'homme qui lui avait fourni un plan d'épargne-retraite. Et il ne pouvait rien y faire. Il se jura en silence que c'était la dernière fois qu'il se laisserait rouler. Il songea brièvement à Tommy le Samoan, à Memo, mort dans la montagne, et au pistolet. Puis il chassa ces images.

Le bureau du procureur n'ayant pas trouvé d'autre témoin à charge contre Marcus, tout leur dossier d'accusation reposait sur le témoignage d'Amstel. Les journaux et les chaînes de télévision locales avaient consacré une large place à cette histoire et plusieurs journalistes qui déjeunaient à une table voisine jetaient des regards furtifs dans sa direction. Marcus jouait avec sa salade du chef défraîchie en essayant de les ignorer. Ils aimaient qu'on leur serve leurs sujets sur un plateau en argent, et il avait l'impression d'être un canapé. La fourchette tremblait dans sa main, mais il avait déjà perdu cinq kilos depuis son arrestation, alors il s'obligea à avaler quelques bouchées.

Atlas regarda les jurés, inclina la tête sur le côté et sourit. Le jeu lui manquait, mais ça, c'était presque aussi bon. « Mesdames et messieurs les jurés, membres de la communauté, contribuables... », commença-t-il. C'était tout juste s'il ne sautillait pas sur place. « C'est un des vôtres que l'on juge aujourd'hui. Et sa seule accusatrice est une prostituée qui réside aux États-Unis avec un visa touristique expiré. Permettez-moi de vous présenter la situation de la manière la plus simple. Une ressortissante de l'ex-Union soviétique, en situation irrégulière, accuse mon client de proxénétisme et d'avoir fait disparaître un corps. Commençons par la deuxième accusation. Ce n'est pas un poil pubien de Marcus Ripps qui a été découvert dans la bouche de Mahmoud Ghorbanifar, c'est un poil pubien de l'accusée. Rien ne permet d'affirmer que M. Ripps se trouvait sur le lieu du crime, ni témoin ni aucune preuve, uniquement les affirmations d'une femme qui a menti sur son passé criminel pour s'installer *illégalement* en Amérique et gagner sa vie dans l'industrie du sexe. Je me permets d'ajouter, puisque nous évoquons ce sujet, que je ne porte aucun jugement de valeur sur le métier de Mlle Robich. Je ne suis pas ici pour la condamner, pour porter atteinte à son honneur, ni pour la calomnier sous prétexte qu'elle se prostitue. C'est un choix. En revanche, je lui reproche d'être une menteuse. Pourtant, je ne pense pas que Lenka Robich soit quelqu'un de mauvais. Mais elle a *peur*. Peur de la personne qui l'a envoyée dans cet hôtel, son proxénète, qui va s'en prendre à elle si elle dit la vérité. C'est pour cette raison qu'elle ment à la barre. Lenka Robich, venue de *Lettonie*, dont la langue maternelle est le *russe*, pense qu'elle peut rester dans notre pays, alors que Marcus Ripps, un mari, un père et un gendre dévoué, un membre respecté de la communauté des entrepreneurs de Los Angeles, généreux bienfaiteur de plusieurs œuvres de charité, ira en prison ? Je crois qu'elle se trompe. Je crois que sa logique ne tient pas debout et j'espère que vous verrez clair dans son mensonge. Mon client a été directeur de production chez Wazoo Toys pendant presque quinze ans. L'usine qu'il dirigeait est partie s'installer en Chine il y a deux ans, et mon client a choisi de rester ici, en Amérique, où tout homme a le droit de gagner sa vie. Marcus Ripps a toujours payé ses factures, il a toujours veillé sur sa famille, et quand sa belle-mère, devenue veuve, est venue vivre avec eux, il n'a pas protesté, mesdames et messieurs. Au contraire, il l'a accueillie dans leur modeste maison de Van Nuys. Peu de temps après, son frère, son seul et unique parent, un homme qu'il *adorait*, est mort subitement en lui léguant une affaire bancale. Mon client l'a reprise et en a fait une entreprise qui marchait comme sur des roulettes; il a créé des emplois et fait bouillir la marmite. Certains des hommes d'affaires qui avaient recours aux services d'International Friendship Guides ont peut-être eu des rapports sexuels avec les femmes employées par cette société. Je n'ai pas besoin de vous rappeler que le sexe entre adultes consentants n'est pas considéré comme un crime. De plus, l'accusatrice a apposé sa signature sur un document affirmant que les éventuels actes sexuels n'avaient pas été décidés à l'avance. Elle parle parfaitement bien anglais. Elle savait ce qu'elle signait. Mais dans son pays natal, elle était comédienne, et elle est fort habile. Ne vous laissez pas abuser par son numéro. Je vous affirme que Marcus Ripps n'est pas un criminel, mais un Américain modèle, quelqu'un qui pense aux autres, pas uniquement à lui-même. Je vous demande, mesdames et messieurs du jury… Non, je vous *supplie* de l'acquitter. Il n'y a pas d'autre choix possible.»

Ce fut une démonstration impressionnante et Marcus s'autorisa une brève poussée d'optimisme. Il sourit aux jurés, mais ceux-ci n'avaient d'yeux que pour Atlas, qui continuait à jouir de la douce chaleur de leur attention. Le juge donna quelques instructions aux jurés et la salle d'audience se vida.

Marcus était planté devant un urinoir, dans les toilettes pour hommes, quand il sentit une présence. Une seconde plus tôt, il était seul, et il n'avait pas entendu la porte s'ouvrir. En se retournant, il découvrit Tommy le Samoan, debout près des lavabos, vêtu d'une chemise hawaïenne et d'un pantalon blanc en toile dans lequel auraient pu entrer deux personnes. Comment un type de sa taille pouvait-il se déplacer aussi furtivement ?

« On t'a pas fait de cadeau, mon pote. »

Marcus remonta sa braguette et regarda en direction de la porte. Inutile d'espérer l'atteindre en courant. D'ailleurs, il ne pensait pas que Tommy était venu pour le tuer. Étant donné qu'ils se trouvaient dans l'enceinte du palais de justice de Van Nuys, ce serait une très mauvaise idée. Néanmoins, il aurait préféré ne jamais le revoir.

« Qu'est-ce que vous voulez ?

– Je me suis débarrassé du flingue. »

Marcus n'en revenait pas. C'était une excellente nouvelle, peut-être annonçait-elle des jours meilleurs. Mais il ne comprenait pas ce qui avait pu pousser Tommy à agir ainsi ; il n'était même pas certain qu'il dise la vérité.

« Pourquoi ?

– Je me suis marié, Marcus. Vise un peu la bague ! »

Marcus ne voyait pas très bien le rapport entre le mariage et la destruction d'une pièce à conviction, mais il n'avait pas besoin d'en entendre davantage. Il jeta un coup d'œil à l'anneau en or incrusté d'onyx en essayant de se souvenir si le Samoan l'avait déjà appelé par son prénom.

« Jolie.

– Ma femme et moi, on part vivre dans les îles, pour avoir des enfants. L.A., c'est trop la folie. » Marcus hocha la tête. Partir vivre dans les îles, ça lui semblait une idée formidable.

« Tu devrais donner une bonne fessée à Malvina », conclut Tommy.

Marcus aurait adoré la faire payer pour ses souffrances, mais il savait qu'une vengeance qui ne s'inscrivait pas dans un cadre plus large était vaine. Écraser Malvina Biggs ne correspondait pas à son nouveau paradigme, plus sophistiqué.

« Dites-lui qu'elle m'a rendu service.

– J'adresse plus la parole à cette salope. »

Un agent d'entretien entra en poussant avec son pied un seau et une serpillière. Il entreprit de nettoyer par terre. Tommy donna une tape amicale sur l'épaule de Marcus et lui souhaita bonne chance.

Bien qu'on ne soit encore qu'en mai, la chaleur de l'été s'était déjà abattue sur la Vallée. Un groupe de journalistes était apparu comme des sauterelles sur la pelouse du 112 Magdalene Lane, mais quand il devint évident que personne ne ferait la moindre déclaration, ils repartirent. Marcus restait cloîtré avec les rideaux tirés et la climatisation. Il évitait de regarder la télé et faisait prendre l'air à ses livres de poche tout cornés en relisant les stoïciens Sénèque et Marc Aurèle.

À la fin du deuxième jour de délibérations, Marcus était assis dans sa cuisine, face à un bol de glace à la fraise. Jan vidait consciencieusement une bouteille de chardonnay. Ils avaient discuté de la psychologie des jurés à n'en plus finir et avaient fini par se persuader que Marcus serait acquitté. Ils faisaient de nouveaux projets commerciaux et bavardaient pour combler le silence. Marcus porta sa cuillère à sa bouche pour avaler une nouvelle bouchée de glace ; le goût frais de la crème moelleuse l'apaisait.

« Je veux disperser les cendres de mon frère. »

Il avait parlé à Jan des cendres le jour où il les avait reçues, mais depuis, il n'avait plus évoqué le sujet.

« Maintenant ?

– J'ai envie d'aller à la plage. »

Après avoir décidé que Nathan connaissait suffisamment de choses sur la Grande Dépression pour réussir son examen et puisque Lenore avait déjà vu le documentaire naturaliste qui passait à la télévision, la famille Ripps s'entassa dans le minivan. Personne ne parla pendant qu'ils roulaient sur la 405. Marcus avait pensé se rendre à Leo Carillo, qui restait sa plage préférée à Los Angeles, mais c'était un rivage jonché de tendres souvenirs, l'endroit où Jan et lui avaient partagé récemment une heure élégiaque, et il ne voulait pas l'associer éternellement avec la dispersion des cendres de Julian. Voyant qu'il ne prenait pas la sortie qui les aurait conduits à Santa Monica ou à Malibu, Jan lui demanda où ils allaient.

« Cabrillo Beach.

– À San Pedro ? Je croyais que Julian détestait ce coin.

– Ce n'est pas Julian qui décide. »

Jan acquiesça. Marcus lui fut reconnaissant de ne pas insister. Cabrillo Beach, c'était là où leurs parents emmenaient les deux frères quand ils étaient enfants, là où ils pêchaient au bout de la jetée, là où, plus grands, ils étaient allés seuls, chacun de leur côté, pour boire avec des copains, pour être avec des filles, pour commencer à bousculer les frontières qui les séparaient de l'âge adulte.

Marcus avait toujours été attiré par l'éclat de la côte de San Pedro, l'océan, le ciel immense. Il dirait adieu à Julian comme bon lui semblait.

Le soleil caressait l'océan et le ciel était balayé de traînées roses, orangées et rouge écarlate. Catalina Island miroitait telle une apparition dans la brume de l'horizon ; ses lumières scintillaient comme un espoir qui s'évanouit. Au sud, d'énormes cargos quittaient le port de Los Angeles pour prendre le large. Quelques surfeurs dodelinaient sur l'eau, au milieu du bleu ; ils attendaient patiemment une vague.

Après avoir posé l'urne dans le sable, Marcus releva son pantalon jusqu'aux genoux. Il se pencha pour récupérer l'urne et pénétra dans l'eau glacée. Jan, Nathan et Lenore l'observaient du rivage.

« Je ne sais pas comment faire ! » lança-t-il par-dessus son épaule.

Les rafales de vent ébouriffaient ses cheveux.

« Tu ne devrais pas dire quelques mots sur ton frère ? » suggéra Jan.

Alors que les vestiges d'une vaguelette se brisaient contre ses jambes, Marcus demanda : « Est-ce qu'on peut dire à un mort d'aller se faire foutre ? Pardon, Nate. Tu n'as rien entendu.

– Je connais ce mot, dit Nathan.

– Vous voulez vous adresser à Dieu ? demanda Lenore.

– Non, je ne crois pas.

– Je pense que quelqu'un devrait dire quelque chose », reprit Jan.

Soudain, telle une éruption volcanique, la voix de Nathan monta vers le ciel qui s'assombrissait : « Merci pour la mini-moto rouge, oncle Julian ! »

Tandis que Marcus se tournait vers l'horizon, les rayons de soleil qui chatoyaient sur l'eau sombre se fragmentaient au rythme de la houle, puis se rassemblaient, telles les pièces d'un puzzle, obligeant Marcus à plisser les yeux. Le jour de l'anniversaire de Nathan, Julian n'était pas venu pour le petit garçon ; il était venu pour Marcus. C'était une tentative, inepte et malvenue, pour renouer le lien, pour forger quelque chose entre eux, pour essayer de jouer une scène dont ils ne connaissaient le texte ni l'un ni l'autre. Et Marcus, incapable de supporter ce frère imprévisible, ce pourvoyeur infaillible de souffrances émotionnelles, l'avait chassé. Les dernières volontés et le testament de Julian, aussi pervers qu'inattendus, étaient sa réponse.

Mais en définitive, qu'avait donc voulu lui dire son frère avec cet étrange legs ? Au cours de ces deux dernières années, Marcus s'était régulièrement posé cette question, sans jamais trouver de réponse satisfaisante. Maintenant, au crépuscule, dans l'eau jusqu'aux genoux, en tenant dans ses mains tout ce qui restait de Julian, il croyait avoir compris. Julian lui avait jeté un défi, il lui avait lancé son gant. Leur grand-père avait saisi le monde à bras-le-corps, comme il l'avait trouvé ; il avait fait des cabrioles sur sa musique démente. Leur père n'avait pas réussi à suivre, mais Julian avait hérité de l'esprit libre de Mickey et il avait repris la cadence. Puis il avait placé dans les mains de Marcus un petit objet brillant, un sarcasme, une plaisanterie. Julian n'aurait jamais imaginé que son jeune frère reprendrait le flambeau. C'était absurde, en vérité. Marcus s'était toujours tenu dans l'ombre, tributaire des caprices des autres. Mais il avait prouvé, finalement, que lorsque la piste de danse tremblait et tanguait, il savait bouger.

Certes, il s'était fait arrêter et peut-être qu'il irait en prison, mais il survivrait, encore une fois, et il irait de l'avant, il s'épanouirait. Alors, si le legs de Julian était une farce, un coup tordu, c'était également un séminaire où un savoir muet se transmettait entre les morts et les vivants.

Désormais, Marcus était instruit.

« Qu'est-ce que tu attends, papa ? cria Nathan. Il commence à faire froid ! »

Marcus dévissa le couvercle de l'urne. Il se tourna sur le côté pour éviter une vague qui se brisa contre ses cuisses, en tenant l'urne à hauteur d'épaule pour ne pas mouiller son contenu. Il songea brièvement à son père et à sa mère, heureux qu'ils n'aient pas vécu assez longtemps pour voir ça.

Puis il fit face au large et renversa les cendres. À ce moment, un coup de vent arriva tel un intrus dans une fête et les dispersa sur Marcus, couvrant ses épaules et son visage d'une fine poudre grise. Il en avait dans le nez, dans la bouche et les yeux ; il ne voyait plus rien, il entendait uniquement le rire qui montait du rivage, au milieu du bruit du ressac. Il n'y avait pas eu de rires depuis longtemps dans sa maison, et malgré les circonstances, il était bienvenu ; c'était un réconfort familier dans lequel il se prélassa aveuglément, pendant un instant bref, mais intense.

Marcus plongea sous l'eau, comme un adieu, et quand il émergea des vagues, il était nettoyé. Comme il avait encore les yeux fermés, il n'entendit que les applaudissements de sa famille, mais quand il les rouvrit et cligna des paupières pour chasser l'eau saumâtre, ils étaient là, ils l'attendaient en souriant dans les derniers rayons du soleil.

Le lendemain après-midi, un coup de téléphone d'Atlas informa Marcus que le verdict était imminent. Ils se rendirent au tribunal et attendirent dans le hall en marbre, sans dire un mot. Lenore massait le dos de Jan avec la paume, et celle-ci tenait la main de son mari. Après quelques minutes seulement, l'huissière, une grosse femme noire avec des tresses ornées de perles multicolores, les fit entrer dans la salle d'audience.

Marcus assista au retour du jury. Il ne discernait aucune information sur leurs visages. Il avait entendu dire que si les jurés regardaient l'accusé en face, il n'y avait pas de condamnation. Deux d'entre eux, un vieil homme et une Hispanique qui avait à peu près son âge, le regardèrent franchement. Il avait les paumes moites et il regrettait de ne pas avoir eu la présence d'esprit de prendre une serviette en papier dans les toilettes pour les essuyer.

Le juge Ruth Wu demanda à Marcus de se lever pour l'énoncé du verdict. Il se mit debout et écarta légèrement les pieds. Les mains nouées dans le dos, il sourit au juge.

Le premier juré, une petite blonde d'une trentaine d'années, avec de grosses lunettes et une robe imprimée, se leva elle aussi pour lire le verdict.

« Reconnaissez-vous l'accusé coupable ou non coupable ? demanda le juge Wu.

– Pour le premier chef d'accusation, le transport illégal de cadavre, nous déclarons l'accusé… » Elle se racla la gorge. « Non coupable. »

Marcus s'autorisa un bref regard en direction de Jan et Lenore. Son épouse lui adressa un sourire crispé et serra le poing devant elle en signe de solidarité. Lenore avait les yeux fermés. Elle priait.

« Et pour le second chef d'accusation ? demanda le juge Wu.

– Pour le second chef d'accusation, le proxénétisme, nous déclarons l'accusé coupable. »

Marcus s'affaissa de manière visible et ses genoux se dérobèrent, mais il se ressaisit pour éviter une réaction indigne. Une main se posa sur son épaule. C'était Atlas. Marcus n'osait pas se retourner vers Jan et Lenore. Le juge lui ordonna de se présenter de nouveau pour entendre la condamnation et lui souhaita bonne chance.

Ils rentrèrent à la maison en silence. Jan regardait par la vitre du passager, et Lenore, qui aurait bien voulu prononcer des paroles réconfortantes, sentait qu'il valait mieux ne rien dire.

Marcus éprouvait l'envie de frapper dans des balles de golf. Il pensait que la répétition mécanique des swings le détendrait, et après avoir déposé sa femme et sa belle-mère, il se rendit au terrain de practice de Woodley Lakes où il acheta un seau de balles. Si quelqu'un le reconnut, nul ne fit la moindre réflexion. Il éteignit son téléphone portable. Il était heureux de se retrouver seul pour frapper dans les balles, en utilisant tour à tour un bois et un fer pour les expédier rageusement au loin. Après avoir vidé un seau, en croyant avoir pris son temps, il s'aperçut que quarante-cinq minutes seulement s'étaient écoulées, alors il s'en paya un autre. Des pensées diverses, des peurs, des projections tournoyaient dans son esprit, si vite qu'elles s'annihilaient mutuellement et qu'aucune ne s'imposait. Après avoir vidé le troisième seau de balles, il prit conscience qu'il avait des ampoules aux mains.

Jan était dans la cuisine, en train de faire rissoler des croquettes de poulet dans une poêle quand il revint chez lui. Il lui dit bonjour en entrant, et Jan, au lieu de répondre, le prit dans ses bras. Marcus entendait un son de clarinette quelque part dans la maison. Nathan avait fait des progrès.

« Tout ira bien, dit Jan.

– Oui, oui. Je sais. »

Nathan se trouvait dans le bureau, où il avait installé son pupitre, et il travaillait un morceau de musique classique que Marcus ne reconnut pas. Il l'observa à travers la porte vitrée pendant un long moment. Quand Nathan aperçut son père, il s'arrêta et posa son instrument.

« Les Dodgers jouent contre les Mets ce week-end, dit Marcus. Je pensais acheter des places.

– OK, répondit Nathan. S'il te plaît, papa, ne me regarde pas quand je travaille. »

Marcus se réjouissait d'avoir été renvoyé sur les roses de manière aussi désinvolte. C'était une victoire inattendue. Quand il entra dans la douche deux minutes plus tard, son envie de hurler avait disparu.

25

Six semaines plus tard, Marcus fut condamné à trois ans d'emprisonnement au centre pénitentiaire de Chuckawalla Valley, un établissement destiné à accueillir des détenus moyennement dangereux qui purgeaient de longues peines. On lui laissa un mois pour mettre de l'ordre dans ses affaires. Atlas, anéanti par le verdict, l'informa qu'il pouvait espérer, au mieux, une remise de peine pour bonne conduite.

Marcus occupa les journées précédant son incarcération à lire ou à regarder la télé, en se demandant comment transformer ce malheur en point positif. Un après-midi, alors qu'il regardait un talk-show intitulé *Sois mien ou meurs : ces épouses qui tuent*, il se surprit à écouter une des invitées, une femme corpulente qui venait de purger une peine de prison pour avoir écrasé son mari infidèle avec leur camping-car. Pour passer le temps au cours de ses journées interminables de détention, elle s'était projeté ses films préférés sur un écran mental. À l'âge adulte, Marcus n'avait pas été un grand amateur de cinéma, et pendant que la grosse femme continuait à jacasser, il s'amusa à repenser aux films qui l'avaient marqué quand il était plus jeune. Il se souvenait de certaines comédies, de films de guerre, d'histoires policières.

Il pensa à tous ces acteurs italo-américains qui jouaient des gangsters à l'écran. Certains de ces types avaient eu un passé difficile, et si le destin avait basculé de l'autre côté, ils auraient pu mener une existence de criminel. Au lieu de ça, que ce soit par chance ou par volonté, ils s'étaient retrouvés en train de réciter un texte devant une caméra ; ce n'étaient pas des gangsters, mais un ersatz très bien payé de la réalité. Le danger simulé, truqué, serait toujours une marchandise prisée dans un monde où les menaces véritables étaient écrasantes. Marcus le comprenait. Il possédait une crédibilité en tant que criminel maintenant. Et même si cela lui semblait grotesque, c'était indéniable.

Un vendredi, en fin d'après-midi, alors que le soleil était déjà bas dans le ciel et la température plus fraîche, Marcus et Jan sortirent pour leur deuxième promenade de la journée. Ils savouraient leurs derniers instants ensemble, débarrassés de l'obligation d'entretenir une complexe illusion. Marcus avait repris du poids et semblait en pleine forme. Jan portait un pantalon blanc ample avec un pull en coton à manches longues. Marcus la trouvait belle, signe qu'elle avait accepté son absence imminente et qu'elle la supporterait sans trop de *Sturm und Drang*. Alors qu'ils marchaient main dans la main, en silence, un gros type juché sur une Harley-Davidson Electra Glide Classic passa en faisant rugir son moteur, avant de disparaître au bout de la rue. Ils le regardèrent à peine.

Marcus dit : « C'est curieux de voir comment les gens qui ont les moyens d'acheter une telle moto continuent à se prendre pour des rebelles.

– Je parie que ce type est dentiste.

– Le génie de la société qui fabrique ces motos, c'est de savoir vendre l'esprit rebelle à un gars qui bosse dans un bureau.

– Toi, tu es un rebelle.

– Tu parles.

– Si, c'est vrai. »

Jan lui massa le dos avec le plat de la main. Il la prit par la taille et, adoptant un air suffisant, il dit : « Oui, c'est moi, le caïd, le criminel certifié, le vrai, l'authentique, le roi de la pègre agréé, futur taulard. C'est moi *Papa Mac*. Ils l'ont dit à la télé. »

De retour chez eux, Marcus se servit une bière et alla s'asseoir dans le jardin derrière la maison avec Bertrand Russell, qui ne se doutait pas le moins du monde que, bientôt, son maître ne serait plus là. Ce devait être formidable de vivre dans un présent éternel, pensa Marcus, en regardant le petit chien creuser un trou dans la terre. Il aurait aimé avoir la foi. Il enviait ceux qui la possédaient. En attendant, il se retrouvait coincé dans ce monde pourri, le terrain humide sur lequel il devait jouer. Il l'avait vu de près, il y avait goûté, il l'avait senti dans ses pores. Les êtres humains voulaient vivre, étendre leurs colonnes vertébrales, faire le dos rond et, les bras en croix, regarder le soleil en face, les doigts tendus vers le ciel éternel. Mais ils devaient aller à l'école, travailler, gagner de l'argent, élever une famille, enterrer les morts.

Plongé dans ces pensées qui, au fur et à mesure qu'elles s'affinaient, ressemblaient de plus en plus à un plan, il finit sa bière puis retourna dans la maison, où il trouva Jan en pleine conversation téléphonique avec Plum. Elle leva les yeux quand il entra, lui fit signe d'attendre, puis elle dit au revoir à Plum et raccrocha.

« Plum veut nous inviter à dîner.
– Qu'elle se dépêche.
– Demain soir, ça te va ?
– Oui, parfait. Écoute, je viens d'avoir une idée… »

Plum avait quitté Reseda ; elle vivait maintenant dans une maison du début du siècle, à flanc de colline, à Echo Park. Il y avait des parquets en bois clair et les grandes fenêtres s'ouvraient, au sud, sur les gratte-ciel argentés du centre de Los Angeles. Marcus et Jan surent se montrer flatteurs comme il convenait et affichèrent leur enthousiasme pour l'architecture et la décoration au cours de l'inévitable visite des lieux. Difficile de priver Plum de la satisfaction qu'elle éprouvait à réinventer sa vie.

Ils dînèrent sous une tonnelle, sur une table de pique-nique derrière la maison, au milieu des bougainvillées parfumés, dans un jardin éclatant de couleurs. Plum leur servit un ragoût avec du pain aillé et une salade, et ils passèrent en revue tous les sujets, sans évoquer où serait Marcus à cette heure-ci la semaine suivante. La nourriture était abondante, savoureuse, et ils vidèrent deux bouteilles de Montepulciano.

Marcus avait toujours eu le sentiment que Plum était une femme frustrée, de manière discrète, mais permanente ; elle vivait sous un nuage noir qu'elle avait grandement contribué à créer. Apparemment, elle avait toutefois trouvé une certaine satisfaction, qui se manifestait par sa toute nouvelle décontraction. Malgré son triste sort, Marcus se réjouissait de voir qu'une personne au moins avait tiré profit de ses choix. Au moment du dessert aux pêches, Marcus se sentait d'humeur si charitable envers

Plum qu'il accepta volontiers quand elle leur demanda s'ils voulaient voir la création en vidéo sur laquelle elle avait travaillé.

« Elle sera projetée dans une galerie de Tokyo, expliqua-t-elle. Le vernissage a lieu la semaine prochaine, je suis invitée.

– C'est formidable, dit Marcus en s'efforçant de paraître sincère.

– Dommage qu'on ne puisse pas t'accompagner, dit Jan.

– Je vous dois beaucoup à tous les deux. »

Jan la serra dans ses bras.

Ils étaient maintenant réunis tous les trois dans le coin cinéma du salon de Plum. Celle-ci avait acheté deux fauteuils en cuir marron et un canapé assorti, disposés sur un tapis scandinave. Mais l'élément central, c'était l'immense téléviseur à écran plat. Marcus s'enfonça avec bonheur dans la douceur du cuir. Il savait qu'un tel luxe ne serait bientôt plus qu'un souvenir.

Plum appuya sur une touche de la télécommande et une image saisissante emplit l'écran : elle-même en tenue sado-maso – cuissardes en vinyle à talons aiguilles, string et bustier en cuir, le tout agrémenté de bracelets en cuir noir cloutés et d'un collier de chien – en train de manier un fouet. Il fallut un certain temps à Marcus pour comprendre qu'elle posait devant le palais de justice fédéral dans le centre de Los Angeles, sous un ciel bleu. Changement de décor : elle se trouvait maintenant devant le quartier général de la police, les yeux dans le vague. Puis sa silhouette d'amazone apparut devant la mairie ; le soleil se reflétait sur les chaînes qui barraient son décolleté menaçant.

« C'est une œuvre sur les manifestations externes du pouvoir, par opposition à ses manifestations internes », expliqua avec ardeur la Plum réelle, exaltée par sa propre image.

Marcus et Jan hochèrent la tête. L'action se déroulait maintenant dans un immense restaurant chinois totalement désert, à l'exception de Plum assise à une table, l'air hautain, servie par deux hommes portant des culottes de femme et des talons hauts.

« Un commentaire sur l'identité sexuelle dans un contexte multiracial, glissa-t-elle.

– Ah », fit Marcus.

Après plusieurs gros plans sur un talon aiguille plongé dans un bol de soupe d'ailerons de requin, ils se retrouvèrent dans le donjon de Plum. Un homme nu, allongé sur une table, caressait son pénis flasque. Au bout d'un moment, Plum fit son entrée en marchant d'un pas décidé, tel un officier prussien. Au cours de ces angoissantes secondes précédant l'explosion de violence, on pouvait presque entendre du Wagner. L'homme roula sur le côté pour regarder Plum et Marcus découvrit son visage.

Non, ce n'était pas possible.

« Mets sur pause, dit-il.

– Attends ! C'est le meilleur moment », dit Plum.

L'homme descendait de la table.

« Mets sur pause ! Mets sur pause ! »

L'homme s'était mis à genoux.

« Marcus…, dit Jan.

– *S'il te plaît*, mets sur pause. »

D'un geste agacé, Plum appuya sur une touche de la télécommande et l'image se figea, au moment où l'homme approchait ses lèvres du bout de la botte en vinyle de la dominatrice. Jan se tourna vers Marcus, perplexe. Celui-ci n'avait pas quitté l'écran des yeux ; elle suivit la direction de son regard.

« Oh, mon Dieu, lâcha-t-elle.

– Tu sais qui c'est ? demanda Marcus à Plum.

– Il veut que je l'appelle Samantha.

– Il savait que tu le filmais ?

– Non, évidemment. Mais ça ne sera montré qu'à Tokyo. Pourquoi tu me demandes ça ? Tu le connais ?

– Oh, oui », répondit Marcus.

Roon s'envolait pour Kuala Lumpur dans l'après-midi et il fut déconcerté quand Marcus l'appela pour demander à le voir, en précisant que c'était urgent. Roon céda, mais il faudrait faire vite. Marcus songea, un court instant, à mettre le costume qu'il portait pour la *bar mitsvah* de Nathan, mais il s'aperçut qu'il n'avait pas besoin d'impressionner son vieil ami. Résultat, il était le seul dans l'ascenseur de cet immeuble de Century City à porter une chemisette, qui n'était même pas rentrée dans son pantalon de toile.

Roon louait l'ancien bureau du président Reagan pour ses rendez-vous importants et les murs étaient couverts de souvenirs du « Tricheur ». Une réplique de l'ancien chef de l'exécutif « en prière » occupait une place de choix sur l'immense bureau. L'étiquette « Made in China » avait été habilement dissimulée. La vue panoramique sur les collines était ce jour-là aussi claire qu'un verre de tequila.

« Papa Mac ? » dit Roon.

Il portait un blazer bleu à la coupe parfaite et un pantalon gris fraîchement repassé. Sa chemise blanche était ouverte au col. Il se renversa dans son fauteuil et observa Marcus.

« C'est une marque.

– Comme Nike, tu veux dire ?

– Je cherchais un angle et soudain ça m'est venu. Pourquoi filer des millions de dollars à un athlète pour promouvoir une gamme de trucs merdiques, alors que tu m'as sous la main ? »

Roon sourit devant un concept aussi audacieux, mais Marcus ne se laissa pas décourager.

« Tout le monde peut avoir une idée, dit Roon. Ce qui compte, c'est la réalisation.

– J'ai déposé le nom. »

Marcus prit alors le portfolio qu'il avait posé au pied de son fauteuil, l'ouvrit et étala le contenu devant Roon.

« C'est Jan qui a fait les dessins. » C'étaient des projets, présentés de manière artistique afin de faire sortir les dollars des poches des investisseurs.

Roon les passa en revue.

« Tu as toujours tes usines en Chine, reprit Marcus. On fait tout fabriquer là-bas. La Chine n'est plus l'avenir, c'est le présent, pas vrai ? J'ai une vision, Roon : un empire Papa Mac. On commence par des T-shirts, puis on passe aux slips et aux caleçons, aux pantalons, aux vestes, aux pyjamas, aux baskets, au parfum pour homme, aux soins pour la peau, au papier peint, au papier cadeau, au papier toilette, aux tissus d'ameublement, aux produits pour bébé, tu imagines les couches Papa Mac ? Il faut les prendre dès le berceau, pas vrai ? Et pour frapper encore plus fort, on ouvre une chaîne de boutiques Papa Mac. Ça peut devenir un mastodonte de la vente au détail dans le monde entier : New York, Los Angeles, Londres, Paris, e serait-ce que pour vaincre enfin son frère et tirer un ait sur les démons du passé. Après y avoir réfléchi, larcus avait conclu que Julian aurait apprécié ce retourement de situation.

Jan est en train de s'habiller dans leur chambre, qui ffre une vue imprenable sur l'océan Pacifique. Nathan t dans la sienne, en train de remplir un formulaire inscription à l'université. Lenore a épousé un homme ı'elle a rencontré lors du procès, un retraité doté d'une onne pension et d'une impressionnante collection de ırguilés. Ils habitent à Orange County, mais ce soir, ils nt dans le salon, en train de jouer avec Bertrand ıssell. La famille est de sortie.

Marcus a prouvé qu'il était un fin stratège : Papa Mac a nnu un succès instantané. Une alliance stratégique avec artiste hip hop, célèbre pour avoir échappé à une ulpation de meurtre, avait fait exploser le chiffre d'af-res en Amérique. Des athlètes professionnels portaient igne de vêtements, des mannequins se faisaient photo-phier avec, et les enfants se les disputaient violemment ıs les cours de récréation.

La société avait fait son entrée en Bourse dès la fin de première année, avant d'envahir l'Europe, l'Amérique Sud et l'Extrême-Orient. Les contrefaçons médiocres ırissaient comme le pavot en Afghanistan au prin-ps. Marcus avait compris que sa marque était désors indélébile en voyant un T-shirt Papa Mac porté par soldat engagé dans une guerre civile quelconque en que. Cette photo avait servi ensuite dans le cadre ıe campagne publicitaire et Marcus avait fait don d'un ion de dollars à un fonds d'entraide destiné aux ıelins de guerre, administré par un célèbre archevêque

Tokyo, Shanghai… Je suis prêt à te filer un petit quelque chose une fois que tu auras récupéré ta mise de départ. Dix pour cent, ça me semble honnête.

– Je n'ai pas le choix, si ?

– En Californie, le mariage se fait sous le régime de la communauté de biens, Roon. Ta femme aurait droit à la moitié de tout. »

Marcus sourit. Il le tenait. Si Roon refusait, l'œuvre vidéo de Plum irait directement de la galerie d'art de Tokyo au tribunal de Los Angeles.

« Tout change, Roon. Il faut s'adapter. Mettre de l'écran total. »

Roon ne se souvenait pas d'avoir prononcé ces mêmes paroles, dans des circonstances très différentes, quelques années plus tôt. Il regardait Marcus d'un air morne.

« Encore une dernière chose…

– Il y en a toujours une.

– Je ne veux pas aller en prison.

– Personne ne *veut* aller en prison, rétorqua Roon qui retrouva momentanément espoir en imaginant son bourreau derrière les barreaux. Mais tu dois payer ta dette envers la société.

– Tu vas faire commuer ma peine.

– Je ne peux pas influencer un juge, Marcus. C'est un crime. Je ne suis pas un criminel. »

Ce ton moralisateur agaçait Marcus ; il y mit fin d'un coup de faux.

« Je ne te demande pas de contacter le juge, Roon. Je veux que tu parles au gouverneur. C'est un bon ami à toi, non ? »

26

Il s'avéra que Marcus aimait bien la Chine. Il trouvait que ce pays était une fusion fascinante, qui évoluait à toute vitesse, entre l'Orient et l'Occident, entre l'ancien et le moderne, le taoïsme et le communisme, le bouddhisme et le capitalisme. Deux mois après avoir vu sa peine commuée, Marcus était assis entre Jan et Nathan à l'arrière d'un pousse-pousse à pédales qui circulait à travers les embouteillages de Guodong, une ville industrielle située à quatre heures de Shanghai. C'était là que serait fabriquée la ligne de produits Papa Mac, et en tant que codirecteurs généraux, leur présence temporaire était indispensable. Ils partaient visiter la villa dans laquelle ils habiteraient au cours du prochain mois.

En levant les yeux, Marcus découvrit les immenses panneaux publicitaires pour des opérateurs téléphoniques, des téléviseurs géants et une nouvelle station balnéaire familiale au bord de la mer de Chine. Le conducteur du pousse-pousse parvint à s'extraire de la circulation pour prendre une rue annexe. Bientôt, ils gravirent une route incurvée, passèrent devant des maisons ombragées par des arbres et tachetées de lumière dans le soleil de l'après-midi. C'était dans ce quartier que vivaient les nouveaux oligarques.

Lorsqu'ils atteignirent le sommet de la colline, Marcus se retourna pour contempler la plaine tout en bas. Les

usines produisant les produits bon marché qui
ensuite expédiés dans le monde entier s'étend
des kilomètres sous un ciel immense. Au loin, d
dansaient sur les vagues du fleuve tumultueux.
part en contrebas, on construisait une route i
destinée à accueillir les camions qui circulaie
jour. Fut un temps où il aurait pesté contre cette
parce qu'elle entraînait l'affaiblissement de ceci
parition de cela. Mais cette époque était révolue
demain lui tendait les bras.

Trois ans plus tard, en un début de soirée p
Marcus contemple la San Fernando Valley de la
sa nouvelle maison située au sommet de la c
d'un costume en laine ultra légère acheté lors
séjour à Paris, il sirote une vodka avec du jus de
et un zeste de citron vert, préparée par son cui
maison, en verre et en acier, est apparue su
juste au moment où Jan et lui cherchaient à ve
à Malibu pour revenir en ville. Ils aiment la pl
affaires les obligent à voyager fréquemment
retours jusqu'au centre ou à l'aéroport, où ils l
sont devenus trop onéreux. Après presque vin
sur le sol de la Vallée, Marcus éprouve un pro
ment à pouvoir ainsi surplomber son ancien

Que la terrasse sur laquelle il se trouve
autrefois à Julian renforce son plaisir. Quand
son frère a été mise en vente, Marcus a h
l'acheter. Il craignait que Jan n'aime pas cett
la trouve déplacée ou morbide. Mais elle a
serait bénéfique pour lui de vivre dans la ma

bien placé pour obtenir le prix Nobel de la paix. D'ailleurs, une photo montrant l'homme d'Église tenant par l'épaule le créateur de Papa Mac figurait en couverture de leur premier rapport annuel d'activités.

Ce soir, Marcus assiste à un dîner dans le grand salon plein de dorures du Beverly Hills Hotel, au cours duquel il sera officiellement intronisé « Meilleur businessman de Los Angeles ». Il sait que ces récompenses ne riment à rien, mais l'image est une chose importante et cette plaque dorée scellera sa réhabilitation. Afin de donner plus de piment à ce gala qui promet déjà d'être époustouflant, Marcus a demandé à ce que son trophée lui soit remis par son vieil ami Roon Primus.

Marcus songe à ce qu'il dira ce soir, quand il sera sur l'estrade, en train de contempler l'océan de ses pairs. Peut-être fera-t-il allusion à ses origines modestes, au modèle que fut ce père travailleur, à moins qu'il ne les régale avec les histoires de son grand-père intrépide et voleur. Il envisage de parler des grands esprits qu'il a côtoyés au cours de ses études philosophiques, et des années passées à cultiver les rapports humains dans les tranchées du marché du jouet. Il se demande ce qu'il va éprouver en se retrouvant dans ce salon où, quelques années plus tôt, Roon l'avait traité si grossièrement. Il repense à l'habileté avec laquelle il l'a manipulé et comment, grâce à sa main ferme et à son œil sûr, il a atteint des sommets jusqu'alors inimaginables. Ses innombrables combats et son triomphe final, riche d'enseignements, seront autant d'aliments pour ses remarques d'après-dîner.

Mais Marcus sait ce que les gens veulent vraiment entendre.

REMERCIEMENTS

Merci à Bill Diamond, Michael Disend, Drew Greenland, David Kanter, Jeff Rothberg, Leslie Schwartz, Mark Haskell Smith et John Tomko qui ont eu la bonté de lire les premières moutures de ce roman.

Merci à mes agents, Henry Dunow et Sylvie Rabineau.

Merci à mes éditeurs, Colin Dickerman et Benjamin Adams.

Merci à mon père, Leo Greenland, qui demeure pour moi un modèle.

Et enfin, merci à Susan, ma première et meilleure lectrice, et à nos enfants, Allegra et Gabe.

Cet ouvrage a été achevé d'imprimer en octobre 2011
sur les presses de Normandie Roto Impression s.a.s.
61250 Lonrai
N° d'imprimeur : 113743
dépôt légal : novembre 2011

Imprimé en France